MARION LENNOX

Un bébé pour le Dr Samford

Traduction française de
CHARLINE McGREGOR

BLANCHE

HARLEQUIN

Collection : Blanche

Titre original :
THE SURGEON'S DOORSTEP BABY

Ce roman a déjà été publié en 2018

HARPERCOLLINS FRANCE
83-85, boulevard Vincent-Auriol, 75646 PARIS CEDEX 13
Service Lectrices — Tél. : 01 45 82 47 47 - www.harlequin.fr
ISBN 978-2-2804-9339-0 — ISSN 0223-5056

Composé et édité par HarperCollins France.
Imprimé en juin 2023 par CPI Black Print (Barcelone)
en utilisant 100% d'électricité renouvelable.
Dépôt légal : juillet 2023.

FSC www.fsc.org
MIXTE
Papier issu de sources responsables
FSC® C159065

Pour limiter l'empreinte environnementale de ses livres, HarperCollins France s'engage à n'utiliser que du papier fabriqué à partir de bois provenant de forêts gérées durablement et de manière responsable.

Un bébé pour le Dr Samford

*

Séduction au paradis

*

Un patient très spécial

1.

En tant que chirurgien chef du service orthopédique de l'un des plus prestigieux hôpitaux universitaires de Sydney, Blake Samford avait l'habitude d'être réveillé en pleine nuit.

Sauf qu'il n'était pas à Sydney, mais se reposait à la ferme de son père, à plus de trois cents kilomètres de là.

Loin de s'attendre à gérer une urgence.

Et encore plus loin de s'attendre à avoir un bébé.

Maggie Tilden adorait rester allongée dans l'obscurité, à écouter tomber la pluie sur les tuiles. Surtout quand elle était seule.

Elle avait le grand lit pour elle. Entièrement pour elle. Il y avait à présent six mois qu'elle louait cet appartement dans l'une des résidences les plus chic de Corella Valley, et elle savourait chaque instant de calme.

Elle adorait sa liberté. Et elle adorait cet endroit. Les éléments pouvaient bien se déchaîner, rien n'entamerait son bonheur. Elle s'étira avec délectation sur les draps en coton. Qu'il pleuve ! Même les inondations ne l'inquiétaient pas.

Pourtant, l'après-midi même, le pont avait été mis en zone d'alerte. Des débris charriés depuis les zones inondées du nord cognaient contre la structure de bois, et les autorités craignaient qu'il ne résiste pas. Alors, ils en avaient condamné l'accès, plongeant la vallée tout entière dans l'isolement le plus complet.

Il avait été conseillé aux habitants d'évacuer, et beaucoup l'avaient fait. Mais la plupart des vieux fermiers refusaient de bouger. Ils en avaient vu d'autres, des inondations. Ils avaient fait des provisions, mis le bétail à l'abri sur les pâturages les plus élevés, et ils attendaient que les turbulences passent.

Maggie aussi.

Un éclair zébra la nuit, faisant geindre Tip, le jeune border collie. Blackie, l'aîné, s'approcha lui aussi du lit.

— Ne vous inquiétez pas, mes beaux, dit-elle. On est à l'abri, ici, et on a au moins un mois de croquettes d'avance. Que demander de plus ?

Elle s'interrompit. Malgré le fracas de la pluie, elle venait d'entendre une voiture. Quelqu'un, qui avait dû contourner la barrière, traversait le pont ? C'était de la folie ! La rivière était en crue, et on ne pouvait pas rater les énormes panneaux signalant le danger d'effondrement.

Apparemment, le véhicule traversa sans encombre. Maggie reconnut le bruit des pneus qui atteignaient le bitume. Ouf ! Mais contrairement à ce qu'elle pensait, la voiture ne poursuivit pas son chemin et s'engagea dans l'allée.

Si le véhicule était arrivé par ce côté-ci de la rivière, elle se serait levée immédiatement, redoutant un drame — en tant qu'infirmière, elle était la seule à pouvoir assurer les soins médicaux, dans le coin. Ou bien elle se serait inquiétée pour Pete, son frère, que l'adolescence et des fréquentations peu recommandables rendaient difficile ces derniers temps.

Mais la voiture venait de l'autre côté. Ce n'était donc pas Pete. Et puis, là-bas, ils avaient l'hôpital et cela ne pouvait donc pas être une urgence. Malgré tout, elle se redressa et enfila un peignoir.

Puis elle hésita un instant. C'était peut-être une visite pour son propriétaire. A minuit ? Pourquoi pas, après tout, elle connaissait à peine Blake Samford.

Il était le fils unique d'une famille de grands propriétaires terriens — de ces familles à qui on avait alloué d'immenses terrains quand l'Australie s'était ouverte aux premiers colons. Depuis, leur fortune n'avait fait que croître. La résidence de

Corella Valley était un ensemble impressionnant, mais quasi désert. Blake y vivait, enfant, mais sa mère l'avait emmené quand il avait six ans et on l'avait à peine revu depuis.

Depuis trois jours, il était là. Pour se remettre d'une opération de l'appendicite, lui avait-il dit, et il voulait en profiter pour remettre la ferme en état avant de la vendre, son père étant mort six mois auparavant.

Elle l'avait averti de la crue de la rivière, mais il n'avait pas semblé inquiet.

— Puisque je suis prisonnier ici, autant l'être pour de bon, avait-il dit en haussant les épaules.

S'il recevait des visiteurs en pleine nuit, ceux-ci seraient prisonniers avec lui. Peut-être était-ce une femme, prête à braver tous les dangers pour retrouver son amant. Déjà, elle entendait des pas dans l'escalier, qui se dirigeaient vers la porte de Blake, justement. Maggie se remit au lit.

Blake avait beau être d'ici, elle ne l'avait vu que très rarement enfant. Il avait rendu peu de visites à son père, un homme connu de tous pour sa dureté. D'ailleurs, à la connaissance de Maggie, Blake n'était pas venu lorsque ce dernier était tombé malade. Etant donné la réputation du vieil homme, personne n'avait songé à l'en blâmer. Finalement, elle n'avait revu le fils qu'aux funérailles.

Elle y était allée en tant qu'infirmière du malade. Bien que fidèle à sa réputation, il aimait ses chiens par-dessus tout, aussi avait-elle décidé d'exposer son idée à son fils.

Elle n'était même pas sûre qu'il viendrait à l'enterrement, mais finalement, si. Le petit Blake Samford était devenu un très bel homme. D'après les vieilles commères du coin, il avait hérité la beauté de sa mère. Maggie ne l'avait jamais vue, mais il fallait reconnaître que le fils était réussi : fort, belle peau mate, fascinant. Mais pas très causant. Il s'était tenu à l'écart du peu de gens qui s'étaient déplacés, le visage figé en une expression indéchiffrable.

Quoi qu'il en soit, Maggie avait besoin de son accord.

Ayant pris son courage à deux mains, elle l'avait approché à la fin du service funèbre. Après lui avoir tendu son CV, elle avait proposé de s'occuper de la résidence et des chiens adorés de son père s'il la laissait habiter le logement de fonction de l'ancien gardien en contrepartie. Harold Stubbs, le fermier le plus proche, avait pris en charge le bétail de Bob, mais il se faisait trop vieux pour veiller aussi sur la maison et les chiens. Elle avait donc offert ses services jusqu'à la vente du domaine.

Trois jours plus tard, un contrat de location lui était parvenu par la poste, et elle avait emménagé. Mais elle n'avait plus eu de nouvelles de Blake depuis. Or il était revenu, probablement pour mettre la propriété en vente.

Elle s'y attendait, bien sûr, et elle avait commencé à se chercher un nouvel appartement car pas question de rentrer chez elle.

Mais pour l'instant, elle était toute à ces visiteurs imprudents. Complètement inconscients, même… L'envie la démangeait de se relever pour aller jeter un œil par la fenêtre. A ce moment-là, des pas lourds se firent entendre dans l'escalier puis la véranda. Quelqu'un courait car les vibrations résonnaient dans toute la maison et les chiens étaient comme fous. Alors qu'elle tâchait de les calmer, les pas retraversèrent la véranda puis dévalèrent les marches dans l'autre sens. Une portière claqua, et la voiture redémarra en trombe, repartant par où elle était arrivée. Maggie retint son souffle jusqu'à ce qu'elle l'entende atteindre l'autre côté du pont sans encombre.

Mais que se passait-il ? Des gamins qui s'amusaient ?

Après tout, ce n'étaient pas ses affaires. Blake était là, et elle n'avait donc à s'occuper que de son appartement.

Son appartement. Jusqu'à ce que Blake vende la maison.

Peu importait, pour l'instant elle était chez elle. Et seule. S'il y avait bien une chose que Maggie Tilden adorait, c'était être seule. Le bonheur parfait.

Blake tendait l'oreille, interloqué.

Avec sa locataire, Maggie Tilden, ils avaient inspecté le pont pas plus tard qu'hier. Le courant avait abîmé la structure déjà fragile, et des tas de débris, parfois très gros, ne cessaient de battre contre les piliers.

— Si vous voulez repartir, c'est maintenant ou jamais, avait conseillé Maggie. Les autorités sont sur le point de fermer la route.

Quelle importance ? De toute façon il était condamné à trois semaines de repos après son opération de l'appendicite, et il devait mettre de l'ordre dans les affaires de son père.

— Comme vous voulez, avait dit Maggie, avant de retourner vers son appartement, suivie de près par les chiens de son père.

Qui pouvait bien avoir frappé à sa porte au beau milieu de la nuit ? Et franchi ce pont malgré les avertissements ? Un ami de Maggie qui s'était trompé de porte ?

Qui que ce soit, il était parti. Il avait entendu les chiens japper de l'autre côté du mur, et il espérait presque que sa voisine vienne aux nouvelles.

Mais elle n'en fit rien. Il se décidait à retourner au lit quand il se ravisa. Mieux valait vérifier qu'on n'avait pas laissé quelque chose sur le pas de la porte. La personne avait semblé particulièrement pressée.

Il se dirigea vers la porte et faillit trébucher sur une sorte de baluchon. Rose et mou… Interdit, il souleva un coin de la couverture. Une mèche de cheveux noirs. Une petite bouche. Un petit nez en trompette. De grands yeux sombres qui le regardaient fixement.

Un bébé ! Un minuscule bébé qui n'avait pas plus de trois semaines. Là, sur le pas de sa porte !

Sans réfléchir, il prit l'enfant dans ses bras, et scruta l'obscurité, comme s'il pouvait faire réapparaître cette maudite voiture.

Il n'y connaissait rien en bébés. Bon, d'accord, il avait bien suivi la formation pédiatrique de base, mais il y avait des années qu'il était chirurgien orthopédiste, et il ne soignait que rarement des bébés. Sauf que là, il en avait un sous les yeux, et bien vivant.

Un souvenir encore vivace lui serra le cœur. Il y avait longtemps, une trentaine d'années. Ici même, dans ce couloir. Une femme qui arrivait avec un bébé dans son couffin, et le déposait là en disant :

— Comme ça, le gamin aura sa sœur.

Ensuite, ses souvenirs étaient flous. Il se rappelait des cris de son père et des insultes de sa mère dirigées vers la femme. Cette femme étrange, comme hystérique.

Il avait six ans, à l'époque. Pendant que les adultes se hurlaient dessus, il s'était approché du bébé. Elle pleurait, mais personne ne semblait s'en soucier. Une petite sœur ?

Cette nuit-là, sa mère avait appris que son père avait une maîtresse. Plus jamais il n'avait entendu reparler de cette femme, ni d'ailleurs de son bébé.

Il se secoua. Qu'est-ce qui lui prenait de repenser à cela maintenant ? Cet enfant n'avait rien à voir avec son passé. Pour l'instant, il ferait mieux d'appeler la police.

Puis il songea à Maggie, infirmière et sage-femme, et aux références qu'elle lui avait données. Une vague de soulagement le submergea. Toute la vallée connaissait Maggie, et si une femme devait abandonner son enfant, quel meilleur endroit que le pas de la porte d'une sage-femme ?

— Salut…, murmura-t-il, un peu rasséréné par cette idée. On t'a placé ici par erreur, mais ne t'inquiète pas, je vais te remettre entre les bras de la bonne personne. Elle s'y connaît en petits bébés comme toi, et avec un peu de chance, elle va te tirer de ce mauvais pas.

Maggie se remettait bien au chaud sous sa couette quand elle entendit frapper. A sa porte, cette fois.

Quoi encore ? Elle avait eu une rude journée, passée à transporter le matériel d'urgence depuis l'hôpital jusqu'à la clinique de fortune qu'elle venait d'installer de ce côté-ci de la rivière car tout devait être prêt avant la fermeture du pont. Comme si cela ne suffisait pas, elle avait fait sa tournée de visites prénatales dans les fermes isolées. Autant dire qu'elle était épuisée.

Etait-ce une autre évacuation d'urgence ? Elle avait assisté à la réunion communale et savait que la maison était bien au-dessus de la rivière. A moins qu'un tsunami ne parcoure les trois cents kilomètres qui les séparaient de la mer, tout ce qu'ils pouvaient craindre, c'était que le pont s'écroule, et que l'électricité soit coupée. Pas de quoi s'affoler…

On frappa de nouveau, et son agacement se transforma soudain en peur. Elle avait huit frères et sœurs, dont certains qui étaient encore suffisamment jeunes pour faire des bêtises. Et si… Pete ? Bon sang !

Prenant une profonde inspiration, elle glissa les pieds dans ses pantoufles et enfila un vieux peignoir.

Derrière la porte se tenait Blake Samford, un bébé dans les bras.

— Je pense qu'il est pour vous, dit-il en le lui tendant.

Machinalement, elle le prit, comme l'infirmière qu'elle était, sans trembler, le serrant contre elle pour le réchauffer, mais sans quitter Blake des yeux.

Il était presque effrayant. Avec son mètre quatre-vingt-cinq au moins, ses épaules larges, ses yeux sombres et ses cheveux noirs, il avait de quoi impressionner.

Une sensation de danger émanait de lui, et elle se sentit paniquer. Heathcliff… N'importe quoi ! Un homme venait lui apporter un bébé au milieu de la nuit, et tout ce que cela lui inspirait, c'était un personnage de roman ?

Derrière elle, les chiens grognaient. Pourtant, ils le connaissaient — elle l'avait vu leur parler —, mais c'était encore un étranger. Par ailleurs, ils devaient se demander quel était ce baluchon dans les bras de leur maîtresse.

— Comment ça, vous pensez qu'il est pour moi ?

demanda-t-elle, s'efforçant de ne pas trop laisser paraître sa surprise et sa crainte.

Pour ne pas effrayer le bébé ou les chiens. Pour ne pas rajouter à sa propre peur.

— A priori, quelqu'un a fait une erreur, dit-il. Vous êtes sage-femme, non ? Je suppose qu'ils ont voulu vous confier ce bébé.

— Qui ça, *ils* ?

Elle repoussa légèrement la couverture et regarda l'enfant. D'immenses yeux la fixaient. Magnifiques. Elle adorait les bébés, et pourtant, Dieu sait qu'elle en avait vu passer ! Mais aujourd'hui, elle avait trouvé le travail idéal : elle pouvait les aimer quelques jours, puis les confier à leurs mères.

— Je ne sais pas qui c'était, répondit-il, visiblement à bout de patience. Vous n'avez pas entendu la voiture ? Ils sont venus, ils ont déposé le bébé, et ils sont repartis.

Incroyable ! Elle le regarda droit dans les yeux, mais il ne cilla pas. Un bébé abandonné. Une histoire digne d'un conte de fées. Ou d'un cauchemar.

— Qui es-tu ? chuchota-t-elle en reportant son attention sur l'enfant.

Il fronça son petit nez et se mit à pleurer. Des pleurs désespérés, comme s'il avait l'habitude que personne ne vienne le consoler. Des pleurs qui vous allaient droit au cœur, et y restaient. Insupportables. Déchirants.

En l'observant, elle remarqua la fontanelle légèrement enfoncée, la peau sèche, les signes habituels d'une déshydratation. Elle songea un instant à lui poser une perfusion. Mais s'il avait encore la force de pleurer, de hurler, même…

Elle attrapa son porte-clés.

— Vous pouvez aller chercher mon sac, à l'arrière de ma voiture ? On a un problème.

— Un problème ?

Elle se précipita vers le canapé. Le feu brûlait encore bien, le bébé ne risquait pas de prendre froid si elle le découvrait.

— Au panier ! cria-t-elle aux chiens qui obéirent sans broncher. Mon sac, vite ! ajouta-t-elle sur le même ton à l'attention de Blake, toujours planté dans l'encadrement de la porte.

Il se dirigea vers la voiture, légèrement étourdi. Et carrément impressionné.

Les seules fois qu'il avait vu Maggie Tilden, elle lui avait paru efficace et… banale. Elle s'habillait avec simplicité pour aller travailler, or depuis qu'il était ici, il ne l'avait vue qu'en pantalon noir et blouse blanche avec « Services Médicaux de Corella Valley » brodé sur la poche. Elle ne portait pas de maquillage, et ses boucles brunes étaient attachées en queue-de-cheval. Elle devait mesurer un mètre soixante-cinq, avait des taches de rousseur, des yeux marron et un nez retroussé. Jusqu'à ce soir, oui, il l'aurait décrite comme banale.

Sauf que ce qu'il venait de voir n'avait rien de banal. Loin de là, même. Finalement, elle était comment ?

Mignonne. Non. C'était plus profond.

Même dans son pyjama délavé, ses pantoufles et son vieux peignoir. Ses cheveux, une fois détachés, avaient des reflets auburn, et lui tombaient jusqu'aux épaules. Avec les chiens à son côté, le feu qui craquait dans la cheminée, elle était… adorable.

Tout le contraire des femmes qu'il connaissait. Tranquille. Naturelle. Accueillante. Et forte. Ce regard qu'elle lui avait jeté pour qu'il se bouge les fesses dénotait un sacré caractère.

Elle ne pouvait pas savoir qu'il était médecin. Lui aussi avait compris aux pleurs du bébé qu'il y avait un problème. Des signes évidents de déshydratation, voire de malnutrition. Il avait tendu la main pour lui prendre le pouls, puis s'était ravisé. Elle avait raison : tant qu'ils ne savaient pas exactement ce qui n'allait pas, mieux valait le manipuler le moins possible.

C'était rassurant de voir qu'elle réagissait en parfaite professionnelle. Et même si, en cet instant, elle avait besoin de son aide, elle serait tout à fait capable de s'en occuper ensuite. Ce bébé cesserait d'être sous sa responsabilité, et il pourrait partir d'ici.

Le sac de Maggie était en fait une sorte de bureau portatif. Enorme. Qu'est-ce qu'il pouvait bien contenir pour peser aussi lourd ? Des médicaments pour toute la vallée ? Comment un si petit bout de femme parvenait-elle à soulever pareil poids ? Il sentit les points de son appendicectomie se tendre dangereusement. Ne souhaitant pas prendre de risques, il se dirigea vers l'appentis et saisit une brouette. Si les points se déchiraient, il ne serait plus utile à personne. Pire encore, il deviendrait lui-même un fardeau.

Maggie écarquilla les yeux en le voyant revenir avec sa brouette à bois.

— Appendicectomie, dit-il avant qu'elle ait pu prononcer un mot. Vous n'avez pas besoin d'un second patient.

Elle eut soudain l'air embarrassée.

— Mais ça va, ajouta-t-il en hâte. Si vous ne craignez pas les traces de pneus sur votre tapis.

— Avec la famille que j'ai, il m'en faut plus. Merci, en tout cas. Vous êtes sûr que ça va ? Désolée, vous me l'aviez dit, et je n'ai pas réfléchi.

— Je comprends, il y a plus urgent.

Elle lui jeta un long regard, puis enchaîna :

— Si je vous donne les doses, vous pourriez me préparer un soluté ? Il est extrêmement déshydraté.

— Je peux voir ?

Il s'approcha et repoussa légèrement la couverture qui cachait le visage de l'enfant qui pleurait toujours. Maggie l'avait ausculté et déshabillé, puis remmailloté sans lui enlever sa couche. Elle avait aussi ajouté une couverture, un cashmere qu'il avait vu sur le dossier du sofa.

Le bébé présentait des signes évidents de négligence et de malnutrition, et il avait le ventre et les cuisses irrités par le frottement avec les couches.

Il avait besoin d'être lavé et changé, mais la priorité restait la réhydratation, et la voie orale était la plus efficace.

— Dites-moi ce que je dois faire, dit-il.

La reconnaissance qu'il lut dans son regard le troubla.

Cinq minutes plus tard, il lui tendait un biberon stérilisé rempli d'un soluté. Quand Maggie l'approcha de la minuscule bouche, le bébé se mit à téter goulument.

Le silence fut aussi soudain qu'assourdissant. Même les chiens semblaient soulagés. La bouche expressive de Maggie s'étira en un charmant sourire.

— Eh bien, tu viens juste de t'éviter les urgences, murmura-t-elle avec douceur. Maintenant, voyons ce qu'il y a là-dedans. Vous vous sentez capable de lui changer sa couche ? demanda-t-elle en levant les yeux vers Blake. Normalement, on ne fait pas ça pendant le repas, mais il est trempé, et je n'ose même pas imaginer dans quel état est sa peau. Tant qu'il est occupé à boire, on pourra regarder ça tranquillement.

Bon. C'était un cas d'extrême urgence. Il aurait préféré donner le biberon pendant qu'elle s'occupait de la couche, mais il était trop tard pour échanger les rôles.

Après tout, il était chirurgien, il en avait vu d'autres. Sauf qu'il n'avait jamais changé une couche.

— Il vous faut une bassine d'eau tiède et savonneuse, ajouta-t-elle. Dans le placard, sous l'évier. Prenez une serviette propre dans la salle de bains, et le flacon bleu qui se trouve dans mon sac, celui avec les fesses de bébé sur l'étiquette.

— D'accord, dit-il à contrecœur.

Il faudrait bien qu'il apprenne à changer un bébé. Un beau jour, dans un futur lointain, Miriam et lui auraient peut-être des enfants. Il remplit donc la bassine d'eau tiède, en songeant que la relation qu'il avait avec sa collègue était quelque peu tiède, elle aussi. Miriam ne croyait pas en l'engagement. Et lui encore moins.

Ce qu'il était en train de vivre cette nuit ne risquait pas de le faire changer d'avis.

La voix de Maggie le tira de sa torpeur.

— Hé ! Ça vient ?

— Oui, chef, répondit-il en la rejoignant.

2.

Blake retira la couche. Une petite fille !

— Elle n'a pas été changée depuis des jours, remarqua Maggie d'une voix blanche.

En effet, la pauvre enfant était dans un état lamentable. Quand il la libéra de son baby-gros, ils eurent cependant une autre surprise : des pieds bots.

Il eut un haut-le-cœur — et le contenu de la couche n'en était pas responsable. Que l'on puisse abandonner une enfant handicapée le révoltait. Et l'abandonner ainsi, devant une porte close, sans même s'assurer que Maggie serait là pour la recueillir ! Mais en regardant les terribles rougeurs et les pieds déformés de cette petite fille, il avait sa réponse : ceux qui l'avaient laissée là n'en avaient rien à faire.

Il leva les yeux vers Maggie et lut les mêmes sentiments dans les siens. Horreur, colère, dégoût… A l'égard de ce crétin, si pressé d'abandonner une enfant handicapée qu'il avait pris des risques inconsidérés. Il ou elle, d'ailleurs.

Mieux valait se concentrer sur le nettoyage du petit corps meurtri. La fillette était plus détendue, elle commençait même à s'endormir. Il en profita pour l'examiner de façon plus approfondie.

Maggie le laissait faire, se contentant de le regarder manipuler délicatement les petits pieds, prendre le pouls. Puis il suggéra de la tremper dans l'eau tiède.

— Vous êtes médecin, dit alors Maggie.

Evidemment, à la façon dont il manipulait l'enfant, elle ne pouvait que deviner.

— Chirurgien orthopédiste.

Elle hocha la tête.

— Pas beaucoup de bébés, alors.

— Euh… Non.

— Mais beaucoup de pieds ?

— Ben oui…

Elle lui fit un drôle de petit sourire, qu'il se surprit à trouver… charmant. Cette femme était curieuse et efficace. Le genre de femme dont on était ravi d'avoir le soutien en cas de crise. Oui, décidément, il était ravi qu'elle soit là.

Mais, pour l'instant, la priorité n'était pas ce mystérieux sourire. Alors que Maggie tenait le biberon que la petite tétait toujours, il la lui prit doucement des bras et la plongea dans l'eau.

Il sentit le petit corps se détendre un peu plus encore. Elle avait dû vivre des moments pénibles, mais maintenant elle était rassasiée et propre. Et en sécurité, car Maggie ne semblait pas être du genre à fuir ses responsabilités.

Il jeta un œil vers la cheminée, devant laquelle étaient allongés les chiens de berger de son père. Il ne les avait pas revus depuis la dernière hospitalisation de ce dernier, six mois environ avant sa mort, et ils n'étaient pas beaux à voir, à l'époque. Mais n'ayant connu que la vie à la ferme, ils n'auraient pas supporté de vivre en ville, et Blake avait donc dû renoncer à les prendre chez lui. Son père refusait qu'il vienne s'installer ici, lui hurlant presque dessus en arguant qu'il pouvait très bien se débrouiller seul, mais en cachette du vieil entêté, Blake avait néanmoins pris contact avec les services de l'hôpital le plus proche et demandé des visites quotidiennes.

C'était ainsi que Maggie avait pris son père en charge, ainsi que les chiens, et quand le patriarche était mort, elle lui avait proposé de s'occuper aussi de la propriété. Voilà qui avait résolu deux problèmes en un : les chiens et la ferme vide. Oui, cette femme était la providence même.

Le bébé s'était complètement endormi. Maggie reposa le biberon et prit le relai, baignant et palpant d'une main experte chaque parcelle de peau, les bras et les jambes. Il la vit froncer les sourcils en découvrant un hématome au niveau de l'épaule. En effet, c'était suspect, à cet âge. L'avait-on reposée trop vivement ? Laissée tomber ? Battue ?

— J'ai quelques vêtements de bébé au fond de mon sac, dit-elle sans quitter l'enfant des yeux. Vous pouvez me les passer ?

Quand il les rapporta, elle sortit la fillette de l'eau et l'enveloppa dans une serviette réchauffée devant le feu. Elle étala de la pommade sur les plaies, et manipula ses pieds encore une fois.

— Ils auraient pu être redressés facilement, dit Blake. Jusqu'à trois semaines après la naissance, les tissus sont encore souples et malléables. Plus on attend, et plus le traitement est long.

— Je n'ai vu ce genre de cas qu'une fois. En moins sévère.

— C'est en effet un cas sérieux, dit-il. Mais pas irréversible.

— On a un équipement de base pour pratiquer des radios, à la clinique.

— On n'a pas besoin de radio pour l'instant. Ce qu'il lui faut, c'est un traitement médical au long cours.

— Je ne veux pas appeler les urgences, à moins d'y être obligée. Ils ont assez à faire à évacuer les gens qui ont été inondés, et avec cette pluie, l'hélicoptère ne peut pas atterrir.

— Il n'y a pas d'urgence.

— Dans ce cas, remettons à demain ce qui peut l'être, dit-elle, le visage soudain éclairé d'un large sourire.

Elle rhabilla l'enfant avec une telle douceur que chacun de ses gestes ressemblait à une caresse. Après l'avoir enveloppée dans la petite couverture en cashmere qu'elle avait apportée, elle la lui tendit. Sans réfléchir, il prit le petit être dans ses bras et s'assit près du feu, pendant que Maggie rangeait.

Efficace et méthodique. Calme, aussi. Combien de femmes auraient pris ce bébé en charge aussi naturellement ?

Bien sûr, elle était sage-femme, et c'était son travail. Il

la regarda ramasser le biberon, le soluté, les couches, et les placer dans un panier.

Un panier ?

— Vous voulez quand même l'emmener à l'hôpital ? demanda-t-il. Je vous avertis, je ne traverse pas ce pont.

— Moi non plus, répondit-elle en lui apportant le panier. Elle a l'air d'aller mieux. Elle a besoin de soins, évidemment, et de se requinquer un peu, mais rien qui vaille la peine de prendre le risque de lui faire retraverser la rivière. Je pense qu'elle sera très bien avec vous, et je vais vous préparer ce dont vous aurez besoin.

— Moi ?

— Oui, vous, dit-elle, gentiment mais fermement. C'est votre bébé pour la nuit.

— Mais je ne veux pas d'un bébé ! répliqua-t-il, abasourdi.

— Et vous pensez que moi si ?

— C'est à vous qu'on l'a laissée.

— Faux, dit-elle sur le même ton inflexible. Elle était devant votre porte. Je ne pensais pas que vous sauriez vous en occuper, c'est pour ça que je suis venue à la rescousse. C'était bien naturel, et d'ailleurs, je suis là, en cas de besoin.

— Mais qu'est-ce que vous me racontez-là ? Vous êtes sage-femme !

— Ça n'a rien à voir, dit-elle en se dirigeant vers le canapé. J'ai trouvé ceci pendant que vous prépariez le soluté. On l'avait glissé sous sa couverture.

Elle agitait un morceau de papier sur lequel on avait griffonné quelques lignes à la hâte. Sans un mot de plus, elle le lui tendit.

« Cher grand frère,

» Le père est mort. Il n'a jamais rien fait pour moi. Rien ! C'est toi, l'enfant légitime, celui qui hérite de tout. Tu as hérité de la ferme, tu hérites de l'enfant.

» C'est la petite-fille de ton père. De mon père. Mais j'en veux pas. Rien que de voir ses pieds, ça nous donne envie de vomir, à Sam et à moi. Je l'ai appelée Ruby, comme la mère

de ma mère, c'est la seule qui ait jamais fait quoi que ce soit pour moi. Mais tu peux bien l'appeler comme tu veux. Cette gosse est handicapée, on en veut pas. Si tu la veux pas non plus, fais-la adopter. Fais-en ce que tu veux. Avec Sam, on part à Perth. Si tu as besoin de signatures, mets une annonce dans le *Margaret River*. Si je la vois je te contacterai. Peut-être.
» Wendy »

Un long silence s'installa.

— Qui est Wendy ? demanda enfin Maggie.

— Ma… ma demi-sœur.

Il n'arrivait pas à y croire.

— Le fruit d'une des aventures de mon père.

— Wendy comment ?

— Je ne le sais même pas.

— Eh bien…, dit-elle en lui jetant un de ses regards — calme, empathique mais implacable. Ça doit faire un choc.

— Plutôt, oui.

— Je pense qu'elle va bien dormir, probablement plusieurs heures d'affilée. Mais si vous avez besoin d'aide, je ne suis pas loin.

— Ce bébé n'est pas le mien, dit-il avec une telle véhémence que le bébé — Ruby — ouvrit les yeux une fraction de seconde. Elle n'est pas à moi…

Mais il savait bien que cela ne servait à rien. Il fallait bien que quelqu'un se charge de cette enfant.

— Je suis infirmière, Blake, rétorqua Maggie. Je ne suis pas plus parent que vous. Mais vous êtes son oncle, et votre sœur vous l'a confiée. C'est votre famille. Faites-moi signe s'il y a un souci, conclut-elle en se dirigeant vers la porte. Vous avez tout ce qu'il vous faut pour cette nuit. Je passerai demain matin pour prendre des nouvelles.

— Mais je n'y connais rien, en bébés…

— Bien sûr que si, vous êtes médecin.

— Je ne sais pas m'en occuper !

— Si des jeunes filles de quinze ans arrivent à s'en sortir, vous aussi. C'est moins compliqué qu'une opération du cerveau.

— Mais... je suis encore convalescent, ajouta-t-il, en désespoir de cause.

— Des jeunes filles de quinze ans qui viennent de subir une césarienne y parviennent. Allez, quoi, du nerf !

Il la dévisagea, et elle lui retourna son regard sans ciller. Elle souriait. Il crut déceler une certaine sympathie derrière ce sourire qui était toujours aussi implacable. Elle ne changerait pas d'avis.

Il tenait sa nièce dans ses bras. Sa nièce !

Maggie lui ouvrit la porte. Après un dernier regard à son intérieur si rassurant, à la cheminée, aux chiens sagement assis, il sortit dans la nuit noire.

Avec son bébé...

Sitôt la porte refermée, Maggie regrettait déjà. Elle venait d'abandonner une enfant. A son oncle. Un médecin. Son propriétaire. Qui se remettait à peine d'une appendicectomie. Mais s'il était capable de traverser la moitié du pays en voiture, il était tout à fait capable de s'occuper de cette enfant.

Après tout, ce n'était pas son problème. Elle regarda les braises dans l'âtre. Son feu.

Il lui avait fallu tellement de courage, d'obstination, de désespoir pour se trouver une maison à elle. Il n'y avait quasiment rien à louer à Corella Valley et elle n'avait pas beaucoup d'argent. Elle se remémora le soulagement qu'elle avait ressenti quand Blake avait accepté de la laisser s'occuper de la propriété en échange d'un appartement. C'était vraiment l'endroit idéal. A moins d'un kilomètre de la maison familiale, où elle pouvait ainsi aisément se rendre si on avait besoin d'elle.

Sauf que, cette fois, c'était Blake qui avait eu besoin de son aide. Et elle la lui avait refusée. Assez ! C'était la nièce de Blake, bon sang ! Mais elle avait lu une telle panique dans ses yeux qu'elle avait bien failli craquer et se retrouver avec un bébé, encore une fois.

Huit frères et sœurs, des parents qui s'en fichaient complètement. Et elle.

« Tu vas rester à la maison, aujourd'hui, tu t'occuperas de ton frère. Oui, il est malade, mais ton père et moi on s'en va quelques jours à Nimbin pour le festival. Tu es une gentille fille, Maggie. »

Deux hippies fans de guitare avec neuf enfants, et Maggie, l'aînée, qui s'occupait de tout ce petit monde.

Elle n'avait vraiment pas besoin de se rajouter des responsabilités. Non, pas question.

Blake installa le bébé dans un berceau improvisé qu'il avait aménagé dans un tiroir de bureau.

Il la regarda dormir paisiblement. Il la regarda longtemps. En l'espace de deux heures, elle avait déjà changé. Ses joues étaient un peu plus roses, et les signes de déshydratation s'estompaient. Pauvre petite, quel début de vie elle avait dû avoir ! Pour l'heure, elle dormait comme si elle ne voulait plus se réveiller pour revivre ce calvaire.

Mais que savait-il de ce qu'elle avait vécu ? Ce petit être n'était rien pour lui. Dès que le niveau de la rivière serait redescendu, il irait la remettre aux autorités compétentes. En attendant…

Maggie devrait la prendre, c'était la meilleure solution. Une sage-femme accomplie, habituée à manipuler des bébés tous les jours était bien la personne idéale pour s'occuper d'un nouveau-né.

Sauf qu'elle avait été claire : ce n'était pas son problème, et elle ne semblait pas disposée à changer d'avis. Elle l'avait prouvé en le renvoyant dans ses pénates avec le bébé.

Il la regarda dormir encore un moment. Ruby. Sa nièce.

Il avait beau se répéter les mots, il n'arrivait toujours pas à le croire. Déjà qu'il avait du mal à croire qu'il avait une sœur… Il ne l'avait vue qu'une fois, et ce jour resterait à jamais gravé dans sa mémoire. Elle n'était guère plus vieille que Ruby, d'ailleurs. Il avait six ans alors, mais il se rappellerait toujours les hurlements des deux femmes, les cris de son père, les pleurs du bébé.

Il avait eu envie d'aller la réconforter, de la prendre dans ses bras et la bercer, mais il n'avait pas osé. Il aurait eu bien besoin de réconfort lui-même. Il était trop jeune pour s'occuper d'un bébé.

Etait-il assez vieux aujourd'hui ? Il n'en avait pas l'impression. Il songea aux petits pieds tordus vers l'intérieur, au temps et aux efforts qu'il faudrait pour les redresser, mais il se sentait capable de le faire. C'était son métier.

Pas comme le reste.

Le téléphone sonna, interrompant des pensées trop douloureuses. Soulagé, il alla décrocher. C'était sans doute Maggie qui avait finalement changé d'avis et s'inquiétait pour le bébé.

Mais non, c'était Miriam.

— Je t'appellerai quand je sortirai du travail, avait-elle promis. Ça ne te dérange pas s'il est un peu tard ? Tu sais que j'aimerais venir avec toi, mais le conseil se réunit la semaine prochaine pour nommer le nouveau chef du service ophtalmologique, et je dois y être, si je veux me présenter.

Bien sûr, il avait accepté. Ils étaient aussi ambitieux l'un que l'autre, et ils n'allaient pas se laisser dérouter par une toute petite appendicectomie.

Et un tout petit bébé ?

Miriam ne remarqua pas qu'il était préoccupé. Après les questions qu'elle lui fit sur l'inondation, il lui raconta brièvement que le pont était bloqué, qu'il allait bien, qu'elle n'avait pas de souci à se faire. Elle n'était pas vraiment du genre à s'en faire, de toute façon. Elle savait qu'il était capable de prendre soin de lui.

Elle le connaissait bien. Ils étaient collègues depuis des

années, et leur relation sans passion les conduisait lentement mais sûrement vers le mariage.

Sauf que… Il était sur le point de lui annoncer quelque chose qui risquait de tout changer.

— J'ai un bébé, dit-il, à brûle-pourpoint.

Silence. Il avait l'impression de l'entendre réfléchir. Apparemment, elle opta pour une plaisanterie.

— Ça a été rapide, tu n'es parti que vendredi… Tu n'es pas sérieux ? ajouta-t-elle, comme il restait muet.

Il lui détailla les événements de la nuit.

— La sage-femme te l'a laissé ? reprit Miriam, s'énervant après la mauvaise personne.

— On peut dire ça.

— Eh bien, rends-le lui ! Tout de suite. C'est à elle de s'en occuper. Elle est infirmière, ou quoi ? C'est son boulot. C'est comme si quelqu'un arrivait dans ton cabinet avec une jambe cassée et que tu refusais de l'aider.

— Mais elle m'a aidé. Elle a donné un bain et à manger à la petite.

— La petite ?

— C'est une fille. Ruby…

— Ne t'attache pas, Blake. Cette fille compte là-dessus, justement. Que tu faiblisses.

— Je ne suis pas faible.

— Moi, je le sais, mais pas elle. Et tu ne m'avais jamais dit que tu avais une sœur ! Qui est-ce ?

— Je ne sais rien de plus que son prénom : Wendy.

— Eh bien, appelle les services sociaux, Blake. Mais… si le pont est coupé, comment ont-ils traversé ?

— Ils ont ignoré le panneau, au péril de leur vie.

— D'accord, mais je ne veux pas que tu risques la tienne. Dès demain matin, tu demandes une évacuation sanitaire.

— Elle n'est pas malade, Mim.

— Elle n'est pas non plus ton problème. Et ne m'appelle pas Mim, tu sais que je déteste ça. Téléphone à la police, dis-leur que tu as trouvé un bébé sur le pas de ta porte, et laisse-les s'en débrouiller.

— C'est la petite-fille de mon père. Ma nièce.

Il l'entendit inspirer profondément.

— Et donc ? Tu veux la garder ?

— Non ! dit-il, sans quitter la petite des yeux.

Elle avait réussi à sortir une main de la couverture dans laquelle Maggie l'avait enveloppée et porté un poing serré à sa bouche. Elle cherchait du réconfort, dans le chaos qu'était sa jeune vie.

Mais ce n'était pas son problème.

C'était sa nièce. La petite-fille de son père.

Il détestait son père. Après que sa mère l'avait emmené, vers l'âge de six ans, il ne l'avait revu que deux fois pour de courtes visites, et elles ne s'étaient pas bien passées.

Son père était dur. Maggie le connaissait bien, peut-être avait-elle détecté autre chose sous ses airs de brute ?

— Ramène cette enfant à la sage-femme et insiste, reprit Miriam. Si elle est un tant soit peu consciencieuse… Tu pourrais même la menacer de la dénoncer pour non-assistance à personne en danger, si elle refuse, non ?

— Parce qu'elle a confié un bébé à sa seule famille ?

— Tu n'es pas sa famille.

— Je suis tout ce qu'elle a.

— Elle a des parents, et la police peut les rechercher. En attendant, tu te reposes sur l'infirmière. Tu es convalescent, Blake, tu n'as pas besoin de ce tracas en plus. Tu es son propriétaire, menace-la de la mettre dehors.

— Mim…

— Fais ce que tu as à faire ! Ecoute, chéri, j'appelais pour te dire comment s'était passée ma présentation, cet après-midi. Ils ont beaucoup aimé. Je peux te raconter ?

— Bien sûr.

Cela lui changerait les idées. Il écouterait Miriam lui parler médecine, et il oublierait cette petite étrangère qui serait partie demain. Il oublierait aussi la femme qui avait refusé de la prendre sous son aile.

Maggie. Pourquoi diable pensait-il à elle ?

Il se souvenait d'elle aux obsèques. Il pleuvait des cordes. Elle portait un immense imper et des bottes en caoutchouc, une tenue tout à fait adaptée, dans le petit cimetière du village. Elle s'était approchée de lui, à demi cachée sous un énorme parapluie. Elle l'avait abrité, lui offrant son premier moment de réconfort dans cette horrible journée.

— J'ai pris les chiens de votre père parce que je ne voulais pas qu'ils soient livrés à eux-mêmes, avait-elle dit. Mais je vis dans une maison trop petite avec une famille trop grande, et la présence des chiens en plus rend la situation très inconfortable. Je suppose que la ferme de votre père va rester vide un moment. Il y a l'appartement du gardien, à l'arrière. Si je vous paie un loyer raisonnable, vous accepteriez de me laisser y vivre jusqu'à ce que vous décidiez ce que vous voulez en faire ?

Il avait accepté sans hésiter, et il avait vu une lueur joyeuse traverser son regard.

— C'est vrai ?

— Absolument.

— Vous ne le regretterez pas. Les chiens et moi, on va bien s'en occuper. Votre père était un homme dur, avait-elle ajouté après un coup d'œil vers les hommes regroupés autour de la tombe. Toutes mes condoléances.

Bizarrement, il avait su qu'elle comprenait. Est-ce que toute la commune savait que son père et lui n'avaient jamais eu de liens ? Qu'ils étaient pour ainsi dire des étrangers ?

Sa mère avait eu trois ou quatre liaisons dans sa vie, après son père. Désastreuses, chaque fois. La famille, c'était un concept qu'il n'avait jamais assimilé. Et maintenant…

Il continuait à regarder le bébé endormi en écoutant distraitement Miriam. Auraient-ils des enfants un jour ? Formeraient-ils une famille ? Ce n'était pas vraiment le moment de demander.

Mieux valait essayer de se concentrer sur ce qu'elle racontait.

Il allait suivre ses conseils et se débarrasser de cette enfant, d'une façon ou d'une autre. Toute cette histoire était ridicule.

Alors qu'il tentait de se focaliser sur la voix de Miriam, il songea à Maggie, de l'autre côté de la cloison. Peut-être même qu'elle avait entendu sa conversation. Cette pensée le mit mal à l'aise.

Il fallait oublier tout ça. Oublier Maggie.

Et le bébé ?

Si seulement elle ne suçotait pas ses petits poings comme ça... Si seulement il n'avait pas le cœur serré chaque fois qu'il posait les yeux sur elle, ravivant une douleur enfouie depuis qu'il avait six ans. Enfouie, mais pas oubliée.

Il eut une soudaine envie de briser ce mur de ses poings. De voir Maggie. Il n'avait pas la moindre idée de ce que Miriam lui disait. C'était pourtant un article important qu'elle avait présenté, et en temps normal il l'aurait écoutée avec attention. Mais, cette nuit, les yeux rivés sur un petit bébé endormi dans la couverture en cashmere de Maggie, il se sentit soudain incroyablement las. Lui aussi, il voulait dormir. Oublier.

Et il se sentait terriblement seul. Sans ce satané pont, il aurait peut-être demandé à Miriam de venir le rejoindre.

Elle n'aurait jamais voulu, et même si elle était venue, elle n'aurait rien pu faire. Elle ne se serait pas occupée du bébé.

Le bébé. Les inondations. Maggie. Les images défilaient, incontrôlables, dans son esprit confus et épuisé.

— Il faut que je raccrochc, dit-il, interrompant Miriam au beau milieu d'une phrase. Désolé, chérie, je te rappelle demain. Le bébé a besoin de moi.

— Et la sage-femme ?

— Elle dort. Et moi aussi, je vais aller me coucher. J'ai besoin de sommeil. En espérant qu'une certaine Ruby sera d'accord.

3.

Alors qu'elle nourrissait les poules, le lendemain matin, Maggie entendit Ruby pleurer. Elle jeta les dernières graines puis entreprit de ramasser les œufs. Ruby pleurait toujours, mais ce n'était pas son problème. Du moins pas encore, il n'était que 6 heures du matin. Elle leur rendrait une visite professionnelle un peu plus tard. Pour l'instant, elle allait prendre son petit déjeuner avant de se rendre au dispensaire qu'elle avait installé au fond de la propriété afin de préparer son équipement.

Quoique, cela pouvait attendre aussi. Les autorités n'avaient coupé le pont que la veille. Tous ceux qui avaient besoin de soins ou de médicaments avaient eu deux jours pour s'organiser. Les prévisions météo étaient sans ambiguïté : l'eau monte, et vous devez mettre votre bétail à l'abri sur les hauteurs, évacuez ou bien faites rentrer des provisions, car la rivière risque de mettre au moins une semaine à retrouver son niveau normal.

Ces derniers jours, il y avait eu foule à la pharmacie de l'autre côté de la rivière, et à l'hôpital de Corella Valley. On auscultait les moindres plaies et bosses, et remplissait des ordonnances pour le mois à venir. Les gens de la vallée ayant déjà connu des inondations, ils n'étaient pas du genre à céder à la panique.

Mais il n'y aurait pas de médecin de ce côté-ci de la rivière pour un moment. Excepté Blake. Une pensée qu'elle trouva étonnamment réconfortante.

En période d'inondation, les traumatismes étaient nombreux : les gens prenaient des risques inconsidérés pour sauver des bêtes, réparer des toitures ou transporter des sacs de sable. Savoir qu'elle avait un médecin à côté, même convalescent, était un sacré soulagement. S'il acceptait de donner un coup de main.

Mais si elle attendait de lui qu'il l'aide, peut-être devrait-elle en retour l'aider avec le bébé ? Elle lui avait clairement fait comprendre qu'elle n'en assumerait pas la responsabilité, comme il semblait l'attendre d'elle. Il lui faudrait donc se montrer ferme, bien que ce ne soit pas dans sa nature.

Mais ferme ne signifiait pas cruelle. Le pauvre n'y connaissait visiblement rien aux enfants. Elle alla donc frapper à sa porte de derrière. Pas de réponse, mais les pleurs s'accentuèrent.

Elle entrebâilla la porte et entra.

Blake se tenait au milieu du salon, debout devant la grande cheminée. La pièce n'avait pas changé : immense, vieillotte mais confortable. Un large tapis persan recouvrait en partie le parquet usé par les ans. Les fauteuils en cuir, jadis un des signes de l'opulence de la famille, auraient aujourd'hui bien mérité d'être retapissés. Mais le bon feu qui brûlait dans la cheminée rendait l'endroit agréable. Cette maison était une vieille dame, certes, mais toujours gracieuse et accueillante.

Pas comme l'homme qui occupait le centre de la pièce. Dans son caleçon, torse nu, il paraissait encore plus grand, plus sombre, plus impressionnant.

En tant qu'infirmière, elle avait l'habitude de voir des corps à demi dénudés. Mais celui-là…

Grand, bronzé, dangereux. Pourquoi diable cet adjectif lui venait-il systématiquement à l'esprit quand elle voyait Blake ? Comme un signal d'alarme dans sa tête : danger !

Sauf qu'il tenait un bébé dans ses bras, maladroitement, et que, dans ses yeux, elle lisait un immense désarroi.

Déposant son panier d'œufs, elle alla se laver les mains dans la cuisine, sans un mot, puis elle revint et prit l'enfant.

Blake poussa un long soupir.

— Il faut la tenir comme ça, dit-elle en serrant le petit

corps contre sa poitrine. Elle est épuisée. Pendant les neuf mois qu'elle a passés dans l'utérus, elle était en totale sécurité, ramassée sur elle-même. Maintenant, ses bras et ses jambes ont tendance à tomber, ce qui l'effraie. Elle supporte cette sensation inconnue si elle se sent bien, mais pas quand elle est fatiguée et affamée.

— Mais elle refuse de manger, marmonna-t-il en désignant le biberon d'un air impuissant.

— Il faut la rassurer, d'abord. Elle est trop énervée.

Elle s'assit dans l'un des fauteuils, dont le coussin sembla l'engloutir tout entière, et tâcha de se concentrer sur le bébé. Pas facile avec ce corps-là si proche.

Heureusement, la sage-femme reprit le dessus et elle enveloppa Ruby dans une couverture. Ses petits membres allaient pouvoir se détendre.

Mais ce corps... sublime... aurait pu faire perdre la tête à n'importe quelle femme.

Quelle idiote ! C'était son propriétaire. Un homme qui n'avait qu'une idée en tête : se débarrasser d'un bébé ! Et il n'hésiterait pas à profiter du moindre signe de faiblesse de sa part. Pas question de se laisser attendrir. Ni par ce corps ni par ce petit ange.

Elle vivait chez lui, point barre. Si la maison venait avec un bébé, eh bien elle partirait, voilà tout.

Mais ne dramatisait-elle pas la situation, alors qu'elle devrait au contraire se montrer pragmatique ? Cet homme avait un problème, et elle pouvait l'aider ainsi qu'elle le ferait pour n'importe quel jeune parent. Elle allait l'aider, puis elle partirait.

Ruby geignait toujours. Maggie saisit le biberon et fit tomber une goutte de lait sur le dos de sa main. Température parfaite... Elle l'approcha de la petite bouche qui l'accepta goulûment et les pleurs cessèrent.

Elle sourit en regardant le visage apaisé de l'enfant. Décidément, les bébés avaient une façon bien à eux de s'exprimer et de vous séduire. Sa propre mère le savait, et elle en avait abusé, la laissant s'occuper de toute la fratrie. Mais cette fois, elle devait absolument résister.

Ne pas s'impliquer. Ne pas regarder Blake. Son torse. La marque encore rouge juste au-dessus de l'élastique de son short.

— Vous n'avez pas eu droit à une opération via laparoscopie ? demanda-t-elle pour cacher son trouble. Mauvais chirurgien ?

— Mauvais appendice, rétorqua-t-il en baissant les yeux vers ses abdominaux dénudés. Désolé, je vais enfiler quelque chose.

— Ce n'est pas une petite cicatrice qui va me faire peur. Il y a eu des complications, alors ?

— Oui.

— Péritonite ?

— Ne vous inquiétez pas, je suis sous antibiotiques.

— Vous êtes sûr que vous êtes en sécurité, ici ?

— Bien sûr.

Pas très convaincant.

— S'il y a le moindre risque d'infection… Je pensais que vous aviez subi une laparo. Si j'avais su…

— Quoi ? Vous m'auriez ordonné de partir ?

— Je vous l'aurais conseillé, oui.

— Vous êtes médecin ?

— C'est bien le problème. Je ne suis qu'infirmière, et il n'y a aucun médecin de ce côté-ci de la rivière.

— Sauf moi.

Ouf ! Il venait donc d'accepter d'aider, en cas de besoin.

— Parfait, tant que ce n'est pas vous le patient…

— Je n'en ai pas la moindre intention, répondit-il en regardant Ruby d'un air sidéré. Pourquoi ça n'a pas marché, avec moi ?

— Ça va marcher, maintenant, dit-elle en lui passant l'enfant délicatement, sans déloger la tétine de la bouche avide. Asseyez-vous, détendez-vous. Faites connaissance…

— Faire connaissance ?

— Vous êtes son oncle. J'ai dans l'idée que ce petit bout de chou a bien besoin du peu de famille qu'elle a.

Il s'installa, pas très à l'aise d'abord, puis plus naturellement.

Il était… incroyable. Torse nu, ses cheveux bruns en bataille, le menton couvert d'un début de barbe. Oui, incroyablement beau. Il n'y avait pas d'autre mot.

Mais elle ferait mieux de se concentrer sur autre chose, et de se rappeler qu'elle était là en visite professionnelle.

— Si vous pensez que ses jambes requièrent une intervention immédiate, je peux demander une évacuation par hélicoptère, dit-elle en s'agenouillant près des petits pieds.

Elle se redressa.

— Je n'arrive pas à croire que sa mère l'a abandonnée à cause de ça, murmura-t-elle.

Blake secoua la tête.

— Une mère n'abandonne pas son enfant à cause de ça.

— Certains pères, oui. Si la mère est faible…

— Ou si la mère est droguée…

Maggie posa une main sur la joue de l'enfant.

— On ne voit pas de signes. Si sa mère était droguée, l'enfant souffrirait du sevrage.

— Elle a trois semaines, dit Blake. Elle s'en est peut-être sortie, mais elle a dû souffrir. Ça et les pieds déformés, ça a pu suffire pour que sa mère ne puisse plus la supporter.

— Plus le fait qu'elle sache que vous étiez rentré à la maison. Une bonne excuse pour vous la laisser.

— Ce n'est pas ma sœur.

— Vous avez le même père.

— Je ne connais même pas son nom de famille !

— Moi oui, dit-elle doucement. Wendy Ruthland, elle a vingt-neuf ans et elle vit dans une petite ferme, à une dizaine de kilomètres de l'hôpital. Ruby est née le 21 du mois dernier. Wendy n'est restée qu'une nuit et elle a refusé les soins post-natals. Tout le monde s'inquiétait. Ils avaient demandé à un pédiatre de venir voir les pieds de Ruby, mais quand il est arrivé, Wendy avait signé une décharge.

— Quoi ?

— Je suis la sage-femme affectée aux services médicaux

de Corella Valley… Si un cas m'inquiète, je peux demander d'accéder à son dossier. J'ai appelé l'hôpital et demandé une recherche sur un bébé né avec des pieds bots. Ils n'ont trouvé que Ruby. Son dossier n'est pas très bavard : pas de visites prénatales, premier enfant, le travail a été bref mais violent, partenaire présent par intermittence. Les deux parents ont visiblement été déstabilisés par les pieds du bébé, et un ajout dans le dossier mentionne la réaction assez violente du père. Dès le lendemain matin, Wendy a signé une décharge les concernant, elle et Ruby. L'hôpital n'avait pas de raisons d'appeler la police, mais le personnel a alerté les services sociaux. L'infirmière en pédiatrie a essayé de se rendre sur place, mais à chaque visite, elle a trouvé porte close et des chiens qui l'ont empêchée d'aller plus loin. Il y a bien un numéro de téléphone, mais on lui a raccroché au nez. Vous aurez peut-être plus de chance. Vous voulez essayer, pendant que je vais voir l'état du pont ?

— Qu'est-ce qu'il y a à vérifier ?

Il avait l'air comme assommé par toutes ces informations. Même un grand chirurgien pouvait être déstabilisé si on le sortait de son champ d'action habituel.

— J'ai entendu à la radio qu'il pleuvait toujours au nord, répondit-elle calmement. Un véritable torrent se dirige vers nous. Si l'eau continue à monter, il va se passer un moment avant que vous ne puissiez l'emmener aux services sociaux.

— Aux services sociaux ?

— Si on ne parvient pas à convaincre sa mère de la reprendre, et à moins que vous ne vouliez la garder vous-même, c'est là qu'elle sera placée. Quoi qu'il en soit, il faut prendre une décision rapidement car ses pieds ont besoin d'être traités, mais vous le savez mieux que moi.

— Oui, je le sais, grommela-t-il, avant de se murer dans un long silence en regardant le bébé lové dans ses bras.

Quelque chose était en train de se passer. Il avait beau dire qu'il n'avait pas de sœur, qu'il ne connaissait même pas son nom, c'était un homme intelligent. Un homme capable de maîtriser ses émotions. Mais son opération récente devait l'avoir affaibli, d'autant qu'il n'avait sans doute pas beaucoup dormi la nuit dernière.

Elle avait la sensation qu'il n'était pas du genre à se laisser amadouer facilement. Mais il continuait à regarder fixement cet enfant venu de nulle part, les sourcils froncés, probablement en proie à une véritable tempête sous son crâne.

Elle ne pouvait pas l'aider, c'était à lui de prendre cette décision.

— Je vais essayer d'appeler Wendy, dit-il enfin.

— Très bonne idée, répliqua-t-elle en se levant. Je vous laisse quelques œufs dans la cuisine. Tenez-moi au courant.

— Maggie ?

Elle se retourna et croisa des yeux dans lesquels elle lut un immense désarroi.

— Vous pouvez rester pendant que je téléphone ?

Ce n'était pas grand-chose, et elle pouvait bien acquiescer à sa demande. Mais quand il lui tendit le bébé paisiblement endormi, elle songea… Elle songea qu'elle ne devait absolument pas aller plus loin. Les bébés lui faisaient cet effet-là : elle avait toutes les peines du monde à leur résister.

Et Blake aussi, lui faisait de l'effet.

Ce corps puissant, la virilité qu'il dégageait. Mais ce n'était pas ce qui la touchait le plus. C'était la façon dont il regardait Ruby, et la façon dont il lui avait demandé de rester. La vulnérabilité cachée derrière la force apparente.

Maggie avait passé la plus grande partie de sa vie dans cette vallée, et elle avait entendu des histoires sur cette famille. Sur cet homme. Sa mère, si belle et froide, ne s'était jamais mêlée aux gens du pays, et elle était partie quand Blake avait six ans. Personne n'avait songé à l'en blâmer, d'ailleurs, car son père était un coureur doublé d'une brute.

Blake avait beau être issu de la famille la plus riche du comté, tout le monde l'avait plaint. Et le plaignait toujours.

Quelle sorte d'homme était-il devenu ? Ressemblait-il à

sa mère ou à son père ? Impossible de le savoir car elle le découvrait dans des circonstances peu propices. Blessé, sous le choc, épuisé, et affublé d'un bébé dont il ne voulait pas… Elle aurait été bien injuste de le juger.

Mais le plus important, c'était de ne pas s'impliquer plus qu'elle ne l'était déjà. Elle allait rester le temps qu'il passe son coup de fil, et puis…

Elle s'installa dans un fauteuil et tendit les pieds vers le feu. Cette pièce était vraiment chaleureuse. Familiale… Stop ! Elle vivait de l'autre côté de la cloison, pas ici.

Blake avait mis le haut-parleur, désireux qu'elle entende de toute évidence.

Une femme répondit à la deuxième sonnerie. D'emblée, le ton fut agressif, comme si elle attendait ce coup de fil.

— Wendy ?

Il y eut un long silence et Maggie se demanda si elle avait raccroché, comme d'habitude.

— Blake…, répondit-elle enfin.

Elle avait l'air épuisée. Trois semaines après l'accouchement, elle était peut-être en plein baby-blues.

— Au moins toi, tu connais mon nom, dit Blake. Moi, je ne connaissais même pas le tien.

— Certainement parce que ton père t'a reconnu, toi.

— Je suis désolé.

— Un peu tard, dit-elle, très sèche. Ça fait trente ans.

— Wendy, je ne suis pas responsable de ce que mon père a ou n'a pas fait.

— Il t'a laissé la ferme.

— On peut en discuter, répondit-il posément. Mais là, tout de suite, il faut qu'on parle de ta fille.

— C'est pas ma fille, rétorqua-t-elle. Depuis le début, je n'en veux pas. Et Sam dit qu'il ne veut même pas la regarder.

— Ça, c'est sûr ! cria une voix d'homme. On n'a jamais voulu d'enfants, nous deux. On va partir en Australie-Occidentale, et pas question qu'on emmène ce rat déformé avec nous. Quand

Wendy s'est rendu compte qu'elle était enceinte, il était trop tard pour s'en débarrasser, mais on n'en veut pas. On aurait dû la laisser à l'hôpital, mais avec leur paperasse… En tout cas, dès qu'on est installés, elle se fait ligaturer les trompes, un point c'est tout. Si vous voulez faire adopter la gosse, on vous signera les papiers, mais on n'a pas le temps maintenant. Et tant que la gamine est à nous, faites-en ce que vous voudrez. Nous, on se tire de là.

— Laissez-moi parler à Wendy, l'interrompit Blake. Wendy ?

Cette dernière reprit le combiné, toujours aussi agressive.

— Quoi ?

— C'est vraiment ce que tu veux ? Ne laisse pas le passé influencer ta décision. Pense à Ruby. Tu veux vraiment abandonner ta fille ?

— Ouais, répondit-elle, et l'agressivité laissa place à l'amertume. Mais je ne l'abandonne pas, je te la donne, nuance… Ma famille n'a jamais rien fait pour moi, c'est bien le moment de commencer, non ? Je veux pas de cette enfant, donc tu t'en débrouilles, grand frère.

Puis elle raccrocha violemment.

Silence. Un silence de mort…

Enfin, Blake reposa le combiné à son tour. Maggie regarda l'expression de son visage, puis la petite fille qui dormait dans ses bras, inconsciente de ce qui se tramait.

Rat déformé. Dieu merci, elle ne comprenait pas encore !

Pensant à l'attitude de sa propre mère, à la façon dont, elle aussi, s'était déchargée de ses responsabilités sur elle, elle se surprit à serrer Ruby un peu plus fort contre elle, comme si elle pouvait la protéger ainsi de la blessure des mots. Soudain, elle sentit qu'on la lui prenait des bras.

Blake la tenait à présent, comme s'il tenait son propre enfant. En père protecteur. En réaction, sans doute, à la colère et au chagrin. Il venait de comprendre et d'admettre que son monde venait d'être bouleversé.

— Elle ne changera pas d'avis, dit-il tristement.

— Je ne pense pas, non, murmura Maggie. Pas après trois semaines. Il arrive souvent que des mères rejettent leur bébé juste après la naissance, s'il a un problème ou si elles ont beaucoup souffert durant l'accouchement. Mais elle s'en est occupée pendant trois semaines — mal, mais tout de même. Et à entendre sa colère, j'ai l'impression que c'est une décision mûrement réfléchie. S'ils n'ont pas tissé ce lien indestructible qu'on tisse avec son enfant, ils ne le feront jamais. Tout ce qu'on peut espérer, c'est qu'ils acceptent de garder un semblant de contact avec elle.

— Vous voudriez que Ruby garde contact avec une famille qui la considère comme…

Il s'interrompit, visiblement incapable de répéter les mots.

— On va devoir la faire adopter. Il y aura bien une famille qui voudra d'elle.

— Bien sûr. Mais sans les papiers… Elle devra d'abord être placée en famille d'accueil.

— Laissez-moi deviner : il n'y en a pas de ce côté-ci de la rivière, c'est ça ?

— Je prépare son évacuation.

Il riva son regard au sien. Pas étonnant qu'il ait cet air abasourdi, elle-même venait juste de prendre la décision.

— Pardon ?

— Pour vous deux, reprit-elle. J'ai lu un article sur les pieds bots la nuit dernière. Elle doit voir un orthopédiste et être plâtrée au plus vite. La technique Ponseti préconise de plâtrer en entier les deux jambes, et d'en changer toutes les semaines. Je ne peux pas faire ça. Et vous, vous avez subi une opération compliquée il y a peu de temps.

— Elle n'était pas compliquée.

— Pourquoi ne vous a-t-on pas fait une laparo, alors ? répliqua-t-elle sans le quitter des yeux. Bon, c'est bien ce que je disais… Donc, en résumé, j'ai un homme qui risque des complications, un bébé qui a besoin de soins urgents, et un bulletin météo peu encourageant. La pluie s'est un peu calmée, mais une tempête est prévue pour cette nuit. La fenêtre d'évacuation est limitée : c'est maintenant. Vous serez à Sydney cet après-midi. Vous pourrez faire soigner Ruby dans les meilleures conditions et vous occuper de son adoption. Je vais appeler.

— Vous me jetez dehors ?

— Vous êtes médecin, vous savez parfaitement que j'ai raison.

Bien sûr qu'elle avait raison. Si elle appelait l'hélicoptère maintenant, tous ses problèmes seraient résolus. Si, en revanche, il refusait son offre — son ordre —, il risquait de se retrouver coincé ici plusieurs semaines. Avec un bébé.

Il avait l'occasion de rapatrier Ruby à Sydney et de retrouver son appartement propre et méticuleusement rangé.

Maggie attendait sa réponse. Très calme, son panier à œufs à la main, prête à agir.

Partir était la solution la plus raisonnable.

Le téléphone sonna, et il décrocha machinalement. Il était toujours sur haut-parleur. Il crut un instant que c'était Wendy, mais il entendit une voix d'enfant, en pleurs.

— Maggie ?

Elle avait déjà reposé son panier et s'était précipitée, lui prenant le combiné des mains sans ménagement.

— Susie, qu'est-ce qu'il y a ?

— C'est Christopher, il saigne, répondit l'enfant dans un sanglot.

— Ne pleure pas, Susie, dit Maggie d'un ton sec. Tu sais que ça ne sert à rien. Que s'est-il passé ?

— Il a glissé sur le toit mouillé et il s'est coupé, pleurnicha Susie. Il saigne à la jambe, et maman crie. Pete m'a dit de t'appeler et de te dire de venir.

— J'arrive, mais écoute-moi bien, Susie. Tu vas aller chercher un drap dans le placard de la chambre, et le rouler en une boule très, très serrée. Ensuite, tu dis à maman de se taire et de rester à l'écart. Tu vas y arriver, Susie ? Imagine que tu es moi, et tu fais exactement pareil, d'accord ? Après, tu dis à Pete de lui mettre le drap sur la jambe et d'appuyer très fort, au besoin de s'asseoir dessus car il faut empêcher le sang de couler. Tu vas y arriver, ma puce.

— Ou… Oui.

— Je serai là avant même que maman s'arrête de hurler, tu vas voir. Fais ce que je t'ai expliqué, et dis à tout le monde que j'arrive.

4.

Quelques minutes plus tard, Maggie était en route pour la vieille ferme où vivaient ses parents et quatre de leurs neuf enfants. Avec Blake et le bébé.

Elle n'avait pas vraiment eu le temps de réfléchir. Elle était sortie de la maison pour démarrer la fourgonnette, et avant qu'elle ait pu protester, il était installé à son côté, habillé, et portant Ruby dans ses bras.

— S'il saigne, vous allez avoir besoin de moi, avait-il simplement dit.

La remarque était frappée au coin du bon sens. Elle avait donc attaché Ruby dans le siège bébé qu'elle avait toujours à l'arrière du van, et ils s'étaient mis en route.

Christopher avait douze ans, et il était spécialiste en accidents de tous genres.

— Je n'aurais jamais dû les laisser seuls, marmonna-t-elle.

— Comment ça ? s'étonna Blake, qui terminait de lacer ses chaussures et boutonnait sa chemise — enfin présentable.

— Mes parents ne sont pas des gens responsables, dit-elle entre ses dents. On aurait dû les stériliser à la naissance.

— Voilà qui est un peu radical, non ? Parce qu'alors, il n'y aurait pas eu de Maggie.

— Et pas non plus les huit autres dont ils sont incapables de s'occuper. Heureusement, Nickie, Louise, Raymond et Donny ont quitté la maison pour aller à l'université. Susie a dix ans, et c'est la plus jeune. Je croyais que si je vivais à moins d'un kilomètre d'eux pour pouvoir garder un œil sur eux, ça les obligerait à devenir un peu indépendants.

— Ça aurait pu arriver si vous étiez juste sortie acheter du lait, Maggie.

Il avait raison. Le nœud qui s'était formé dans son ventre se desserra un peu, la culpabilité s'estompant pour ne laisser place qu'à la peur. Cet homme avait une présence rassurante, mais elle ne savait toujours pas exactement ce qu'elle allait découvrir en arrivant. Si l'artère fémorale était touchée…

— Elle a juste dit qu'il saignait, dit Blake, comme s'il lisait dans ses pensées. Si cela avait été l'artère, elle aurait été plus affolée.

Encore raison. La peur aussi s'éloigna un peu. Elle se détendit légèrement, mais sans relever le pied de l'accélérateur.

Ils s'arrêtèrent devant un endroit à mi-chemin entre la cabane et la maison. Presque en ruine, la petite bâtisse était affublée de deux ou trois hangars accolés à ses flancs, et d'une véranda sur l'avant, remplie de jouets et de pièces de vélos épars. Un vieux poney blanc était attaché à côté.

Une adolescente maigrichonne se précipita vers eux.

— Maggie, il est derrière, vite !

Blake regarda Maggie s'éloigner en courant sans prendre sa sacoche. La jeune fille s'apprêtait à la suivre, mais il lui posa une main sur l'épaule.

— Je suis un ami de Maggie, et je suis médecin. Tu veux bien rester avec le bébé, s'il te plaît ? demanda-t-il sur un ton calme mais ferme. Je vais aider Maggie.

La gamine le dévisagea avant de regarder à l'intérieur du van.

— Oui, murmura-t-elle. J'aime pas voir le sang.

Comme il faisait frais, Ruby, qui dormait paisiblement, ne risquait pas de souffrir de la chaleur dans la voiture, et Maggie aurait sans doute plus besoin de lui qu'elle.

Il ouvrit la sacoche. Cette femme était méthodique. Tout était là, à sa place.

Il se précipita vers l'arrière de la maison, malgré la brûlure à son côté droit.

Maggie était penchée sur un enfant prostré. Autour d'eux, se pressaient des gamins d'âges divers. A genoux, une femme pleurait bruyamment.

— Maggie, ça me rend malade …

Les enfants, qui ne quittaient pas des yeux leur grande sœur, ne lui prêtaient aucune attention.

Blake s'agenouilla. Christopher était une version miniature de Maggie : mêmes cheveux châtains, mêmes taches de rousseur. Mais si pâle.

Maggie empilait des draps pliés. Un autre garçon, le teint blême, maintenait fermement un linge ensanglanté sur la cuisse de Chris.

— O.K., Pete, tu peux soulever.

Blake eut juste le temps d'apercevoir la blessure qui nécessiterait huit à dix points. L'artère principale n'était pas touchée, sinon l'enfant serait déjà mort, mais il était salement amoché.

Tandis que Maggie appuyait sur la plaie, il saisit la pile de draps et la glissa sous la cuisse du garçonnet.

L'hémorragie diminuait, mais pas assez. Maggie, qui comprenait ce qui se passait, avait l'air désespéré. Blake vérifia le matériel, espérant qu'il était bien stérile, et le posa à portée de main, dans l'herbe. De toute façon, il n'avait pas le choix. Il enfila des gants.

— A trois, tu retires tes mains, ordonna-t-il, sans même avoir conscience qu'il venait de la tutoyer — elle était trop préoccupée pour le remarquer, de toute façon. Tu vas m'assister. Pete, tu tiens fermement les épaules de ton frère. Christopher, je vais arrêter le sang. Tu vas avoir un peu mal, mais ça ne durera pas. Serre les dents, mon grand.

Il lui avait appliqué un anesthésiant local tout en parlant, mais il n'avait pas le temps d'attendre qu'il fasse effet.

— Prêts ? demanda-t-il à son équipe de fortune.

— Ou… Oui, balbutia Maggie.

— Tu me suis, lui dit-il. Pete, tu le tiens bien ? Utilise toute ta force pour le tenir, je ne veux pas un mouvement. Chris, j'ai besoin que tu te comportes en héros. C'est bien, l'encouragea-t-il alors que l'enfant hochait imperceptiblement la tête. Je vais faire au plus vite. Pense à la kryptonite, Superman.

Maggie était terrifiée.

Elle assistait un chirurgien dans une opération improvisée. L'autorité de Blake, ses instructions calmes et précises, le mouvement de ses doigts, plus rien d'autre ne comptait.

Elle n'était plus la sœur, mais l'infirmière, totalement concentrée sur sa tâche, anticipant les besoins de Blake, essuyant le sang pour qu'il puisse voir ce qu'il faisait, lui passant les instruments avant même qu'il ne les réclame.

Une artère était touchée. Pire, elle s'était rétractée dans la blessure. Il ne s'agissait pas d'une simple suture.

Blake leva le scalpel et elle retint son souffle. D'un geste précis, il ouvrit un peu plus la coupure, juste ce qu'il fallait. Chris sursauta en poussant un cri, mais, par chance, Pete le tenait ferme.

Elle saisit le scalpel qu'elle essuya, prenant bien soin de ne pas le poser — ils en auraient peut-être encore besoin. Blake avait déjà pris les forceps, et travaillait à présent à l'intérieur de la plaie pour la clamper.

— Je l'ai, dit-il d'une voix incroyablement calme.

Presque immédiatement, le saignement ralentit.

— Suture, ajouta-t-il.

Suturer ? Ici ? Et si les nerfs étaient touchés ?

Mais encore une fois, ils n'avaient pas le choix. Impossible de transporter Christopher dans cet état. Elle regarda le visage de son petit frère et sut immédiatement que Blake avait raison. La priorité, c'était de lui sauver la vie.

Elle s'exécuta donc d'une main qu'elle n'aurait pas cru

pouvoir empêcher de trembler. Puis, continuant à essuyer au fur et à mesure, elle regarda Blake coudre la plaie.

Merci, mon Dieu. Merci, Blake.

Chris ne saignait presque plus. Il avait réussi. S'asseyant, Blake fut envahi par la même sensation de vertige qui le prenait toujours après un stress intense. Un vieux professeur lui avait appris à gérer son trac en le repoussant à plus tard.

Maggie aussi avait parfaitement maîtrisé ses émotions. En temps normal, jamais il n'aurait autorisé un membre de la famille à intervenir. Mais elle avait été calme, efficace, impeccable, et avait fait mieux que se maîtriser.

Sauf qu'ils n'étaient pas encore tirés d'affaire. Il prit le poignet de Chris. Avec un pouls si faible, il risquait un arrêt cardiaque. L'enfant avait perdu beaucoup de sang, et il lui fallait une transfusion.

Heureusement, la sacoche de Maggie était une vraie malle à trésors. Pendant qu'elle finissait un pansement d'urgence qu'il lui changerait dès que le calmant ferait son effet, il désinfecta le bras de l'enfant puis piqua l'aiguille. L'instant d'après, la solution saline gouttait dans la veine. Il garda l'ampoule d'adrénaline à portée de main.

— On a du plasma ?

— J'en ai à la clinique, répondit Maggie. C'est à dix minutes de route.

Inutile de prendre ce risque pour le moment. Il allait attendre que la solution saline fasse effet et verrait ensuite. Déjà, les joues de Christopher semblaient reprendre un peu de couleurs. Sous ses doigts, Blake sentit le pouls se renforcer.

Autour d'eux, les membres de la famille n'avaient pas perdu une miette du spectacle. Muets, ils devaient prier pour que tout finisse bien. Tout comme lui. Tout comme Maggie qui était presque aussi pâle que le blessé, son frère.

Soudain, l'image du bébé qu'il avait découvert trente ans

plus tôt lui revint. Sa sœur… Jamais il n'avait ressenti ce lien, pourtant. Puis il pensa à Ruby. Etait-ce une seconde chance qui lui était offerte ?

Le moment était mal choisi pour ce genre de réflexion.

Les doigts toujours sur le poignet de l'enfant, il patientait, anxieux que le pouls se ranime. Au bout d'un moment, le miracle se produisit. Christopher bougea et gémit.

— Chris, mon chéri, reste calme, dit Maggie d'une voix où transparaissait un certain soulagement. Tout va bien. Tu t'es coupé à la jambe, et tu ne dois pas la bouger. Mais le Dr Samford t'a soigné. Quelle idée de vouloir monter sur le toit avec ce temps !

— Ça glisse trop quand c'est mouillé, murmura l'enfant. Mais ça fait mal, et je ne recommencerai pas.

Soupirant, Blake regarda Maggie, dont les épaules venaient de s'affaisser. Elle semblait soulagée, mais encore inquiète. Jetant un coup d'œil autour d'eux, il se demanda combien de fois elle avait vécu ce genre de scène.

La mère, une hippie totalement hystérique, pleurait dans l'herbe, accrochée à une fillette qui ne devait pas avoir plus de dix ans. Celle-ci essaya de s'écarter, mais sa mère la retint frénétiquement.

— Reste là, Susie…, geignit-elle. Je vais m'évanouir, sinon. Oh ! Mon Dieu, vous me tuerez, un jour !

Qu'elle la laisse s'évanouir. Puis il croisa le regard de Maggie, et y lut une immense lassitude.

— Echangeons nos places, je vais défaire le bandage, lui dit-il, espérant la soulager un peu. Y a-t-il quelque part où je puisse le suturer correctement ?

Etant donné l'endroit, il y avait peu de chance pour que l'intérieur soit propre.

— Je veux pas que Maggie me recouse, pleurnicha Christopher. Elle fait mal.

— Tu l'as déjà recousu ? s'étonna-t-il.

— Seulement quand je n'avais pas le choix, répondit-elle en souriant. Mais Christopher ne nous laisse pas souvent le choix.

— Aujourd'hui, tu l'as. Je peux m'en charger. Tu m'as dit que tu avais créé une clinique. Elle a une salle d'op ?

— Une petite.

— Parfait… Christopher, si tu m'acceptes comme remplaçant de ta grande sœur, je vais te bander la jambe pour que tu ne salisses pas toute la voiture, et puis on t'emmènera à la clinique. Avec une lumière et un équipement adéquats, je vais te faire une jolie couture. Il faut que je vérifie que les nerfs n'ont pas été touchés, ajouta-t-il à l'attention de Maggie.

A priori, les orteils répondaient bien, mais il valait mieux s'en assurer. Chris avait eu de la chance.

— Mais… et Ruby ? s'étonna Maggie.

Ruby. Son bébé ?

Non ! Il s'en occupait en attendant que les services sociaux prennent le relai ou que sa mère revienne la chercher, c'était tout.

— Ta sœur la surveille, répondit-il. Dans la voiture.

Du moins l'espérait-il.

— Si elle est avec Liselle, elle ne craint rien. Elle adore les bébés, et elle gagne son argent de poche en faisant du baby-sitting.

Mais, le front plissé, elle semblait déjà réfléchir à autre chose.

— Blake, Chris a besoin d'être recousu correctement, et ça risque d'être un peu trop compliqué à réaliser à la clinique car j'ai du matériel mais pour une suture simple. En plus, il y a les pieds de Ruby. Sans parler de ton appendice… Le mieux, c'est de faire venir l'hélico pour qu'il vous emmène à l'hôpital tous les trois.

— Je ne veux pas aller à l'hôpital…, gémit Christopher.

— Moi non plus, dit Blake. Je peux m'en occuper, ajouta-t-il en posant une main sur l'épaule de l'enfant. Ne t'inquiète pas, Chris, je suis chirurgien, et il se trouve que je suis plutôt doué en couture. On ne va pas critiquer ta sœur, mais c'est une fille, or elles n'y connaissent rien en couture, pas vrai ?

L'enfant sourit faiblement et Maggie le serra dans ses bras. Pourquoi était-ce sa responsabilité, et pas celle de leur soi-disant mère ? Celle-ci se relevait enfin en chancelant.

— Je vais me faire une tasse de thé. Au fait, je suis Barbie. Barbara, mais mes amis m'appellent Barbie. Maggie, tu aurais pu faire les présentations.

Ben voyons… C'était sans doute plus urgent que de sauver la vie de son fils !

Christopher somnolait sous l'effet des calmants, et la solution saline faisait remonter sa tension. Voilà qui leur donnait le temps de réfléchir à la marche à suivre, mais rester lui semblait la plus raisonnable.

Il lui avait suffi d'un regard sur cette famille pour comprendre ce qu'était la vie de Maggie avec une mère faible et hystérique, un père absent, et des enfants trop jeunes pour rester seuls. La jeune femme devait s'occuper de tout ce petit monde. Sans compter la vallée tout entière, dont elle assurait le suivi médical.

Christopher allait s'en sortir. A voir le visage blême de Maggie, il savait qu'elle avait compris : il n'en aurait peut-être pas été de même s'il n'était pas intervenu. Mais ils avaient travaillé ensemble. En équipe.

Il avait pris un congé à cause de son opération, mais aussi pour régler le sort de la maison. Maggie l'aiderait à s'occuper de Ruby, et lui l'aiderait en attendant que le pont soit rouvert.

— Non, dit-elle.

— Quoi ?

Elle fronça les sourcils.

— Je sais à quoi tu penses, et ma réponse est non. Je ne vais pas t'aider à t'occuper de Ruby. Je vous fais évacuer.

— Mais je n'allais pas te demander de t'occuper de ma… de la fille de ma sœur, voyons ! Et tu n'as pas à te soucier de mon appendice. Au cas où tu ne serais pas au courant, l'appendicectomie est une opération bénigne. De plus, poursuivit-il en levant la main pour l'empêcher de protester, les gens qui m'ont opéré sont des collègues qui savent que je vais leur faire une très mauvaise réputation si j'ai la moindre complication. Enfin, j'ai assez d'antibiotiques pour calmer un cheval. Dernière chose, si tu envoies Ruby à l'hôpital, ils vont vouloir l'avis d'un chirurgien orthopédiste or je suppose qu'ils n'en ont pas, à Corella Valley. Le plus proche serait donc… moi ! Je suis capable de manipuler ses jambes et de la plâtrer.

— Tu peux aussi t'occuper d'elle ?

— Je… Oui, dit-il en soutenant son regard. Et Wendy sait où elle est, au cas où elle changerait d'avis. Ce ne sera plus le cas, si on envoie Ruby à la ville.

— Je doute fort…

— Moi aussi, l'interrompit-il avec douceur. Mais Wendy est ma sœur, alors je peux bien m'occuper de ce petit bout pendant une semaine ou deux. Et puis, je ne veux pas fuir mes responsabilités et je souhaite régler le problème avec Wendy. Qui sait, si je tourne le dos, si elle ne va pas vouloir un jour glisser du toit, elle aussi ?

— Tu vas t'en charger, alors ?

— Pour une semaine ou deux, oui.

Il se demandait déjà comment il allait faire, mais c'était trop tard. Sans qu'il comprenne vraiment pourquoi ni comment, sa décision était prise.

Il n'avait pas eu une enfance très agréable, mais il n'avait pas à se plaindre, comparé à d'autres. Sa mère, qui n'avait pas été particulièrement affectueuse, avait eu la force de quitter un mari violent, et son second mari avait été gentil avec lui. Sa famille n'ayant pas de problèmes d'argent, il avait pu aller dans de bonnes écoles, et dans une excellente université.

Pas Wendy.

Comme Blake connaissait son père, elle n'avait pas dû bénéficier du moindre soutien de sa part. Il ne savait pas qui était la mère de Wendy, mais il se souvenait de la scène, des menaces, des cris, des larmes, ce fameux jour.

Elle lui avait reproché d'avoir hérité de la ferme. Avait-il le droit de l'accepter ? Pour la première fois, il se le demandait.

Il n'avait jamais été très famille, préférant être seul, et c'est pourquoi il s'entendait bien avec Miriam qui était tout aussi absorbée par sa carrière que lui. Elle allait le traiter de fou.

— Hé, monsieur ! cria une voix depuis la voiture. Je crois que votre bébé a rempli sa couche. Je peux la changer, mais je me fais payer pour ça.

Il sourit.

— Il arrive, Liselle, répondit Maggie, qui n'avait pas lâché Christopher.

Ce qui ne l'empêchait pas d'observer Blake, comme une sorte de spécimen étrange. Elle attendait sa décision.

— Je reste, dit-il.

Contre toute attente, elle lui sourit.

— Tu es courageux, dit-elle. Changer les couches, c'est pas du gâteau.

La semaine s'annonçait compliquée. Mais intéressante !

Ils installèrent Christopher à l'arrière du van. Avec le siège bébé, il ne restait pas beaucoup de place, alors ils remplirent l'espace entre les sièges avec des coussins, sur lesquels ils l'allongèrent, enveloppé dans des couvertures.

Maggie se glissa derrière le volant et jeta un coup d'œil dans le rétroviseur : Chris confortablement installé, Ruby, réveillée et changée. A côté d'elle, son passager, Blake.

Une vraie mère poule. Sauf que Blake n'avait rien d'un poussin. Et qu'il restait.

Elle aurait dû en être soulagée. Ce qui était le cas, d'une certaine façon. Il avait été formidable avec Chris, à qui il avait sauvé la vie, elle en avait conscience. Elle jeta un regard vers lui à la dérobée, et son cœur se serra.

Bizarre.

Oui, c'était bizarre, cette petite voix tout au fond d'elle qui lui soufflait que cet homme, qui était médecin, chirurgien même, était dangereux.

C'était ridicule, sans doute le contrecoup du stress. Après tout, elle avait bien failli perdre un membre de sa famille. Elle les aimait tant, tous les huit. Les liens qu'ils avaient tissés ne se dissoudraient jamais.

Blake interrompit le cours de ses pensées confuses.

— Qu'est-ce qui t'a décidée à les quitter ?

— Tu penses que j'aurais dû rester vivre avec eux ?

— Non, répondit-il doucement. Mais je me demandais si ton père était plus efficace que ta mère.

— Non, dit-elle. Et il ne vit plus avec eux.

— Je suis désolé.

— Pas moi, ça fait une personne de moins à s'occuper. Désolée, je te donne l'impression qu'ils m'en font voir, se reprit-elle, mais ce sont de gentils gamins. Nickie, Louise et Raymond ont obtenu des bourses pour aller à l'université. Donny est en dernière année d'apprentissage chez un mécanicien. Ces quatre-là sont sauvés.

— Comment as-tu fait, pendant tes études ?

— Coup de chance ! Mon père avait des fourmis dans les jambes, et on a emménagé à Cairns. C'était totalement irréfléchi car on ne connaissait personne, là-bas, et on vivait des aides des services sociaux. Il nous a fallu quatre ans pour réunir assez d'argent et revenir, ce qui m'a laissé le temps de passer mon concours. Sinon, je serais coincée ici sans rien.

— Coincée avec ta famille ?

— Exactement. C'est la quadrature du cercle : les enfants m'adorent et ils ont besoin de moi, mais ils grandissent et prennent leur envol, alors je dois m'assurer d'être indépendante, moi aussi. Liselle, Peter, Christopher et Susie, qui ont respectivement dix-sept, quinze, douze et dix ans, sont trop jeunes pour vivre seuls avec ma mère. Alors jusqu'à récemment, je restais là-bas. Jusqu'à ce que la ferme de ton père se libère.

— Tu es en train de me dire que tu as quitté ta famille pour t'occuper de la ferme de mon père ?

— J'ai quitté ma famille pour mon bien, dit-elle avant de s'interrompre.

Devait-elle lui en dire plus ? Après tout, pourquoi pas…

— Mon père, qui est aussi irresponsable que ma mère, est parti il y a deux ans. Voilà six mois, alors que ton père était mourant, il est arrivé avec une nouvelle petite amie, Sashabelle. On n'a pas idée de porter un nom pareil… Bref, ils n'arrêtaient pas de rire, de s'embrasser… De vrais adolescents. Et Sashabelle qui trouvait Susie tellement mignonne, et qui répétait qu'elle aimerait avoir une fille… Et mon père lui a répondu : « Pas de problème, ma douce, si tu veux vraiment un gosse, on pourra toujours le laisser à Maggie. » Evidemment, c'est ce qu'il a toujours fait avec ma mère. Exactement comme Wendy avec Ruby… Sauf que moi, j'en ai déjà élevé huit, et j'en ai plus qu'assez ! Alors j'ai dit stop, je m'en vais. Mais il me fallait trouver un endroit où vivre et pas trop loin au cas où les enfants auraient besoin de moi.

— C'est pour ça que tu refuses de t'occuper de Ruby ?

— Non, dit-elle entre ses dents. Je ne m'occuperai pas de Ruby parce qu'elle n'est pas de ma famille. Et je trouve ça totalement injuste et irresponsable de ta part de me l'avoir demandé. Je suis ta locataire, Blake, pas ta baby-sitter. Tiens-toi-le pour dit. On est arrivés…

Une femme, petite et ronde, accrochait une banderole à une barrière : « Clinique temporaire de Corella Valley Est ». Un panonceau était suspendu à un clou : « Maggie n'est pas là ».

Quand ils franchirent le portail, la femme eut un grand sourire et retourna le panonceau : « Maggie est là ».

— Très judicieux…, plaisanta Blake.

— Tu aurais fait comment, monsieur je-sais-tout ?

— J'aurais affiché les horaires d'ouverture, par exemple.

— Et quand un gamin tombe d'un toit en dehors des horaires d'ouverture, il attend ? demanda-t-elle en descendant de la camionnette. Ronnie, c'est formidable, ajouta-t-elle en embrassant la petite femme. Et je ramène notre premier patient : Christopher.

— Chris ! Qu'est-ce que tu as encore fait ? soupira Ronnie en passant la tête à l'intérieur. Oh ! ajouta-t-elle en apercevant Blake.

— Je te présente Blake Samford, le fils de Bob, dit Maggie. Il est médecin, et il a proposé de nous donner un coup de main. Blake, je vous présente Veronica Mayes que tout le monde appelle Ronnie. Elle est institutrice, mais l'école est de l'autre côté de la rivière.

— Un médecin ? répéta Ronnie en écarquillant les yeux. Oh ! Maggie, c'est merveilleux ! Mais qu'est-ce que tu as fait, garnement ? reprit-elle en se tournant vers Christopher.

— Une glissade sur le toit qui a mal fini, expliqua Maggie. Il s'est bien amoché à la cuisse, et il a besoin de points. Blake a proposé de s'en charger.

— Et… le bébé ?

— C'est Ruby, poursuivit Maggie, imperturbable. Le bébé de Blake. S'il te le demande gentiment, je parie que tu te feras un plaisir de la surveiller pendant qu'il fait la suture.

— Vous êtes venu avec votre famille ? demanda Ronnie, rayonnante.

— Seulement son bébé, rectifia Maggie.

Ils installèrent Christopher dans la salle d'opération, rudimentaire mais immaculée et bien organisée.

La plaie était profonde. Cet enfant avait décidément eu une sacrée chance dans son malheur. Blake nettoya méticuleusement les peaux, retira les points de fortune et les remplaça par de nouveaux aussi bien à l'intérieur qu'à l'extérieur. Le petit patient, qu'il avait lourdement sédaté, était dans une sorte de semi-conscience. Maggie lui tenait la main tout en lui parlant d'un drôle de jeu vidéo qu'il adorait apparemment, mais cela ne ne l'empêchait pas de procurer à Blake l'assistance dont il avait besoin. Efficace et douce à la fois. L'infirmière idéale... Les habitants de la vallée avaient de la chance de l'avoir.

— Désolée de vous déranger, docteur, intervint Ronnie alors qu'il était sur le point de terminer. Maggie, Joan Kittle est là avec Angus : crise d'asthme.

— Je m'en charge, répondit Maggie. Asthme léger, mais la mère est hystérique, ajouta-t-elle à l'attention de Blake.

— Les mères hystériques ne manquent pas dans cette vallée, on dirait, lâcha-t-il sans interrompre son travail.

Quelques instants plus tard, la suture était terminée et la jambe bandée, l'enfant confortablement allongé sous une couverture. Ronnie réapparut, Ruby dans ses bras. Blake lui demanda de veiller sur Christopher et alla voir où en était Maggie.

Le cas d'Angus était visiblement réglé. Elle examinait à présent l'orteil d'un très gros et très vieux monsieur qui semblait tout droit sorti de son étable. Assis dans la salle d'attente, il avait retiré une de ses bottes.

Maggie se tourna vers lui lorsqu'il entra.

— M. Bowen s'est planté une écharde dans le pied, lui dit-elle avec un grand sourire.

Visiblement, Super Maggie n'était pas fâchée de le voir arriver.

— Je suis allé couper du bois en pantoufles, expliqua le vieil homme. Quel idiot ! J'aurais bien pu me couper le pied d'un coup de hache. Heureusement, c'est juste une méchante écharde qui s'est plantée dedans. J'ai essayé de l'enlever avec une aiguille toute la matinée, mais pas moyen. Maggie dit que vous êtes docteur ?

Est-ce que retirer une écharde dans un pied crasseux entrait dans les attributions d'un chirurgien orthopédiste ?

Pourtant, il s'exécuta. Après avoir administré un anesthésiant local au patient, il coupa une partie de l'ongle et parvint à retirer l'écharde incriminée. Il termina l'opération par une bonne dose d'antibiotiques, une piqûre antitétanique et un pansement.

— Vous êtes le fils de Bob, comme ça ? s'enquit le vieil homme en se relevant. Eh ben, on peut dire que vous ne ressemblez pas à votre père. Lui aurait plutôt été du genre à les enfoncer, les échardes, si vous voyez ce que je veux dire. Et vous êtes là avec votre fille, d'après Ronnie ? C'est bien, ça. La nouvelle génération de Corella Valley… Je vais dire à ma femme de vous préparer un gâteau de bienvenue.

Avant même que Blake ait eu le temps de protester, l'homme ponctua sa tirade d'une vigoureuse claque dans le dos. En tout cas, il avait encore de la poigne !

Il regarda son patient s'éloigner, songeur. Ainsi donc, les gens d'ici pensaient que Blake Samford revenait vivre au pays. Avec sa fille.

Lui tournant le dos, Maggie nettoyait la salle d'opération sans piper mot. Il fallait qu'il voie son expression, et elle n'avait pas intérêt à rire.

— Il n'y a plus personne, intervint Ronnie en ouvrant la porte. Chris veut rentrer à la maison. Tu l'emmènes chez ta mère, Maggie, ou tu le prends avec toi ?

— Mieux vaut qu'il rentre avec moi. Maman ne saura pas le laisser au calme.

— Dans ce cas-là, tu vas avoir besoin de Liselle, décréta Ronnie en jetant un regard songeur en direction de Blake. Elle a dix-sept ans et peut tout à fait s'occuper d'un bébé, ajouta-t-elle à son intention. Elle va être ravie de pouvoir s'échapper de chez sa mère qui l'assomme avec sa musique de fous et l'empêche d'étudier tranquillement. A moins que vous n'ayez prévu de rester cloîtré à la maison…

— C'est exactement ce qu'il devrait faire, rétorqua Maggie à sa place. Il se remet d'une opération de l'appendicite.

— Ah bon ? Vous êtes venu vous reposer à la maison ?

Il était temps de mettre les choses au point.

— Je suis venu… Je suis revenu pour mettre la ferme en vente, rectifia-t-il.

— Ah, je reconnais bien là votre père, dit-elle en souriant. Mais, contrairement à lui, vous allez vous rendre utile, en attendant. Christopher plus Liselle, ça fait trop de monde pour ton petit appartement, Maggie.

— Chris peut dormir avec moi puisque c'est déjà ce qu'on fait quand l'un d'entre eux est malade, et Liselle s'installera sur le canapé.

— J'ai vu ton canapé, une véritable antiquité, dit Ronnie. La pauvre gamine, ajouta-t-elle en se tournant vers Blake. La maison ne manque pas de chambres vides et c'est presque du gâchis. Si vous voulez vous rendre utile, pourquoi ne pas commencer par laisser Liselle et Christopher occuper votre partie de la maison ? Maggie pourrait venir y faire le ménage, non ?

— Ronnie ! s'exclama Maggie. Arrête…

— Je sais que tu as dû prendre sur toi pour t'éloigner de ta famille, l'interrompit Ronnie. Et je sais pourquoi tu l'as fait. Mais là, ce ne serait pas comme si tu les prenais chez toi puisqu'ils seraient logés chez le Dr Blake en échange de quelques heures de baby-sitting. Liselle a besoin d'étudier, et je pense qu'elle sera mieux là pour le faire que chez ta mère. Barbara s'en sortira bien, si elle n'a plus que Pete et Susie, non ? ajouta-t-elle sur un ton plus doux.

— Sans doute, répliqua Maggie. Je m'inquiète pour Pete, qui a tendance à se laisser entraîner par ses copains. Mais il a deux nouveaux jeux vidéo, et il a promis… Quant à Susie, pas de problème, elle passe le plus clair de son temps avec la petite voisine.

— Eh bien voilà, c'est réglé, conclut Ronnie. Vous allez héberger deux adultes et trois enfants. C'est peu pour une si grande propriété, mais c'est un bon début.

— Ronnie, c'est la maison de Blake, dit Maggie d'un air embarrassé.

— Mais il a dit qu'il voulait se rendre utile, objecta Ronnie d'un air faussement innocent. Tout le monde s'entraide en période d'inondation. Par vrai, docteur Samford ?

Ouvrir la maison à des étrangers ne figurait pas dans le contrat qu'il avait signé avec Maggie. Mais Ronnie avait raison, cette maison était quasi vide. Il se rappela l'immense bâtisse toujours décorée avec goût du temps de sa mère. Elle était encore accueillante, malgré ses meubles vieillots. Outre le petit appartement qu'occupait Maggie, sa mère avait prévu cinq chambres pour des invités qui n'étaient jamais venus, effrayés par le caractère de son père. Quel mal y avait-il à les occuper ? A laisser une famille entrer dans sa vie ?

Après tout, il n'avait pas de raison d'être aussi prudent. Ces enfants n'étaient pas sa famille, et puis Liselle lui donnerait un sacré coup de main. Sans compter qu'en ne se retrouvant pas seul avec Maggie il avait moins de chances de nouer des liens sérieux avec elle.

— Elle commence à s'agiter, dit Ronnie en lui tendant Ruby. Allez-y, rentrez chez vous, elle a faim. Maggie, le van est plein. Tu veux que j'aille chercher Liselle et les affaires des enfants ?

— Blake n'a pas encore dit oui, lui rappela Maggie.

Ronnie mit les deux mains sur ses hanches et fixa sur lui son regard de maîtresse d'école.

— En effet. Alors, docteur Samford, je vais chercher Liselle, ou est-ce que vous préférez vous occuper de votre bébé tout seul ? C'est une gamine fiable, qui fait du baby-sitting pour payer son inscription à l'université.

— Mais Maggie…, dit-il, dépassé par la tournure que prenaient les événements.

— Maggie est occupée, coupa Ronnie, péremptoire. C'est Liselle ou rien. Et vous pouvez bien être un peu généreux… Pas besoin de vous comporter comme votre père.

— C'est du chantage ! s'exclama Maggie.

Ronnie sourit.

— Je sais, mais ça marche. Regarde-le.

Elle avait raison.

Pas besoin de vous comporter comme votre père.

En situation de crise, un homme se devait d'être là, d'aider les autres.

En laissant une famille, dont il ne voulait pas, entrer dans sa vie ?

Il avait sa famille dans les bras.

— D'accord, dit-il enfin.

— Quelle générosité de votre part ! lança Ronnie, moqueuse. Mais je vous signale que vous y gagnez aussi. Liselle est formidable, et presque aussi compétente que sa sœur. Quant à Christopher, il va vous faire rire. Et je ne parle même pas de Maggie. Vous faites une affaire, docteur Samford, conclut-elle dans un grand sourire.

— D'accord, répéta-t-il. Alors on fait comme ça.

A cet instant, il croisa le regard de Maggie et y lut le même embarras que celui qu'il ressentait. Elle aussi, elle était piégée. Mais encore plus que lui.

— D'accord, dit-il pour la troisième fois. On va y arriver, n'est-ce pas, Maggie ? C'est l'histoire d'une semaine ou deux.

5.

Avant de quitter la clinique, Blake prit quelques clichés des jambes de Ruby, juste ce qu'il fallait pour lui confirmer ce qu'il voulait savoir. Puis il prit le matériel dont il aurait besoin, et ils rentrèrent à la propriété.

L'urgence, à présent, c'étaient les pieds de Ruby. Les radios ne montraient pas d'autres complications, mais chaque jour qui passait réduisait un peu la souplesse des tissus. Plus on attendait, et plus difficile serait le traitement, allant jusqu'à une intervention chirurgicale à l'âge de six mois.

Maggie installa Liselle et Christopher dans les chambres les plus proches de son appartement. Blake écouta avec un pincement au cœur les exclamations des enfants lorsqu'ils découvrirent le luxe, certes suranné mais toujours bien présent, de la grande maison.

Après avoir installé Ruby confortablement, il entreprit de l'examiner de près. Il lui aurait fallu un scanner de ses pieds, mais cela signifiait l'évacuation. Or il était certain que les radios lui en montraient suffisamment. De plus, accepter d'être évacué avec Ruby enverrait un signal qu'il n'était pas prêt à donner : qu'elle était son enfant, et qu'il la prenait en charge. S'il l'envoyait seule, elle serait placée entre les mains des services sociaux, puis d'une famille d'accueil, et il la perdrait.

Il n'était prêt ni à l'un ni à l'autre. Pas encore. Pour une raison étrange, quel que soit l'avenir de cette enfant, il voulait avoir son mot à dire. Il l'avait tenue dans ses bras, bercée, nourrie et, d'une certaine façon, elle commençait à le changer. A lui faire ressentir des choses qu'il ne croyait jamais ressentir.

Avec Miriam, ils n'avaient jamais évoqué la possibilité d'avoir des enfants car ce n'était pas à leur programme. Mais en prenant la petite tête de Ruby entre ses mains, en la sentant chercher contre lui une chaleur rassurante, il sentait ses certitudes vaciller. Un peu…

Le souvenir lancinant de la petite fille qu'il avait vue lorsqu'il avait six ans le hantait. Il n'avait jamais mesuré quel impact cet événement avait eu sur lui jusqu'à se retrouver avec un petit être sans défense dans ses bras.

Cette fois, il pouvait l'aider. Serait-ce mieux ?

Ne pas aggraver la situation, c'était le premier principe de la médecine…

Il continua à manipuler précautionneusement les pieds de Ruby. Allongée sur la couverture en cashmere de Maggie, au milieu de son grand lit, elle avait presque l'air d'aimer ce contact, et Blake se surprit à essayer de la faire sourire.

— Cinq semaines, entendit-il derrière lui.

Il sursauta, comme pris en flagrant délit.

— Quoi ?

— Il faut attendre environ cinq semaines pour pouvoir dire qu'un bébé sourit vraiment, expliqua Maggie. Avant, ce ne sont que des réflexes. Mais le tien est bien plus avancé, évidemment, c'est ce que disent tous les parents. Alors, quel est le diagnostic ?

Tous les parents… Il aurait dû la reprendre, mais les mots ne sortirent pas de sa bouche. Parce qu'il était vraiment persuadé que, l'espace d'un quart de seconde, Ruby l'avait regardé dans les yeux.

— C'est trop mignon, n'est-ce pas ? ajouta Maggie d'une voix plus douce. Ah, la famille ! Ça me fait pareil : de sentir Christopher, juste là, sur le point de s'endormir paisiblement, c'est un tel soulagement…

Christopher avait douze ans. Douze ans à être attaché à quelqu'un. Pour Maggie, il fallait multiplier cela par huit.

— Les autres, Peter et Susie, ça va aller avec leur mère ?

— Tu n'es tout de même pas en train de suggérer que je les fasse venir aussi ? demanda-t-elle en souriant. Alors là, je dis non, car dans ce cas, ma mère viendrait aussi, et mon père, avec sa petite amie, pourrait bien décider de les rejoindre…

Il dut lui jeter un regard effaré, car elle reprit :

— Ne t'inquiète pas. Grâce à ton père, tout le comté sait que les Samford sont des ours mal léchés. Je doute que ma mère ose venir jusqu'ici car elle ne se soucie pas assez de son fils pour faire cet effort. Mais elle n'est pas méchante, si c'est ce qui te préoccupe. Elle ne boit pas, ne frappe pas les enfants. Elle a trop à faire à s'occuper d'elle, à boire du thé au pissenlit ou du lait de chèvre, à s'entraîner à sa nouvelle posture de yoga… Pendant ce temps-là, les enfants sont laissés sans surveillance, mais je ne suis pas loin.

— Donc je n'aurai pas toute ta famille sous mon toit ?

— Dieu nous en préserve, dit-elle d'un ton qui se voulait léger, mais derrière lequel il perçut une certaine anxiété. Tu as besoin d'aide ?

Super Maggie, avec son efficacité maximum, était de retour. Il commençait à comprendre comment elle fonctionnait.

— J'ai rapporté de la clinique ce dont je vais avoir besoin.

— Oui, j'ai vu. Tu as pris quoi ?

— De quoi faire des plâtres, répondit-il en reprenant le massage des petits pieds. Je suis sûr qu'il s'agit de pieds bots sans autre complication. Tu vois comme je les bouge ? Elle n'a pas mal, et les tissus sont encore incroyablement souples. Le truc, c'est d'arriver à remettre le pied dans la bonne position avant qu'il perde cette flexibilité. On tourne le pied autant qu'on le peut sans causer de souffrance, puis on applique le plâtre pour le maintenir dans cette position. On laisse plâtré pendant environ une semaine, et puis on recommence. Peu à peu, on s'approche de la position normale. Dans la majorité des cas, c'est corrigé en six à huit semaines. Avant de poser le dernier plâtre, on devra sans doute couper le tendon d'Achille, mais c'est une intervention bénigne qui n'a rien à voir avec une déchirure du tendon chez l'adulte. Mais on n'en est pas encore là.

— Tu veux dire qu'elle pourrait être soignée d'ici à quelques semaines ?

— Ses pieds auront repris leur position normale, mais si on les laisse, ils peuvent se tordre de nouveau. Alors elle devra porter un appareillage vingt-trois heures sur vingt-quatre pendant les trois premiers mois, et toutes les nuits pendant trois ou quatre ans. Au bout du compte, ses pieds n'auront peut-être pas exactement la même taille, mais quand elle rentrera à l'école, elle marchera normalement.

— C'est génial ! Et moi qui croyais qu'elle serait handicapée à vie.

— Je suppose que Wendy pensait comme toi.

— Tu vas le lui dire ? Si Ruby avait été normale, Wendy ne l'aurait peut-être pas abandonnée, ajouta-t-elle après une légère hésitation.

— J'ai pensé à lui téléphoner…

Il baissa les yeux sur sa nièce. *Rat déformé*. La violence des paroles, et l'hématome sur la petite épaule… Wendy n'avait pas su la défendre.

— Mais pas maintenant, reprit-il, plus durement qu'il l'aurait voulu. Voyons si elle la réclame, d'abord.

Il allait lui laisser faire le premier pas. Après tout, Ruby méritait quelques efforts. Il n'allait pas rendre ce petit ange à deux inconscients qui l'avaient abandonnée devant une porte close.

— Tu es en train de tomber amoureux d'elle, dit doucement Maggie.

Amoureux ?

Il regarda le bébé et vit passer une lueur amusée dans son regard. Elle venait de lui sourire !

— Réflexe…, dit Maggie.

— Elle m'a souri !

— Qu'est-ce que je disais ? Ah, les parents…

Parents. Famille. Amour. L'air commençait à lui manquer.

— Bon, et nous, on fait quoi ? ajouta Maggie.

Encore un mot à couper le souffle : *nous*. Un mot qui rendait cependant la situation un peu moins effrayante.

— Si tu es d'accord pour m'aider…

— Bien sûr.

— Sauf pour le baby-sitting, c'est ça ?

— Ça n'entre plus dans mes fonctions, docteur. Alors, on procède comment ?

O.K., elle voulait la jouer professionnelle. Très bien, il savait faire.

— La première manipulation vise à relever le métatarse pour diminuer le cavus, dit-il. Ensuite, on pose un plâtre sur l'ensemble de la jambe afin de maintenir tout cela en place. J'ai trouvé tout ce qu'il faut à la clinique. Tu traites aussi les fractures ?

— Si je n'ai pas le choix, je le ferai, oui. D'où l'appareil à radiographies.

— On a de la chance de l'avoir, ça me rassure sur la démarche à adopter. Dans une semaine, on retire les plâtres. Ensuite, il faudra procéder à l'abduction de l'avant-pied en faisant contrepoids sur le col de l'astragale, mais tout en douceur. Tu ne tires jamais vers le bas, et tu n'exerces jamais de pression sur le calcanéum, ni sur le cuboïde.

— Promis, docteur, même si je n'ai aucune idée de ce que sont le calcanéum ou le cuboïde… Dis donc, Ruby a de la chance d'avoir un oncle orthopédiste.

— Je ne dirais pas qu'elle a de la chance, marmonna-t-il.

— Je n'en suis pas si sûre, répondit-elle, soudain songeuse. Il y a une semaine, je n'aurais pas voulu appartenir à la famille Samford pour tout l'or du monde. Mais depuis que je vois un Samford sous un autre jour, je suis impressionnée.

— Il n'y a pas de quoi, dit-il d'un ton rogue. Je m'en vais dans une semaine.

— Donc tu es gentil seulement une fois par an ?

— Jusqu'à ce que l'eau soit redescendue.

— Ah, d'accord, dit-elle sèchement. Bon, mettons-nous au travail. Si Ruby et moi n'avons droit qu'à une semaine de gentillesse, il ne faut pas traîner.

La procédure de manipulation et de plâtrage n'était pas bien compliquée, mais elle suffit à Maggie pour se rendre compte qu'elle avait affaire à un orthopédiste sacrément doué. Usant de gestes aussi doux que ceux d'une mère, il manipula les petits orteils, massant, redressant, le tout si lentement que Ruby ne réagit pas une seule fois. Au contraire, elle semblait prendre un certain plaisir à sentir ces grandes mains jouer avec ses jambes.

Il devait être un excellent chirurgien.

Et ce sourire… Samford ou pas, il avait décidément un sourire charmant. Rassurant. Il l'avait utilisé avec Christopher aussi. Lui qui était une vraie mauviette en général, il n'avait pas bronché quand Blake l'avait soigné. Maintenant, grâce à cet homme, son frère était tranquillement couché, en sécurité.

Ruby aussi semblait faire totalement confiance à Blake.

Mais il ne fallait pas oublier qu'il était un Samford, et que personne ne savait rien de lui.

Malgré tout, en le regardant poser les premières bandes, elle ne put s'empêcher de le trouver terriblement sexy. Et les hommes sexy n'étaient pas légion, dans le coin.

Surtout garder la tête froide. C'était un Samford, et elle une Tilden, c'est-à-dire qu'ils appartenaient à deux mondes totalement différents. Et il n'était là que pour une semaine. Mais pourquoi pensait-elle à cela ? Parce qu'il avait les mains les plus sexy et habiles qu'elle ait jamais vues ? Parce qu'il offrait à Ruby un sourire à vous donner des frissons ?

Quand ils posèrent la dernière bandelette, Ruby s'était profondément endormie. Alors que Maggie rangeait le matériel, Blake observait sa nièce, visiblement perplexe.

— Une petite sieste ? suggéra-t-elle.

— Mais elle dort déjà, répondit-il, comme si elle venait de le tirer d'un songe.

— Je parlais de toi. Je parie que ton chirurgien t'a prescrit du repos.

— Sans doute, dit-il à contrecœur.

— Eh bien, repose-toi.

— Il faut que je la déplace de là.

Elle pouffa. Ruby ne tenait pas beaucoup de place, sur cet immense lit. Prenant deux oreillers, elle la cala pour l'empêcher de rouler, ce qui d'ailleurs était quasi impossible à cet âge-là.

— Il te reste tout le côté droit, dit-elle. Elle dormira mieux si elle t'a près d'elle. Les bébés sentent ce genre de chose.

— N'importe quoi…

Même s'il avait raison, elle ne le lui dirait pas. Ruby avait besoin de quelqu'un qui soit prêt à se battre pour elle.

— Allez, au lit ! Tu veux du thé ? Des biscuits ?

— Non ! Je ne suis pas un de tes patients !

— Peut-être, mais tu n'es pas totalement remis. Et puis, tu es le seul chirurgien disponible de côté-ci de la rivière, et je te traite un peu comme la poule aux œufs d'or. Alors, tu t'allonges sur ce lit avec Ruby, et tu laisses l'infirmière Maggie s'occuper de tout.

Il obtempéra.

Tout le monde semblait s'être donné le mot pour la sieste. Même Liselle, qui avait pourtant emporté une pile de livres, s'était confortablement calée dans l'un des profonds fauteuils de sa nouvelle chambre.

— Cet endroit est super, Maggie, lui dit-elle quand elle la rejoignit.

— Blake va vendre la propriété et repartir, répliqua Maggie sur un ton un peu sec.

Liselle leva des yeux étonnés.

— Ça t'ennuie ?

— Je… Non.

— Ça veut dire que tu vas bientôt rentrer à la maison. Cool… J'aime bien partager ta chambre.

Maggie lui sourit. Pourtant, cette perspective était loin de l'enchanter. Mais quel autre choix aurait-elle ? Jamais elle ne retrouverait un appartement à ce prix et aussi près de chez ses frères et sœurs.

Elle laissa sa sœur et alla se faire un thé qu'elle sortit boire sous la véranda. Il recommençait à pleuvoir. Elle n'en pouvait plus de cette pluie. Elle n'en pouvait plus de cette vallée.

En réalité, elle l'adorait, cette vallée, mais elle avait besoin de liberté. Elle s'imagina passant une semaine sur une plage, au soleil, seule. Mais inutile de rêver, cela n'arriverait jamais. Tout l'argent qu'elle parvenait à économiser servait à acheter les fournitures scolaires des enfants, car les maigres allocations que touchait sa mère ne suffisaient pas.

Son téléphone sonna, la tirant de ses sombres pensées. Zut ! Le vieux Rom Macy était tombé et son ulcère à la jambe saignait. Elle devait y aller.

Pas besoin de prévenir Blake. Elle sourit en songeant qu'elle allait lui laisser la maisonnée en charge.

Blackie, qui savait ce que la sonnerie du téléphone signifiait, s'était levé et il geignait, ne voulant pas rester seul en sentant l'orage arriver. Sans un bruit, elle se dirigea vers la porte de la chambre de Blake et l'entrouvrit. Si l'orage éclatait, il allait se retrouver avec deux chiens sur son lit. En plus d'un bébé, et peut-être même de deux adolescents effrayés.

Blake se réveilla en sursaut avec deux truffes humides nichées au creux de son cou. Ruby pleurait, et les deux adolescents se pressaient contre sa porte. Quant au ciel, il menaçait de leur tomber sur la tête. Des éclairs incessants déchiraient les nuages noirs comme de l'encre, et la pluie battait si fort sur le toit que les murs semblaient vibrer.

Comment avait-il pu dormir avec un raffut pareil ? Les

chiens tremblaient comme des feuilles, et Ruby hurlait. Le voyant réveillé, les enfants se précipitèrent sur le lit.

— Ce n'est qu'un orage, dit-il.

Pour toute réponsc, le petit groupe se rapprocha un peu plus. Il se déplaça légèrement pour ne pas écraser la jambe bandée de Chris. Avec Ruby bien calée de l'autre côté, il était littéralement pris en sandwich.

— Vous devriez retourner dans vos lits respectifs, suggéra-t-il sans conviction.

— On n'aime pas les orages, dit Liselle. Et Maggie est partie.

Partie ? L'espace d'un instant, il imagina Maggie faisant comme les parents de Ruby, le laissant avec toute la bande sur les bras. Vision d'horreur…

— Elle… Elle a laissé un mot sur la table de la cuisine, balbutia Liselle. M. Macy est tombé, et elle a dû aller lui mettre un pansement sur sa jambe. Elle a dit qu'elle serait revenue pour dîner, et que si j'étais inquiète pour Chris je vienne te voir, et…

— Tu n'as pas à t'inquiéter, l'interrompit Christopher d'une toute petite voix. Je vais bien.

— Les chiens ont peur, eux aussi, murmura Liselle.

Dire qu'à Sydney Blake se demandait ce qu'il allait faire de son temps libre pendant ses congés forcés… Il avait un superbe appartement avec vue sur le port, une femme de ménage, et des collègues toujours prêts à passer lui rendre visite, et Miriam était là tous les soirs. Il avait donc décidé de venir pour des raisons pratiques, mais aussi parce qu'il avait besoin de tranquillité.

C'était quelque chose d'important pour lui. Très jeune, il avait appris à disparaître dans son monde pendant les fréquentes disputes de ses parents. Même quand sa mère s'était remariée à un homme plus raisonnable, il avait gardé l'habitude de se faire oublier de temps en temps.

La solitude le mettait à l'abri des drames. C'était sa façon de se défendre. Avec Miriam, ils avaient une sorte d'accord tacite à ce sujet, chacun respectant l'intimité de l'autre.

— Je… Je vais préparer le biberon de Ruby ? demanda Liselle.

Il la regarda. A dix-sept ans, elle était visiblement aussi terrifiée que son frère.

— Je m'en occupe, dit-il en repoussant les couvertures, délogeant Tip qui lui jeta un regard de reproche.

— Maggie a dit que tu devais te reposer, dit Liselle.

— Je me reposerai après, je vais chercher le biberon.

— Et après, tu reviens avec nous ?

Avec nous. Deux enfants, deux chiens et un bébé.

— Oui, dit-il, vaincu.

— Je veux Maggie…, geignit Christopher.

— Il n'y a plus de place pour Maggie, répliqua-t-il en souriant. Reste allongé et ne bouge pas la jambe, ajouta-t-il en s'éloignant pour aller chercher de quoi calmer une nièce particulièrement en voix.

Maggie rentra à la maison avec une boule au ventre. Comme d'habitude, elle s'en voulait. Toute sa vie, depuis que sa mère lui avait fait comprendre qu'elle avait besoin d'elle, cette culpabilité l'avait accompagnée.

Pourtant, Dieu sait qu'elle ne s'accordait pas beaucoup de plaisirs. Si elle n'était pas allée s'occuper du vieux Macy, il aurait refusé de se déplacer pour se faire soigner et sa blessure se serait infectée. Donc elle avait bravé les éléments, laissant à Blake la responsabilité des enfants et des chiens. Ruby, c'était sa nièce, donc sa responsabilité. Mais les autres…

De toute façon, quoi qu'elle ait fait, elle se le serait reproché. Heureusement, la situation n'était que provisoire. Dès que le niveau de la rivière baisserait, tout rentrerait dans l'ordre, et Blake ferait de Ruby ce que bon lui semblerait. Ce n'était pas son problème.

Elle-même n'aurait pas le temps de s'attacher à ce bébé. Ni à l'homme qui allait avec. D'accord, il était séduisant, mais elle n'était pas à la recherche d'une aventure. Encore moins d'une liaison sérieuse.

Menteuse. Bien sûr qu'elle en avait envie. Mais quelle chance avait-elle de rencontrer l'amour quand elle avait encore quatre enfants sur le dos ? Inutile de pleurer sur son propre sort, cela ne changerait rien. Il valait mieux oublier Blake Samford et son corps sculptural. Blake Samford et son sourire. Ses mains.

Plus vite l'eau descendrait, mieux ce serait pour tout le monde.

Le tonnerre grondait sans discontinuer depuis qu'elle avait quitté la maison. Mais par-dessus le grondement, elle entendait quelque chose d'autre, un bruit plus sourd, plus profond, qui enflait de minute en minute. Instinctivement, elle quitta la route qui longeait la rivière et s'enfila sur un chemin qui traversait les collines.

De là, elle vit le torrent dévaler avec une puissance dévastatrice, emportant la digue, emportant le pont, et engloutissant les premières pentes de la vallée.

6.

Blake était toujours couché. Il avait entendu le pont céder, et son premier réflexe avait été de se lever, mais il venait juste d'endormir Ruby, et il avait réfléchi que la ferme était assez haut perchée pour être à l'abri. Les autres enfants s'étaient enfin calmés, et puis de toute façon, il n'allait pas reconstruire le pont maintenant. Alors, à quoi bon ?

— La digue a cédé ! s'exclama Maggie en ouvrant la porte à la volée.

Elle avait couru, et elle était si trempée que son T-shirt était presque transparent. Déjà, une petite flaque se formait à ses pieds.

— Tes génisses sont prisonnières.

— Mes génisses ?

— Tes vaches de l'année, répéta-t-elle, visiblement excédée. L'eau est montée trop vite quand la digue a sauté. Elles sont dans l'enclos près de la route qui est inondée, tout comme une bonne partie de l'enclos. Il reste juste une petite parcelle à sec, mais seule une dizaine de bêtes peuvent y tenir. Si j'arrive à les éloigner de leur refuge provisoire, je pourrai les conduire dans un pré en hauteur, mais elles sont effrayées. Liselle ne sait pas nager, et je n'ai personne pour m'aider. Je sais que tu es fatigué, mais je n'ai pas le choix. On ne peut pas les laisser se noyer et j'ai besoin de ton aide. Tout de suite !

Ils confièrent la garde de Chris et Ruby à Liselle, et Maggie se mit au volant du tracteur. Blake se hissa sur le marchepied, se faisant l'effet d'un gosse de la ville sur un manège. Il n'était pas remonté sur un tracteur depuis l'âge de six ans, et voilà qu'il jouait les vachers pour sauver son bétail. Le vacher de Maggie.

Mais en apercevant les génisses, le danger de la situation le frappa immédiatement.

— L'eau monte encore, dit Maggie dans un souffle. Bon sang, elles vont se noyer !

Blake regarda l'immensité d'eau, les bêtes terrifiées, et songea qu'ils ne s'en sortiraient pas. Les jeunes vaches savaient nager — d'ailleurs, la plupart le faisaient déjà — mais elles étaient toutes focalisées sur le même coin de terre qui rétrécissait à vue d'œil.

— On arrive trop tard…, gémit Maggie. Il y a trop d'eau, on ne pourra pas nager et, en même temps, les dévier de leur chemin.

En effet. Et Blackie, tout chien de berger qu'il était, ne leur serait pas d'une grande utilité non plus. Se sentant impuissant, Blake réfléchissait.

Et soudain…

— Le canoë ! s'exclama-t-il.

— Quel canoë ?

— Il y en a un sous la maison. Du moins, il y était la dernière fois que je suis venu. Il est vieux, mais je pense pouvoir le manœuvrer, si tu m'aides, Maggie. Je ne dois pas trop tirer sur mes points, et puis je n'y connais rien en vaches, moi. Si je ne force pas trop, ça devrait aller.

— Mais de quoi tu parles ?

— On va charger le canoë sur le tracteur avec l'aide des Liselle. Ensuite, on revient ici et on le met à l'eau. Si on place Blackie à l'avant, tu penses que tu pourras le faire aboyer ?

— Il aboie sur commande, répondit-elle.

— Bon, alors tu me guideras, et moi, je ramerai.

— D'accord !

Une femme d'action comme elle ne se laissait pas longtemps gagner par le désespoir. Elle remontait déjà sur le tracteur.

— Bon, alors, qu'est-ce que tu attends ?

Dix minutes plus tard, Liselle les ayant aidés à hisser le canoë décrépit sur le tracteur malgré la pluie battante, ils étaient de retour dans le pré. Blake avait tenu l'embarcation d'une main et le montant du tracteur de l'autre, pendant que Maggie les ramenait à l'enclos à présent quasi immergé.

— Oh ! Blake, elles sont encore là, murmura-t-elle en coupant le moteur.

Quatre-vingts têtes de bétail qui nageaient frénétiquement autour d'un minuscule bout de terre.

Ils mirent le canoë à l'eau. Pendant que Blake grimpait sur l'embarcation et fixait la rame, elle hissa Blackie à l'avant puis monta à son tour.

— Tu peux m'amener au fond de l'enclos ?

Il comprenait bien pourquoi elle voulait aller là-bas. La clôture était immergée, mais au-delà, le pré montait en pente abrupte, et les bêtes seraient au sec.

— Je couperai la clôture avec la pince coupante que j'ai emportée, et je les ferai sortir si Blackie et toi vous parvenez à les faire nager dans ma direction. Les bêtes sont paniquées, mais il suffit que l'une d'elle prenne la bonne voie et les autres suivront. Une fois que tu m'auras déposée, tu te rapprocheras de leur îlot et tu les repousseras. Elles se dirigeront alors naturellement vers moi. On va y arriver !

Quand elle se tut, il se lança.

Maggie savait pertinemment que cet homme, qui avait subi une intervention chirurgicale une semaine plus tôt, ne devrait pas être là, mais plutôt confortablement allongé dans son lit. Jamais elle n'aurait dû lui demander son aide.

Sauf qu'elle n'allait tout de même pas laisser quatre-vingts vaches se noyer ! Et lui non plus, malgré ses dehors froids et impavides, il n'aurait pas supporté de rester sans rien faire. En fait, il avait du cœur.

Il portait un pantalon en toile et une chemise en coton

fluide, déboutonnée en haut et avec les manches relevées. Il avait quitté ses chaussures et ramait à un bon rythme, sans se soucier de l'eau qui l'éclaboussait, collant le tissu à son torse, mettant en valeur chacun de ses muscles. Ses chcveux aussi étaient trempés, et la pluie ruisselait sur son visage. Concentré sur son objectif, il ne prenait même pas la peine de s'essuyer.

Un vrai guerrier. Dur et dangereux. Une image de cet homme au milieu d'une opération lui traversa l'esprit. Elle avait travaillé au bloc, pendant sa formation, et elle avait vu ces hommes qui tenaient des vies entre leurs mains, se demandant où ils trouvaient le courage de pratiquer la première incision. Maintenant, elle comprenait. Ils oubliaient tout le reste — la douleur, les risques — pour ne penser qu'au résultat. En ce moment même, Blake Samford était aussi concentré que s'il concourait aux Jeux olympiques.

— Blake !

— Oui ?

La réponse fut sèche, immédiate, comme celle du chirurgien interrompu par l'infirmière du bloc. Ainsi, son extrême concentration ne l'empêchait pas de réagir à une éventuelle complication.

Elle voulait l'aider, mais ce vieux canoë n'avait qu'une rame. Tout ce qu'elle pouvait faire, c'était rester immobile à l'avant, Blackie serré dans ses bras.

— Passe assez loin de l'îlot, répondit-elle avec effort. Je ne veux pas les affoler avant d'avoir coupé la clôture.

— O.K.

Toujours fixé sur son objectif, il opéra un léger détour. Tout son corps était tendu vers son objectif, et elle imaginait sans peine combien il devait souffrir.

Mais quatre-vingts jeunes vaches dépendaient d'un chirurgien convalescent. Tout comme elle.

Enfin, ils atteignirent la clôture. Dès qu'elle put saisir le fil de fer, elle se mit à l'eau qui n'était pas très profonde ici.

— Pas bouger, ordonna-t-elle à Blackie. Assis.

Il gémit mais obtempéra, comme un bon chien qu'il était. Immédiatement, Blake reprit la rame et dirigea la barque vers le milieu du champ.

Avec l'énergie du désespoir, elle coupa les fils et, dès le dernier tombé, elle commença à gravir la colline, espérant que, malgré la panique, les vaches la verraient et la suivraient.

— Allez ! hurla-t-elle, essayant d'attirer leur attention. Allez, allez !

Blake atteignait l'îlot.

— Vas-y, Blackie, cria-t-elle au chien qui se mit à aboyer sur-le-champ.

Blake ne connaissait rien au bétail, et ces bêtes ne le connaissaient pas non plus. Ce qui n'était peut-être pas plus mal, car du coup, elles réagirent immédiatement aux aboiements du chien et à sa présence. Effrayées, elles s'éloignèrent de lui, et de leur îlot-prison, tandis qu'il agitait frénétiquement les bras.

Enfin, les vaches se mirent à nager dans la direction de Maggie. Peut-être reconnaissaient-elles sa voix, en tout cas elles semblaient instinctivement attirées vers la jeune femme.

Lui aussi, s'il était l'une d'elles, il irait vers Maggie.

La douleur le faisait dérailler. Il était sur le seul bout de terre sec à des mètres à la ronde, à agiter les bras comme un imbécile, et il avait le temps de penser… que Maggie était sublime.

Dans son jean élimé et son T-shirt mouillé, ses boucles brunes collées au visage, pieds nus, elle hurlait plus fort que lui, et les bêtes nageaient vers elle.

Qu'est-ce qui la rendait si belle ? Sa silhouette ? Son visage ? Sa tenue ? Non, pas vraiment, même si les taches de rousseur et les courbes dessinées sous le T-shirt transparent aidaient sans doute. Mais c'était plutôt son courage, sa façon de prendre la vie à bras-le-corps. Son indépendance. Si Ronnie ne l'avait pas suggéré, et s'il n'avait pas insisté, jamais elle n'aurait franchi la cloison qui séparait son petit appartement de sa maison. Ou plutôt, du mausolée qui lui servait de maison actuellement, dont la décoration n'avait pas bougé depuis le départ de sa mère. Sauf que, ce matin, dans ce lit, il s'était senti chez lui pour la première fois de sa vie.

La présence de Maggie y était-elle pour quelque chose ?

— Allez !

Le cri, plus strident, le tira de ses pensées. Les vaches nageaient à perdre haleine, en masse, mais, dans leur panique, elles ne voyaient pas la brèche dans la clôture.

Bon. Il était temps de remonter en bateau.

— Ça va ? lui demanda Maggie.

Avec tout ça, elle pensait quand même à son bien-être !

— On va bien, mon matelot et moi, répondit-il.

Son flanc le faisait souffrir. Qu'avait dit le chirurgien ? Aucun effort pendant six semaines ? Mais s'il arrêtait d'y penser, il aurait moins mal. Reprenant donc la rame, il se concentra sur son objectif pour oublier la douleur qui lui brûlait le ventre.

Tout en empêchant les vaches de retourner vers l'îlot, il les obligea à bifurquer légèrement sur la gauche en faisant d'incessants allers-retours derrière le troupeau. A force de cris et d'aboiements, ils parvinrent à leurs fins. Il était temps car les bêtes, épuisées, risquaient de se noyer, et ils auraient fait tout cela pour rien.

— Allez ! hurla Maggie.

La bête qui se trouvait en tête la regarda, et elle vit le trou. L'instant d'après, le troupeau tout entier se dirigeait vers l'ouverture pratiquée par Maggie qui fit un pas de côté. Titubantes, les bêtes sortirent de l'eau.

Blake atteignit la clôture quelques instants plus tard, et Maggie tira le canoë sur l'herbe avant même qu'il ait eu le temps d'en descendre.

— Je peux…, commença-t-il en se baissant.

Elle repoussa sa main d'un geste sec.

— Tu en as assez fait.

Elle pleurait.

— Je n'aurais jamais dû te laisser faire, poursuivit-elle. La moitié de tes points ont dû sauter. Je n'avais pas pris la mesure de la difficulté, avant de voir comme tu forçais sur la rame. Tu vas t'être blessé, et ce sera ma faute.

Elle avait eu son lot de frayeurs pour aujourd'hui. Pas besoin d'en rajouter.

— Je crois que mon téléphone est mort, admit-il en le sortant de sa poche. Mais moi, je suis indemne. Et pas peu fier de moi !

Ignorant ses protestations, et n'étant pas à un effort près, il l'aida à mettre le bateau au sec.

Il essaya de ne pas remarquer son air terrifié, et tourna la tête vers les vaches qui gambadaient comme des enfants surexcités. Mais il ne put résister longtemps et reposa les yeux sur ce petit bout de femme aux joues inondées de larmes et de pluie. Quelque chose se produisit alors au fond de lui. Quelque chose qu'il n'avait jamais ressenti avant.

Elle était magnifique. Tout simplement magnifique.

Elle avait tout donné pour sauver ces bêtes qui n'étaient même pas les siennes, et maintenant, elle s'en voulait.

Cette femme était incroyable.

Sans plus réfléchir, il la prit dans ses bras et la serra contre lui. Ils avaient tous les deux eu la peur de leur vie, et lui aussi avait bien besoin d'un peu de réconfort.

Il sentait son cœur battre à l'unisson du sien.

— Bien joué, murmura-t-elle contre son torse. Tu as été génial. Tu es sûr que ça va ?

— Oui, répondit-il en lui prenant le menton dans la main pour l'obliger à la regarder.

Ses yeux étaient immenses. Et pleins d'inquiétude.

— Je vais bien. Je vais bien, et toi, tu es merveilleuse.

Incapable de résister, il l'embrassa.

Ce baiser la prit totalement au dépourvu. Il était si intense, si incroyable, qu'elle ne put le refuser. Pourtant, elle aurait souhaité se détacher de cette étreinte au plus vite. Non que Blake la retienne particulièrement fort, mais comment réfléchir correctement quand on vous embrassait ainsi ?

Le feu rencontrait le feu.

Comment pouvait-elle avoir aussi chaud alors qu'elle était trempée jusqu'aux os et qu'elle frissonnait encore de peur et de froid ? Aucune réponse ne lui vint. Pire, elle eut tôt fait d'oublier jusqu'à la question.

Elle oublia tout.

Plus rien ne comptait que la bouche de cet homme, et l'incroyable chaleur, la force qu'elle diffusait en elle.

Il y avait eu trop peu d'hommes dans sa vie. Trop peu d'opportunités. Trop peu de tout.

Elle entrouvrit les lèvres, vaincue, accueillante.

Elle avait envie de lui. Oui. Comme mu de son propre chef, son corps se moulait au sien, ses seins écrasés contre son torse puissant.

Elle laissa sa bouche explorer la sienne, ses mains la serrer plus fort, et elle fit de même, toujours plus près, comme pour se fondre en lui, faire partie de lui.

Ce baiser n'était peut-être que le fruit d'un immense soulagement. Un besoin réciproque de contact humain, la preuve qu'ils étaient sains et saufs, que la vie continuait et qu'ils avaient réussi. Non. C'était plus que cela.

Ce baiser la transforma, lui fit ressentir des choses qu'elle n'avait jamais ressenties auparavant. Chacun de ses sens était soudain en alerte, incroyablement vivant.

La Belle au bois dormant réveillée par un baiser.

Ridicule…

Mais tant pis, car elle se sentait bien. Tellement bien. Même si elle tremblait à présent de tous ses membres, même si une vague brûlante déferlait dans ses veines, même si elle avait l'impression de tomber dans le vide… Combien de temps pouvait-elle rester en chute libre, à savourer l'instant, le contact de ses lèvres exquises, de ses mains protectrices ?

Super Maggie fondait sous un baiser. Et elle aimait cela.

A cet instant, Blackie aboya, réclamant l'attention et les félicitations qu'il méritait. A moins qu'il ne soit perturbé par cette étreinte inattendue.

Quand il aboya de nouveau, elle s'arracha à l'étreinte de Blake. Fin de la chute libre.

— Eh bien, c'était inattendu, murmura-t-il d'une voix rauque. C'est l'adrénaline, tu penses ?

— Soit ça, soit il y avait quelque chose dans l'eau, répondit-elle avant de se détourner.

En haut de la colline, les génisses s'étaient calmées, certaines recommençaient même à paître. Retour à la normale.

Parfait. A elle maintenant de reprendre son souffle, d'oublier cette étrange sensation. Retour à la normale.

— Ça, au moins, c'est réglé, dit-elle. Bravo, Blake, et merci ! Je ne m'en serais jamais sortie sans toi.

— C'est normal, après tout, c'est mon bétail.

Elle sentait son regard sur elle dans son dos. Brûlant.

— Maggie ? ajouta-t-il, alors qu'elle n'osait toujours pas se retourner. C'est moi qui te remercie. Et merci aussi pour le baiser. C'était…

— Agréable, finit-elle à sa place. C'était agréable, mais tu n'as pas à t'inquiéter de la suite à lui donner. On vit peut-être dans la même maison, mais il y a une porte entre nous. Et une serrure…

— Ainsi que deux enfants et un bébé.

— Aussi, oui. Je ne sais pas ce qui m'a pris.

— Ce qui *nous* a pris.

— Ce qui nous a pris, répéta-t-elle, même si elle ne savait pas définir l'exacte responsabilité de chacun. Mais…

Difficile de garder les pieds sur terre dans vingt centimètres d'eau.

— J'ai… J'ai du travail, balbutia-t-elle. Tu es sûr que ça va ? Je peux jeter un œil à ta cicatrice ?

— Non !

Elle parvint à sourire.

— Je m'en doutais. Mais tu me le dirais s'il y avait quelque chose ?

— Sans doute pas.

— Voilà qui est rassurant.

— J'ai mal, mais ce n'est pas une douleur vive. J'ai dû tirer sur les points, pas les déchirer. Si on ramenait le canoë, maintenant ?

— Non. Pour quatre-vingts génisses, j'étais prête à te laisser prendre le risque, mais il n'y a plus d'urgence. On va l'attacher ici, et je vais faire le grand tour pour récupérer le tracteur. Toi, tu peux passer par-dessus la colline, pas besoin de te mouiller davantage.

— Maggie ?

— Oui ?

Enfin, elle le regarda. Ses yeux ne l'avaient pas quittée pendant qu'elle attachait le canoë.

Se sentant de plus en plus vulnérable, elle n'attendit pas la suite et pataugea jusqu'au tracteur. La route n'était recouverte que de quelques centimètres d'eau. Tant mieux, elle pourrait faire un saut à la clinique où on aurait sans doute besoin d'elle.

Elle songea aux maisons les plus proches de l'eau, mais aucune n'était assez près pour être inondable. Redoutant la colère de la rivière, les premiers habitants de la vallée avaient fait en sorte de ne pas se trouver sur son chemin. Cependant, les blessures seraient légion pour ceux qui, comme Blake et elle, auraient essayé de mettre leur bétail à l'abri.

A tout prix. Se mettant en danger, comme Blake. Il aurait pu abandonner les bêtes à leur triste sort, mais non. Pas plus qu'il n'avait pu se résigner à faire évacuer Ruby.

Ne contrôlant plus ses pensées, elle le revit avec Ruby dans ses bras, revit la façon dont il la regardait. Il y avait quelque chose dans la vie de cet homme qui le rendait… vulnérable. Comme affamé.

Elle réprima un sourire. Le grand méchant loup, Blake ? Non. Alors, qui était-il ?

Quelle sorte d'enfance avait-il eu ? Elle se souvenait de sa mère, belle et instable, que la rumeur soupçonnait de s'être mariée pour l'argent. Quant à son père, c'était un rustre. Quelle place restait-il à un enfant, entre ces deux-là ?

Et pourquoi l'avait-il embrassée ? Tout en marchant, elle porta les doigts à ses lèvres. Elles semblaient différentes, depuis ce baiser.

La réponse était évidente : ils venaient de sauver les bêtes, et ils étaient soulagés. Dans ces moments-là, les gens s'embrassaient, c'était bien naturel.

Sauf que ce baiser-là était d'une autre sorte. Du moins pour elle. Probablement parce que, à presque trente ans, elle était encore célibataire. Parce que chaque minute de sa vie, elle la consacrait à son travail ou à sa famille.

Aujourd'hui, ses hormones lui lançaient un signal d'alarme, alors comment allait-elle y répondre ?

Elle eut un rire désabusé. La question ne méritait même pas d'être posée. Qu'espérait-elle ?

Rien. Comme toujours, rien.

Elle dépensait la moitié de sa paie pour s'assurer que les enfants obtiennent les diplômes qui leur permettraient de s'échapper de cette vallée. De se soustraire à leur mère. Hormis une petite, toute petite somme qu'elle mettait dc côté, tout le reste passait dans les dépenses quotidiennes.

Dans une semaine ou deux, l'eau serait redescendue et Blake serait reparti. Fin de l'histoire.

Mais d'ici là, peut-être…

7.

Quand il arriva à la propriété, il y avait des enfants partout. Et aussi la mère de Maggie.

Sous la véranda, Liselle tenait Ruby dans ses bras avec autorité, comme si elle voulait empêcher sa mère d'approcher.

— Docteur Samford, murmura-t-elle dès qu'il arriva, visiblement soulagée. Je… Ce n'est pas moi qui l'ai invitée.

Maggie arriva à cet instant. Elle jeta à sa mère un regard consterné.

— Maman…, dit-elle d'un ton sec.

Debout près d'un vieil utilitaire, Barbie rayonnait. Elle ouvrit le coffre et en sortit une valise.

— C'est vraiment charmant, ici ! s'exclama-t-elle. J'étais tellement contente que le Dr Samford accepte de nous accueillir. Tu as oublié que le toit fuit dans la salle à manger, Maggie ? Je te l'ai dit la semaine dernière, mais tu n'as rien fait. Et maintenant que cette fichue digue a cédé, les enfants sont morts de peur.

La cinquantaine, ses longs cheveux teints en blond, elle portait une longue jupe à fleurs et des colliers de perles à profusion.

— Tu ne peux pas rester, maman, répondit Maggie d'une voix froide qu'il ne lui avait jamais entendue.

— Quoi ? Mais tu ne peux pas m'obliger à rester là-bas toute seule. J'ai dû dormir dans le lit de Susie, la nuit dernière, parce qu'il y avait une fuite juste au-dessus du mien.

Susie acquiesça en venant glisser sa main dans celle de sa grande sœur, et il vit les épaules de Maggie s'affaisser. Une biche prise dans des phares de voiture… Elle s'était échappée, mais sa famille venait de la rattraper.

— Pouvez-vous porter ma valise à l'intérieur, docteur Samford ? demanda Barbie.

Cette femme lui rappelait sa mère, par certains côtés. Il était certain que celle-ci avait épousé son père pour l'argent, et d'ailleurs, elle s'était remariée trois fois avec des hommes dont elle attendait qu'ils s'occupent de tout. Maintenant, elle vivait aux Etats-Unis avec sa dernière conquête en date.

Barbara Tilden n'avait jamais été assez belle pour attirer des amants éplorés, mais il comprit, à la façon dont elle regardait Maggie, que c'était elle qui avait fait office de chevalier-servant.

Assez… Il fallait en finir, et le visage de Maggie l'encouragea à prendre les rênes.

— Les frères et sœurs de Maggie sont les bienvenus, jusqu'à ce que l'eau redescende, mais c'est tout, dit-il. La mairie accueille les habitants qui ont besoin d'un toit. Si les enfants préfèrent vous accompagner, pas de problème.

— Vous ne me séparerez pas de mes enfants !

— Bien sûr que non, répliqua-t-il en prenant Ruby des bras de Liselle. Je n'oblige pas vos enfants à rester ici. Maggie sait ce qui est mieux pour eux, et je la laisse juge. Si vous ne souhaitez pas qu'ils restent, pas de problème non plus. Mais l'invitation ne concerne que les enfants. Je vous laisse vous décider, je dois aller nourrir Ruby.

Puis il entra dans la maison, refermant la porte derrière lui.

Dix minutes plus tard, Maggie vint le trouver dans la cuisine où il préparait le biberon, Ruby confortablement installée dans son tiroir-lit.

Il se sentait bien, même s'il avait l'impression de vivre dans un autre monde. Un monde plein de bébés, d'enfants, de chiens, de vaches et de mères envahissantes.

Et de Maggie.

Quand elle ouvrit la porte de la cuisine, il faillit lâcher le biberon pour la prendre dans ses bras.

— Je suis désolée..., commença-t-elle. Ils veulent tous rester, et je ne peux pas les obliger à partir avec elle.

— Pas question qu'elle reste, répondit-il sur le ton le plus neutre et déterminé qu'il put.

Il jeta un coup d'œil vers elle. Elle semblait un peu moins tendue.

— Tu l'as impressionnée.

— Je ne plaisantais pas. Si elle passe la porte, je la jette dehors.

— Je peux... Je peux savoir pourquoi ?

— Parce qu'elle te fait du chantage affectif. J'ignore ce qui s'est passé dans ton enfance, Maggie, mais je sais reconnaître un mauvais parent quand j'en vois un. J'ai toujours évité mon père et je continue à éviter ma mère. Tu as le droit d'en faire autant. Elle est partie ?

— Oui, mais tous les enfants sont là.

— Tous les huit ?

La plaisanterie lui valut un sourire.

— Non, quatre.

— Alors, ça fait cinq avec Ruby. La maison va être pleine.

— Blake, je ne voulais pas m'imposer...

— Si tu t'étais imposée, comme ta mère a tenté de le faire, je t'aurais fichue dehors aussi, dit-il, sans quitter sa préparation des yeux — pas question que Ruby reçoive un mélange imparfait. C'est moi qui ai invité les enfants, Maggie, pas toi. Ils sont terrorisés, et ils ont besoin de toi. Ils sont les bienvenus ici, mais uniquement jusqu'à ce que la route soit rouverte.

— Tu es fantastique !

— Mais non.

— Mais si, dit-elle, les yeux embués de larmes. Un héros, comme tu as dit à Chris. Tu l'as sauvé, tu as sauvé tes génisses, et maintenant... tu héberges toute ma famille.

— J'ai dans l'idée que cela ne te ravit pas, de les avoir ici...

Elle se raidit et baissa les yeux.

— Je fais un rêve idiot, dit-elle enfin. J'ai toujours entendu :

« Maggie, occupe-toi de ton frère, emmène ta sœur se promener, reste à la maison aujourd'hui, parce que ton père et moi on va à un concert… » J'ai tout accepté, mais de temps en temps, je rêve de partir loin, très loin. Je me vois à la terrasse d'un café à Paris, ou admirant un coucher de soleil sur le Nil, sans personne pour me parler. Je sais, c'est bête, mais je me disais qu'un jour, quand les enfants seraient grands, je le ferais. Toutefois, récemment, quand mes parents se sont séparés, j'ai compris qu'ils vieillissaient et devenaient dépendants, eux aussi. J'ai peur qu'après les enfants, je ne doive passer le reste de mes jours à m'occuper de mes parents.

— Ça n'arrivera pas.

— Non, dit-elle doucement. C'est pour cela que j'ai déménagé. Pour ne pas voir la réalité en face… Mais les enfants me réclament, alors je finirai sans doute par rentrer. Mais pas ce soir. Ce soir, tu as résolu mon problème.

Elle regarda Ruby, bien éveillée mais silencieuse.

— Alors maintenant, je vais jeter un œil à ta cicatrice, ajouta-t-elle en se dirigeant vers le banc. Assis ou couché, c'est le seul choix que je te laisse.

— Pas la peine, répondit-il, surpris par ce changement de ton.

Une minute avant, elle était au bord des larmes, et voilà qu'elle avait repris le contrôle de ses émotions. Efficace et autoritaire.

— Fais-le pour moi, insista-t-elle, implacable. Tu ne crois tout de même pas que je vais réussir à dormir si je crains que tu ne te sois blessé à cause de moi.

— Maggie…

— Tu es un héros ! Les héros n'ont pas peur de montrer leur ventre, ajouta-t-elle avec un sourire.

— Je le ferai moi-même.

— C'est ça, mais pour l'instant, allonge-toi.

Il la toisa et elle soutint son regard, aussi rigide que l'acier. Cette femme avait élevé huit enfants et, à cet instant, il avait l'impression d'être le neuvième.

— Allez, insista-t-elle en lui prenant le biberon des mains.

Après tout, qu'est-ce qui le retenait ? Il ne voulait pas s'exposer ? Il ne voulait pas que cette femme le considère comme son patient ? Quelle que soit sa raison, celle-ci était ridicule. Il avait mal.

Il soupira, puis s'allongea sur le banc et releva sa chemise. Si c'était Miriam, cela ne le dérangerait pas, leur relation pouvant parfaitement rester professionnelle. Alors, pourquoi était-ce différent avec Maggie ?

Il s'était blessé, elle l'avait vu à sa grimace quand il était descendu du bateau. Ainsi qu'à la tache rouge sur son pantalon... Lui aussi, le savait. L'homme refusait les soins, mais le médecin avait eu le dernier mot.

Sans lui laisser le temps de protester, elle lui dégrafa sa ceinture, sentant ses abdominaux durs comme la pierre, puis lui déboutonna sa braguette.

Elle leva les yeux vers lui. Il fronçait les sourcils, mais elle savait qu'elle ne lui faisait pas mal. Elle ne faisait que le toucher. Sans doute n'aimait-il pas se retrouver en position de faiblesse. Pourtant, ce soir, elle allait le soigner. Une pensée qui la fit frémir.

Le goût de leur baiser lui revint comme un boomerang. Au temps pour son professionnalisme sans faille. Ce n'était pas la première fois qu'elle était penchée sur le corps à demi dénudé d'un homme, bon sang ! Sauf que ce corps-là...

Assez ! C'était son patient. Miraculeusement, elle parvint à se concentrer sur son travail.

La plaie s'était rouverte, mais à peine, et les points internes ne devaient pas avoir bougé. Elle l'examina attentivement. Pas de signe de gonflement, ni de saignement interne. Et si Blake semblait mal à l'aise, il ne se tordait pas non plus de douleur.

— Ça va, dit-elle en levant les yeux vers lui.

Les mains croisées derrière la tête, il fixait le plafond d'un air maussade.

— Je n'aurai pas à t'éventrer…, plaisanta-t-elle. Une bonne désinfection suffira. Un stéristrip, et au lit !

Son visage se détendit imperceptiblement.

— Tu veux me dire ce qui se passe dans cette tête ? ajouta-t-elle.

Elle s'attendait à une rebuffade, mais à sa grande surprise, il répondit sérieusement.

— La dernière fois que je me suis allongé sur ce banc, je devais avoir cinq ans, et c'était parce que mon père m'avait frappé.. Il m'avait ouvert l'arcade, pas grand-chose… Ma mère m'avait mis un pansement, et elle lui hurlait dessus. C'est bizarre, pourtant, parce qu'elle a attendu qu'il la trompe pour m'éloigner de lui.

— Je suis contente qu'elle l'ait fait quand même, dit-elle d'une voix aussi légère que possible.

Il avait dû être si seul. Et elle qui se plaignait d'être trop entourée. Qu'est-ce qui était pire ? Au moins, ses parents à elle n'avaient jamais levé la main sur aucun membre de la tribu. Une tribu qui s'était serré les coudes.

Elle sourit. La tribu venait d'envahir la maison de Blake.

— Qu'est-ce qui te fait rire ?

— Je pensais au mur d'enceinte que j'ai érigé autour de toi. Cinq enfants, deux chiens et moi… Plus personne ne pourra te faire de mal, Blake Samford.

Elle essuya la plaie. Personne ne devait s'attaquer à lui, aujourd'hui. Pas avec des muscles pareils. Evidemment, elle n'allait pas le lui dire. Autant lui avouer qu'elle le trouvait magnifique ! Elle osait à peine se l'avouer à elle-même.

Elle colla le stéristrip, rapprochant doucement les bords de la plaie.

Il ne parlait plus, mais il semblait détendu.

— Je vais te bander…

— Je n'ai pas besoin d'une…

— Fais-moi penser à te demander ton avis, la prochaine fois que j'ai besoin d'un conseil médical, l'interrompit-elle. Tu seras bandé, que tu le veuilles ou non.

— Trop aimable…

Elle gloussa. Le bandage terminé, elle s'apprêtait à lui remonter sa braguette, mais il posa les mains sur les siennes.

— Ça, je peux le faire tout seul, dit-il.

Au lieu de retirer ses mains, elle saisit les siennes et l'aida à se rasseoir.

Un peu trop vite. Et elle était un peu trop proche. Beaucoup trop proche. Le baiser.

Il refit le même geste, les doigts sous son menton.

— Non, murmura-t-elle.

Machinalement, elle fit un pas en arrière et son pied heurta le bol d'eau. Elle fut presque soulagée qu'il se renverse.

— Regarde ce que tu me fais faire, marmonna-t-elle, le souffle court.

— Si tu m'avais laissé t'embrasser, tu n'aurais pas trébuché.

— Il vaut mieux que tu ne m'embrasses pas.

— Et qu'est-ce qui te fait dire ça ?

— Je traîne bien trop de casseroles derrière moi…, lança-t-elle en s'éloignant.

Après six mois à soigner son père, elle connaissait cette maison comme sa poche. Saisissant une poignée de chiffons dans un placard, elle revint s'agenouiller pour éponger.

— Tu m'embrasses parce que tu n'as pas d'autre femme à portée de main, reprit-elle en frottant le sol avec une vigueur exagérée. Et tu as tort, car Ruby a besoin de tes baisers. Concentre-toi sur ce qui est important, Blake Samford.

— Et si je pense que tu es importante, Maggie Tilden ?

— Alors penses-y à deux fois, rétorqua-t-elle. Tu es prisonnier ici, tu es blessé, tu es épuisé. Ça passera…

Elle se redressa et ramassa le bol.

— Ici, c'est la maison du maître, ajouta-t-elle en s'éloignant. Mes quartiers à moi, c'est chez les serviteurs. Ce n'est pas parce que mes frères et sœurs se sont infiltrés de ce côté du mur que… Laisse tomber, Blake. J'ai une inondation, un village et une famille sur les bras, je n'ai pas besoin d'autres complications dans ma vie. Donne son biberon à Ruby, et va te coucher. Seul, précisa-t-elle en voyant une lueur canaille s'allumer dans ses yeux sombres.

— Tu prends tout ça trop au sérieux.

— C'est l'histoire de ma vie, marmonna-t-elle. J'érige des barrières en espérant que les autres les respecteront, et on me dit que je prends les choses trop au sérieux quand on les franchit.

— Maggie…

— Il faut que j'aille faire un saut à la clinique. Liselle s'occupera des enfants. Occupe-toi de la tienne, ajouta-t-elle en désignant Ruby du menton. Bonne nuit, Blake.

Puis elle referma la porte derrière elle.

Blake ne comprenait toujours pas ce qui venait de se passer. Il avait l'impression qu'on venait de lui donner un coup de poing dans le ventre.

Il avait vraiment, vraiment eu envie de l'embrasser. Un besoin extraordinaire, qui n'avait rien à voir avec une simple pulsion sexuelle. C'étaient ses taches de rousseur. Et les ombres sous ses yeux. La façon dont elle avait crié « Allez ! » dans le pré.

C'était le contact de ses doigts, si doux sur sa peau, qui n'avait rien à voir avec des gestes purement professionnels. Il en avait été électrisé. Comme si chaque parcelle de peau qu'elle avait touchée le brûlait, comme si elle lui hurlait qu'elle le voulait aussi.

Mais ce n'était qu'une illusion. Il la désirait, mais elle avait battu en retraite tel un animal effrayé. Craignait-elle qu'il essaie de la séduire ? La réputation de son père le précédait, sans aucun doute.

Elle ne savait rien de lui, et il ne savait rien d'elle. Cette femme ne ressemblait à aucune autre. Sans artifice, courageuse…

Près de lui, Ruby commençait à s'impatienter. Elle ouvrit grand la bouche et se mit à pleurer.

Comme par magie, Maggie passa la tête à la porte.

— Tu devrais être au lit, dit-elle. Si tu veux, je peux la prendre pour la nuit. Juste cette nuit…

— Tu ne devais pas aller à la clinique ?

— On est cinq. S'il y a une chose que les Tilden savent faire, c'est s'occuper des enfants.

Tout ce qu'elle voyait en le regardant, c'était un homme qui venait d'être opéré de l'appendicite. Or il ne voulait pas être son patient.

— Non, ça va aller, rétorqua-t-il, un peu trop sèchement.

— Tu es sûr ?

— Certain.

Elle eut l'air soulagée.

— Frappe, si tu changes d'avis. Je passerai en rentrant. Dors bien, Blake. Dors bien, Ruby.

Elle referma la porte et, cette fois, elle ne reparut pas.

Il donna son biberon à Ruby puis alla voir ce que faisaient les enfants. Liselle était penchée sur ses livres.

— Calcul ? demanda-t-il en regardant par-dessus son épaule.

— Oui.

— Difficile ?

— Un peu, dit-elle en levant vers lui un regard perplexe.

Il s'assit et l'aida à résoudre une équation complexe qu'il pensait avoir oubliée depuis longtemps, et se sentit ridiculement fier de son exploit.

Super Maggie sauvait le monde, et il pouvait au moins faire des maths.

Susie jouait sous la table avec ses poupées. Christopher était confortablement installé, la jambe surélevée par des coussins. Les anti-inflammatoires devaient l'assommer, mais il tenait visiblement à rester avec les autres. Il regardait quelque chose de violent à la télévision. Etait-ce permis, à douze ans ? Ces enfants devaient avoir l'habitude de se gérer.

— Pas de problème, dit Liselle, qui l'avait vu regarder son frère. Maggie et Chris passent en revue le programme télé toutes les semaines, Chris lui lit les résumés de ce qui l'intéresse, et ils négocient.

Bien vu. Super Maggie…

Il regarda Ruby, lovée dans ses bras. Serait-il amené à négocier avec elle, un jour ? Ce bébé lui chamboulait la tête.

Il balaya la pièce du regard : Christopher, à moitié endormi devant la télé, Susie et ses poupées éparpillées sous la table, Pete et ses jeux vidéo, et Liselle qui surveillait vaguement tout ce petit monde en travaillant.

Maggie avait dû allumer le feu avant de partir car il faisait bon dans la pièce. Il ferait mieux d'aller mettre Ruby au lit. Et lui aussi. Mais il ignorait pourquoi, il n'arrivait pas à partir. Sans doute les effets secondaires de son opération. Ou le choc causé par l'arrivée de Ruby, l'accident de Christopher et le sauvetage des génisses.

Et qu'en était-il de ce qu'il ressentait pour Maggie ?

En tout cas, il avait tiré un trait sur le mot *famille* depuis bien longtemps. Il avait des objectifs très concrets, et sa vie le satisfaisait pleinement. Plus vite il y retournerait, mieux ce serait.

— Vous avez l'air fatigué, dit Liselle. Vous voulez que je m'occupe de Ruby jusqu'à ce que Maggie revienne ?

Pour qu'elle croie qu'il n'était pas capable de s'en sortir seul ? Pas question.

— Merci, ça va aller, répondit-il.

— Appelez-nous si vous avez besoin, intervint Pete qui venait de lever la tête de son jeu. Je peux enterrer les couches, si ça vous arrange. Une pelle, un trou, et le tour est joué.

Les enfants pouffèrent. Ils étaient géniaux, ces enfants. Grâce à Maggie. Ils avaient une grande sœur géniale.

Stop ! Mieux valait penser à autre chose.

Elle avait deux patients à voir à la clinique, dont Aida Batton, qui s'était bloquée le dos en soulevant des porcelets pour les mettre à l'abri de l'eau. Maggie lui fit un petit massage et comme elle la renvoyait chez elle avec des anti-inflammatoires, Aida lui promit un jambon en guise de remerciement. Puis ce fut au tour de Robie Neal, un copain de Christopher, qui avait voulu dévaler la pente inondée derrière chez lui, sur un pare-chocs de voiture en guise de skateboard. Evidemment, il avait perdu le contrôle de son engin, et avait fini sa course dans un arbre. Il était couvert d'égratignures et de bleus, mais *a priori* rien de grave. Elle nettoya les blessures et le rendit à ses malheureux parents.

Après avoir rangé la clinique, elle se rendit à la mairie où les autorités avaient fait installer un centre d'accueil provisoire pour les réfugiés. Sa mère n'y était pas… Elle avait dû aller pleurer chez sa demi-douzaine de voisins et finir par convaincre une bonne âme.

Après tout, elle s'en fichait. Pourquoi fallait-il qu'elle se soucie toujours de tout ?

En route, elle songea que, depuis peu, elle était plus détendue à ce sujet. Etait-ce depuis ce baiser ? Il ne signifiait rien. Pourtant, ses doigts s'égarèrent sur ses lèvres.

Non ! Elle ne pouvait pas se permettre de ressentir quoi que ce soit. Un Samford, avec la réputation qu'ils avaient, c'était exactement ce dont elle n'avait pas besoin.

Elle était sans doute injuste d'attribuer à Blake les tares de son père. Jusqu'à présent, il avait été formidable. Il avait soigné Chris, sauvé ses bêtes, viré sa mère. Et il l'avait embrassée.

Ce qui l'avait transformée en véritable midinette. Bon sang, ce n'était qu'un baiser ! Sauf qu'au fond, c'était tellement plus…

Il était 23 heures quand elle arriva à la maison, et elle était épuisée. Après avoir attisé le feu, elle alla embrasser les enfants. Même endormis, ils la serrèrent dans leurs bras.

Comment pourrait-elle jamais abandonner cela ? Quand Blake aurait vendu la maison, elle rentrerait chez elle. Evidemment…

Les événements récents avaient prouvé à quel point il était dangereux de les laisser seuls avec leur mère.

Ce soir, elle n'aurait même pas le plaisir de dormir seule car Susie s'était glissée dans son lit. Eh bien, tant pis. Elle avait eu ses six mois de tranquillité, voilà tout.

Mais elle avait promis de passer chez Blake, juste au cas où. Il avait repoussé ses limites, cet après-midi. S'il avait déclenché une hémorragie interne, s'il souffrait, l'appellerait-il ? Peut-être pas. D'où la nécessité d'aller vérifier.

Elle traversa la maison silencieuse. Il avait laissé la porte de sa chambre légèrement entrouverte. Elle l'entrebâilla juste assez pour se glisser à l'intérieur sur la pointe des pieds.

Les rideaux n'étaient pas tirés, et la lune éclairait le lit. Torse nu, Blake dormait tout au bord, un bras tendu vers Ruby. Comme s'il s'était endormi en la caressant, en lui offrant ce contact dont elle avait tant besoin.

Maggie sentit son estomac se serrer.

Non. Elle ne laisserait pas ses hormones la contrôler.

Il bougea, et elle battit en retraite si précipitamment qu'elle faillit se prendre les pieds dans le tapis. Il allait bien, pas besoin de s'approcher de nouveau de cet homme à demi dévêtu. Ni de son sourire, ni de toutes ces petites choses qu'il faisait. Elle devait absolument se ressaisir. Bientôt, il retournerait à sa vie citadine, et elle…

Le téléphone sonna juste à point pour la tirer de cet écheveau inextricable. Une urgence, sans doute. Tant mieux.

Mais le coup de fil n'était pas pour elle. La ligne de Bob Samford n'avait pas été coupée, et ils avaient juste rajouté une extension jusqu'à son propre appartement. Elle avait bien un portable, mais les gens d'ici n'avaient pas l'habitude de s'en servir, préférant utiliser la ligne fixe. Celle qu'elle partageait depuis quelques jours avec Blake, donc.

— Maggie Tilden.

— Pardon ? Qui êtes-vous ? s'enquit une voix féminine.

Zut. Elle ne connaissait pas cette voix, froide et arrogante. Et étonnée.

— Je suis l'infirmière, répondit-elle un peu trop vite. Maggie Tilden.

— La femme qui vit à l'arrière de la maison de Blake ?

Etait-il possible de détester quelqu'un après deux phrases ? Maggie se ressaisit et se força à répondre aimablement.

— Exactement. Vous vouliez parler à Blake ?

— Oui.

— Désolée, il dort.

— Mais il n'est que 23 heures.

— Oui, mais il a eu une rude journée. Il a dû secourir ses génisses de la noyade, et puis Ruby ne fait pas ses nuits. Je préfère ne pas le réveiller, ajouta-t-elle après une pause.

— Il ne répond pas à son portable.

— Il l'a laissé tomber dans l'eau. Je crois qu'il ne fonctionne plus.

Silence.

— Blake est allé dans l'eau ?

— Euh… Oui.

— Pour secourir des vaches ?

De glaciale, la voix était presque devenue hystérique.

— Oui.

— Vous refusez de vous occuper de ce bébé, et vous lui faites secourir des vaches ?

— Ce sont les siennes. Et c'est son bébé.

— Ce n'est pas son bébé !

— Il en a la responsabilité.

— Il n'a aucun droit…

— C'est l'enfant de sa sœur, l'interrompit-elle calmement. Il a plus de droits sur elle que quiconque.

— Vous êtes sage-femme. Il dit que vous refusez…

— De faire mon travail ? Recueillir les enfants abandonnés n'entre pas dans les attributions d'une sage-femme, voyez-vous.

Un coup d'œil aux jeux éparpillés dans la vieille salle à manger lui rappela qu'elle en avait pourtant recueilli quatre.

— Blake a besoin d'aide, reprit la femme. Il est souffrant.

— Je fais ce que je peux, rétorqua-t-elle, maîtrisant la colère qui montait pour ne pas envenimer la situation. Il n'y a pas de raison de vous inquiéter. Je préfère ne pas le réveiller, mais donnez-moi votre nom, je lui dirai que vous avez appelé.

— Miriam Donnington… Dr Donnington, la fiancée de Blake.

Pourquoi son estomac se serrait-il soudain ? se demanda Maggie.

Blake avait une vie, l'avait-elle oublié ? Il était médecin, vivait en ville, il avait une fiancée, et il était ici contre son gré. Le baiser qu'ils avaient échangé n'était que le résultat d'une forte montée d'adrénaline. Elle le savait déjà avant. Et maintenant, elle le savait de façon certaine.

Alors pourquoi ce mot — *fiancée* — la mettait-il dans un tel état de choc ? Maggie la pragmatique, Maggie la raisonnable devait reprendre le dessus, comme toujours.

— Félicitations… Je comprends mieux votre inquiétude. Je lui dirai que vous avez appelé. Même si son portable ne fonctionne pas, vous pouvez généralement le joindre à ce numéro. A moins, comme maintenant, qu'il ne soit endormi. J'essaie de l'obliger à se reposer, plaisanta-t-elle pour donner un tour plus léger à la conversation, mais ce n'est pas un patient très facile.

— Blake sait ce qu'il a à faire. Il n'a pas besoin d'une infirmière pour cela. Ce dont il a besoin, c'est de repos. Et pas d'une infirmière et d'un bébé pour lui compliquer la vie.

Elle préférait la guerre ? O.K.

— Plus mes quatre enfants…, dit Maggie, très suave.

Il l'avait embrassée, il avait une fiancée. Tant pis pour lui.

— Quatre enfants ?

— Ça ne dérange pas Blake, répliqua-t-elle, souriante.

Tous mes enfants sont à la maison et Blake adore jouer avec eux. Bon, vous désiriez autre chose ?

— Je… Non.

Une satisfaction mauvaise l'envahit à l'idée qu'elle lui avait cloué le bec.

— Alors bonne nuit, dit-elle avant de raccrocher.

Elle se retourna. Adossé au mur, les bras croisés sur son torse dénudé, les cheveux ébouriffés, Blake la regardait.

Ce fut suffisant pour lui faire perdre contenance. En présence de cet homme, elle était déstabilisée. Son corps prenait le pas sur son intelligence.

— Miriam ? demanda-t-il.

Elle hocha la tête.

— Ta fiancée…

— C'est ce qu'elle t'a dit ?

— Elle voulait que je te réveille, mais j'ai refusé. Désolée. Tu peux la rappeler.

— C'est ce que je vais faire, dit-il, les yeux plantés dans les siens. Elle a été agressive ?

— Elle m'a reproché de ne pas m'occuper de toi. Elle n'a pas tout à fait tort. Si tu avais fait une hémorragie, je serais entièrement responsable, répondit-elle d'une voix qu'elle jugea avec fierté admirablement calme.

— Comme tu l'as dit, ce sont mes vaches. Et oui, Maggie, Ruby est ma nièce.

— Miriam va-t-elle t'aider à t'en occuper ?

Ce n'étaient pas ses affaires… Pourquoi diable avait-elle posé cette fichue question ?

— Il faudra bien que quelqu'un le fasse, à moins que je n'opte pour la solution de Pete et que j'enterre les couches.

Elle ne put réprimer un sourire.

— Il enterrerait la vaisselle aussi, si cela ne tenait qu'à lui. Tu devrais la rappeler, elle semblait inquiète.

— Oui. Maggie ?

Il était trop près. Trop près, trop grand, trop dénudé.

— Je suis désolé qu'elle t'ait vexée.

— Je ne suis pas vexée.

Menteuse…

— J'ai l'habitude de gérer les familles de mes patients, ajouta-t-elle.

— Je ne suis pas ton patient, dit-il si doucement qu'elle en frissonna.

— Tu devrais. Ce serait beaucoup plus facile.

Avant qu'il ait le temps de répondre, elle traversa le couloir et referma la porte de son petit appartement.

Il devait rappeler Miriam. Pourtant, Blake restait planté là, à regarder la porte qui venait de se refermer. Maggie était juste derrière cette porte. Elle avait dû se coucher avec sa sœur, les chiens sous son lit. Elle était bien entourée.

Miriam devait être derrière son bureau, dans leur grand appartement froid avec vue sur le port.

Sa fiancée ? Pourquoi avait-elle dit cela ? Pour le protéger ? Pour que Maggie ne profite pas de lui ?

Maggie profitait-elle de lui ?

Non. Elle n'avait rien à voir avec l'arrivée de Ruby, et c'était lui qui avait invité ses frères et sœurs. Et puis, il avait parlé aux médecins de son père : sans Maggie, le vieil homme aurait été hospitalisé bien plus tôt. Bob était loin d'être un homme facile, pourtant, elle avait fait en sorte que ses derniers mois soient les moins pénibles possible.

Elle n'était pas femme à profiter des autres.

Miriam décrocha dès la première sonnerie.

— Blake… Je savais que tu étais réveillé. Cette femme a refusé de t'appeler.

Cette femme. Il n'aimait pas le son de ces deux mots. Cette femme, c'était Maggie.

— Elle fait un boulot du tonnerre, dit-il calmement. Elle s'occupe de toute la vallée.

— C'est son travail, pas le tien. Qu'est-ce qui t'a pris d'aller chercher ces bêtes ?

— Si je n'avais rien fait, j'aurais perdu quatre-vingts têtes de bétail.

— Bon sang, Blake ! Ça vaut plus que toutes ces années d'internat ? Que toutes ces années de travail ?

— Sans compter ma petite vie.

— Arrête !

Dans sa tête, tout se bousculait. Fiancée ? A l'université, ils étaient en compétition. Puis ils avaient fait leur internat ensemble, se motivant mutuellement. Et ils avaient peu à peu dérivé vers une relation plus… intime ?

Il se demanda soudain s'il l'intéresserait autant sans ce passé commun. Voudrait-elle encore de lui ? Et lui, voudrait-il encore d'elle ? Drôle de réflexion, à minuit passé, pieds nus sur le carrelage froid, avec Ruby qui commençait à s'agiter.

Pourtant, il prit le temps d'y songer.

— Quand l'eau sera redescendue, commença-t-il très lentement, je voudrais que tu viennes. Que tu fasses connaissance avec Ruby, que tu m'aides à prendre une décision la concernant.

Il l'entendit inspirer brusquement.

— Quelle décision ?

— Elle est de ma famille, Mim.

— Ne m'appelle pas Mim ! marmonna-t-elle. Pas question que j'élève l'enfant d'une autre. Je ne sais même pas si j'en veux à moi !

— A toi ?

— Je… Oui.

— Ma fiancée ?

Il laissa le long silence s'appesantir.

— J'ai dit ça pour ton bien, reprit-elle enfin. J'ai pensé, comme vous habitez dans la même maison, que ça t'aiderait…

— Il y a aussi cinq gosses, dans cette maison. Ça nous fait assez de chaperons comme ça. Tu penses vraiment que j'en aie besoin ?

— Je me fiche de ce que tu fais, Blake.

— Ah oui ? dit-il après un autre silence, les yeux rivés sur la porte.

Maggie était là, couchée avec Susie. Maggie ne se fichait pas des gens, elle.

— Ecoute, cette conversation est ridicule, reprit enfin Miriam. Nous avons une relation intelligente. Tu ne veux pas tout gâcher, si ?

— Est-ce que ça la gâcherait, si je t'étais infidèle ?

— Si je l'apprenais, oui.

— Et sinon ?

— Je m'en fiche ! Je suis fatiguée, et j'ai une longue journée demain. Si tu veux avoir une aventure torride avec ta locataire-infirmière — qui a combien d'enfants, déjà ?—, ne te gêne pas. Mais ne compte pas sur moi pour venir.

— Non, répondit-il froidement.

Il regarda Ruby s'agiter. Elle allait se mettre à pleurer d'une minute à l'autre. Puis il repensa à Maggie, à Christopher et à leurs règles pour le programme télé. Les limites. S'il avait une aventure avec Maggie, elle établirait des limites. Elle ne lui dirait pas « Fais ce que tu veux, mais je ne veux rien savoir ».

— Quand je vais rentrer à Sydney, je déménagerai, dit-il.

— C'est donc ça. Cette petite infirmière…

Il n'avait jamais remarqué à quel point sa voix pouvait être désagréable et stridente.

— Ça n'a rien à voir avec Maggie, ça a à voir avec la famille. Toi et moi, Mim… Miriam, on est amis, collègues, mais on n'a jamais été, et on ne sera jamais, une famille. Notre relation doit s'arrêter. Elle ne va nulle part, et il est temps qu'on l'admette. Désolé, Miriam, c'est fini.

— Alors quoi ? Tu vas fonder une famille ? Là-bas ?

La méchanceté suintait de ses paroles.

— Je n'ai pas la moindre idée de ce que je vais faire, ni même où. Tout ce que je sais, c'est que toi et moi, on s'est trompés. Merci d'avoir essayé de me protéger, mais je n'ai pas besoin d'une fiancée. Je ne sais pas trop de quoi j'ai besoin. Ah, si, je sais… J'ai besoin de préparer un biberon et de retourner me coucher. Pour le moment, je ne suis pas capable de réfléchir plus loin.

8.

La rivière était toujours infranchissable, et la pluie n'en finissait pas de tomber. Dans la vallée, il n'y avait rien d'autre à faire que d'attendre.

Si on avait dit à Blake qu'il pouvait rester enfermé dans une ferme avec cinq enfants et être satisfait de son sort, il aurait bien ri. Et pourtant…

Maggie était débordée. La crue avait pris tout le monde de vitesse, et les blessés affluaient à la clinique : entorses, hématomes divers, coupures infectées, abcès, problèmes de dos… La liste des plaies et bosses à soigner était longue.

Blake l'aidait quand il le pouvait. Il l'accompagnait avec plaisir jusque dans les fermes les plus reculées, débridant les ulcères, confirmant ses diagnostics, simplement pour la rassurer. A sa grande surprise, il commençait à aimer leur routine. Il n'avait jamais envisagé la médecine de campagne, mais il trouvait presque amusant ce changement de vie.

D'autant que les habitants de la vallée l'avaient adopté, au grand dam de Maggie qui plaisantait à propos de l'attitude de ses patientes, en particulier. Elle pouvait passer des heures à essayer de les convaincre, et il n'avait qu'à leur parler quelques secondes pour les rassurer.

— Tu arrives, avec tes manières de docteur, et elles ne jurent plus que par toi, lui dit-elle après une visite chez Maisie Goodall, une vieille dame entourée de chats.

— C'est la base de ma formation, gardée secrète depuis des générations de médecins.

— Tu es beau, tu es un homme et tu leur souris. C'est ce qu'on vous enseigne, à l'école de médecine ?

— Entre autres petites bricoles.

Elle pouffa.

— Ça marche, en tout cas, je le concède. Si je pouvais te mettre en bouteille et t'emmener dans ma sacoche…

— Je ne me laisse pas enfermer.

— Non, dit-elle en soupirant. Déjà que tu ne devrais pas être là…

Ruby était installée dans le siège bébé à l'arrière du van. Ils l'emmenaient chaque fois que c'était possible pour laisser à Liselle le temps d'étudier, et les patients l'adoraient. Maggie aurait parié que d'ici à la fin de la semaine, Maisie lui aurait tricoté des chaussons.

N'empêche, elle continuait à se sentir coupable de solliciter autant Blake au lieu de le laisser se reposer. Mais il semblait aimer cela, et il était très efficace. Et apprécié des patients. Grâce à ses liens avec la vallée, les gens le considéraient comme l'un des leurs.

Mais cela n'allait pas sans quelques ragots, elle s'en doutait bien. On regardait Blake, on la regardait, on regardait Ruby, et on avait tôt fait de tirer des conclusions. Or les rumeurs se propageaient vite, dans cette vallée, et cela la faisait réfléchir, alors que c'était exactement ce qu'elle voulait éviter : réfléchir.

Un voyant s'alluma sur le tableau de bord. Elle utilisait normalement un véhicule médicalisé, mais avec la fermeture du pont, elle n'avait pas d'autre choix que de prendre son vieux van.

— Qu'est-ce qui se passe ? demanda Blake.

— Sœur, fermière, infirmière, tu connais trois Maggie. Je te présente la quatrième : la mécanicienne.

Elle s'arrêta sur le bas-côté et ouvrit le capot.

— Alors ? demanda-t-il par-dessus son épaule.

— Des collants.

— Des collants ?

— Une fille ne devrait jamais sortir les jambes nues, dit-elle en allant chercher des collants dans le coffre. Tu peux prendre des ciseaux dans mon sac et couper les jambes ?

— C'est le ventilateur ?

— Exact, répondit-elle, la tête dans le moteur. Heureusement, j'ai mon brevet de secouriste ès vieux moteurs. Si le ventilateur ne fonctionne pas, le moteur chauffe. Ces collants vont nous permettre d'arriver à la maison. Il suffit de faire un nœud bien serré ici, mais ce n'est pas facile d'y accéder.

— O.K., dit-il d'un ton qui semblait peu assuré.

— On ne te fait pas jouer les mécanos, dans ton hôpital ?

— Non.

— Veinard… Allez, monte dans la voiture, je vais me débrouiller. Miriam me tuerait si elle savait que je t'entraîne dans mes tournées.

— Miriam n'est pas ma fiancée, dit-il.

Elle leva la tête vers lui. Il la regardait sans ciller.

— Ah non ? rétorqua-t-elle en replongeant sous le capot.

— C'est une collègue. On est plus ou moins colocataires parce qu'on s'est dit qu'on pourrait se payer un plus bel appartement à deux. On se connaît depuis la fac, on travaille dans le même hôpital. Bon, notre relation a un peu dépassé les limites de la simple amitié, mais l'autre soir, j'ai compris qu'il fallait clarifier la situation.

— Parce que je partage la même maison que toi ? demanda-t-elle, faisant mine de se concentrer sur le moteur qu'elle ne voyait plus qu'à travers une étrange buée. Parce que tu m'as embrassée ? Je ne veux pas être rendue responsable de votre rupture.

— Je n'ai pas dit ça.

— Tu veux que je lui précise qu'il y a une porte en chêne massif et cinq enfants entre nous ?

— Je l'ai déjà fait.

— Dans ce cas, c'est ridicule.

— Tu trouves ?

— Bien sûr, répliqua-t-elle en donnant un coup de marteau un peu trop fort. Et c'est pour cela que tu es si triste.

— Je ne suis pas triste parce que j'ai rompu. Je suis triste parce que je ne l'aime pas. Parce qu'on s'est menti, elle et moi, on a fait semblant. Cela fait moins de deux semaines que je te connais, et même si ça paraît stupide, je n'ai jamais rien ressenti de tel lors du baiser que nous avons échangé.

Un long silence s'installa.

Puis le marteau frappa de nouveau. Pourquoi diable avait-il dit ça ? Pas seulement parce que, de dos et penchée sous ce capot, elle était incroyablement sexy. Pas plus parce qu'il avait une folle envie d'essuyer cette tache de graisse qu'elle avait sur le nez, et de l'embrasser de nouveau. Maggie, la femme, la sœur, la fermière, l'infirmière et la mécanicienne, lui faisait un effet qu'il ne comprenait pas. Et il était las de lutter contre.

C'était la femme la plus désirable qu'il ait jamais vue.

Mais de là à suggérer, après un seul baiser, que leur relation était unique… Il s'y était pris comme un nul. L'avait-il effrayée ?

Bien sûr que oui, s'il fallait en croire la façon dont son corps s'était raidi. A la concentration féroce qu'elle mettait dans chacun de ses gestes.

Quel idiot ! Il s'imagina une pléiade d'excuses : l'appendicite, l'inondation, le bébé…

Enfin, elle se redressa. Son visage n'exprimait rien. D'un geste sec, elle claqua le capot et, sans un mot, reprit sa place derrière le volant, attendant qu'il la rejoigne.

— J'espère que ce que tu as dit était une erreur, reprit-elle en allumant le moteur.

Cette fois, il devait y aller doucement.

— Mais ce baiser… il était plutôt génial, non ?

— Plutôt ?

— Bon, carrément génial, concéda-t-il. Et puis, sous ton capot, avec cette tache sur ton nez, tu étais tellement sexy…

Il parvint à lui arracher un sourire.

— Heureusement que je suis assise, alors. Blake, ne mets pas un terme à ta relation avec Miriam à cause de moi, ajouta-t-elle plus sérieusement. Je suis une femme encombrante, et puis je ne suis pas prête à avoir une relation. Un baiser n'y changera rien.

Que répondre ? Dans le doute, il opta pour la franchise.

— Ce baiser m'a fait ressentir des choses que je n'ai jamais ressenties avant.

Voilà, c'était dit. Et cela faisait du bien.

— C'était bien, certes. Mais ça n'ira pas plus loin. Je pars en Afrique.

— En Afrique ? Tu pars d'ici ?

— Et peut-être aussi en Sibérie. Sans compter la Sardaigne, Istanbul et Paris. Seule. J'ai ouvert un compte en banque…, poursuivit-elle en prenant une profonde inspiration, les yeux rivés aux siens. Quand j'étais petite, je ramassais les canettes vides autour des terrains de football où jouaient les gosses de riches, et je les revendais au poids. Ça me faisait un petit pécule, pas grand-chose, mais c'était mon pécule.

Elle hésita. Pourquoi lui racontait-elle tout cela ? Quelque chose dans son expression lui disait que c'était important. Peut-être même qu'elle n'avait jamais avoué cela à personne.

— Mes parents étaient toujours fauchés, reprit-elle. S'ils avaient su que j'avais cet argent, ils l'auraient dépensé en un rien de temps. Alors je le leur ai caché. Toute ma vie… A l'adolescence, je faisais du baby-sitting, comme Liselle, et je gardais une partie de mes gains pour moi. J'ai toujours fait ça depuis, un vrai petit écureuil. Quatre-vingt-dix-neuf pour cent de ce que j'ai toujours gagné est passé dans les dépenses domestiques, entre moi et les enfants. Mais il me reste un pour cent. Et maintenant, j'ai presque assez pour un aller simple vers l'Afrique.

— Mais tu reviendras ?

Elle haussa les épaules.

— Bien sûr. Je crains que ma famille ait toujours besoin de la bonne vieille Maggie. Mais je dois partir. Dès que Susie aura quitté la maison, je partirai.

— Mais Susie n'a que dix ans, dit-il doucement. Il te reste sept ans…

— J'aurai économisé pour le vol retour, d'ici là, peut-être même plus. J'envisage de partir au moins six mois. Toute seule, ajouta-t-elle en se mordant la lèvre avant de détourner les yeux de nouveau. Alors je t'interdis de briser mon rêve !

— Je m'en garderais bien.

— Tant mieux, on se comprend.

Puis elle démarra.

Quel triple idiot ! Pourquoi fallait-il qu'il fasse tout un plat de ce baiser ? Tout ce qu'il avait réussi à faire, c'était l'effrayer, et l'obliger à lui raconter son rêve secret.

Il était chirurgien dans une grande ville, ambitieux, totalement concentré sur sa carrière. Maggie vivait au milieu de nulle part, entourée d'enfants et de vaches.

Cette semaine d'enfermement lui avait tourné la tête.

Sauf que c'était plus que cela, il devait l'admettre. Maggie représentait quelque chose qu'il n'avait jamais envisagé. Quelque chose qu'il avait même volontairement supprimé de sa vie : le retour aux sources. La famille.

Quand sa mère l'avait emmené, il avait six ans. Elle l'avait traîné de ville en ville, d'homme en homme. Cette vallée, c'étaient ses racines.

Et puis, il y avait Ruby. Il jeta un coup d'œil à l'arrière où sa minuscule nièce dormait paisiblement. Elle avait besoin d'une famille, et elle l'avait trouvée. Sauf que…

La façon dont Maggie s'y prenait avec elle le faisait sourire. Alors qu'il paniquait au moindre signe de détresse, Maggie réagissait toujours avec calme et efficacité.

Mais tout cela ne faisait pas une histoire d'amour.

La nostalgie, le désir, l'isolement. Une femme avec une tache de graisse sur le bout du nez.

Et voilà qu'à cause de sa déclaration imbécile, Maggie le regardait comme s'il était devenu fou. Elle s'était même sentie obligée de lui dévoiler son rêve, d'insister sur la solitude à laquelle elle aspirait.

Et il la comprenait. Mais alors, pourquoi se répétait-il en boucle qu'il avait fait une erreur ? Quelque chose, tout au fond de lui, venait de lui souffler qu'il ne rencontrerait pas deux Maggie dans sa vie.

— L'enfermement m'a fait perdre la boule, dit-il dans le silence pesant.

Elle lui jeta un regard dans lequel il crut lire de la gratitude. Tout pouvait-il redevenir normal entre eux ?

— Sans doute… Tu devrais appeler Miriam. Et on va éviter les baisers, à l'avenir. De toute façon, les autorités annoncent une baisse des eaux, et les prévisions météo sont optimistes. D'ici une semaine, les enfants pourront retourner à l'école, toi à Sydney, et tout rentrera dans l'ordre.

— C'est vraiment ce que tu veux ?

— Bien sûr, dit-elle d'une voix tendue. J'ai un plan sur sept ans, rappelle-toi. J'y travaille depuis trop longtemps pour m'en détourner maintenant.

Sauf qu'elle s'en détournait. Dans sa tête.

Quand ils arrivèrent à la maison, ils entreprirent de refaire les plâtres de Ruby. Maggie regarda donc Blake retirer les anciens plâtres, manipuler précautionneusement les petits pieds. Déjà, l'amélioration était visible. Ils étaient encore déformés, mais beaucoup moins qu'une semaine auparavant.

— Tu peux lui faire couler un bain ? demanda Blake.

L'évier en porcelaine de la cuisine était assez grand pour contenir Ruby. Elle l'entoura de serviettes et le remplit d'eau tiède. Blake plongea lui-même Ruby dans le bain. C'était incroyable comme elle avait changé, en une semaine. Une semaine de repas réguliers, de soins et d'attention. Une semaine en famille.

Pas exactement une famille normale, mais, au moins, elle avait quelqu'un sur qui elle pouvait compter : Blake.

Il la tenait comme si elle était la chose la plus précieuse au monde, l'entourant de ses grandes mains, et Maggie décelait dans ses yeux des sentiments nouveaux. Il aimait cette enfant. Vraiment.

Il était étranger à la vallée, et il repartirait dès que les routes seraient rouvertes. Mais cet après-midi, il avait dit… Mieux valait oublier ce qu'il avait dit et se concentrer sur Ruby.

Mais la façon dont il regardait ce bébé la bouleversait. Cet homme était une énigme, et même si elle s'était juré de garder ses distances, elle ne pouvait s'empêcher d'être curieuse. De lui.

— Parle-moi de ta sœur, dit-elle, alors que Ruby découvrait avec délice qu'elle pouvait bouger ses membres dans l'eau. Parle-moi de Wendy.

— Je ne la connais pas.

— Je crois que si, à voir comment tu regardes Ruby.

Alors il lui dit tout. Le bébé qu'il avait vu alors qu'il n'avait que six ans, la petite main qui avait serré le doigt qu'il avait tendu vers le berceau, la peur qu'il avait eue quand la femme bizarre l'avait emmenée, ses parents qui n'avaient plus jamais parlé d'elle. Et sa famille qui avait explosé.

— Voilà qui ferait les choux gras d'un psy, conclut-il en souriant.

S'il n'avait pas eu Ruby dans les bras, elle aurait posé les doigts sur sa joue pour rendre ce sourire gai.

L'image de l'homme dangereux s'effaçait. Il fallait absolument qu'elle se reprenne car elle ne voulait pas ressentir ce qu'elle ressentait en ce moment, ce tourbillon infiniment attirant dont elle ne savait même pas ce qu'il renfermait en son cœur.

— Tu ne veux pas lui manipuler les jambes ? demanda-t-elle avec effort.

Elle vit son regard changer, redevenir professionnel.

— Bien sûr. Et ce sera plus facile de commencer pendant qu'elle est dans l'eau.

Quand il la lui tendit, leurs mains s'effleurèrent puis elle tint son bébé pendant que ses grandes mains habiles manipulaient les petites jambes avec une immense tendresse. Ce fut à cet instant que Maggie comprit qu'elle avait un problème. Un gros problème.

Il avait rompu avec Miriam à cause d'un baiser. C'était de la folie, mais peut-être était-ce contagieux.

Une fois séchée, nourrie et replâtrée, Ruby s'agita. Elle avait goûté au plaisir de la liberté, et sans doute protestait-elle parce que ses mouvements étaient de nouveau restreints. Ce serait long : six semaines de plâtre, l'opération des tendons d'Achille, des mois de rééducation.

— C'est le prix à payer pour ouvrir le bal le jour de ton mariage, lui dit-il.

Ce qui ne sembla pas lui être d'un grand réconfort, mais elle était fatiguée, et lui aussi. Il allait l'allonger sur le lit près de lui pour la calmer, et il lui raconterait des histoires.

Des histoires de leur vie ensemble ? Pourquoi pas puisqu'il allait la garder. C'était aussi simple que ça. Elle s'était fait sa place dans son cœur, alors pas question maintenant de la quitter. Il rejoindrait les rangs des pères célibataires. Comment s'en sortaient-ils ces gens-là ?

Comment s'en sortirait-il sans Maggie ?

— C'est pour ça que je lui ai dit tout ça, tu crois ? demanda-t-il à deux grands yeux écarquillés. Inconsciemment, je me dis que ce serait plus facile si elle tombait amoureuse de moi… Après tout, elle est coincée ici pour les sept années à venir, alors…

Voilà qui n'était pas des plus romantiques. Sauf qu'il y avait autre chose. Ce qu'il ressentait…

Mais comment pouvait-il savoir ce qu'il ressentait ? Si Ruby avait ouvert des failles qu'il croyait bien refermées, il n'était pas question pour lui de perdre son indépendance.

Difficile, s'il gardait Ruby.

La solution était là, de l'autre côté de ce mur. Comme il regardait sa nièce s'endormir, il se dit que le jeu en valait la chandelle.

D'après les météorologues, il lui restait une semaine avant que la rivière soit franchissable, et il ne reprendrait pas le travail avant deux semaines.

En deux semaines, tout pouvait arriver. Même fonder une famille ? Il n'avait jamais envisagé de le faire avant, alors pourquoi maintenant ?

Elle avait une assez grande famille sans y rajouter Blake. Il y avait des jours qu'elle se le répétait. Autant que faire se peut, elle gardait ses ouailles de son côté de la maison. Ils devaient utiliser le salon de Blake, son appartement à elle étant trop petit, mais elle les avait menacés de mort s'ils osaient déranger Blake. Elle leur faisait à manger dans sa petite cuisine et les enfants demandaient sans cesse à inviter Blake, mais c'était trop… dangereux. Elle préférait qu'il reste à l'écart.

Il essayait de la séduire pour mieux l'emprisonner. La coïncidence était trop frappante pour être ignorée, d'où la nécessité absolue de se montrer ferme. De temps en temps, il lui demandait conseil au sujet de Ruby, mais c'étaient les seuls contacts qu'elle s'autorisait.

Et tant pis si les enfants la traitaient de méchante. Elle savait que Blake venait jouer avec eux quand elle s'absentait, mais elle restait sur la défensive malgré les tentatives incessantes de Pete ou de Liselle.

La semaine se traînait en longueur. Les enfants s'ennuyaient ferme, et elle était débordée. Les évacuations en hélicoptère se faisaient de plus en plus fréquentes, qu'il s'agisse de transporter les urgences ou ceux qui en avaient assez d'attendre. Parmi lesquels sa mère.

— Archie et moi, on n'en peut plus, lui dit-elle lors de son premier coup de fil depuis l'accident de Chris. Comme tu gardes les enfants, à quoi cela sert-il que je reste ? On va voir la sœur d'Archie à Sydney.

— Tu peux prendre Pete ? demanda Maggie, même si elle connaissait déjà la réponse. Il s'ennuie tellement que j'ai peur qu'il fasse une bêtise.

— Tu crois que la sœur d'Archie veut s'encombrer d'enfants ? Pete est un gentil garçon. Tu t'inquiètes trop, Maggie.

Puis elle raccrocha. Quand Maggie se retourna, Blake la regardait.

— Archie ? demanda-t-il, un sourcil levé.

Zut, il avait tout entendu !

— Un bon à rien qui vit de l'autre côté de la vallée, répondit-elle en essayant de garder son calme. Chaque fois que sa femme le quitte, il rôde autour de ma mère, mais ça ne dure jamais.

— Tu es vraiment prisonnière.

— De la rivière, se sentit-elle obligée de préciser.

— Pas seulement. Quand j'aurai vendu la maison, où vas-tu aller ?

Elle hésita un instant de trop, et il dut lire sa détresse.

— C'est mon problème, Blake. Tu en as assez avec Ruby.

— Peut-être qu'on pourrait…

— Non.

Puis elle fit volte-face, une impolitesse qui ne lui ressemblait pas.

Mais il y avait quelque chose dans la façon dont il l'avait regardée… Peu importait comment il la regardait, ils n'avaient pas d'avenir.

Elle n'avait pas besoin d'un homme avec un bébé. Même un homme aussi beau que Blake qui se déchargerait sur elle de ses responsabilités, comme tout le monde.

— Maggie ! cria Chris, dans le salon de Blake. Pete refuse de me donner la télécommande.

— Pete ! tonna la voix de Blake. Donne ça à ton frère, ou je mets la chaîne du télé-achat et je brûle la télécommande.

Un silence s'ensuivit puis il y eut un éclat de rire.

Elle sourit malgré elle.

Non.

C'était de la manipulation.

9.

L'ambiance à la maison était de plus en plus tendue. Maggie faisait de son mieux pour occuper les enfants et leur éviter d'aller déranger Blake, mais elle était souvent appelée à l'extérieur. La météo était toujours aussi désastreuse, et la moitié des problèmes qu'elle devait gérer résultait du désœuvrement des habitants de la vallée.

Heureusement qu'elle avait Blake car il était doué pour calmer les gens. A la fin de la deuxième semaine, ils avaient mis au point un système efficace. Elle prenait l'appel initial : si c'était sans gravité, elle y allait, et si le problème semblait pouvoir se résoudre par une discussion, Blake se dévouait, généralement avec Ruby — elle avait le don d'apaiser les hystériques.

Mais si c'était vraiment grave, ils y allaient tous les deux, un événement qui ne s'était présenté qu'à deux ou trois reprises. Chaque fois, Blake avait été d'un calme impressionnant, et elle remerciait de ciel de sa présence. Après l'attaque cardiaque d'Amy Southwell, au sujet de laquelle ni l'un ni l'autre n'avaient pu faire grand-chose, Maggie avait apprécié la façon dont il avait réconforté son mari.

Elle n'avait pu s'empêcher alors de repenser à leur situation. Une relation entre eux pouvait-elle marcher ? Un chirurgien de la ville avec un bébé et une infirmière de campagne avec huit frères et sœurs ? Non, mieux valait rester chacun chez soi.

Ce qu'elle réussit à faire, à peu près, jusqu'à ce que Pete finisse par lui désobéir et monte en voiture avec Tom, un gamin qui ne devait même pas avoir son permis de conduire. Et risque de se tuer.

Maggie soignait l'ulcère à la jambe de Rose Chibnell quand son téléphone sonna. C'était Cindy Blayne, la mère de Tom. Elle et son mari n'avaient aucune autorité sur leur fils. A tout juste dix-huit ans, il faisait tout ce qu'il voulait, et Maggie n'aimait pas que Pete le fréquente.

— Maggie ?

Dès le premier mot, Maggie comprit que quelque chose de dramatique était arrivé.

— Qu'est-ce qui se passe, Cindy ?

— Tom a eu un accident.

Un accident de voiture. Le pire des cauchemars, dans un endroit aussi isolé. Immédiatement, elle songea qu'elle allait avoir besoin de Blake. Zut ! Il n'était pas à la maison, étant parti voir les demoiselles Ford, qui avaient décrété qu'elles avaient la jaunisse, voire même un cancer du foie. Merci internet…

Et son portable qui ne marchait toujours pas. Elle appellerait chez les Ford car il fallait absolument qu'elle le joigne.

— C'est grave ? demanda-t-elle. Où est Tom ?

— Maggie, ce… ce n'est pas Tom qui est blessé, balbutia Cindy.

— Comment ça, ce n'est pas Tom ?

Mais elle connaissait déjà la réponse.

— Il est passé prendre Pete chez vous. Je sais que votre mère n'était pas d'accord, mais vous n'étiez pas là, et les enfants… Bref, ils étaient ensemble. Tom va bien, mais Pete a été éjecté. Il a dévalé jusqu'à la rivière, et Tom ne peut pas le récupérer.

— Docteur Blake !

Harriet Ford passa le combiné à Blake.

— Docteur Blake, c'est Rose Chibnell à l'appareil, dit une

voix chevrotante. Maggie m'a chargée de vous joindre. Il y a eu un accident de voiture au croisement, là où la rivière monte vers le nord. C'est la voiture de Tom Blayne.

Il savait qui était Tom. C'était d'ailleurs incroyable le nombre de gens qu'il connaissait déjà, dans cette vallée.

— Il est blessé ?

— Non, Tom va bien, mais le jeune frère de Maggie, Pete, était avec lui. Il a été éjecté du véhicule et Tom ne parvient pas à le récupérer. Il pense l'avoir entendu gémir, mais il est tombé trop bas vers la rivière, et il ne le voit pas. Vous voulez que j'appelle l'hélicoptère ? Je peux leur demander de se tenir prêts, au cas où.

— Oui, s'il vous plaît, répondit-il. Tout de suite.

Il se retourna vers les deux vieilles filles ébahies qui n'avaient pas plus la jaunisse que le cancer.

— Vous vous débrouillez, en baby-sitting ? Merci, dit-il en leur tendant Ruby sans même attendre la réponse.

Tom était allongé au bord de la route, près de la pente la plus abrupte vers les gorges de la rivière. Maggie comprit immédiatement ce qui s'était passé. Tom avait dû prendre le virage trop vite et mordre le bas-côté détrempé qui s'était effondré. Aussi avait-il braqué et heurté le garde-fou avec l'arrière de la voiture, et il avait fini en tonneau.

Encore une chance qu'ils n'aient pas basculé par-dessus le parapet.

Elle se précipita vers Tom et le secoua par les épaules. Sous le choc, il semblait hagard. Hormis une plaie superficielle à l'arcade, il avait l'air bien.

— Tom, ça va ? Tu as mal quelque part, hormis ton œil ?

— No… non, balbutia-t-il, les yeux rivés vers les gorges.

Elle suivit son regard et son cœur s'emballa. Ce n'était pas une petite pente. Elle aperçut un tas de boue fraîchement remuée.

— Il n'y a pas de ceinture, côté passager, murmura Tom.

Je l'ai cassée le mois dernier. Papa devait la réparer… Pete est tombé.

— Pete est là-bas ?

Elle en oubliait de respirer.

— J'ai essayé de descendre, mais la boue est trop instable, ajouta Tom. Je l'ai entendu gémir au début, mais plus maintenant. Vous croyez qu'il est mort ?

Dieu du ciel ! Mettant ses mains en porte-voix, elle cria :

— Pete !

Pas de réponse. Mais la rivière grondait fort. Mon Dieu, jusqu'où avait-il glissé ?

Tom pleurait en se tordant les mains. Elle le saisit par les épaules.

— J'ai besoin que tu m'aides, Tom. Appelle Mme Mayes, et si tu n'arrives pas à la joindre, essaie Ted Barnes ou Fred Halliday. Dis-leur d'envoyer l'hélicoptère et des urgentistes. Je veux aussi des tracteurs, et autant d'hommes que possible. Et qu'ils me trouvent le Dr Samford. C'est compris ?

— Je… Oui.

— Appelle, vite. Je descends.

— Vous ne pouvez pas !

— Je vais aller le plus bas possible. Je n'ai pas le choix. Appelle, maintenant !

Descendre une pente abrupte couverte de boue et de débris était plus facile à dire qu'à faire, mais elle s'obstina tout en continuant d'appeler sans obtenir de réponse.

Il y avait tellement de boue ! Et si Pete s'était fait recouvrir par la coulée ? Et s'il avait roulé jusqu'à la rivière ?

Elle progressait tant bien que mal, la vue brouillée par les larmes. Cette pente était trop raide, et des cailloux dégringolaient sous ses pieds, faisant de chaque pas un enfer. Mieux valait ralentir, car elle ne serait d'aucune utilité à Pete si elle se tuait. Mais ses pieds refusaient de lui obéir.

Dieu du ciel, où était-il ? Elle s'arrêta un instant, s'efforçant de réfléchir à la meilleure façon de procéder, et ce fut à cet instant qu'elle le vit. Ou plutôt, qu'elle vit sa parka bleue. Pete était allongé dans la boue et les cailloux, au bord de la rivière.

— Pete !

Il leva le bras et l'agita faiblement.

Il n'était pas mort.

Ravalant un sanglot, elle se remit en marche, mais le sol céda sous ses pieds. Se sentant tomber, elle chercha quelque chose à quoi s'agripper, en vain. Tout bougeait autour d'elle. Elle glissait.

— Pete ! Blake !

Soudain, une pierre la percuta. Puis, plus rien.

Blake ne se savait pas capable de conduire aussi vite. Il ne savait pas non plus qu'on pouvait avoir si peur.

Il gara sa voiture à côté de celle de Maggie et de l'épave de Tom. Il se précipita vers le jeune homme tremblant.

— Maggie est là ?

— Tom est tombé par là, répondit Tom en désignant la gorge. Et Maggie est partie le chercher. Mais des pierres sont tombées et elle a crié. Depuis, je n'entends plus rien.

10.

Maggie se réveilla avec le pire mal de tête qu'elle ait jamais eu. Si fort qu'elle avait envie de…

Un récipient avait judicieusement été placé juste à côté d'elle, et deux mains puissantes la maintenaient immobile. Puis elle entendit cette voix…

— Ça va aller, ma belle. Ça va passer. Tu es sauvée, et on va t'administrer des calmants plus forts.

Blake… Elle était trop faible pour poser des questions, et trop occupée à se concentrer sur son estomac que des spasmes soulevaient.

Dès que la douleur se calma un peu, elle sentit les mains de Blake, douces et fortes à la fois, qui lui reposaient la tête sur l'oreiller. Quelqu'un en vert, dans son champ de vision, lui faisait une piqûre.

Blake lui tenait l'autre bras.

— Pete… ? parvint-elle à murmurer.

— Il a une jambe cassée et une épaule disloquée, lui répondit Blake. Il a été opéré, et il va bien. Il est dans la chambre d'à côté.

Opéré. Hôpital. Blake.

Les enfants… Une soudaine panique s'empara d'elle.

— Il faut que je rentre à la maison.

— Tu n'iras nulle part, dit-il doucement. Ronnie est à la maison avec les enfants qui appellent toutes les heures pour prendre de tes nouvelles. Ils t'embrassent. Ils vont bien, mon amour. Ferme les yeux jusqu'à ce que la douleur passe.

Bonne idée. Elle avait trop mal à la tête.

Elle se détendit et se laissa envelopper par la douleur, s'y abandonnant.

— Son pouls se stabilise, dit quelqu'un. Vous êtes sûr de vouloir la transférer ?

— Non, ça ira, répondit la voix de Blake. Ross est d'accord avec moi : la tension ne monte plus, et elle a repris connaissance. Elle préférerait sans doute rester.

Rester. La maison. Les enfants. Blake.

Il avait répondu à toutes ses questions.

Sa main tenait toujours la sienne, et elle n'avait aucune envie de la lâcher car son contact l'aidait à supporter la douleur.

Les vagues semblaient s'apaiser un peu. Un brouillard épais, beaucoup plus confortable, remplaçait peu à peu la douleur. Elle s'y laissa glisser, mais sans lâcher la main protectrice.

— Dors, lui chuchota Blake au creux de l'oreille.

Si près qu'elle l'entendait respirer, et qu'elle sentait le contact un peu rêche de sa barbe naissante sur sa joue.

Blake. Avec elle. Bien…

Pourquoi ?

— Qu'est-ce que… ?

— Tu t'es cogné la tête, lui dit-il. Assez fort. On a dû creuser un tout petit trou pour apaiser la tension.

— C'est le Dr Samford qui l'a fait, précisa une autre voix. Il vous a opérée sur place, dans la boue, et il vous a sauvé la vie. Je ne sais pas comment il a réussi, c'est incroyable ! Tout le monde en parle. Vous avez eu de la chance, Maggie.

La douleur diminuant, il lui était un peu plus facile de réfléchir. De reconnaître cette voix. La femme en vert, c'était Mary Walford, infirmière au bloc opératoire de l'hôpital de Corella Base.

— Une trépanation ? murmura-t-elle.

— Un magnifique mais minuscule trou. Ross Meyer a aidé à nettoyer la plaie à votre arrivée ici, expliqua Mary. Mais c'est Blake qui a géré l'urgence. Un vrai héros ! Allez, dormez, Maggie.

— Blake…

— Je ne bouge pas de là, répondit-il d'une voix si rauque qu'elle la reconnut à peine. Tu peux dormir aussi longtemps que tu veux, je serai là quand tu te réveilleras.

Elle s'endormit et, plusieurs fois, se réveilla pour le trouver là, près d'elle. Comme s'il apparaissait dès que le brouillard s'éclaircissait. Il lui répétait que tout allait bien, et sa main lui servait de lien avec la réalité. Sans cette main, elle aurait disparu dans le brouillard blanc.

Enfin, celui-ci se dissipa et elle se réveilla vraiment. Dehors, le soleil brillait. Il ne pleuvait plus.

Blake dormait sur une chaise, à son chevet. Pas rasé, ébouriffé, les traits tirés, il semblait épuisé, mais sa main tenait toujours la sienne.

Elle regarda ses longs doigts puissants. Le lien. Son lien.

Quand elle releva les yeux, il l'observait, un incroyable sourire aux lèvres. Le guerrier après la bataille.

— Bonjour, ma belle endormie.

— Bel endormi toi-même. C'est le matin ?

— Oui.

— Je suis restée là toute la nuit ?

— Tu es là depuis deux jours et trois nuits, mon ange.

A tâtons, elle découvrit un bandage sur sa tête, et ses cheveux avaient été rasés.

— On a dû les couper, dit-il d'une voix rauque. J'étais un peu pressé, et je ne suis pas très bon coiffeur. Dès qu'on te retirera tes bandages, je te trouverai le meilleur coiffeur.

— Je vais être punk pendant un moment, alors ?

— Peut-être, un genre d'Iroquoise de travers. Je n'ai pas eu le choix, tu t'es sacrément cogné la tête, tu sais.

Elle se laissa aller sur l'oreiller. Blake lui lâcha la main afin de remplir deux verres d'eau. Il lui en tendit un et la regarda le vider avant de boire l'autre lui-même. Il avait l'air d'en avoir au moins autant besoin qu'elle.

Un trou dans la tête. Les mots sortaient à leur tour du brouillard.

— Tu m'as opérée.

— J'ai eu de la chance, dit-il. Tu avais un énorme hématome, et je te voyais t'enfoncer. Heureusement, Tom conduisait l'utilitaire de son père qui contenait une boîte à outils avec une perceuse et un jeu de mèches toutes neuves. Grâce au portable de Tom, j'ai appelé un copain neurologue à Melbourne. Tom me tenait le téléphone, et moi, je perçais. La pression est retombée immédiatement. Génial, non ?

Malgré le sourire, sa voix tremblait. Il avait eu peur. Elle avait vu ce genre d'opération pratiquée sur des patients en environnement stérile. Souvent, l'intervention arrivait trop tard, la pression exercée par les saignements sur le cerveau devant être stoppée dans les minutes qui suivaient l'accident.

Elle porta la main à sa tête. Oui, elle avait eu de la chance.

— Merci.

Il se rassit et lui reprit la main.

— Je ne savais pas à quel point j'avais besoin de toi jusqu'à ce que je risque de te perdre, répondit-il simplement..

— Blake…

En lisant sur son beau visage la souffrance qu'il avait ressentie, elle eut le souffle coupé.

— Blake…, répéta-t-elle.

Il la serra dans ses bras, avec une douceur et une tendresse infinies. Elle avait besoin qu'il la tienne ainsi, avec son cœur contre le sien.

— Je veux que tu m'épouses, Maggie, murmura-t-il.

Elle eut l'impression que le monde s'arrêtait.

L'épouser ?

Il s'écarta, dut lire la surprise sur son visage et éclata de rire. Un rire plein de douleur et de soulagement.

— D'accord, reparlons-en plus tard. C'est beaucoup trop tôt.

Il cherchait à revenir à un monde normal. Sans la peur et la douleur des deux derniers jours.

— Je… Je ne peux pas…

Le brouillard revenait. Elle n'avait qu'une envie : dire oui, se blottir dans ses bras et ne jamais les quitter. Mais des vestiges de l'ancienne Maggie refaisaient surface, des sonnettes d'alarme résonnaient, l'empêchant de faire le grand saut. De plonger dans l'irréversible.

— Blake… je n'arrive pas à réfléchir.

— Non, dit-il en lui effleurant les lèvres des siennes. C'est bien normal. Et moi non plus, d'ailleurs. Mon amour… Je n'ai presque pas dormi, et tu es assommée par les analgésiques. On doit d'abord se remettre sur pieds et retrouver une vie normale dès qu'on sera rentrés à la maison.

Quand il lui sourit, elle chavira. Oublia que la douleur revenait cogner dans sa tête. Son monde venait de changer.

— Je vais sonner pour qu'on te donne d'autres calmants, dit-il. Ensuite, je rentrerai me laver et dormir un peu. Mais je reviendrai très vite. Je reviendrai toujours, ma Maggie. Toujours, je te le promets.

Quand elle se réveilla, il n'était plus là. Mary s'affairait autour d'elle, ajustant les dosages, réglant les goutte-à-goutte.

— Bonjour, lui dit-elle en souriant. Bienvenue dans le monde réel.

— Blake ?

— Je l'ai renvoyé chez lui. Ross l'a menacé d'appeler la police pour le faire évacuer s'il ne bougeait pas. Il était vraiment épuisé, et on avait bien assez d'un patient. Il ne vous a pas quittée pendant trois jours.

— Trois jours…

— Il est adorable, reprit Mary. Et sa petite fille. Ronnie la lui a amenée ici, vous savez. Elle devait tellement lui manquer… Ross a décidé d'envoyer un second hélicoptère pour la ramener. Elle est magnifique, et la moitié de l'hôpital est déjà sous le charme. Mais Blake, il est merveilleux. Vous devriez le voir avec Pete. Le pauvre gamin était mort de peur pour vous. Alors, chaque fois que vous étiez profondément endormie, Blake lui rendait visite. Vous pourrez bientôt le voir aussi, mais grâce à Blake, il est complètement rassuré. Quel amour… Ce sera comme un grand frère, pour votre tribu, tout comme vous serez comme une mère pour Ruby. Ross a déjà proposé un travail à temps partiel à Pete. Il travaillerait deux jours ici, et trois à Sydney. Tout est bien qui finit bien, et les habitants de la vallée se réjouissent pour vous, Maggie. Vous l'avez bien mérité.

Il lui fallut quelques jours encore avant de retrouver un état approchant la normale. Elle avait le corps recouvert d'égratignures, des côtes cassées, et on la gavait d'antibiotiques. Le mot d'ordre n'avait pas changé : il lui fallait du repos. Tout le monde lui répétait qu'elle avait eu de la chance, et elle mesurait chaque jour à quel point.

Confortablement installée dans son lit d'hôpital, elle recevait les visites de ses frères et sœurs inquiets — apparemment, ils avaient mis en place une navette en barge pour traverser la rivière —, écoutait les excuses maintes fois réitérées de Pete, le prenait dans ses bras, souriait à Blake et le regardait jouer avec Ruby sur son lit.

Puis, le jour où elle sortit de l'hôpital, elle lui annonça qu'elle ne l'épouserait pas.

Malgré les suppliques des enfants, Blake était venu les chercher seul. Avec son plâtre, Pete occuperait tout le siège arrière, ne laissant donc pas de place pour des passagers.

En traversant la rivière sur la barge qu'on utilisait en attendant que le pont soit reconstruit, il constata l'ampleur des dégâts laissés par l'inondation.

Pourtant, ce n'était pas le paysage qui l'intéressait. Il savait que ce jour serait celui de la décision, et il entra dans la chambre de Maggie avec une boule au ventre. Dès qu'il la vit, il sut.

— Trop tôt ? demanda-t-il d'un ton faussement léger.

Elle était déjà habillée, prête à partir. Dans son jean délavé et son immense coupe-vent, elle était magnifique malgré ses bandages. Le coiffeur de Corella Valley était venu couper ce qui restait de ses jolies boucles et sa nouvelle coupe à la garçonne lui allait à ravir. Elle la faisait paraître incroyablement jeune et vulnérable. Et si belle.

Il n'avait qu'une envie : la prendre dans ses bras. Pourtant, l'expression qu'il lut dans ses yeux l'en empêcha.

— Je ne peux pas, dit-elle d'un air inquiet.

— Non…, répondit-il en s'approchant du lit où elle était assise.

Parce qu'il ne put s'en empêcher, il lui souleva le menton et lui effleura les lèvres des siennes. Plus que tout au monde, il voulait la serrer contre lui et l'embrasser vraiment, mais il parvint à se retenir.

— Je ne peux pas t'épouser, chuchota-t-elle.

— J'avais compris.

— Blake, je suis désolée.

— Ne sois pas désolée. C'est ta vie, Maggie.

— Non, justement, c'est le contraire.

Il se raidit.

— C'est pour ça ? Parce que tu as les enfants, des responsabilités ? Tu sais que je suis prêt à partager tout ça.

Elle détourna les yeux vers la fenêtre.

— C'est à cause de mon rêve, reprit-elle.

— Le rêve des canettes ?

— Ne te moque pas.

— Je ne me moque pas. Jamais je ne me moquerais de toi.

Elle se retourna et planta son regard dans le sien. Calme et sûr de lui, Blake ne cilla pas. Il essaya de transmettre dans ses yeux tout l'amour qu'il ressentait pour elle.

— Je sais, dit-elle enfin. Mais ça reste un rêve, et si je

t'épousais… Blake, ces dernières semaines ont été incroyables. Pour nous deux… Tu as récupéré la fille de ta sœur, tu t'es retrouvé immergé dans ma famille, tu as quitté ta vie de chirurgien fiancé — d'accord, partenaire d'une collègue que tu côtoies depuis des années, rectifia-t-elle vivement alors qu'il s'apprêtait à protester. Tu es revenu dans une maison chargée d'émotions, et moi, j'en ai ajouté d'autres. Tu as sauvé la vie de mon frère et la mienne. Ça fait beaucoup pour un seul homme, en l'espace de trois semaines. Tu crois vraiment que je pourrais te demander de t'engager pour le restant de tes jours sur ce genre de base ? Tu sors tout juste d'un tour sur les montagnes russes, Blake. Tu as besoin de prendre le temps de réfléchir.

— Mais j'ai besoin de toi, Maggie. D'accord, ça ne fait que trois semaines, mais quand j'ai cru que j'allais te perdre…

Il ne parvint pas à terminer sa phrase, mais il savait qu'elle comprenait.

— Je ne savais pas ce que c'était que d'aimer, ajouta-t-il. J'ai besoin de toi.

— Je te suis reconnaissante, Blake, tu n'as pas idée à quel point. Mais je ne veux pas t'épouser, même si… même si ce besoin que tu exprimes, c'est de l'amour. Je suis tombée amoureuse de toi, moi aussi, oui, mais je vois en toi l'homme qui a adopté sa nièce, qui a soigné Chris et Pete, qui m'a sauvé la vie. Et qui a besoin de moi… Ça ne fait pas une bonne base pour un mariage.

— En effet, mais l'amour, si. Et les deux sont intimement mêlés. Maggie, j'ai réfléchi. On peut s'organiser. Je travaillerais deux ou trois jours à Sydney, et je passerais le reste de la semaine ici. On remplirait cette maison d'enfants. Tu serais là quand tes frères et sœurs auraient besoin de toi, ils pourraient aller et venir à leur guise entre ici et chez leur mère. Et Ruby aurait une mère…

Il sut immédiatement qu'il n'aurait pas dû dire cela.

— Evidemment, murmura-t-elle. Je l'aime déjà. Mais ce n'est pas juste.

— Pas juste ?

— Depuis toujours, ma mère profite de cet amour que je ressens pour mes frères et sœurs et voilà que tu fais la même chose avec Ruby.

— Tu ne veux pas…

— Bien sûr que si, dit-elle en levant les yeux vers lui. Je suis tellement amoureuse de toi… Si tu me prenais dans tes bras, là, tout de suite…, ajouta-t-elle, avant de lever les mains. Non, je ne veux pas que tu le fasses.

— Tu en es sûre ?

— Je ne sais pas…

Sa belle assurance s'était évanouie, elle avait l'air totalement désemparée. Et effrayée.

— Je n'en sais rien, Blake. Tout ce que je sais, c'est que je n'ai pas le courage de tenter ma chance. Si je t'épousais, ce serait formidable et toute la vallée serait heureuse pour moi. Les enfants seraient fous de joie, et ça résoudrait tous tes problèmes. Et puis, un jour, je me réveillerais en me demandant pourquoi j'ai gardé toutes ces canettes.

— On pourrait voyager, dit-il sur un ton bien plus confiant qu'il ne l'était réellement. Tous ensemble.

— Mais j'en ai assez d'être « tous ensemble », répliqua-t-elle en frissonnant. C'est horrible à dire, mais je n'ai jamais vécu autre chose. Tu débarques ici, et tu trouves ça magique. Mais tu as eu, quoi, trente-six années pour toi ? Moi pas, et j'en ai besoin. Je veux apprendre à me connaître. Seule…

Elle secoua la tête puis se tut. Le moment n'était pas venu de poursuivre cette conversation. Il n'arriverait à rien en la poussant dans ses retranchements, sinon à une catastrophe.

— Blake, j'ai peur, murmura-t-elle. J'ai peur de me réveiller dans dix ans, entourée d'autres enfants, d'autres chiens, d'autres problèmes à gérer. J'ai peur de t'en vouloir et de devenir une vieille femme acariâtre qui hurle, qui s'enferme à double tour dans la salle de bains et fait la tête.

— Dans la salle de bains ?

— C'est le seul endroit où j'arrive à être seule, jusqu'à ce qu'ils viennent frapper à la porte. Et je t'interdis de rire, Blake Samford.

— Je t'ai déjà dit que je ne me moquerais jamais de toi, Maggie.

Elle sourit, mais ses yeux se remplirent de larmes qu'elle essuya d'un geste rageur. L'envie de la prendre dans ses bras était presque insupportable. Pourtant, il résista.

— Alors quoi ? On revient au plan sur sept ans ?

— Je... Oui. C'est mieux que rien.

— Moi aussi, je suis mieux que rien.

— Oh oui, dit-elle en prenant une longue inspiration. Mais tu mérites mieux qu'une femme qui a peur que son mariage devienne un piège.

— Je refuse de t'épouser si c'est vraiment ce que tu penses.

— Dans ce cas, il est temps de rentrer, dit-elle en se levant. Temps pour toi de retourner à Sydney, et pour moi, de me trouver un autre endroit où vivre.

— Je ne vends plus la ferme, Maggie.

— Ah bon ?

— Non, et tu ne me feras pas changer d'avis. Je suis aussi tombé amoureux d'elle.

— Tu ne vas pas y vivre ?

— Non, je ne vais pas m'imposer de vivre à côté de toi.

— Tu comptes emmener Ruby avec toi à Sydney ?

— Oui.

— Tu vas t'en sortir ?

— Je crois, oui, dit-il en parvenant à lui sourire. Sans appeler Super Maggie à la rescousse... Mais je ne sors pas complètement de ta vie. Je suis ton propriétaire, et j'aurai besoin de venir voir si tout va bien à la ferme de temps en temps. Et puis, les enfants vont me manquer aussi. J'ai promis à Pete de l'emmener à Sydney et de lui donner des leçons de conduite dès qu'il aura seize ans. Et j'aimerais faire donner des cours de maths en ligne à Liselle.

— Tu n'as pas besoin…

— Si, j'en ai besoin, Maggie. Ce n'est pas parce que tu ne peux pas m'épouser que, tout à coup, je me fiche de vous.

— Tu… comprends ?

— Oui, dit-il, le cœur gros. Oui, je comprends. J'aimerais tant… je ne sais pas trop, reprit-il en lui saisissant une main, avant de prendre son sac de l'autre. Viens, rentrons à la maison.

11.

Chez les Tilden, Noël était toujours une période un peu folle. La petite demeure débordait de monde.

— Allons passer le réveillon chez Blake, avait imploré Liselle. C'est immense, et ça ne le dérangera pas.

En effet, cela ne le dérangerait pas. Il avait été très présent pour les enfants ces six derniers mois, et maintenant, ils le considéraient plus comme un gentil tonton que comme le propriétaire.

Il n'était venu la voir que deux fois, en coup de vent et sans Ruby. La première fois pour installer le nouveau fermier — Harold étant devenu trop vieux, Blake avait refusé que Maggie ait la responsabilité du troupeau. La seconde fois, pour s'assurer par lui-même que les blessures de Pete évoluaient comme prévu.

— J'ai trouvé une nounou fabuleuse, avait-il dit à Maggie. Par ailleurs, j'ai abandonné mon poste de chef du service orthopédique, ce qui me laisse plus de temps avec ma petite poupée.

Il lui avait fièrement montré des photos, mais n'avait fait aucune allusion au mariage, ou à la façon dont il vivait leur séparation.

Ce qui la confortait dans l'idée qu'elle avait pris la bonne décision. Du moins pour les enfants. Les garçons comptaient toujours sur Blake, lui parlant de leurs problèmes, ce qui la soulageait énormément, et Liselle avait eu les félicitations à son épreuve de mathématiques.

— Blake pense que je peux devenir médecin, avait-elle fièrement annoncé. Il va m'aider.

Il avait réussi à se rendre indispensable, et elle l'aimait aussi pour cela. Mais l'aimait-elle assez ?

Pas assez en tout cas pour vouloir passer Noël chez lui. Pas assez non plus pour penser qu'elle avait fait une erreur.

Sauf qu'on était le matin de Noël, et que pour la énième fois, elle se réveillait en pensant à lui. Elle était revenue vivre chez sa mère, et elle partageait son lit avec Susie dans une chambre où dormait aussi Liselle, avec Blackie et Tip installés sous le lit.

Elle était bien entourée, comme d'habitude, avec tous ses frères et sœurs à la maison pour les fêtes. Elle allait se lever pour préparer la dinde, sa mère allumerait quelques bougies, puis échapperait aux corvées des préparatifs en partant distribuer des cadeaux, son père passerait peut-être avec Sashabelle, enceinte, espérant des cadeaux, mais n'en offrant aucun.

Mais tout allait bien. Donny avait terminé son apprentissage et Nickie, son diplôme en poche, avait le choix entre trois excellents postes. Deux de casés. N'en restait plus que six.

Encore six ans ? En attendant quoi ? L'apéritif sur les bords de Seine ? Le rêve perdait peu à peu de son lustre.

Elle repoussa rageusement les couvertures, mais un bruit inhabituel lui fit tendre l'oreille. Un camion. Des camions ?

Elle posa les pieds au sol au moment où un grincement strident retentissait, comme celui d'un chariot élévateur, suivi d'un craquement qui la fit sursauter. Susie et Liselle sautèrent du lit et les chiens se levèrent d'un bond.

Second craquement, encore plus fort que le premier.

Susie, à présent hilare, sautilla jusqu'à la porte puis elle fit demi-tour et saisit une enveloppe qu'elle avait dissimulée sous l'oreiller.

— Blake veut que je te donne ça, dit-elle en prenant un air important. Mais il faut que j'aille apporter les miennes, ajouta-t-elle en sortant un sac de dessous le lit.

Un sac plein de canettes. De canettes vides !

— Et les miennes sont dans l'armoire, répliqua Liselle. Tu les prends, Susie, s'il te plaît ?

Cette dernière ne se le fit pas dire deux fois, et une montagne de canettes dégringola de l'armoire.

— Elles viennent de toute la vallée, expliqua fièrement Liselle. Six mois de collecte.

La porte s'ouvrit sur le reste de la famille, massée dans le couloir.

— Voilà les nôtres ! crièrent-ils en chœur.

— Mais, qu'est-ce que… ?

— Moi aussi, j'en ai, renchérit sa mère en exhibant deux sacs aussi fièrement que s'ils étaient pleins de diamants bruts. Je suis passée de la limonade en bouteille aux canettes, juste pour toi, ma fille. Ça en valait la peine, tu es une bonne fille, Maggie.

— Mais le plus gros container vient de Blake, intervint Chris. C'est son cadeau. Viens voir, viens voir !

Alors elle le suivit à travers une mer de canettes, son enveloppe à la main.

— C'est pas cool ? s'exclama Pete qui tenait déjà la porte grande ouverte. Blake a dit qu'elles venaient de l'hôpital central de Sydney. Si tu y ajoutes celles de tous les habitants de la vallée, du garage de Donny et de nos écoles, Blake dit qu'il y en a assez pour au moins six mois…

— Chut ! l'interrompit Susie. Elle n'a pas encore lu la lettre.

— Blake…, murmura-t-elle.

— Lis la lettre, insista Susie.

Comme elle restait pétrifiée, sa petite sœur la lui arracha des mains.

— « Maggie chérie »… Ouh la la, *chérie* !

— Arrête, marmonna Louise. Lis sans faire de commentaires.

Susie sourit puis elle reprit la lecture.

« Maggie chérie. Sept ans c'est trop long. Tout peut arriver en sept ans : les pyramides pourraient s'effondrer, la Seine déborder, et moi, je pourrais me lasser d'attendre. Je te propose donc une alternative. On a pesé nos canettes, et on pense qu'elles peuvent te payer six mois de voyage. Seule. Mais avant de protester, écoute bien la suite de mon plan… »

— Je n'ai pas besoin de lire la suite, dit Susie. Je sais déjà.

— Blake prend six mois de congé paternité, poursuivit Liselle. Parce qu'il adopte officiellement Ruby.

— Et il vient vivre à Corella View, ajouta Pete. Et il va m'apprendre à conduire.

— Et on pourra rester ici avec maman, ou aller chez lui si maman est fatiguée de nous, poursuivit Chris en jetant un regard à sa mère.

— Et Ronnie a promis de s'occuper de Ruby si Blake est trop…

— … débordé, finit Louise. Mais nous, les grands, on a prévu de rentrer à la maison souvent. Tu as tellement fait pour nous, Maggie.

— Blake et Ronnie ont déjà organisé ton congé, ajouta Pete.

— Et Blake dit qu'il peut t'avoir un passeport super vite. Il dit aussi que tu devrais commencer par l'Afrique parce qu'en Europe, c'est l'hiver, et il fera froid. Mais tu fais comme tu veux.

— Blake…, répéta-t-elle, le souffle coupé.

— On a plus d'un million de canettes, intervint sa mère. Le jardin en est rempli. Ah, il va m'entendre, ton ange gardien.

— Je suis là, dit une voix rauque.

Maggie fit volte-face. Blake était debout dans la véranda, tenant Ruby dans ses bras.

Dans son vieux jean, sa chemise à carreaux ouverte sur son torse puissant, il ressemblait plus à un fermier qu'à un chirurgien.

Il était si sexy qu'elle frissonna.

— Tu es libre, ajouta-t-il, d'une voix douce. Maggie Tilden, ton plan sur sept ans vient d'arriver à terme. On y a tous travaillé. On t'aime, Maggie, et parce qu'on t'aime, on t'envoie loin de nous.

— Mais tu reviendras ? demanda Susie, les yeux embués de larmes. Maggie, tu ne vas pas nous oublier ?

Blake lui souriait, et elle sentait son cœur bondir dans sa poitrine, dans un incontrôlable élan vers lui.

Si seulement elle n'était pas en pyjama. Si seulement ils n'étaient pas entourés de toute la famille et de milliers de canettes… Mais, de toute façon, il n'y avait que lui, son sourire, cet instant.

Blake.

— Tu as fait tout ça, murmura-t-elle.

— Six mois de travail acharné, répliqua-t-il en riant.

— Et les enfants…

— De vrais champions. Tu vois, on veut tous se débarrasser de toi. Surtout parce qu'on espère qu'une fois que tu seras partie, tu n'auras plus qu'une envie : rentrer à la maison.

— Comme un pigeon voyageur.

— Une colombe, je préfère. Une belle colombe. Liselle, tu pourrais me prendre Ruby un instant ? Je ne vois pas de gui, mais il doit bien y en avoir quelque part. Je dois dire au revoir à ta sœur.

— Au revoir… ?

— Sans aucune promesse, dit-il en se dirigeant vers elle.

Il la prit dans ses bras et la serra contre lui. Juste cela. Sans rien demander. Sans rien attendre d'elle.

— On te rend ta vie, Maggie chérie. On t'offre le monde, sous la forme d'une montagne de canettes. Et si au bout de tes aventures, tu retrouves le chemin de la maison…

— Un baiser ! cria Donny. Allez, mec, embrasse-la !

— Aucune pression, ajouta-t-il en plongeant ses yeux brûlants tout au fond des siens. Aucune obligation, Maggie chérie, mais si tu pouvais juste lever la tête vers moi…

Elle s'exécuta. Comment refuser ? Comment une femme pouvait-elle refuser d'embrasser l'homme qui mettait le monde à ses pieds ?

Sans même lui demander de l'épouser.

Un homme qui la libérait.

Maggie s'était réveillée à l'aube, sous sa tente, aux rugissements des lions. Maintenant, elle admirait les girafes qui déambulaient majestueusement dans la savane africaine, et les singes qui venaient lui voler son petit déjeuner l'amusaient. Elle écrivait tout cela à Blake.

En retour, il lui envoyait des photos de Ruby, et lui parlait de son travail, de la nouvelle race de vaches qu'il envisageait d'introduire dans le troupeau.

Elle visita les pyramides à dos de chameau. Un gamin la prit en photo, et elle envoya le cliché par mail à la maison.

Blake lui renvoya une photo de lui sur un cheval qu'il venait d'acheter. Liselle lui apprenait à monter.

Elle contempla les flammes d'un bûcher funéraire se reflétant dans les eaux sombres du Gange et se demanda comment lui décrire les odeurs et les couleurs. Elle erra de ville en village sans jamais être malade, et elle éclata de rire quand Blake lui adressa des conseils d'hygiène et des liens vers des sites spécialisés dans les maladies intestinales. Mais il lui transmit aussi une photo de lui à un dîner du personnel de l'hôpital. Elle vit Mary assise près de lui, et elle pensa… elle pensa…

Non, elle refusait de penser. Elle était libre.

Elle parcourut la Grande Muraille de Chine et admira les statues des guerriers avec un frisson de peur.

Si seulement…

Non, elle n'avait besoin de rien de plus pour être parfaitement heureuse.

Elle but de la Guinness dans des pubs irlandais. Blake lui dit que Mary était allée en Irlande l'année précédente, et qu'elle s'était trouvé des ancêtres irlandais. Elle aimait bien Mary, c'était une amie. Alors, pourquoi ressentait-elle ce pincement au cœur chaque fois que Blake mentionnait son nom ?

Elle plongea d'un caïque dans les eaux turquoise d'une île grecque. Elle souffrit de coups de soleil, mais n'en parla pas à Blake qui la gronderait sans doute. Elle avait bien le droit de prendre un coup de soleil si elle le voulait, non ?

Elle visita les souks à Istanbul, au Caire, à Marrakech. Elle regarda, elle goûta, elle sentit, elle écouta. Elle prit un kir sur la rive gauche de la Seine.

Elle profita de tous ces instants, et s'efforça de ne pas en demander plus.

Tous les soirs, elle rentrait à son hôtel, à sa tente ou à sa yourte, et elle se connectait à internet. Elle racontait aux enfants ce qu'elle avait fait. Parfois, cela les intéressait, mais ils préféraient lui parler de ce qu'il leur arrivait à eux.

Presque tous les soirs, aussi, elle parlait à Blake. Lui, il s'intéressait à elle, il posait les bonnes questions. Lui, il comprenait qu'elle ait été déçue par le goût du kir, il souriait quand elle lui disait que la tour Eiffel était trop haute et qu'elle avait pris l'ascenseur. Il lui montrait des photos de Ruby, heureuse et pleine de vie, lui expliquait comment avançaient les traitements sur ses jambes, la lui montrait assise. Il lui donnait des nouvelles de la vallée, lui parlait des gens qu'il rencontrait, de Ronnie, qui était géniale, et de Mary, une si bonne amie…

Il lui souriait et lui disait bonne nuit, même quand, pour lui, c'était le matin, et elle se couchait heureuse. Enfin, presque. Elle réfléchissait de plus en plus. Elle vivait son rêve, mais que se passerait-il si, pendant ce temps, c'était un autre rêve qui s'envolait ?

Et si elle avait fait la plus belle erreur de sa vie ?

Non. Elle avait pris la bonne décision. Elle adorait ce qu'elle vivait, elle en profitait pleinement. Sauf qu'une partie de son cœur restait là-bas, à Corella Valley. Avec Blake.

S'il te plaît, lui murmurait-il. *S'il te plaît.*

Six mois plus tard, elle franchissait la douane à l'aéroport de Sydney, épuisée par le décalage horaire, éprouvant un sentiment étrange, à mi-chemin entre la peur et l'espoir.

Blake était là. Tout seul.

Sans les enfants, sans Ruby. Et sans Mary.

— Mon amour, dit-il en lui ouvrant ses bras.

Quand elle s'y blottit, il la serra fort contre son cœur, et ils restèrent ainsi longtemps.

Il avait tout organisé pour qu'ils puissent passer la nuit seuls à Sydney. Il l'emmena donc à sa toute nouvelle garçonnière-nurserie près de l'hôpital, et lui prépara à dîner pendant qu'elle restait près d'une demi-heure sous une douche brûlante. Elle enfila un bas de survêtement et son seul sweat-shirt encore propre. Le gros de ses bagages était resté dans le coffre de la voiture de Blake, prêt à être transporté à Corella Valley le lendemain. Elle n'avait gardé que sa trousse de toilette, et maintenant, elle regrettait de n'avoir pas pensé à prendre autre chose. Comme une petite robe noire… Ou un négligé un peu sexy.

Mais en sortant de la salle de bains, Blake était devant la gazinière, en jean et petit tablier. Il se tourna vers elle et le sourire qu'il lui offrit la rassura. Elle pouvait bien porter n'importe quelle tenue, voire même aucune, il s'en fichait.

Elle aimait cet homme de toutes ses forces. Elle l'avait aimé tout autour du monde, et elle l'aimait toujours ici.

— Et maintenant, tu veux bien m'épouser ? demanda-t-il.

Le temps s'arrêta.

— La patience n'est pas ma qualité principale, ajouta-t-il après un long silence. J'avais tout prévu, pourtant : le dîner, du champagne, une musique douce en fond sonore, et puis… je te regarde et je ne peux pas…

Il retira son tablier puis traversa la cuisine pour lui prendre les mains.

— Je suis nul. J'ai eu des mois pour y réfléchir, et j'ai compris mon erreur. Je t'ai dit que j'avais besoin de toi. C'est peut-être le cas, mais ce n'est pas ce qui compte le plus. Ce qui compte par-dessus tout, c'est que je t'aime, Maggie Tilden. Je t'ai aimée dès que je t'ai vue. Tu penses pouvoir te passer des violons et des roses ? Et m'aimer, tout simplement ?

Comment refuser pareille proposition ?

— Je… Je t'aime, Blake, je t'ai toujours aimé, murmura-t-elle. Mon amour, je t'aime et je t'aimerai toujours, ajouta-t-elle plus fort, bien certaine à présent de savoir ce qu'elle voulait.

Les yeux dans les siens, elle ressentit un lien si fort qu'il ne pouvait que durer éternellement.

— Je ne te demande pas d'être la mère de Ruby. J'ai prévu…

— Chut, dit-elle en posant un doigt sur ses lèvres. Je ne te demande pas non plus de jouer les grands frères, et pourtant, j'ai l'impression que tu l'es devenu. Alors, si tu veux bien partager Ruby…

— Maggie, je ne te demande pas de t'occuper de nous.

— C'est de l'amour, c'est différent, répondit-elle malgré la boule qui se formait dans sa gorge.

— Mais tu avais dit…

— Les choses ont changé, coupa-t-elle. Je suis entourée d'amour depuis ma naissance. Prisonnière de cet amour, en un sens… Mais toi, Blake, tu m'as libérée pour que je puisse choisir d'aimer. Pendant ces merveilleux six mois, j'étais seule sans être seule. Je pensais à vous tous, vous étiez mon roc. Surtout toi, mon amour.

— Maggie…

Il la tenait avec une infinie tendresse, comme s'il avait peur de la briser, ou de la voir s'évaporer. Disparaître encore une fois.

— Maggie, tu es sûre ?

— Je n'ai jamais été aussi sûre, murmura-t-elle.

— J'ai beaucoup ralenti, au travail, tu sais. J'ai décidé de n'être médecin qu'à mi-temps, jusqu'à ce que Ruby aille à l'école. Elle est ma responsabilité, Maggie, pas la tienne.

— Je serai infirmière à mi-temps aussi, si tu veux bien partager. Mais j'ai besoin de rester à Corella Valley, ajouta-t-elle en s'écartant légèrement.

— Bien sûr. Par chance, il y a là-bas une magnifique propriété et assez de travail pour nous deux. Je m'entends à merveille avec le personnel de l'hôpital qui a déjà fait appel à moi, et attends de voir le nouveau pont !

— Tu veux t'installer là-bas ?

— La vallée a besoin d'un chirurgien orthopédiste, ainsi que d'une infirmière sage-femme d'exception. Ça tombe bien, non ?

— Tu as déjà tout prévu, hein ?

— Oui, dit-il en lui soulevant le menton pour plonger son regard au fond du sien. Maggie, je t'aime, où que tu sois, mais veux-tu qu'on rentre chez nous ?

— Oui, Blake, répondit-elle en nouant les bras autour de son cou. Et puis, si je repartais en voyage, il me faudrait deux fois plus de temps pour amasser assez de canettes parce que, où que j'aille, tu iras avec moi. Et Ruby aussi. Et tous ceux qui voudront venir.

— Ça va en faire, des canettes… Je me demande si les bouteilles de champagne comptent.

— Je suis sûre que oui. Mais je crois, pour l'instant, que le dîner est en train de brûler.

Il soupira et la souleva dans ses bras. En deux enjambées, le gaz était éteint.

— Voilà, la catastrophe est évitée. Et si on oubliait le dîner ? dit-il en la portant vers la chambre. Alors, Maggie Tilden, amour de ma vie et femme de mes rêves, veux-tu m'épouser ? Veux-tu m'accueillir dans ton cœur, aux côtés de tous tes autres amours ?

— Tu es le plus grand, le plus fort de tous, répondit-elle en souriant. Et je t'aimerai toujours. Bien sûr, que j'accepte de t'épouser.

Ils atteignirent la chambre, et il n'y eut plus rien à dire. Leurs deux êtres ne formaient plus qu'un.

Pendant ce temps-là, à Corella Valley…

— J'en ai deux cent trois, annonça Susie.

— Et moi quatre cent soixante ! s'écria Chris. Et Liselle dit qu'avec ses copines d'écoles, elles ont dépassé les mille. Combien tu penses qu'il nous en faut pour partir tous ensemble ?

— Des milliards, sans doute, mais on peut y arriver. Maggie va être tellement contente.

— Maggie et Blake, la corrigea Chris. Mais tu as raison, il va nous en falloir un sacré paquet.

— On a le temps, le rassura Susie. Tu crois que ça va les embêter qu'on ait rempli la chambre de Maggie de canettes ?

— Non, il y a plein de chambres, chez Blake. Et moi, je pense qu'ils n'auront besoin que d'une pour deux. Je parie que Maggie ne voudra plus jamais être seule.

SCARLET WILSON

Séduction au paradis

Traduction française de
CHRYSTELLE POULAIN

BLANCHE

HARLEQUIN

Titre original :
LOCKED DOWN WITH THE ARMY DOC

Ce roman a déjà été publié en 2018.

1.

Amber Berkeley observa d'un œil critique son reflet dans le miroir de l'ascenseur.

En voyant sa coiffure — un chignon informe d'où s'échappaient quelques mèches —, les gens allaient croire qu'elle se baladait avec un teckel ébouriffé au sommet du crâne. Quant à son rouge à lèvres fuchsia, il était probablement démodé depuis une ou deux saisons…

Elle haussa les épaules et eut un petit rire.

Son look était le cadet de ses soucis.

Elle allait croiser à la grande conférence médicale d'Hawaï des médecins élégants et brillants, mais elle n'appartenait pas à leur monde, même si elle était invitée en tant que membre de l'Agence pour la prévention des maladies infectieuses.

Elle devait y présenter une conférence le lendemain.

C'était la première fois qu'on l'envoyait dans un tel paradis terrestre. D'habitude, elle travaillait à sa base de Chicago, ou elle parcourait les régions les plus inhospitalières du globe pour y traquer les épidémies. Elle ne comptait donc pas bouder son plaisir : même si elle n'avait guère envie de socialiser, elle appréciait de séjourner dans un palace.

Le luxueux complexe, situé près de Kailua Kona sur la côte occidentale d'Hawaï, valait le voyage à lui seul. La suite qu'elle occupait offrait une vue époustouflante sur l'océan Pacifique, qui semblait changer de couleur à tout moment. En quelques heures, elle avait admiré des nuances allant du turquoise au vert pâle. C'était comme si un immense plaid irisé avait été mis là pour satisfaire le regard !

Une bonne odeur de nourriture lui chatouilla les narines lorsqu'elle arriva au rez-de-chaussée.

Une foule d'hommes et de femmes habillés chic se bousculaient dans la salle de réception.

Jamais elle n'avait imaginé qu'ils seraient si nombreux !

L'explication lui vint d'un élégant écriteau apposé sur le mur : l'hôtel n'accueillait pas un, mais deux congrès, le second étant une réunion d'experts en management et commerce international.

Elle chercha du regard un visage familier, en vain. Dans sa spécialité, on rencontrait peu les autres praticiens car les échanges s'effectuaient surtout par internet. Ses collègues et elle n'étaient pas des célébrités du microcosme médical, ce qui, au fond, l'arrangeait bien.

Deux heures avant son départ, le directeur de l'agence l'avait fait venir dans son bureau, un honneur rarissime.

— Docteur Berkeley, nos travaux sur la méningite représentent un progrès majeur, avait-il dit. Merci d'avoir bien voulu exposer nos résultats à Hawaï. Il faut vous attendre à une tonne de questions, alors bonne chance !

Elle avait opiné en souriant.

— C'est un privilège pour moi, docteur Simon. Depuis plusieurs mois, je mange, je dors et je respire « méningite ». Je suis prête. Croyez-moi, je n'ai rien laissé au hasard.

— Je ne m'inquiète pas pour vous mais pour les autres, ma chère. Les enquiquineurs vont trouver à qui parler !

Elle n'avait pu s'empêcher de rire et avait pris congé sur cette note d'humour. Apparemment, ses pairs la jugeaient un peu « brute de décoffrage », mais elle s'en moquait.

À quoi bon se perdre en courbettes ? Elle privilégiait la franchise. Quand elle avait quelque chose à dire, elle ne se gênait pas. Le monde médical restait encore très macho, et pour elle, le sexisme était intolérable.

Son attitude directe, parfois intransigeante, lui avait sans doute coûté quelques promotions. Néanmoins, elle y avait gagné sa liberté et la possibilité de choisir son emploi. Elle était d'ailleurs ravie de travailler pour l'agence depuis cinq ans…

Tout à coup, un homme rondouillard et débraillé d'une quarantaine d'années se planta devant elle, une pinte de bière à la main.

— Bonsoir, ma jolie, susurra-t-il. Où allez-vous, comme ça ?

Elle le fusilla du regard.

— Très loin ! répliqua-t-elle en faisant demi-tour.

Quelle galère. Elle était descendue par politesse envers les organisateurs, mais elle le regrettait déjà. Cette réception n'avait aucun intérêt : elle ne connaissait personne, et les gens semblaient d'une humeur très festive.

À peine avait-elle fait trois pas qu'un autre invité lui barra le chemin.

— Salut. Nous n'avons pas été présentés, c'est dommage.

— Ah, oui ? marmonna-t-elle.

Elle essaya de contourner l'obstacle, mais au lieu de s'écarter, l'homme lui posa une main sur le coude en la déshabillant du regard. Alors, son sang ne fit qu'un tour. Elle agrippa le bras de l'importun, l'immobilisa au moyen d'une clé de judo, puis le repoussa vigoureusement.

Pris par surprise, il tituba et reprit son équilibre cinq mètres plus loin.

— Bien joué ! commenta une jeune femme, hilare.

Amber lui sourit et s'éloigna.

Vu le monde, ses chances de grignoter des petits fours en sirotant un verre de vin s'amenuisaient dangereusement. Il lui fallait un plan B !

Dépitée, elle jeta un coup d'œil autour d'elle et avisa un second bar séparé de l'espace réception par une baie vitrée et des plantes. Situé loin du tumulte, cet endroit semblait d'un calme rafraîchissant.

Elle se fraya un chemin parmi la foule et s'y dirigea tout droit.

Par chance, il n'y avait qu'un seul client au comptoir. Grand et large d'épaules, l'homme était à moitié prostré devant son verre.

Tant mieux s'il piquait du nez, ainsi, il n'embêterait pas le monde. Toutefois, si l'alcool le rendait pénible, il recevrait un accueil mémorable.

En se rapprochant, elle avisa une veste de costume froissée négligemment jetée sur un tabouret. Puis son regard remonta vers le visage de l'homme, et son cœur manqua un battement.

Cet homme était d'une beauté saisissante !

Sa chevelure noire ébouriffée et sa barbe de deux jours lui donnaient une allure un peu sauvage. Sa chemise bleu pâle, dont il avait retroussé les manches, révélait des avant-bras bronzés et musclés. Sans doute un sportif. Aucun médecin de sa connaissance n'arborait un pareil look. La plupart étaient trop prétentieux pour porter des vêtements froissés.

D'ailleurs, qui était-il ?

Intriguée, elle s'assit sur le tabouret libre à sa droite et pencha la tête de côté.

— Bonsoir, dit-elle. Ça n'a pas l'air très gai, par ici. Vous faites une de ces têtes !

Jack Campbell faillit se pincer pour être sûr qu'il ne rêvait pas.

Apparemment, non. Un parfum légèrement épicé lui chatouillait les narines. La jolie brune qu'il suivait du regard depuis un moment était venue s'installer près de lui.

Malgré sa fatigue, il l'avait repérée de loin à la seconde où elle était entrée dans la salle de réception, et il l'avait suivie des yeux pendant qu'elle traversait la pièce.

Grande et longiligne, elle ne semblait pas incommodée par sa taille comme certaines femmes. Au contraire, elle se déplaçait avec une grâce féline. Il s'était amusé de la voir remettre deux hommes à leur place sans hésitation. Puis il avait dû s'assoupir, car il s'était réveillé au son de sa voix.

Qu'avait-elle dit, au juste ? Qu'il faisait une drôle de tête ?

En l'observant de plus près, il remarqua qu'elle portait deux barrettes roses de chaque côté d'un chignon improbable. Cette coiffure aurait rendu n'importe qui ridicule, mais pas elle. Il la trouvait magnifique.

Quant à sa tenue…

La fente audacieuse de son fourreau noir révélait une paire de jambes sublime. Les lanières de ses escarpins s'entrecroisaient autour de chevilles délicates.

Il déglutit péniblement.

Peut-être hallucinait-il, après tout. Il devait être plus fatigué qu'il ne le pensait. Mais il n'avait pas voulu aller se coucher en arrivant car son estomac criait famine.

Il allongea la main vers le bol de cacahuètes… Et reçut immédiatement une vigoureuse tape sur les doigts.

Incrédule, il se figea, puis il sourit et pivota sur son tabouret.

— Je n'y crois pas ! s'exclama-t-il.

La jeune femme haussa les épaules.

— C'est un réflexe. Je suis désolée.

— Vous n'en avez pas l'air…

Elle poussa le bol sur le côté avec une grimace de dégoût.

— Non. En fait, je vous rends service.

— Ah ? Quel genre de service ?

— Je vous évite de tomber malade. Vous n'imaginez pas le nombre de germes qui circulent dans les cacahuètes.

Délibérément, il se pencha pour en attraper une dans le bol.

— D'après vous, cette chose minuscule pourrait me tuer ?

En voyant la jeune femme arquer les sourcils, il eut l'impression de recevoir un uppercut en pleine poitrine.

Elle était à peine maquillée, mais avec des yeux pareils, elle n'en avait pas besoin. Son regard azur, lumineux et profond, était presque hypnotique.

— Allez-y, empoisonnez-vous, répliqua-t-elle. C'est votre estomac, pas le mien.

Franchement amusé, il éclata de rire.

— Excellente technique pour aborder les gens ! Les attaquer, leur retirer leur nourriture… Ça marche, d'habitude ?

Elle s'esclaffa à son tour.

— Je n'avais pas l'intention d'« aborder » qui que ce soit. Je voulais juste boire un verre, manger et aller me coucher.

— Bienvenue au club. Les grands esprits se rencontrent.

Il eut la nette impression qu'elle le jaugeait.

— J'essaie d'évaluer votre état, déclara-t-elle. Je n'arrive pas à savoir si vous êtes soûl ou juste fatigué.

Il en resta coi.

D'habitude, il comprenait illico ce qu'une femme attendait de lui, mais celle-ci était différente. Il aimait sa vivacité, son côté direct et naturel. Il ne s'était pas autant diverti depuis des lustres.

— Un peu les deux, mon capitaine, répondit-il enfin. Alcool et décalage horaire ne font pas nécessairement bon ménage. Mais je m'en fiche, conclut-il en terminant son whisky.

— En tout cas, le jet-lag fait ressortir votre accent écossais.

— Tant mieux !

Le barman s'était rapproché. À son air amusé, Jack comprit que le jeune homme n'avait rien perdu de l'échange.

— Que puis-je vous servir, mademoiselle ? demanda-t-il.

— La même chose que M. Ronchon ici présent.

— Et vous, monsieur ? enchaîna le serveur, qui avait visiblement du mal à garder son sérieux.

— J'en reprendrai un, merci. Mettez tout sur ma note.

« Mademoiselle » pianota sur le bar, et il remarqua alors ses ongles courts, nets et arrondis, en total contraste avec sa tenue.

Décidément, elle incarnait le mystère au féminin !

— Et si je n'ai pas envie qu'on m'offre un verre ? lança-t-elle d'un ton provocant.

— Je boirai les deux, pas de souci.

Les lèvres roses de l'inconnue s'étirèrent en un sourire irrésistible.

— Vous êtes décidément le type le plus grincheux de la soirée. C'est un sport national, en Écosse ?

— Hum. Ma grand-mère vous aurait répondu qu'une bonne douche écossaise n'a jamais fait de mal à personne.

— Au moins, vous n'allez pas m'embêter. C'est déjà ça.

— En revanche, *vous* pourriez devenir casse-pieds…

— Merci bien !

Après que le serveur eut apporté leurs verres, elle prit le sien et le porta à ses narines en fronçant les sourcils.

— Qu'est-ce que c'est ? Je n'ai jamais senti un whisky comme celui-là.

— Devinez donc.

— Ah, super, on joue aux devinettes. Moi qui pensais m'ennuyer ce soir !

— Et moi qui pensais m'endormir…

Même si son interlocutrice le fascinait, Jack ne put s'empêcher de s'enfouir le visage dans les mains.

— J'ai faim, se plaignit-il. Depuis hier, je n'ai mangé que dans les avions ou les aéroports.

Elle prit un menu posé sur le bar et l'agita devant lui.

— Vous n'avez pas commandé ?

— Si, mais les cuisiniers sont débordés. J'ai entendu « ça arrive » au moins dix fois.

— Génial…

Elle poussa son verre devant lui avec un sourire d'excuse.

— Désolée, cette odeur est trop fumée pour moi. Un verre de rosé, s'il vous plaît, ajouta-t-elle à l'attention du serveur.

Jack aurait bien voulu se redresser sur son siège, mais ses yeux papillotaient malgré lui. Il s'écroulait juste au moment où sa libido — à plat depuis une éternité — se réveillait. Quelle ironie !

— Je n'ai jamais rencontré quelqu'un comme vous, murmura-t-il.

La jeune femme plissa les paupières.

— C'est votre meilleure accroche au jeu de la séduction ?

Il sourit malgré lui.

— Je suis trop fatigué pour ça. On en reparle demain ? Après une bonne nuit, je serai au top de ma forme.

— Pas sûr… Il faudrait dormir une journée entière pour faire disparaître ces cernes.

— Impossible, je suis attendu à la conférence.

Il désigna la salle d'un geste vague, puis ajouta :

— D'ailleurs, en ce moment, je devrais être en train de faire du relationnel. Je cherche un nouveau job.

— Ah, bon ?

Il n'eut pas le loisir de répondre car le serveur revint, apportant un verre de rosé, mais aussi le plus énorme hamburger qu'il ait jamais vu, accompagné d'une grosse portion de frites.

Cette simple vision le requinqua. Il commença à manger sous le regard curieux de sa voisine.

— N'essayez pas de m'en prendre, ou ça va chauffer ! prévint-il.

Elle se dressa sur le repose-pieds de son tabouret, se pencha et piocha une frite dans le bol.

— Arrêtez de jouer les machos, monsieur l'Écossais. Ça ne marche pas avec les filles de Milwaukee. Hum…, ajouta-t-elle. C'est meilleur que je ne pensais. Et comme ce plat sort de la cuisine, je n'en dirai aucun mal. Je garde mes remarques désobligeantes pour les cacahuètes.

Il entendit le ventre de la jeune femme gargouiller et s'esclaffa.

— Très bien, je vais faire une bonne action et partager mon repas avec vous. Tenez-vous-le pour dit : c'est exceptionnel. Si j'étais dans mon état normal, vous n'auriez pas cette chance.

Il coupa la moitié du hamburger, puis poussa l'assiette entre eux. Après l'avoir remercié, elle enveloppa sa part dans une serviette en papier et la prit sans la moindre hésitation.

En la voyant manger à belles dents, il rit de nouveau.

Il aimait les femmes qui avaient bon appétit. Celle-ci, d'ailleurs, n'avait aucun souci à se faire pour sa ligne !

— Si j'avais été dans mon état normal, j'aurais refusé, mais j'ai faim, déclara-t-elle. En réalité, vous êtes plutôt sympa, monsieur Ronchon… Je ne connais même pas votre nom.

— C'est aussi bien, madame Mystère.

— Entièrement d'accord avec vous !

Ils continuèrent de manger en silence.

Au bout d'un moment, elle le dévisagea avec curiosité.

— Cherchez-vous réellement du travail ? Vous n'avez pas l'air pressé de « faire du relationnel », comme vous dites.

— Je suis en vacances, expliqua-t-il. Mon contrat se termine dans quinze jours. Ensuite, point d'interrogation. J'ai reçu plusieurs offres auxquelles je n'ai pas encore donné suite.

— Il vous faut tout de même un salaire, non ?

— Bien sûr, mais je n'accepterai un emploi que s'il me correspond. Sauter sur le premier poste venu est une mauvaise méthode.

— J'ai l'impression d'entendre parler un sage.

— Disons que j'ai une grande expérience de la vie.

Elle secoua la tête en souriant.

— Arrêtez ! Je ne vous donne pas plus de trente-cinq ans.

Il fit mine d'être offusqué et se tapota la joue.

— Trente-cinq ? Je vais me faire rembourser ma crème hydratante ! Il me reste un mois avant mon trente-quatrième anniversaire. Et puisqu'on joue aux devinettes…

Avec lenteur, il l'examina de la tête aux pieds.

— Je vous donne… quarante ans. Quarante-cinq, peut-être ?

— Quoi ? Alors là, mon vieux, vous l'aurez voulu !

Quand elle se pencha sur lui, le contact de son avant-bras contre le sien le fit frissonner. Envahi d'un trouble délicieux, il oublia ses réflexes et vit les frites lui passer sous le nez.

— Eh, non ! protesta-t-il.

Elle cala le bol sur ses genoux et le toisa d'un air sévère.

— Une vieille femme comme moi a besoin de prendre des forces, déclara-t-elle d'un ton docte.

Comment aurait-il pu ne pas l'apprécier ? Avec son humour et son caractère bien trempé, elle se situait aux antipodes des carriéristes qui défilaient dans la salle de réception, ces gens dont il se sentait si loin.

S'il était venu à Hawaï, c'était pour présenter ses travaux. Il devait convaincre les décideurs que son invention pouvait sauver des vies.

Être chirurgien militaire était à la fois un honneur et un défi. Face à des situations extrêmes, il fallait se montrer créatif. Ses méthodes n'avaient rien d'orthodoxe, mais quelle importance ? Il avait trouvé ce qu'il cherchait : un pansement révolutionnaire composé pour moitié d'argile et pour moitié d'algues, capable d'arrêter un saignement abondant en moins de vingt secondes. Grâce à cela, il avait pu sauver de nombreux blessés graves, et à présent, il souhaitait le proposer aux services d'urgences du monde entier.

Il se rendit compte qu'il s'était perdu dans ses réflexions quand Mme Mystère lui pressa le bras.

— Hé ! Ça va ?

— Je… Oui, oui.

— Vous étiez très loin.

Sa voix douce et son sourire compatissant le touchèrent. Elle avait changé d'attitude en quelques secondes, comme si elle avait pu lire dans ses pensées.

Il soupira.

— Si j'étais un gentleman, je vous aurais invitée à danser depuis longtemps, maugréa-t-il.

— Merci de m'épargner la grande offensive de charme, répondit-elle. Je ne suis pas vexée, au contraire. J'aime qu'on me laisse tranquille. Et puis, votre attitude ne m'étonne pas. Vous Écossais, vous avez la réputation d'être un peu ours, ajouta-t-elle en riant.

— Les gars d'Édimbourg, oui. Mais moi, je suis de Glasgow ! protesta-t-il en bombant exagérément le torse. Et que vous l'admettiez ou non, vous êtes tombée sous mon charme quand je vous ai invitée à partager mon repas.

Elle éclata de rire, la tête rejetée en arrière, ce qui lui permit d'admirer la peau laiteuse de son cou.

— Plus vous êtes fatigué, plus votre accent ressort, chuchota-t-elle. À ce train-là, je vais avoir besoin d'un traducteur automatique.

— Vous n'avez qu'à vous concentrer un peu.

— Dit le somnambule…

— Je dors en mangeant, ce n'est pas la même chose. J'ai encore faim, d'ailleurs, ajouta-t-il avec un soupir las.

Son demi-hamburger lui paraissait déjà être un vieux souvenir, et il ne restait plus que quelques frites dans le bol. Ils avaient littéralement dévoré.

Mme Mystère lui lança un regard contrit.

— Je suis confuse, j'ai mangé la moitié de votre repas.

Elle fit signe au serveur, qui se rapprocha aussitôt.

— Nous voudrions un autre hamburger, s'il vous plaît.

Le jeune homme esquissa une moue dubitative.

— Honnêtement, ça sera long. La cuisine traite le room-service en priorité. Si vous remontez dans vos chambres, vous dînerez deux fois plus vite.

Jack hésita un bref instant puis se mit debout.

— Génial, dit-il. Pourriez-vous appeler la cuisine et nous faire servir dans ma chambre ?

— Bien sûr, monsieur. Des boissons ?

Jack se tourna vers Mme Mystère.

— Que boirez-vous ?

Elle le fixa avec stupeur, puis il vit son regard pétiller de malice. Elle avait compris qu'il ne chercherait pas à la séduire, du moins pas ce soir.

— Un cola light, répondit-elle en se levant.

Elle avait l'air amusé, signe qu'elle prenait cette invitation indirecte pour un défi.

— La même chose pour moi, dit-il au serveur.

Quand le jeune homme se fut éclipsé, il tendit le bras à sa compagne.

— Dîner, deuxième round. Pas de regret ?

Elle secoua la tête.

— Je pense que je ne risque rien. Vous m'avez l'air d'être le gars le plus inoffensif de l'assistance.

La tentation était trop forte, il se pencha vers elle.

— Méfiez-vous de l'eau qui dort, ma jolie, lui chuchota-t-il à l'oreille avec son plus pur accent écossais. Je suis une vraie bombe à retardement !

2.

Amber regarda à droite et à gauche pour s'assurer que la voie était dégagée. Ne voyant personne, elle s'aventura dans le couloir en tenant ses escarpins par la bride et courut vers l'ascenseur pour descendre d'un étage.

Curieux, tout de même. Elle se rappelait avoir mangé une deuxième moitié de hamburger et une autre portion de frites. Elle avait allongé les jambes sur un édredon moelleux. Elle avait ri devant un vieux film. Ensuite… Le trou noir.

En émergeant, elle avait senti un torse musclé sous sa joue, une jambe enroulée autour de la sienne.

Effarée, elle s'était dégagée discrètement, puis elle avait ramassé ses chaussures et gagné la porte sur la pointe des pieds.

Du calme, il ne s'était rien passé. L'inconnu s'était endormi tout habillé, et elle aussi. À présent, la mémoire lui revenait…

Quand son hôte avait sombré, elle avait voulu partir, mais la fatigue avait pris le dessus. Elle s'était blottie contre lui, certaine qu'elle se réveillerait au bout de cinq minutes. Mais les cinq minutes avaient duré toute la nuit !

En rentrant dans sa chambre, elle jeta ses escarpins et son sac sur la moquette d'un geste rageur.

Au fond, elle trouvait vexant qu'un homme aussi sexy n'ait rien fait pour la séduire. Ne lui plaisait-elle pas ? Elle avait eu l'intuition que cela faisait tilt entre eux, mais, n'étant pas experte de ces choses-là, elle s'était probablement trompée.

Elle n'aurait su dire si elle était furieuse contre l'inconnu ou contre elle-même. Elle avait seulement conscience de réagir de façon puérile, car d'autres priorités l'attendaient ce matin.

Trente minutes plus tard, elle descendit au restaurant. Elle prit une salade de fruits au buffet et s'installa, mais très vite, elle dut se rendre à l'évidence : elle avait l'estomac noué. Or, elle avait un discours à prononcer devant cinq cents personnes !

D'habitude, la pression ne lui posait aucun problème, que lui arrivait-il ? Elle aurait mieux fait de rester dans sa chambre la veille. Cette soirée l'avait déstabilisée.

La conférence représentait le lieu idéal pour nouer des relations professionnelles. De plus, son patron comptait sur elle pour faire une présentation remarquable qui mette l'agence en valeur. Elle ne pouvait pas échouer…

Elle interrompit ces réflexions en percevant un grondement sourd à l'extérieur. D'un même mouvement, les gens pivotèrent vers les fenêtres pour observer le ciel, étonnamment sombre au-dessus d'un océan bleu marine.

— Je n'aime pas cette couleur, commenta une femme non loin d'elle. C'est bizarre.

En entendant cela, Amber sentit un curieux pressentiment l'envahir.

Décidément, elle n'était pas dans son assiette. Après sa communication, elle reviendrait prendre un vrai petit déjeuner, et ensuite, elle irait marcher sur la plage… S'il ne pleuvait pas d'ici là.

Le restaurant s'était en partie vidé, les convives traversant le couloir pour rejoindre l'auditorium. Elle se leva et suivit le mouvement, son programme à la main.

Jamais, depuis la fac de médecine, elle ne s'était sentie aussi nerveuse. Deuxième oratrice inscrite, elle avait prévu de patienter dans le hall en relisant ses notes, mais c'était une mauvaise idée. Avec un peu de chance, écouter le premier orateur lui permettrait d'oublier son stress.

Elle s'installa en haut de l'amphithéâtre, à gauche.

Peu après, on baissa les lumières, et le Pr Jones, responsable de l'organisation, monta sur l'estrade.

— Bonjour, chers collègues. Je vous espère tous en forme

pour cette longue journée. Nous la commencerons par le Dr Jack Campbell, chirurgien et médecin chef du Royal Army Medical Corps, qui vient de passer huit ans en mission. Comme vous le savez, beaucoup de nos produits et appareils médicaux ont d'abord été utilisés sur les champs de bataille, et ce matin, nous allons entendre parler d'une invention révolutionnaire capable de sauver des milliers de vies. Mesdames et messieurs, le major Campbell !

Assis au premier rang, un homme en treillis se leva et monta sur scène.

Les poils s'étaient dressés sur les bras d'Amber. Au lieu d'applaudir comme les autres, elle plissa les paupières.

Un médecin. Elle avait passé la nuit dans les bras d'un médecin, elle qui, depuis six ans, évitait ses congénères comme la peste !

Pourquoi ne l'avait-elle pas questionné ? Ou plutôt, pourquoi avait-elle fait des suppositions hasardeuses ?

Elle avait jugé improbable que l'Angleterre gaspille des deniers publics pour envoyer un membre du National Health Service au bout du monde. Elle avait cru que Jack — puisque c'était son nom — était employé par une firme spécialisée dans le business ou la finance. Quelle erreur !

Irritée, elle focalisa son attention sur lui.

Elle l'avait trouvé très beau. Ils avaient flirté. Et maintenant, elle le découvrait dans un autre contexte : il occupait le devant de la scène face à des médecins qui buvaient ses paroles.

Malgré sa colère, elle devait admettre qu'il portait magnifiquement le treillis. De plus, c'était un orateur exceptionnel dont l'accent chantant et le charisme semblaient captiver l'auditoire. Mais quoi d'étonnant ? Son pansement à base d'argile et d'algues relevait du pur génie !

Malgré le caractère exceptionnel de cette découverte, il gardait pourtant les pieds sur terre. Modeste, il n'avait pas oublié de remercier ses collègues et toutes les personnes qui, sur le terrain, lui avaient permis d'améliorer son produit.

Il projeta des photographies de militaires sauvés grâce à son invention puis se mit à parler chiffres, évoquant des coûts de fabrication dérisoires. Un murmure parcourut l'assistance, preuve qu'il avait touché une corde sensible chez les décideurs.

— J'ai conçu ce produit en temps de guerre parce que j'en avais besoin, reprit-il. Je ne souhaite à personne de connaître des situations aussi dramatiques. À présent, je veux me tourner vers l'avenir et penser aux services d'urgences qui se battent pour sauver des vies. Si je peux apporter ma modeste pierre à l'édifice, je serai le plus heureux des hommes.

Le magnifique regard noisette qui l'avait subjuguée la veille brillait d'une lueur indéfinissable. Elle sentit une émotion profonde l'envahir, et quand un tonnerre d'applaudissements se déclencha, elle y contribua avec enthousiasme.

L'ovation dura plusieurs minutes avant que l'organisateur reparaisse sur le podium. Il gratifia Jack d'une chaleureuse accolade, puis il s'avança vers le micro.

— Merci mille fois pour votre brillante intervention, docteur Campbell. J'invite notre prochaine oratrice, le Dr Amber Berkeley, à me rejoindre.

Une vague de panique la submergea. Fascinée par le discours de Jack, elle avait oublié qu'elle était la suivante sur la liste !

Elle se leva d'un bond, furieuse d'avoir négligé sa préparation mentale, à savoir relaxation et respiration.

Tandis que le Pr Jones donnait quelques détails sur son CV, elle descendit des gradins tête haute, monta sur scène et serra la main de l'organisateur comme un automate.

Son cœur battait si fort que tout le public devait l'entendre !

Le regard pétillant de Jack accentua sa colère. Avait-il perçu son angoisse ?

Il la gratifia d'un sourire taquin.

— Docteur Berkeley…

— Docteur Campbell, répondit-elle d'un ton glacial.

Elle se demanda de quoi il aurait eu l'air en uniforme

d'apparat. Mais au fond, le treillis lui ressemblait davantage. Du moins, pour ce qu'elle avait entrevu de sa personnalité…

Comme si c'était le moment de penser à cela !

Alors qu'il s'éloignait avec le Pr Jones, elle appuya les mains sur le pupitre, inspira à fond et arbora un masque très professionnel.

Femme de terrain, elle n'aimait guère les prises de parole en public et les interviews, mais elle s'y était habituée. Cette intervention était comme les autres, se répéta-t-elle. Simplement, elle aurait voulu s'exprimer après un orateur moins brillant que Jack. L'horrible crainte de ne pas être à la hauteur resurgissait au plus mauvais moment.

Jadis, pour retenir l'attention de son père, elle avait été la meilleure élève de son lycée, puis de sa promotion en fac. Néanmoins, elle avait toujours eu l'impression que cela ne suffisait pas, et le fait qu'il soit mort n'y changeait rien. Elle souffrait toujours du même complexe d'infériorité.

Arrivé en bas de l'estrade, Jack lui adressa un clin d'œil avant de se diriger vers les gradins.

Un clin d'œil ! Quel culot ! Si elle l'avait pu, elle lui aurait volontiers donné un coup de poing pour évacuer son stress !

Elle releva la tête, puis, comme elle avait appris à le faire, elle choisit un point focal au bout de l'auditorium. Si tout allait bien, elle pourrait ensuite balayer la salle du regard.

Elle pouvait le faire. Elle était prête. Elle en était capable.

Elle inspira de nouveau et se lança.

— Mesdames et messieurs, c'est un privilège pour moi d'être parmi vous aujourd'hui…

Jack se carra confortablement sur son siège.

Ainsi, l'inconnue s'appelait Amber Berkeley.

Vif et élégant, ce patronyme lui allait à la perfection. En revanche, il n'aurait jamais cru qu'elle soit médecin, car les spécialistes de renommée internationale se montraient en général beaucoup plus conformistes.

De manière inexplicable, elle parut très nerveuse au moment de prononcer son discours, mais elle se détendit au fil des minutes, pour redevenir la femme pleine d'assurance qui lui avait fait si forte impression la veille.

Assis en haut des gradins, il l'écouta attentivement. Il apprit une foule de choses sur la méningite. Les réponses d'Amber aux questions des auditeurs l'impressionnèrent : il était clair qu'elle connaissait son sujet sur le bout des doigts !

Des applaudissements chaleureux accueillirent son intervention, puis elle quitta le podium.

À présent, elle se dirigeait vers la sortie.

Il se leva et courut lui ouvrir la porte.

Comparée à l'éclairage diffus de l'auditorium, la lumière du hall lui parut très vive. Il cligna des yeux alors qu'Amber s'étirait, les bras au-dessus de la tête.

— Ouf ! s'exclama-t-elle. Vous n'aviez pas besoin de me faire un clin d'œil, espèce de…

— Espèce de quoi ? demanda-t-il en riant.

— De… Rien. J'ai terminé, et c'est l'essentiel.

Il la considéra, surpris.

— Vous avez été géniale. Il n'y avait pas de quoi stresser.

— Qui vous a dit que je stressais ?

— Vos mains tremblent-elles, d'habitude ?

Pendant trois secondes, elle eut l'air estomaqué, puis elle le toisa d'un air hautain.

— Rien que pour ce commentaire, vous me devez un petit déjeuner ! Je n'ai rien pu avaler tout à l'heure, mais là, je mangerais un ours.

Réprimant son envie de rire, il lui fit signe d'entrer au restaurant. Il la suivit en essayant de ne pas se focaliser sur le balancement gracieux de ses hanches.

Cette jupe crayon noire était aussi sexy que la robe de la veille…

— Après vous, très chère, dit-il. Entre parenthèses, je vous nourris beaucoup, depuis hier soir.

— Pff. Vous n'allez pas vous plaindre pour si peu ?

Non seulement il ne songeait pas à se plaindre, mais il était ravi. Si la météo avait été plus clémente, il lui aurait même proposé de prendre le petit déjeuner sur la plage.

Le maître d'hôtel les installa à une table près de la fenêtre.

Amber observa le paysage en fronçant les sourcils.

— Moi qui pensais profiter du soleil…

— On se croirait en Écosse, répondit-il, amusé.

— Et d'ailleurs, ils servent des petits déjeuners anglais !

Elle commanda des œufs au plat, du bacon, des toasts et un grand café.

— La même chose, s'il vous plaît, dit-il.

Après le départ du serveur, il observa Amber du coin de l'œil. Son tailleur strict et sa queue-de-cheval lui donnaient l'air un peu sévère, mais elle dégageait le même charisme que la veille. Rien n'aurait pu atténuer son côté pétillant.

— Vous vous êtes défilée la nuit dernière, commenta-t-il.

— Quoi ? Vous ronfliez tellement fort que…

— Je ne ronfle jamais. Vous, par contre…

— Vous ne m'aviez pas dit que vous étiez médecin !

Son ton accusateur le surprit. Était-ce un problème ?

— Vous non plus, répliqua-t-il.

Elle le gratifia d'un regard dédaigneux.

— Je ne fréquente pas les médecins.

Il attendit que le serveur ait déposé le café devant eux pour lui répondre.

— Et ça, alors ? demanda-t-il en montrant la table.

— C'est un petit déjeuner. Cela n'a rien à voir.

— Donc, je suis assez bon pour vous offrir vos repas, mais rien d'autre ? Qu'avez-vous contre le corps médical ? Vous en faites partie, après tout ?

Amber poussa un soupir exaspéré.

— Je sais. Simplement, j'évite de mélanger…

— Travail et plaisir ? acheva-t-il d'un ton provocateur.

Comme elle fermait les paupières, il enfonça le clou.

— Hier soir, si je vous avais révélé ma profession, vous ne seriez pas montée dans ma chambre ?

— Non, marmonna-t-elle.

Il écarta les bras, sidéré.

— L'hôtel est envahi de médecins ! À qui pensiez-vous avoir affaire ?

— Il y a une autre conférence… Sur le commerce et le marketing. Je vous ai pris pour un businessman.

À ces mots, ce fut plus fort que lui : il explosa de rire.

— J'ai la tête d'un homme d'affaires, d'après vous ? Oh ! là ! Mes camarades d'armée trouveraient ça très drôle !

Le maître d'hôtel arrivait, apportant deux assiettes copieusement garnies. Amber plongea le regard sur la sienne, et Jack s'efforça de recouvrer son sérieux.

— Peu importe qui je suis, dit-il d'un ton calme. Tout va bien. Sans le décalage horaire, il aurait pu se passer quelque chose. Or, il ne s'est rien passé. Votre honneur est intact.

Peut-être exagérait-il, mais il avait l'impression que c'était la vérité. Cela avait fait tilt entre eux la nuit précédente. Amber avait dû ressentir ces curieuses vibrations, elle aussi.

Son regard azur, jusque-là un peu distant, s'anima d'un coup, et elle lui jeta sa serviette en papier au visage.

— Halte-là ! s'écria-t-elle. Il n'« aurait pu » rien du tout.

— À cause de mon métier ?

— Peu importe. D'ailleurs, heureusement que je n'avais pas cela en tête. C'est plutôt vexant d'être invitée par un homme qui s'endort comme une souche après le dîner !

Il se crispa. Il avait eu honte ce matin, au réveil. Il n'avait pas voulu s'attarder sur les sensations qu'il avait éprouvées au contact de ce corps doux et chaud blotti contre le sien. Cela lui évoquait trop de souvenirs douloureux.

— Je plaide coupable, répondit-il. J'étais épuisé.

Il appuya les coudes sur la table.

— Aujourd'hui est un autre jour. Si on repartait de zéro ?

Malgré le caractère léger de la discussion, Amber eut de nouveau l'air embarrassé. Elle était visiblement sérieuse quand elle affirmait ne pas vouloir fréquenter de médecins.

— Relax, on prend juste un petit déjeuner, dit-il gentiment. Racontez-moi donc pourquoi vous fuyez vos collègues.

Elle joua un moment avec ses couverts. Quand elle se décida à répondre, il remarqua qu'elle évitait son regard.

— J'ai eu un père chirurgien. Il était toujours absent car il ne vivait que pour son métier. Gamine, j'ai subi la situation. Maintenant, je ne veux plus de ça dans ma vie.

Il eut l'impression qu'il y avait autre chose, et il aurait aimé la questionner davantage, mais il se ravisa.

Ils se connaissaient à peine. Le moment aurait été mal choisi… Néanmoins, une chose était sûre : il s'étonnait lui-même. C'était la première fois en deux ans qu'il s'intéressait à une femme.

— Vous auriez quand même pu me dire que vous alliez prendre la parole ce matin, objecta-t-il.

— Je l'aurais fait, seulement je croyais que vous participiez à l'autre conférence. La médecine aurait perdu quelque chose si vous aviez été un homme d'affaires, ajouta-t-elle en riant. Votre discours m'a impressionnée. J'aurais dû deviner que vous étiez militaire. Cela se voit à votre posture.

— Merci bien ! Et j'aurais dû deviner, pour les maladies infectieuses. Votre réaction face aux cacahuètes était révélatrice.

Elle grimaça de dégoût.

— Si vous connaissiez le nombre de germes qui se cachent dans ces bols…

— Stop ! Je ne veux rien savoir.

Ils se mirent à manger en silence.

Amber semblait plus détendue, à présent. Sa nuque et ses épaules étaient moins raides, et elle avait arrêté de froncer les sourcils.

— Votre pansement est vraiment révolutionnaire,

observa-t-elle après avoir bu une gorgée de café. J'ai entendu les gens parler, dans l'auditorium. Ils étaient dithyrambiques. Beaucoup pensent que vous êtes assis sur une mine d'or.

Il posa ses couverts, un peu mal à l'aise.

— Je ne pensais pas à l'argent quand je l'ai inventé.

— J'avais compris.

— En Angleterre, la santé est un service public, et j'espère qu'elle le restera. Je ne pourrais pas cautionner un système où la rentabilité l'emporte sur le bien-être des gens.

— On vous a déjà fait des propositions, n'est-ce pas ?

À quoi bon tourner autour du pot ? Il appréciait la franchise, et il était sûr qu'Amber l'appréciait aussi. Donc, il ne se voyait pas lui raconter des histoires.

— Oui, admit-il. Plusieurs laboratoires se sont positionnés. Mais j'avais pris mes précautions. Avec mes co-inventeurs — deux chimistes —, nous avons fait breveter le pansement dès sa première mouture. Et pour l'aspect financier, nous avons coupé la poire en quatre car l'armée avait investi beaucoup d'argent dans la fabrication. Ainsi, tout était clair. Nous voulions éviter que notre projet devienne une histoire de gros sous. Le but était de sauver des vies, et il le restera toujours.

— Rassurez-vous, le message est très bien passé, commenta-t-elle.

Il lui rendit son sourire, heureux de percevoir de l'admiration dans sa voix.

— Vous n'étiez pas mal non plus, dit-il. Grâce à votre brillant exposé, j'ai appris des tas de choses sur la méningite.

— Merci, c'est gentil. Étant la seule représentante de l'agence, je voulais faire bonne impression. Le suivi des épidémies exige une coopération mondiale au niveau des chercheurs. Certains s'obstinent à ne pas partager leurs travaux, ce qui est regrettable. J'espère les avoir convaincus, car, croyez-moi, ce n'est pas une partie de plaisir de traquer les malades sur les cinq continents. Comme les gens voyagent, les pathologies se déplacent, elles aussi.

— Je n'imagine même pas l'ampleur de la tâche…

Jamais il ne pourrait faire ce genre de choses. Il était déjà assez ennuyé quand, parfois, il devait retrouver la famille d'un patient au bout du monde. Et encore, il avait les ressources de l'armée à sa disposition !

Il termina son café puis considéra l'assiette vide d'Amber en souriant.

— Avez-vous encore faim ?

Elle s'esclaffa.

— Non, je suis calée. Merci beaucoup pour l'invitation.

Un roulement de tonnerre leur parvint du dehors, et ils se tournèrent vers la fenêtre.

— Je crois qu'on n'ira pas à la plage aujourd'hui, commenta-t-il.

— Parce que vous vouliez m'y accompagner ?

— Pourquoi pas ?

C'était plus fort que lui : il ne pouvait pas s'empêcher de provoquer Amber. Étant venu pour le travail, il aurait dû rester à l'auditorium et nouer des contacts, sauf qu'il n'en avait aucune envie. La seule personne dont il souhaitait la compagnie, c'était elle.

Il trouvait incroyable que le destin ait mis sur sa route cette femme brillante, drôle et intelligente. Au fond, il se réjouissait qu'il ne se soit rien passé, car le jeu de la séduction allait se prolonger un peu. Du moins, il l'espérait. Certes, Amber ne fréquentait pas les médecins, mais toute règle comportait des exceptions. D'autant qu'ils ne travaillaient pas et ne travailleraient jamais ensemble. Alors, il ne tenait qu'à lui de la convaincre : il avait trois jours pour faire évoluer les choses !

Il rit intérieurement de sa propre audace.

En venant ici, il avait imaginé se détendre au soleil et profiter des paysages. Courtiser une femme était très loin de ses pensées, lui qui vivait dans sa bulle depuis deux ans.

Penché en avant, il sonda le regard d'Amber.

— Avez-vous déjà eu un déclic en rencontrant quelqu'un pour la première fois ? demanda-t-il.

Elle sursauta sur sa chaise.

— C'est une question piège ?

— Que… Non, pourquoi ?

À sa grande surprise, elle tapota nerveusement sur la nappe.

— Quand vous avez appris mon nom, l'avez-vous entré dans un moteur de recherche sur votre téléphone ?

Il secoua la tête, de plus en plus étonné.

— Non, répéta-t-il. J'aurais dû ?

Elle écarta les bras et prit un air résigné.

— Inutile de le cacher, j'ai fait la une des tabloïds américains il y a six ans. J'étais interne, à l'époque. J'ai rencontré un jeune médecin, et j'ai « eu le déclic », justement.

— Pas possible ! Et votre fameuse règle d'or ?

— Je l'ai mise en place après cette histoire.

Piqué par la curiosité, il la dévisagea.

— Vous en avez dit trop ou pas assez, Amber. Expliquez-moi.

— Pour faire court, je me suis laissé avoir. Le charme, les belles paroles… J'y ai cru au point d'accepter sa demande en mariage. Mais il s'est avéré que Charles voulait m'épouser pour se rapprocher de mon père, un chirurgien urologue réputé et hyper sélectif dans le choix de ses internes.

Jack sentit un profond dégoût le submerger.

Il détestait les carriéristes. Là, c'était le summum !

— Qu'est-il arrivé ?

Amber haussa les épaules en soupirant.

— Le matin même du mariage, j'ai surpris une conversation chez le coiffeur. Apparemment, Charles s'était vanté partout d'avoir bien manœuvré pour intégrer l'équipe du Pr Berkeley. Une invitée l'avait appris par une connaissance commune. Elle exprimait son indignation à la coiffeuse, sans savoir que j'étais assise au bac à shampooing.

— Oh ! Et qu'avez-vous fait ?

— À ce moment-là, rien. Mais j'y ai réfléchi toute la matinée, puis sur le trajet du retour, puis en enfilant ma jolie robe. Une foule de choses me revenaient en mémoire, comme les pièces d'un puzzle. Et à l'église, quand j'ai vu Charles m'attendre avec ce sourire hypocrite sur le visage, j'ai su ce que j'avais à faire : j'ai rassemblé ma traîne et suis partie en courant.

— Quoi ? Sérieusement ?

Amber porta les mains à ses tempes et ferma brièvement les paupières.

— Eh oui. Faites une recherche sur la « fiancée fugueuse de Milwaukee », vous trouverez un tas d'articles intéressants. Comme il s'agissait d'un mariage mondain, la presse s'était déplacée. Vous imaginez le désastre. Ce scandale va me suivre jusqu'à la fin de mes jours.

Même après plusieurs années, elle n'avait, semblait-il, pas digéré cette histoire. Pourtant, elle s'était montrée honnête, et il appréciait sa franchise.

— Avez-vous des regrets ? demanda-t-il gentiment.

— Non, aucun. Mon père ne m'a jamais reparlé, mais je suis sûre d'avoir pris la bonne décision. Même s'il m'en voulait à mort, il a renvoyé Charles dès qu'il a su de quoi il retournait.

— Vous n'avez jamais revu votre père ?

Amber secoua la tête, mais elle n'avait plus l'air triste, et quand elle répondit, ce fut d'un ton ferme.

— Non. Pour lui, cette histoire était la honte absolue. Je n'étais pas assez bien pour lui, de toute manière.

— Ah bon ? N'était-il pas fier que vous soyez médecin ?

— J'aurais pu choisir n'importe quelle profession, il s'en serait soucié comme de son premier scalpel. Je suis une fille. Et pour un macho tel que lui, vous comprenez, les femmes n'avaient aucun intérêt. Pas même la sienne. Quand il est mort, j'ai vu ma mère devenir une autre personne. Elle s'est métamorphosée.

Si ces propos surprirent Jack, il s'efforça de n'en rien montrer. Au moins, il comprenait mieux maintenant l'aversion d'Amber pour les médecins.

— Si on parlait d'autre chose ? suggéra-t-elle avec un sourire crispé. Je ne sais pas grand-chose de vous, major Campbell ! Quels sont vos projets d'avenir ?

Il respectait la volonté d'Amber de ne plus parler d'elle, mais de là à raconter sa propre histoire…

Il secoua la tête en souriant.

— Pourquoi ? Vous avez un job à m'offrir ? biaisa-t-il.

— Hum. Je vous devine brillant, intelligent, avec un penchant pour l'humanitaire…

— Vous me flattez !

— Pensez-vous pouvoir traquer des épidémies aux quatre coins du monde ou passer plusieurs semaines dans un labo ?

— Non… Et non.

— Dans ce cas, l'entretien d'embauche est terminé. Il faut que vous alliez vous faire voir ailleurs.

— Oui, je vais devoir vous abandonner, répondit-il à regret.

Alors qu'il allait prendre congé, une hôtesse d'accueil portant l'uniforme de l'hôtel pénétra dans le restaurant, un téléphone à la main.

— Le Dr Berkeley se trouve-t-elle ici ? demanda-t-elle d'une voix forte.

Amber se leva comme un ressort.

— Oui !

La jeune femme se rapprocha et lui donna le combiné.

— C'est un de vos collègues de Chicago. Il a dit que c'était urgent.

— Merci beaucoup. J'avais éteint mon portable, et j'ai oublié de le rallumer… Bonjour, Warren. Que se passe-t-il ?

Jack avait observé avec intérêt ce basculement instantané en mode professionnel. Il voulut se lever par discrétion, mais, du geste, Amber lui fit signe de rester assis.

Au bout de quelques secondes, elle se pencha pour fourrager dans son sac. Devinant ce qu'elle cherchait, il extirpa un bloc-notes et un stylo de sa poche. Elle le remercia d'un signe de tête puis se mit à griffonner fébrilement.

— OK, je vais y aller, dit-elle. Bien sûr, pas de problème. Je te tiens au courant.

Elle coupa la communication et déposa le téléphone sur la table en fronçant les sourcils.

— Un hôpital d'Hawaï a demandé l'aide de l'agence pour identifier une nouvelle souche de méningite, expliqua-t-elle. Le malade est un adolescent. Comme je suis là, mes collègues ont tout de suite pensé à moi.

— Bien sûr, c'est normal.

— J'espère qu'il s'agit d'un cas isolé. Si j'ai une épidémie sur les bras, je ne sais pas comment je vais retrouver les personnes ayant eu des contacts avec les malades. Je suis seule…

Il n'attendait que ces mots pour réagir.

— Non, vous n'êtes pas seule, dit-il en se levant. Allons-y.

— Je… Quoi ?

Il haussa les épaules.

— J'imagine qu'un coup de main pourrait vous être utile. Même si les épidémies ne sont pas ma spécialité, j'ai l'habitude de gérer les crises. Je propose qu'on aille se changer et qu'on se retrouve ici dans un quart d'heure.

— Mais… Vous avez des gens à voir pour votre travail.

— Faut-il vous rappeler que j'ai loupé mon dernier entretien d'embauche à l'instant ? Cela m'a découragé, plaisanta-t-il. Et d'ailleurs, rien ne vaut une nouvelle expérience pour étoffer son CV.

Amber se leva et lui lança un regard reconnaissant.

— Vous en êtes sûr ?

— Certain. Vous êtes la personne la plus intéressante que j'aie rencontrée depuis hier, alors je m'accroche !

— Dans ce cas… C'est parfait, docteur Campbell.

Amber ne s'était jamais changée aussi vite. En moins de deux minutes, elle avait troqué son tailleur contre un pantalon de toile, une chemisette et une paire de sandales. Elle avait également sorti de ses bagages un blouson kaki — son unique veste décontractée.

À ce train-là, elle allait finir par ressembler à Jack !

Habituée aux déplacements sur le terrain, elle fourra dans un sac à dos son portefeuille, son téléphone et son bloc-notes.

Elle n'en revenait pas que Jack lui ait proposé son aide, mais elle s'en félicitait. N'ayant jamais piloté de mission toute seule, elle considérait la présence d'un médecin militaire comme un plus.

Lorsqu'elle redescendit, elle l'aperçut au bout du hall, devant les grandes portes, déjà prêt à sortir.

Une foule compacte se massait près de l'accueil, et elle dut jouer des coudes pour arriver jusqu'à lui.

— Que font tous ces gens ? demanda-t-elle. Il y a un problème ?

— Une alerte météo vient d'être lancée. Regardez ce qui tombe ! Nous devrions partir rapidement.

Elle jeta un coup d'œil à l'extérieur. Sidérée, elle vit des torrents d'eau se déverser sur le trottoir. La rue était quasiment déserte, de violentes bourrasques balayaient tout sur leur passage. Plusieurs parasols tourbillonnaient au milieu de la route.

Jamais elle n'avait été témoin d'un pareil spectacle !

— Vous avez raison. Mon patient se trouve à l'hôpital public de Lahuna. Allons-y.

Voyant qu'ils se disposaient à sortir, les deux portiers de l'hôtel, qui s'étaient réfugiés à l'intérieur, les regardèrent avec ahurissement.

— Où souhaitez-vous aller, madame, monsieur ? demanda l'un d'entre eux. On peut vous commander un taxi, mais cela prendra du temps…

— L'État vient d'être placé en alerte ouragan pour les six prochaines heures, intervint l'autre. Nous devons garder les clients confinés ici dans la mesure du possible. Êtes-vous vraiment obligés de partir ? Si les avions ne sont pas déjà bloqués au sol, ils le seront très vite.

— Quoi ?

Amber sentit une vague de panique déferler sur elle.

Elle devait rejoindre son patient, elle n'avait pas le choix !

— Nous sommes médecins, répondit-elle d'un ton ferme, malgré son stress. On nous attend à l'hôpital de Lahuna pour traiter un cas de méningite. C'est une urgence absolue.

À ces mots, l'expression de son interlocuteur changea du tout au tout. Il hocha la tête d'un air grave.

— Là, c'est autre chose. Je vais appeler mon beau-frère pour qu'il vienne vous chercher.

— Comment se fait-il que l'alerte soit donnée si tard ? demanda Jack.

Le premier portier secoua la tête.

— En général, on subit des tempêtes tropicales, mais peu d'ouragans, expliqua-t-il. Les vents ont tourné au milieu du Pacifique, on ne s'y attendait pas. Depuis une dizaine de minutes, les télévisions et les radios diffusent l'information en continu. Espérons que les gens auront le temps de se mettre à l'abri… Autant vous prévenir, le trajet risque d'être délicat ! Ensuite, vous serez bloqués à l'hôpital pour un bon bout de temps, conclut-il.

Un frisson glacé parcourut Amber.

Comme s'il avait senti sa peur, Jack lui posa une main au creux du dos.

— On ne sortirait pas si on pouvait faire autrement, répondit-il d'un ton calme. Merci beaucoup pour votre aide. Rassurez-vous, nous observerons toutes les consignes de sécurité sur place.

Dix minutes plus tard, un taxi jaune arriva en tanguant depuis le bout de la rue, avançant au ralenti.

Jack et elle s'y engouffrèrent sous la pluie battante, et elle se pencha vers le chauffeur.

— Merci d'être venus nous chercher par ce temps, dit-elle.

Nous savons que la météo est problématique, mais pouvez-vous nous emmener à l'hôpital public de Lahuna ?

L'homme hocha la tête.

— Il n'est pas loin du centre-ville, ça devrait aller.

Prudemment, il s'engagea dans les rues bordées de grands immeubles ultramodernes.

Quelques passants couraient sur les trottoirs pour se mettre à l'abri, ils donnaient l'impression que leurs pieds ne touchaient plus le sol.

Pourvu que l'alerte ait bien fonctionné ! Pourvu qu'il n'y ait pas trop de victimes…

Au bout d'un court trajet, elle fut soulagée de voir le panneau « H ». Un grand bâtiment blanc émergea de la pluie, et le chauffeur se gara bientôt sur le parking des ambulances.

Elle régla sa course en y ajoutant un généreux pourboire et le remercia chaleureusement, imitée par Jack.

En descendant de voiture, ils remarquèrent que la grille avait été tirée devant la baie coulissante des urgences, mais on guettait leur arrivée. Un homme posté derrière la vitre leur désigna du geste une petite porte latérale.

Le battant s'ouvrit, maintenu par un infirmier.

— On a peur que les gonds ne cèdent, expliqua celui-ci dès qu'ils furent entrés. On a dû bloquer l'accès principal, les portes se fermaient toutes seules à cause du vent. Un homme est resté coincé tout à l'heure. Sans gravité, heureusement.

Après des présentations rapides, elle demanda où se trouvait le service des maladies infectieuses.

— Au troisième étage, docteur Berkeley. Ils vous attendent. L'ascenseur est près de l'accueil, au bout du couloir.

— Merci ! À plus tard.

Un calme étrange régnait dans le hall. Des brancardiers déplaçaient des malades sur des civières sans faire de bruit, au point qu'on se serait cru dans un film à sensations, juste avant la catastrophe…

— J'espère qu'ils ont des espaces de confinement, commenta Jack. Avec toutes ces fenêtres, le bâtiment me semble très exposé.

Soucieuse, elle précéda Jack dans l'ascenseur.

— Je n'avais pas pensé à cela, mais vous avez raison. Et le problème va se poser pour tous les hôtels et lieux publics…

Quand les portes s'ouvrirent sur le troisième étage, ils se dirigèrent aussitôt vers le distributeur de gel hydroalcoolique placé près du sas d'entrée.

Après s'être désinfecté les mains et s'être munis d'un masque, d'un calot et de gants dans une boîte spéciale, ils échangèrent un regard éloquent. De l'autre côté des grandes baies vitrées, ils voyaient la même chose : le service d'épidémiologie était en ébullition, des gens couraient dans tous les sens.

Un frisson d'angoisse et d'excitation mêlées parcourut Amber. Qu'elle le veuille ou non, elle se retrouvait aux commandes.

— Prêt ? demanda-t-elle à Jack.

— Prêt, répondit-il d'un ton ferme. Je vous suis.

3.

Si Amber avait paru inquiète au début, elle avait vite maîtrisé la situation. Jack en avait vu de toutes les couleurs sur le terrain, mais il était impressionné.

Ils avaient découvert qu'il y avait non pas un, mais deux malades atteints de méningite. Âgés tous deux de dix-huit ans, les jeunes gens, prénommés Zane et Aaron, se trouvaient dans un état préoccupant.

Jack avait assisté Amber pendant que celle-ci les examinait. Elle s'était ensuite mise en relation par téléphone avec le centre des maladies infectieuses d'Hawaï. Et maintenant, ils descendaient au laboratoire pour procéder à des analyses.

— Je dois trouver la souche, marmonna-t-elle. L'état de ces gamins s'est aggravé très rapidement.

Situé au sous-sol, le laboratoire était une pièce aux murs blancs. Des microscopes ultramodernes et des ordinateurs équipaient tous les plans de travail, mais, curieusement, seules quelques personnes y travaillaient.

— Où sont les employés ? chuchota-t-il.

— La direction a dû les renvoyer chez eux, je suppose…

Un homme d'âge mûr au visage buriné s'avança en souriant.

— Bonjour, je suis le Dr Mamo Akano, dit-il.

Jack et Amber se présentèrent à leur tour, puis on entra dans le vif du sujet : le Dr Akano avait lancé une première série d'analyses, dont il avait transmis les résultats à Chicago. Les collègues d'Amber venaient de répondre à son courriel. Avec un peu de chance, ils auraient identifié la souche de la méningite…

— Venez, on va regarder, invita Amber en s'asseyant à l'ordinateur.

Jack se posta derrière elle, un peu perdu. Il se sentait démuni face au problème, mais il ne demandait qu'à approfondir ses connaissances.

— Expliquez-moi, répondit-il. Je veux tout savoir.

Trois heures plus tard, Amber se leva de son tabouret en grimaçant. Elle avait fait le maximum, mais elle restait soucieuse, et Jack comprenait parfaitement son inquiétude.

Les ponctions lombaires pratiquées sur les patients avaient permis d'isoler du liquide cérébrospinal opaque dans les deux cas. Les premières analyses avaient montré que tous deux souffraient bien d'une méningite bactérienne, dont la souche demeurait toutefois inconnue. Après étude des fichiers transmis par ses collègues de l'agence, Amber avait rapproché celle-ci d'une souche W135 identifiée quelques mois plus tôt. Mais une mutation semblait avoir eu lieu, ce qui compliquait les choses.

— Qu'est-ce qu'on fait, maintenant ? demanda Jack.

— Mamo va chercher quels antibiotiques seront les plus efficaces, expliqua-t-elle. Cela peut prendre quarante-huit, voire soixante-douze heures pour obtenir un antibiogramme fiable. Mais on ne peut pas attendre si longtemps.

— Donc, vous traitez au hasard ?

Le chef du labo se rembrunit.

— Presque, répondit-il. Amber choisira une molécule en fonction de cas ressemblants soignés par le passé.

— Exact, dit-elle. Zane a déjà été mis sous pénicilline G, un antibiotique à large spectre, mais sans résultat. De plus, on sait qu'aucun des deux garçons n'était vacciné. Je vais donc les immuniser contre la méningite W, et ensuite leur donner un traitement plus spécifique, du chloramphénicol, qui marche sur le W135. En espérant que le gène n'ait pas trop muté…

Quand elle pivota vers lui, Jack remarqua le pli soucieux qui lui barrait le front.

— Il faut s'activer, reprit-elle. On doit retrouver les gens qui ont été en contact proche avec Zane et Aaron.

— La méningite W est très dangereuse ?

— Absolument. Pour cette raison, de nombreux pays ont mis en place des programmes de vaccination infantile… Où puis-je trouver des antibiotiques ? ajouta-t-elle en se tournant vers Mamo.

Sa détermination était impressionnante. Non seulement elle maîtrisait son sujet, mais elle se montrait réactive et très organisée.

— Je vais appeler la pharmacie, répondit Mamo. Puisqu'on a sollicité votre aide, vous aurez toute latitude pour prendre des médicaments dans le stock.

— Merci beaucoup. À plus tard.

Dans l'ascenseur qui les ramenait au troisième étage, Amber prit appui contre la paroi en soupirant. Quelques mèches soyeuses d'un noir d'ébène s'échappaient de sa coiffure.

Jack ne résista pas à la tentation d'en effleurer une.

— Je voulais déjà vous poser la question, hier soir : pourquoi mettez-vous des barrettes roses ?

Elle haussa les sourcils.

— Pourquoi n'en mettrais-je pas ?

Le stress la rendait encore plus percutante.

Il n'en avait guère l'habitude, mais il devait lui laisser le leadership.

Il lui sourit.

— Que puis-je faire, maintenant ? s'enquit-il.

— J'ai besoin d'un historique détaillé. Je veux connaître l'emploi du temps de Zane et Aaron sur les sept derniers jours. Où ils étaient, qui ils ont vu. Il me faut des noms, des adresses, des numéros de téléphone.

— Et s'ils sont trop affaiblis pour répondre ?

— On interrogera leurs proches, leurs amis… À condition que l'ouragan nous en laisse la possibilité.

Il lui pressa légèrement le bras.

— Tout ira bien, assura-t-il. On va gérer.

— Merci d'être venu, Jack. D'habitude, je travaille en équipe, je n'ai pas l'habitude de « gérer » toute seule. J'apprécie votre aide, croyez-moi.

La porte de l'ascenseur s'ouvrit sur le troisième étage. Amber en sortit et lui jeta un regard oblique.

— Vous rappelez-vous votre première garde aux urgences ? demanda-t-elle. Ce jour-là, j'ai cru que tous mes patients allaient mourir en même temps.

Il s'esclaffa.

— Moi aussi ! C'est pareil pour tous les internes, je crois.

— J'ai l'impression d'être revenue sept ans en arrière.

— Sauf que, maintenant, vous avez de l'expérience. Considérez-moi comme votre interne. Je suivrai les directives, docteur Berkeley !

Elle secoua la tête en souriant.

— Génial, major Campbell. Il faudra voir du côté du club nautique puisque Zane et Aaron y suivaient un stage de surf. D'après les notes transmises par les urgences, Zane est tombé malade le premier, hier soir. Il présentait des symptômes classiques : fièvre élevée, début d'infection pulmonaire, et quelques heures plus tard, confusion.

— Et Aaron ?

— Il a été hospitalisé ce matin en état de choc. Ne le voyant pas arriver, un de ses camarades est monté à sa chambre. Il l'a trouvé inconscient dans son lit et a prévenu les secours. Le médecin a vite fait le lien. Les patients suivaient le même stage et logeaient dans la même résidence universitaire.

— Une résidence universitaire ? Il faudra du temps pour contacter tout le monde !

— Oui, on n'a pas le choix. En général, on cible les personnes qui ont dormi sous le même toit que les malades, mais aussi les enfants en bas âge, et les gens avec qui il a pu y avoir des échanges de salive, sur une fourchette ou de la nourriture par exemple. Tous ceux-là devront prendre de la rifampicine à titre préventif.

— De la salive ? À cet âge-là, pendant un stage de surf, nos patients ont dû embrasser quelques demoiselles !

— Espérons que le club tient ses fichiers à jour et que nos pauvres gars s'intéressaient plus au surf qu'aux filles…

Soudain, les lumières du couloir vacillèrent.

Amber leva les yeux au plafond.

— Oh ! non ! maugréa-t-elle. On n'a pas besoin de ça.

Visiblement, si la gestion de la partie médicale ne lui posait pas problème, les conditions météo la stressaient. On l'aurait été à moins. Jack lui-même ne trouvait pas la situation très rassurante.

— Que fera-t-on si on ne peut pas traiter les gens qui en ont besoin ? demanda Amber, faisant écho à ses propres réflexions. À cause de l'ouragan, ils doivent rester confinés chez eux, et qui sait combien de temps cela va durer ?

— C'est la tuile, je l'admets.

— En cas d'épidémie, on peut même dire que c'est la catastrophe, gémit Amber, atterrée.

Le personnel médical avait continué de s'activer en leur absence. On avait fermé les volets, cloué des planches ou des cartons aux fenêtres, tiré des matelas devant les ouvertures. Les patients les moins atteints avaient été transférés vers d'autres étages, mais Zane et Aaron étaient toujours dans leur chambre, sous monitoring.

À la surprise d'Amber, un homme âgé d'une quarantaine d'années faisait les cent pas entre les deux lits. Ty Manners se présenta comme le propriétaire du club nautique. Apparemment, il avait passé la nuit à l'hôpital et dormait encore lorsqu'ils étaient arrivés.

— Je n'ai pas voulu laisser Zane, et j'ai découvert ce matin qu'il y avait aussi Aaron, dit-il d'une voix rauque.

Elle lui tapota le bras en un geste de réconfort.

— Cela tombe bien que vous soyez resté. Nous avons besoin de votre aide, répondit-elle gentiment. Il faut éviter que d'autres personnes tombent malades.

À ce moment-là, l'infirmière en chef, prénommée Paula, les rejoignit.

— J'ai eu au téléphone la maman de Zane qui devait arriver ce matin, expliqua-t-elle. Comme elle habite loin, elle n'a pas pris la route à cause de l'alerte météo. J'ai promis de l'appeler régulièrement…

La jeune femme se rembrunit.

— Les parents d'Aaron vivent à une heure trente d'ici. J'ai insisté pour qu'ils ne viennent pas, mais j'ai un mauvais pressentiment.

— Quand l'ouragan doit-il frapper ? s'enquit Amber.

— D'ici une heure, deux au maximum. On annonce des pluies torrentielles, bien plus fortes que maintenant. On prévoit déjà des inondations.

« Bien plus fortes » ? Comment était-ce possible ? Elle imaginait mal qu'il puisse tomber encore plus d'eau. Mais au fond, elle n'avait jamais vu d'ouragan…

— J'aurais voulu leur parler, murmura-t-elle. J'aurais peut-être pu les rassurer.

— A-t-on quelque chose de rassurant à dire ? intervint Jack.

Elle battit des paupières pour refouler ses larmes.

— Pas vraiment, non. J'espère que le deuxième antibiotique fonctionnera mieux que le premier. Pour l'instant, le pronostic vital des patients reste engagé. Et s'ils s'en sortent, ils garderont peut-être des séquelles.

En une fraction de seconde, le visage de Jack se ferma. Elle eut l'impression qu'il réfléchissait à cent à l'heure et qu'il luttait contre l'envie de prendre le contrôle.

Était-il, comme beaucoup d'hommes, persuadé qu'une

femme ne pouvait pas être aux commandes ? La misogynie avait la vie dure dans le milieu médical. Elle en avait fait l'amère expérience avec son père, puis avec d'autres médecins. Voilà pourquoi elle fuyait ces gens-là.

— Il faut bouger nos petits gars, dit Paula. Beaucoup de malades ont été transférés dans des couloirs ou dans des zones centrales, là où il n'y a aucune fenêtre. Comme il nous faut de la place pour les machines, deux aides-soignants nous ont préparé un espace au sous-sol.

Amber se reconnecta immédiatement à la situation… Et s'inquiéta de voir Jack froncer les sourcils.

— Avant de retracer l'historique des contacts, on pourrait peut-être aider à l'intendance ? suggéra-t-il. Comme on ne pourra faire aucun traitement préventif dans les prochaines heures…

— C'est mon rôle d'évaluer les priorités, répliqua-t-elle, très ferme. Même si on ne peut pas atteindre ces gens, il faut au moins les avertir. Certes, ils ne pourront pas se déplacer, mais, après l'ouragan, ils pourront consulter un médecin près de chez eux. Imaginez que tous les réseaux soient coupés. Ils ne seraient pas conscients du danger, et la maladie se propagerait. C'est impensable !

Jack la fixa sans répondre, les mains sur les hanches, et pour la première fois, elle regretta d'avoir accepté son aide.

Allait-il se révéler arrogant et autoritaire malgré toute la bonne volonté dont il avait fait preuve jusque-là ?

— Je n'ai pas le temps de discuter, martela-t-elle. Êtes-vous avec moi ou contre moi ?

Il semblait sur le qui-vive, prêt à argumenter. Mais, finalement, il secoua la tête en soupirant.

— Très bien, lâcha-t-il. Comme vous voulez.

Posté au pied du lit d'Aaron, Ty semblait perdu dans ses pensées. Jack se rapprocha de lui.

— Nous avons plusieurs questions à vous poser, dit-il. C'est vital pour nous de retracer l'emploi du temps des surfeurs.

— Oui, bien sûr. J'essaierai d'y répondre au mieux.

Une infirmière était venue aider Paula à mettre Zane et Aaron sous respirateur portatif. Pendant qu'elles s'affairaient, Amber, Jack et Ty reculèrent pour ne pas les gêner.

De la discussion, il ressortit que vingt-deux jeunes gens s'étaient inscrits au stage de surf. Tous étaient venus par leurs propres moyens, certains d'assez loin. Deux adolescents avaient regagné le Japon la veille. Un troisième était parti en Nouvelle-Zélande tôt ce matin. En revanche, tout le personnel vivait à proximité du club. Pour eux, il n'y aurait pas de problème de localisation.

Amber et Jack comparaient leurs notes quand un administrateur de l'hôpital les rejoignit, accompagné d'une infirmière venue en renfort.

— Il faut descendre, dit-il d'un ton calme. Il ne reste plus que vos deux patients à mettre à l'abri.

— Tout est prêt au sous-sol ? demanda Jack. Aurons-nous du matériel de réanimation ?

— Oui, j'ai vérifié. Nous avons aménagé en chambre la salle de repos du laboratoire, et le couloir du niveau inférieur est l'un des mieux protégés.

Les lampes vacillèrent de nouveau, et les fenêtres se mirent à grincer de manière inquiétante.

— Allons-y ! décida Paula. C'est dangereux de rester ici plus longtemps. Jane et Mary, vous descendrez Zane. Le Dr Berkeley vous accompagnera. Ty, le Dr Campbell et moi-même nous occuperons d'Aaron.

Amber se chargea de maintenir le réservoir d'oxygène tandis que les deux infirmières poussaient le lit. Non sans mal, elles firent entrer le patient et tout le monitoring dans l'ascenseur. Elle faillit pousser un « ouf » de soulagement quand la cabine s'ouvrit sur le niveau – 1.

Ils étaient enfin arrivés !

Une aide-soignante les guida vers la chambre en question. Sans perdre de temps, Jane et Mary reconnectèrent toutes les machines aux prises murales, puis elles vérifièrent que le respirateur fonctionnait bien.

Malgré ce contexte de crise, Amber appréciait d'être sur le terrain. Elle trouvait parfois pesant d'être enfermée dans un laboratoire à Chicago. Bien sûr, elle communiquait avec les malades et les collègues par internet et par téléphone, mais ce n'était pas la même chose. Elle préférait rencontrer les patients, leur parler, administrer les traitements. Or, cela ne lui arrivait qu'en mission…

Tout à coup, un craquement sinistre qui semblait venir du couloir les fit sursauter.

Elle courut vers la porte.

— Restez ici, je vais voir.

De nouveau, l'éclairage vacilla. Elle enfila le corridor en jetant des regards inquiets par-dessus son épaule.

Les films catastrophe n'avaient jamais eu sa préférence, et des jours comme celui-là, elle ne risquait pas de changer d'avis !

Elle eut le temps de remarquer que les portes des deux ascenseurs étaient closes, puis ce fut le noir total. Elle entendit quelqu'un jurer au bout du couloir, et quelques secondes plus tard, elle distingua la lumière d'un téléphone portable.

— Ça va, Amber ? cria Jane. Nous avons des générateurs de secours. Ils vont se mettre en route automatiquement.

— Oui, ça va. Éclairez-moi, je reviens vers vous !

De retour dans la chambre, son premier réflexe fut de courir vers le lit pour s'assurer que le respirateur fonctionnait toujours.

— La batterie a une autonomie de trois heures, expliqua Mary. Logiquement, on ne devrait pas trop l'épuiser. Si tout va bien, les générateurs vont prendre le relais.

À peine l'infirmière avait-elle fini sa phrase qu'elles entendirent tambouriner depuis le couloir. Des bruits de voix étouffées leur parvinrent.

Jane porta la main à ses lèvres.

— Oh ! non !

— Que se passe-t-il ? demanda Amber, le cœur battant.

— Je crois que votre collègue est bloqué dans l'ascenseur avec Aaron, Paula et le moniteur de surf.

— J'y vais !

Amber extirpa son téléphone de sa poche, alluma la lampe, puis sortit de nouveau. En se rapprochant de l'ascenseur, elle entendit des cris derrière la porte métallique.

— Jack ! Vous êtes là-dedans ?

— Oui ! On est coincés !

Les cris avaient alerté aussi Mamo Akano, qui accourut, une mini-torche à la main.

— Sans électricité, on ne peut pas faire grand-chose, marmonna-t-il.

— Un de nos patients est dans cet ascenseur, sous respirateur portatif. On doit le sortir de là !

— Essayez de trouver quelque chose, un objet à glisser entre les portes pour les écarter, conseilla Jack. Je vous aiderai de mon mieux, mais je n'y arriverai pas tout seul.

Amber perçut un gémissement et des sanglots derrière la paroi de l'ascenseur.

Paula devait être dans tous ses états. Il y avait de quoi, effectivement…

— Je sais ! s'écria Mamo. Il y a une hachette près de la sortie de secours. On pourrait essayer ?

— Bonne idée, approuva-t-elle.

L'objet en question se trouvait derrière une paroi en verre. Mamo enroula sa blouse autour de son poing puis donna un grand coup dans la vitre pour la briser, tandis qu'Amber l'éclairait avec son téléphone.

Munis de la hache, ils revinrent près de l'ascenseur. Mamo inséra la lame entre les portes métalliques et tira dans l'espoir de les faire bouger.

— Ça va le faire, Jack ! s'exclama Amber. Mais au fait, Ty est bien silencieux…

— Il n'est pas descendu, finalement, expliqua Jack. Il

voulait téléphoner au club pour vérifier que les stagiaires étaient en sécurité.

— J'espère qu'il pourra quand même nous rejoindre !

— Je lui ai envoyé un SMS pour lui dire d'emprunter l'escalier et de faire vite.

Mamo essayait toujours d'écarter les portes en inclinant la hachette d'un côté, puis de l'autre. Une tâche ardue, car il ne progressait que millimètre par millimètre.

— Tenez le manche, Amber, ordonna-t-il au bout de quelques minutes.

Non sans mal, il glissa un pied, puis les mains entre les deux volets de métal pendant qu'elle continuait de manipuler la hache afin d'agrandir l'ouverture. Les muscles de ses épaules protestaient sous l'effort, mais elle n'en tint aucun compte. Elle venait d'apercevoir un rai de lumière de l'autre côté !

Soudain, une grande main se logea dans l'espace créé par Mamo. Avec force grognements, Jack se mit à tirer sur les portes. Quelques instants plus tard, elles cédèrent suffisamment pour que Mamo et lui puissent y insérer les épaules, puis le reste du corps, poussant chacun d'un côté.

Même si l'ascenseur s'était arrêté à dix centimètres du sol, la voie était libre. Ils allaient pouvoir sortir le lit d'Aaron.

Paula semblait tétanisée.

Amber lui sourit gentiment.

— Maintenez le respirateur d'une main et poussez le lit de l'autre, dit-elle. Moi je vais le tirer. Ça va secouer un peu, mais c'est normal.

Avec précaution, elles passèrent entre Jack et Mamo. L'infirmière sursauta au moment où le lit toucha le carrelage de manière brusque, mais la manœuvre avait réussi.

Jack eut encore le temps de propulser vers l'extérieur le chariot de matériel qu'ils avaient descendu, puis Mamo et lui sautèrent dans le couloir. Les portes se refermèrent très vite… Au moment où la lumière revenait.

— Merci, Seigneur, murmura Amber.

— Si vous n'avez plus besoin de moi, je vais retourner au labo, annonça Mamo. J'ai plusieurs analyses en cours.

— Bien sûr ! approuva Jack. Merci pour votre aide.

Après avoir installé Aaron près de Zane, Amber aida Paula à reconnecter les machines.

Le transfert des patients s'était achevé sans catastrophe. Il fallait maintenant reprendre le travail de fourmi qui consistait à avertir les camarades des deux surfeurs et leur entourage proche.

— Pourriez-vous passer quelques coups de fil tant que les lignes fonctionnent, Jack ? demanda-t-elle. Il faudrait commencer par les appels internationaux. J'ai les coordonnées de médecins relais au Japon et en Nouvelle-Zélande. Ils pourront joindre les ados concernés plus facilement que nous.

— Pas de problème, je m'en occupe. J'essaierai aussi d'appeler les ados d'Hawaï qui sont rentrés chez eux. Ils pourront aller chez un médecin local se faire prescrire des antibiotiques après l'ouragan. Certains secteurs devraient être moins impactés que le nôtre.

Jack se montrait méthodique et logique, deux qualités primordiales. Peut-être l'avait-elle mal jugé ? Il n'avait plus l'air de vouloir contester ses directives, au contraire.

Et dire que, la nuit précédente, elle avait dormi dans ses bras ! Elle avait l'impression qu'une éternité s'était écoulée depuis…

— Prenez le bureau d'à côté, suggéra Paula. Il vous reste une vingtaine de minutes, guère plus.

Amber inspira à fond pour refouler la panique qui montait en elle.

— A-t-on des nouvelles de l'extérieur ?

— Un peu, oui. Les touristes qui logeaient sur le front de mer ont été évacués vers des refuges. Et tous les habitants sont censés avoir chez eux le guide « catastrophes naturelles » publié par l'État d'Hawaï.

— Qu'y a-t-il dans ce guide ?

— Des consignes de base. On demande aux gens de stocker de l'eau et des vivres, de rester chez eux, de s'éloigner des fenêtres, de sécuriser les ouvertures. Et surtout, on leur dit de se réfugier dans un placard, un couloir, un sous-sol ou une cave.

— C'est différent à l'hôpital, observa Jack.

— On a fait le maximum pour mettre les patients et le personnel en sécurité. La cuisine dispose de grosses réserves d'eau et de nourriture. Le bâtiment a bientôt quarante ans, et il ne s'est jamais écroulé, donc…

En fait, Amber n'avait pas peur pour elle-même, mais pour les autres. L'alerte avait pris tout le monde de court. Peut-être certains n'avaient-ils pas pu s'organiser ?

— Chaque employé a-t-il eu le temps de prévenir sa famille ? demanda-t-elle. Avez-vous vérifié que vos proches sont à l'abri ?

— Rassurez-vous, ceux qui devaient partir pour raisons familiales sont rentrés chez eux, expliqua Paula. À l'inverse, plusieurs collègues disponibles sont revenus.

Le regard inquiet de l'infirmière chef passa d'Amber à Jack. Puis elle reprit :

— Après l'ouragan, nous aurons besoin de médecins. On va manquer de bras, c'est sûr.

Jack opina. Il avait l'air très sérieux, mais pas inquiet.

— Je préfère travailler plutôt que de rester confiné dans un hôtel, déclara-t-il. Quand on aura réglé cette histoire de méningite, ou en tout cas essayé de le faire, vous pourrez compter sur moi.

— Génial. Je vais appeler le chef des urgences. Que dois-je lui dire ?

— Dites-lui que je suis chirurgien, médecin chef dans l'armée britannique, options urgences et traumatologie. Je viens de rentrer d'Afghanistan. Le Dr Berkeley est épidémiologiste, mais elle a une formation générale comme nous tous. Au besoin, elle participera aux opérations.

Après le départ de Paula, Amber déglutit péniblement.

La confiance de Jack l'honorait, mais elle n'en menait pas large. Ses stages aux urgences étaient loin derrière elle ! Chaque fois qu'elle partait sur le terrain, elle avait un superviseur. Son chef avait déjà voulu lui confier la responsabilité d'une mission, mais elle ne s'était pas sentie prête. Et là, Jack lui demandait de quitter sa zone de confort pour revenir aux bases de la médecine…

Comme s'il avait perçu ses réticences, il se pencha vers elle et eut un geste inattendu : il la fit pivoter vers lui, puis, délicatement, il appuya son front contre le sien.

— Ne vous inquiétez pas, lui chuchota-t-il. Je serai là avec vous.

Aussitôt, une douce chaleur s'insinua en elle. Elle leva les yeux, croisa son magnifique regard noisette et inspira profondément.

Malgré sa peur, elle ne pouvait penser qu'à la douceur de ces mains et à la beauté sereine de ce visage qui frôlait le sien. Le souffle tiède de Jack dansait sur sa peau. Elle avait conscience de son corps viril, solide comme un roc. Elle percevait sa respiration régulière tout près de sa poitrine…

C'était fou, quand même ! Elle avait passé les six dernières années à fuir les médecins, et pourtant, une force irrésistible la poussait vers cet homme.

Elle avait choisi ses derniers flirts aux antipodes du monde médical. Elle avait fréquenté brièvement un paysagiste, était sortie quelques semaines avec un chef réputé. Mais jamais elle n'avait rien éprouvé de tel. Jamais elle ne s'était sentie aussi proche de quelqu'un, comme si un fil invisible les reliait l'un à l'autre.

Et dire qu'ils ne se connaissaient que depuis la veille !

N'empêche. S'il n'y avait pas eu l'ouragan, elle devinait comment la journée se serait finie…

Soudain, le visage triste et fatigué de sa mère envahit sa mémoire tel un flash.

Pour elles, la vie de famille avait été réduite à sa plus simple expression. Son père les avait négligées toutes les deux, au point qu'Amber avait eu durant très longtemps l'impression de ne servir à rien. Le Pr Berkeley n'avait vécu que pour son métier, faisant parfois l'aumône d'une ou deux heures à son épouse et à sa fille. Quand elle avait vu Jack sur l'estrade, elle s'était dit qu'il était fait du même bois. Elle le devinait entier, passionné, et probablement dominateur. Un trait de caractère qu'elle détestait…

Bouleversée, elle s'écarta.

— Je vous laisse. Allez téléphoner, dit-elle d'un ton abrupt. Le temps presse.

Non sans effort, elle orienta ses pensées sur le travail.

Sa mission première était de surveiller Zane et Aaron. Elle devait guetter le moindre signe d'aggravation — ou d'amélioration — si elle voulait les aider et progresser dans la connaissance de la maladie.

Pourvu que les parents d'Aaron n'aient pas pris la route pour venir le voir !

Deux ans plus tôt, en pleine épidémie de grippe, les parents d'une petite fille étaient morts dans une collision parce qu'ils avaient roulé trop vite pour rejoindre l'hôpital suite à son appel alarmiste. La fillette, qui présentait des complications, était décédée quelques heures plus tard…

Malgré les paroles réconfortantes de ses collègues, Amber s'en était voulu, et elle s'en voulait encore. Si elle avait mieux pesé ses mots, peut-être n'y aurait-il pas eu d'accident ?

Dans son métier, il était impossible d'éviter les situations dramatiques. Néanmoins, cette histoire l'avait marquée. Depuis, elle affichait une confiance de façade. Elle arborait un masque ironique et distant pour se protéger.

Pendant un court instant, dans l'auditorium, elle avait cru percevoir une fragilité chez Jack. Comme une fêlure. Avaient-ils cela en commun ? Était-ce pour cela qu'il lui plaisait tant ?

Mais comment pourrait-elle nouer la moindre relation avec Jack alors qu'elle était incapable de s'ouvrir aux autres ? Cela faisait presque trois ans qu'elle n'était pas sortie avec un homme…

4.

Jack quitta la chambre de Zane et Aaron, l'esprit confus.

Que venait-il de se passer ? Que se *passait-il* ?

Il avait beau réfléchir, il ne comprenait pas pourquoi il s'était rapproché d'Amber. Et encore, il avait évité le pire : il avait failli la serrer contre lui de toutes ses forces !

Jamais il n'aurait cru que cela se reproduirait un jour, parce que la dernière femme qu'il avait prise dans ses bras était morte, et que, depuis, il vivait comme un zombie.

Quand il avait rencontré Jill Foster en Afghanistan, il était tombé sous son charme. Cette jolie ambulancière secouriste ultra-compétente et douée de qualités humaines exceptionnelles était peu à peu entrée dans sa vie. Ils avaient travaillé côte à côte pendant six mois, puis, au cours d'une permission, il avait mesuré qu'elle lui manquait. Lorsqu'ils s'étaient retrouvés sur le terrain, ils étaient sortis ensemble. Leur histoire avait duré onze mois, jusqu'au jour fatidique où tout avait basculé.

Ce matin-là, ignorant la gêne abdominale qui l'ennuyait depuis quelques jours, il avait effectué une intervention chirurgicale. À la fin, la douleur était devenue si aiguë qu'il s'était écroulé. Il s'était réveillé douze heures plus tard, groggy et sous perfusion après avoir subi une appendicectomie. Il ne savait pas que son existence avait tourné au drame pendant qu'il était sur la table d'opération.

Dans l'après-midi, un groupe de secouristes avait dû aller chercher des soldats blessés. D'habitude, il faisait toujours partie du convoi, mais pas cette fois. Jill y avait pris place… Et le 4x4 avait sauté sur une mine.

Jamais il n'oublierait le visage du commandant venu lui annoncer la nouvelle : les militaires blessés avaient finalement été récupérés, mais Jill et trois autres camarades étaient morts dans l'explosion du premier véhicule.

Malgré la douleur, il avait débranché sa perfusion. Il avait titubé dans tout l'hôpital jusqu'à la morgue. Deux soldats de garde étaient accourus et l'avaient à moitié porté, mais personne n'avait voulu le laisser voir Jill. Il n'avait pas eu besoin de demander pourquoi. En tant que chirurgien, il avait parfaitement compris.

Suite à cela, il s'était lancé à corps perdu dans le travail. Il s'était promis de réaliser quelque chose d'utile avant de quitter l'armée. Et, après des mois de recherche, il avait mis au point ce pansement.

L'idée de sauver des vies l'avait porté. Dans ces moments difficiles, cette quête lui avait permis de ne pas sombrer. Il avait donné le meilleur de lui-même pour son équipe et pour ses collègues, alors qu'il se sentait intérieurement comme une coquille vide : il avait perdu une partie de lui-même, une partie de son cœur.

Et maintenant, où en était-il ?

D'un point de vue professionnel, il se sentait plus aguerri que jamais. Prêter main-forte aux équipes de secours ne l'effrayait pas, il pensait pouvoir gérer n'importe quelle situation ou presque. Sur le plan personnel, en revanche, c'était une autre histoire. Il devait admettre en toute honnêteté qu'il était perdu. Pour la première fois en deux ans, il se rapprochait d'une femme, et celle-ci lui tournait le dos.

Avait-il à ce point perdu son intuition masculine ?

Conscient qu'il avait une mission à remplir, il s'efforça de ne plus penser à Amber et s'installa au bureau pour téléphoner. Mais, comme prévu, la ligne fut coupée après quelques communications, et il regagna la chambre de Zane et Aaron.

Amber était toujours là, au chevet des deux malades. Il eut l'impression qu'elle l'ignorait volontairement, et il se demanda s'il ne devrait pas s'excuser. Néanmoins, la présence de Paula empêchait toute conversation de ce type.

Il se rapprocha des lits pour voir les patients.

On leur avait administré un sédatif, et ils restaient sous respirateur artificiel. Préoccupé, il jeta un regard sur la machine à laquelle était relié Zane.

— Je crains qu'il ne réagisse pas aux antibiotiques, chuchota Paula.

Il opina.

Tous les muscles de Zane étaient mobilisés pour que sa poitrine se soulève, mais les mouvements respiratoires semblaient difficiles.

Aaron, en revanche, avait l'air d'aller mieux. Les écrans affichaient une température, un rythme cardiaque et une tension corrects. Sur lui, au moins, le traitement fonctionnait.

Il en était là de ses observations quand l'éclairage flancha de nouveau. Il jeta un coup d'œil par-dessus son épaule et vit que la télévision murale placée au bout du couloir venait de s'éteindre.

Livide, Paula s'appuya contre le mur.

— C'est reparti, dit-elle.

Amber, qui était allée chercher du matériel dans un petit placard adjacent, revint au pas de course. Visiblement, elle n'en menait pas large.

— Et maintenant ? demanda-t-elle.

— On s'assied par terre et on croise les doigts, répondit l'infirmière d'une voix rauque. Il n'y a rien d'autre à faire.

De toute sa carrière, Jack avait rarement été confronté à une situation aussi frustrante.

Tandis que les éléments se déchaînaient dehors, les bruits de l'intérieur n'étaient pas plus rassurants. On entendait des portes craquer, des murs trembler, des structures grincer. Le vieux bâtiment protestait de toutes ses entrailles contre les assauts de la nature.

Au plus fort de l'ouragan, bloqué au sous-sol avec ses compagnons de galère, il eut plusieurs fois l'impression que l'hôpital ne tiendrait pas et qu'il allait s'écrouler au-dessus d'eux comme un château de cartes.

Impossible, pourtant, de rester inactif : Amber et lui avaient des malades sous surveillance. Secondés par Paula, ils se levaient chacun leur tour, vérifiaient les constantes des patients puis retournaient s'asseoir.

— Je croyais que l'œil du cyclone était censé être calme, marmonna-t-il.

— Dans les films peut-être, mais pas en vrai, répondit l'infirmière senior venue les rejoindre. Le silence retombera quand tout sera fini. J'ose espérer qu'il n'y a plus personne dehors. J'espère surtout que mon mari et mes enfants sont bien en sécurité du côté d'Oahu.

Il lui pressa le bras pour la réconforter.

— Ne vous inquiétez pas, votre époux a dû s'organiser. Il n'y a pas de raison.

Il se leva, incapable de tenir en place.

Il restait tant de choses à faire…

À eux deux, Amber et lui avaient passé quatorze coups de téléphone avant que les lignes soient coupées. Ty avait reçu un traitement antibiotique. Les deux malades étaient entre de bonnes mains. L'équipe soignante craignait que Zane ne développe une septicémie, aussi regardait-on ses membres toutes les quinze minutes pour surveiller l'apparition d'un purpura, signe d'une infection galopante.

Tout était donc sous contrôle, et Jack rongeait son frein. Quel dommage qu'il ne puisse pas se rendre utile ailleurs !

Il se sentait d'autant plus mal qu'Amber l'évitait soigneusement. Elle ne lui adressait la parole que pour le travail, et encore.

Au moins, le message était clair : à l'avenir, il garderait ses distances.

Près de quatre heures s'étaient écoulées depuis le début de l'ouragan, et depuis quelques minutes, il avait l'impression que le vent soufflait moins fort et que les bruits diminuaient. Il allait enfin pouvoir bouger !

Avec précaution, il sortit dans le couloir et emprunta l'escalier pour rejoindre le niveau zéro. Personne n'était censé s'y trouver à cause des risques d'inondation, mais il voulait vérifier que tout le monde était bien parti.

— Y a-t-il quelqu'un ? s'écria-t-il.

Aucune réponse. Il n'entendit que le martèlement de la pluie contre les baies vitrées, qui tremblaient de manière inquiétante.

N'ayant pas lieu de s'attarder, il gagna rapidement le premier étage, où le contraste avec le rez-de-chaussée était total, et pour cause : on y avait transféré les urgences.

Une trentaine de personnes présentant des blessures légères, coupures ou contusions, s'alignaient le long des murs du couloir. Toutes n'avaient peut-être pas été examinées ?

Un groupe de médecins et d'infirmiers tenait apparemment un briefing près de la cage d'escalier. Il referma les portes battantes puis, comme les gens le regardaient avec curiosité, il se dirigea vers le premier gars portant un stéthoscope autour du cou.

— Jack Campbell, médecin chef, armée britannique, dit-il. Puis-je vous aider à quelque chose ?

Son interlocuteur l'accueillit par un bref signe de tête.

— Ah, vous êtes le médecin militaire ! On m'a parlé de vous. Ron Kekoe, chef des urgences, ajouta-t-il en lui serrant la main. Il reste huit patients à voir. Ce sont tous des employés blessés en transférant des patients ou du matériel. Sans gravité, rassurez-vous. Et pour le reste…

Ron jeta un coup d'œil sur sa montre.

— On est encore coincés ici pour une petite heure, je pense.

Dès que j'aurai reçu le feu vert des autorités, on descendra, on rouvrira le service et on enverra des équipes sur le terrain.

— Comment recevez-vous les informations ?

— Nous sommes en liaison radio avec les pompiers et les centres d'évacuation. On sait que des toits ont été arrachés, que des maisons se sont effondrées. Il y a des victimes, c'est une certitude.

Comme Ron jetait un coup d'œil curieux sur le côté, Jack se rendit compte qu'Amber les avait rejoints. Elle était essoufflée, preuve qu'elle avait couru derrière lui.

— Zane ? Aaron ? demanda-t-il d'un ton pressant.

Elle secoua la tête.

— Aucun changement. Donc, je me suis dit que je pourrais aider, moi aussi. Un interne va surveiller nos patients avec Paula. Ils nous appelleront en cas de problème.

— Êtes-vous le médecin épidémiologiste ? demanda Ron.

— Oui. Amber Berkeley.

Ron lui serra la main, tout en la gratifiant d'un regard soupçonneux.

— On m'a dit que vous envisagiez d'aller distribuer des antibiotiques à l'extérieur. Mettons les choses au point : les premières ambulances iront secourir les blessés graves. Si une de vos cibles se trouve dans le même secteur, pourquoi pas ? Vous pourrez faire partie du convoi à condition de donner un coup de main.

Jack apprécia ce raisonnement, qui consistait à sérier les priorités. Il aurait tenu le même discours à la place de Ron.

— En attendant, puis-je vous confier un peu de bobologie ? enchaîna leur collègue. Ce serait sympa, car je dois gérer l'intendance.

— Bien sûr, approuva Amber.

— Ça marche, renchérit Jack.

Ils se mirent au travail côte à côte, dans un bureau transformé en salle de soins.

Pour quelqu'un qui n'avait pas posé de points de suture

depuis longtemps, Amber s'en sortait bien, constata-t-il. D'ailleurs, il ne s'en étonnait pas. Il avait déjà deviné qu'elle était pleine de ressource.

En revanche, le désordre qui régnait ne manquait pas de l'inquiéter. La radio émettait en continu, l'Interphone relié aux autres étages sonnait continuellement, et Ron, sollicité de toutes parts, n'arrêtait pas de courir.

Sachant qu'Amber maîtrisait la partie médicale, il se rapprocha du chef des urgences.

— Aimeriez-vous que je gère les communications ? proposa-t-il. Je suis formé au triage en situation de crise. Je pourrais lister les appels radio, dégager les priorités et me mettre en rapport avec les autres services de secours ? Comme cela, tout à l'heure, on enverra les ambulances là où il y en aura le plus besoin. Qu'en pensez-vous ?

Il marchait sur des œufs pour ne pas vexer Ron. Mais celui-ci était trop débordé pour s'offusquer.

— Avec plaisir, merci, répondit-il simplement. Tenez-moi au courant s'il y a quelque chose de grave.

— Bien sûr.

Jack s'assit à la table de la radio, parcourut quelques notes griffonnées par-ci, par-là, mais il n'y avait aucun renseignement sur d'éventuels blessés. La maison de retraite avait-elle été évacuée ? Et le foyer pour adultes handicapés ? Autant de questions sans réponse. Il fallait espérer que les responsables de ces structures aient eu le temps de réagir, et surtout qu'ils aient reçu de l'aide.

Malgré le tumulte qui se déchaînait à l'extérieur et le chaos ambiant, il se focalisa sur les informations qu'il recevait. À chaque appel des autorités, il relevait le nom, l'adresse et le motif de l'intervention requise.

Au bout d'un moment, il se fit apporter un plan de la ville pour mieux situer les zones où les secours devraient se rendre. La liste s'allongeait de manière considérable, mais quand

Amber vint s'asseoir près de lui, il avait pu établir des listes de priorités par secteur.

— Impressionnant ! s'exclama-t-elle. On dirait que vous avez fait ça toute votre vie.

— C'est un peu le cas, répondit-il, heureux qu'elle lui adresse de nouveau la parole.

— Combien d'équipes pourrons-nous envoyer sur site ?

— Ron ne m'a pas donné le nombre exact, mais on va sûrement manquer de personnel.

Le chef des urgences venait justement faire le point avec eux. Quand il découvrit le nombre de sorties à programmer, il pâlit sous son bronzage.

— Ça promet, marmonna-t-il.

Jack se leva et lui tapota l'épaule.

— L'œil du cyclone est passé. Si on demandait le feu vert pour rouvrir les urgences au rez-de-chaussée ? C'est important que les gens puissent venir ici en cas de besoin.

— Absolument, approuva Ron.

Amber extirpa un papier froissé de sa poche et le déplia sur la table.

— Voici la liste des personnes à traiter contre la méningite, dit-elle. Avec un peu de chance, certaines se trouveront près d'une zone d'intervention.

Jack savait qu'elle ne perdrait jamais de vue son objectif. Et parce qu'il avait promis de l'aider, il avait déjà entouré en bleu sur la carte les adresses des patients.

— Parmi eux, certains ont dû aller se mettre à l'abri dans un refuge, expliqua-t-il. Les centres d'évacuation se trouvent essentiellement dans les lycées ou écoles. À mon avis, on en retrouvera là-bas.

— Donc, on n'a aucun moyen de savoir où ils sont ?

— Pas pour l'instant. Chaque lieu doit accueillir des centaines de personnes. Tant que les lignes téléphoniques seront coupées, on ne saura rien.

— D'après Ty, les adolescents qui venaient d'autres îles

ont tous pu repartir chez eux. Ils seront pris en charge par les autorités médicales de Honolulu, Maui et Kauai, que nous avons contactées tout à l'heure. Finalement, il en reste dix sous notre responsabilité. Quatre sont chez eux ou dans la nature. Quant aux six derniers, ils n'avaient pas quitté la résidence universitaire.

Tout en parlant, Amber tortillait une mèche de cheveux derrière son oreille.

Il éprouva le besoin immédiat de la rassurer.

— Je ne m'inquiète pas trop pour ces six-là, répondit-il gentiment. Ty est presque sûr qu'ils ont été évacués vers le lycée de Deltarix. Si on y va, on les trouvera probablement tous ensemble. Génial, non ?

— Croisons les doigts pour que Ty ait vu juste… Que signifient vos points rouges et jaunes ?

— Les rouges indiquent les endroits qui ont subi des dégâts massifs ou des destructions. J'ai marqué en jaune tous les lieux qui devaient être vérifiés, mais pas forcément par une équipe médicale. N'importe quelle unité mobile peut s'en charger, au moins dans un premier temps.

Il posa son stylo bleu.

— Le problème, reprit-il, c'est qu'il doit faire très sombre dehors. Les pompiers m'ont aussi parlé d'inondations qui ne sont pas toutes localisées. J'imagine que certaines routes seront impraticables.

Penché sur la carte, Ron pointa une zone au nord de la ville.

— Après la dernière tempête tropicale, il y a eu des coulées de boue et des inondations énormes dans ce coin-là. Le quartier était coupé du monde, il a fallu y aller en bateau.

Jack, remarquant le point bleu au cœur de la zone en question, se rembrunit.

— S'ils ont eu une mauvaise expérience récemment, les habitants du quartier sont peut-être partis d'office vers un refuge ? dit-il.

— Espérons-le, murmura Amber.

Déjà, la radio recommençait à grésiller.

Jack souleva le micro et l'approcha de sa bouche.

— Hôpital de Lahuna, Dr Campbell, j'écoute…

— Incident majeur au lycée de Deltarix ! Je répète : incident majeur au lycée de Deltarix.

— On vient justement d'en parler ! s'écria Amber.

— Avez-vous des précisions ?

— Le toit du gymnase a été en partie arraché, expliqua son interlocuteur. Trois cents personnes s'y étaient réfugiées. Il y a six blessés graves. Deux chocs à la tête, trois traumas thoraciques et un patient avec des fractures multiples. On m'a aussi parlé d'un gamin qui ferait une crise d'asthme. Et plusieurs dizaines de blessés légers.

Jack se passa la main dans les cheveux.

Cette fois, il avait assez attendu. Il n'était pas homme à rester assis derrière une radio toute la journée ! Il n'avait pas peur de sortir. Il craignait juste d'arriver trop tard là où on avait besoin de lui.

— L'ouragan s'éloigne, dit-il dans le micro. Les autorités ont-elles donné le feu vert pour les ambulances ?

— On s'apprête à diffuser le message.

— Très bien !

Il se leva et regarda Ron.

— On peut y aller, maintenant, dit-il. J'ai noté les endroits prioritaires. Si vous rassembliez tout le monde pour constituer des équipes ?

En aucun cas il ne voulait empiéter sur les prérogatives de Ron, mais il fallait avancer. Chaque minute équivalait peut-être à une vie sauve, il le savait d'expérience.

Tout le personnel des urgences s'était réuni autour de Ron et de Jack, lequel avait affiché sa fameuse carte sur le mur du couloir, ainsi qu'un nombre impressionnant de post-it.

Amber avait enfin réussi à se calmer un peu.

Elle avait nettoyé et suturé des plaies, puis, à la demande d'une infirmière, elle était montée en gériatrie. Là, elle avait perfusé deux retraités et leur avait prescrit des antibiotiques, respectivement pour un début de pneumonie et pour une infection urinaire.

Finalement, ce retour aux bases de la médecine était bénéfique. Soigner des patients lui avait permis d'arrêter de se faire des films et d'occulter son inquiétude pour les parents d'Aaron. Elle s'était raisonnée, allant jusqu'à se convaincre qu'ils n'avaient pas pris la route.

La sensation de se rendre utile lui faisait du bien. Elle avait repris le contrôle de ses émotions, et en redescendant, elle s'était sentie assez forte pour aller s'asseoir près de l'homme qui semblait avoir la faculté de briser ses défenses d'un simple geste.

Elle ne voulait plus se poser de questions sur les sentiments contradictoires que lui inspirait Jack Campbell. Ce n'était pas le moment. Il y avait d'autres priorités.

— Il nous faut une équipe au lycée de Deltarix, annonça Ron. Une autre à la maison de retraite, car sept pensionnaires et trois employés sont restés sur place. De plus, la Croix-Rouge nous a avertis qu'un bus touristique s'était renversé près de Kona. Comme la radio ne fonctionnait pas, le chauffeur avait reçu l'alerte trop tard.

— Nombre de blessés inconnu, précisa Jack. Apparemment, le réseau mobile a été coupé juste après que le conducteur a prévenu les secours.

Amber frissonna.

Au temps pour sa sérénité ! Elle avait l'intuition que ses nerfs allaient être de nouveau mis à rude épreuve.

— Alors, collègue, quelle équipe voulez-vous diriger ?

La question de Ron prit Jack par surprise.

Amber avait les yeux rivés sur la carte, et il devinait à

quoi elle pensait : deux des quatre stagiaires « manquants » habitaient non loin de la maison de retraite. Comme il y avait un refuge à proximité, peut-être s'y trouvaient-ils ?

Il faillit répondre qu'ils prendraient ce secteur, mais il se ravisa. Il n'assurait pas le commandement des opérations. S'affirmer de manière trop autoritaire serait impoli.

— Envoyez-moi là où vous avez besoin, répliqua-t-il d'un ton calme. Je m'adapterai.

Il eut l'impression que Ron se retenait de sourire. Le chef des urgences avait dû sentir son dilemme !

Celui-ci frappa des mains pour réclamer le silence.

— On écoute attentivement, tout le monde ! Marie, Frank, Akito, Sarah, Leia et Tom, vous descendez aux urgences. Dès que les agents de sécurité auront fait le tour, vous pourrez rouvrir les portes. Équipe un : Abram, Jess, Sito et Amal. Vous filez sur le site de l'accident de bus. Les gars de la Croix-Rouge et les pompiers vous donneront un coup de main sur place. Équipe deux : Dr Campbell, au lycée. Vous partirez avec le Dr Berkeley, Lana et Jamal. Équipe trois : tous les autres, direction la maison de retraite. Ensuite, vous rejoindrez le lycée en renfort.

Ron marqua une pause, puis ajouta :

— Emportez la liste du Dr Berkeley. Il lui manque quatre patients notés en rouge. Si vous passez devant un centre d'évacuation ou à proximité d'une adresse référencée, allez jeter un coup d'œil. À condition de pouvoir le faire sans risque, bien sûr. Faites très attention, et bon courage à tous ! Vous allez en avoir besoin.

Amber avait retenu son souffle pendant l'intervention de Ron, mais à présent, elle connaissait sa mission : elle allait travailler avec Jack.

Visiblement, ce dernier avait eu du mal à ne pas prendre les opérations de secours en main. Ron avait dû s'en apercevoir, car il avait failli éclater de rire.

Au bout du compte, ce dernier leur avait confié une tâche très difficile. Rien d'étonnant à cela, puisque Jack était un chirurgien militaire expérimenté. Mais elle, serait-elle à la hauteur ?

— Allons-y, décida Jack.

Déjà, il suivait Lana et Jamal vers l'escalier, direction le rez-de-chaussée.

Elle leur emboîta le pas en s'efforçant de balayer ses doutes. Sur le terrain, elle devrait se jeter à l'eau, elle n'aurait pas le choix.

En bas, les urgences reprenaient vie. Les équipes une et trois étaient aussi venues chercher du matériel. Outre une mallette de premiers soins, elle hérita d'un gilet orange floqué du mot « médecin » en lettres blanches fluorescentes.

C'était curieux, tout de même. Une minute, elle craignait de ne pas être à sa place, et l'instant d'après, elle se sentait mieux ! Peut-être était-ce dû au calme absolu dont Jack faisait preuve ? Ou aux regards obliques qu'il lui lançait, quand il croyait qu'elle ne le voyait pas ?

Rester professionnelle, concentrée. C'était le meilleur moyen d'y arriver.

Le sac calé sur son dos semblait peser une tonne. Jack avait ajouté aux antalgiques qu'elle y avait mis plusieurs pansements de sa fabrication, au cas où. Elle espérait juste qu'ils n'auraient pas à s'en servir…

Tendant l'oreille, elle entendit, mêlées aux sifflements du vent, plusieurs sirènes hurler sur le parking. Les ambulances se préparaient. Encore quelques minutes, et ils se mettraient en route.

Elle gagna le bureau des infirmières, demanda la permission d'emprunter leur téléphone et appela la chambre de Zane et Aaron.

— Paula ? C'est Amber. Je m'apprête à partir en intervention avec le Dr Campbell. Comment vont les gars ?

— État stationnaire. Il n'y a pas de changement, répondit l'infirmière en chef.

— Je reprendrai contact avec vous dès que possible, mais au moindre doute, n'hésitez pas à appeler Ron aux urgences. Il prendra le relais.

— Absolument. Bon courage à tous !

— Merci…

À peine avait-elle raccroché que les portes des urgences s'ouvrirent. Plusieurs pompiers entrèrent dans le couloir, apportant des casques à visière destinés aux secouristes. Dès que tout le monde fut équipé, leur chef rassembla les troupes pour un briefing.

— Votre attention, s'il vous plaît ! commença-t-il. J'aimerais vous donner quelques informations de base. Après un ouragan, il faut s'attendre à une foule de dangers potentiels : câbles électriques au sol, fuites de gaz, incendies, structures instables, inondations, matériaux dangereux disséminés partout… La liste est longue. Soyez prudents. Personne ne doit se déplacer seul, et il faut rester en contact radio permanent. Si les vents recommencent à souffler à plus de 70 kilomètres à l'heure, vous vous mettez à l'abri jusqu'à nouvel ordre. Tous mes gars ont, sur tablette, la carte des inondations en temps réel. Certaines zones peuvent paraître sûres, mais un sol inondé est souvent fragile, alors écoutez bien les consignes. Bonne chance à tous !

À la fin du discours, plusieurs pompiers s'avancèrent pour escorter les équipes.

Ayant suivi les autres à l'extérieur, Amber fut sidérée par la violence des éléments. La pluie lui cinglait le visage, le vent hurlait, et elle dut lutter pour maintenir son équilibre tandis qu'ils couraient vers leur véhicule.

Ce n'était pas une ambulance classique, mais un fourgon de style militaire équipé de pneus épais. Jack s'assit à l'avant, près du chauffeur, qui les accueillit avec un large sourire.

— Salut, je m'appelle Dave, dit-il. Ne vous inquiétez pas, je suis tout-terrain. Le hic, c'est qu'on ne connaît pas l'état des routes. Autant vous prévenir, ça va secouer un peu.

La radio de bord était ouverte sur la fréquence des secours. Des voix s'en échappaient, signe que toutes les ambulances restaient en lien continu. C'était, pour l'heure, l'unique moyen de communication…

Alors qu'ils traversaient le centre-ville, un spectacle de désolation défila devant leurs yeux. Il y avait des arbres couchés, des stores arrachés, des éclats de verre partout. Des monceaux de tables, chaises et objets parfois insolites encombraient les rues. Çà et là, des poubelles roulaient sur les trottoirs au gré du vent. Plusieurs voitures renversées encombraient la chaussée, et elle craignit que leur fourgon ne subisse le même sort.

— On se croirait dans un film catastrophe, chuchota-t-elle.

— Sauf que c'est la vraie vie, répondit Jack.

Il était de toute évidence sur le qui-vive. Il regardait constamment à droite et à gauche, guettant le moindre danger. Et même si, par moments, il lui rappelait son père, elle devait admettre que sa présence la rassurait…

— Bon sang !

Dave pila dans un hurlement de freins.

Malgré la ceinture de sécurité, elle se sentit projetée vers l'avant. Elle se redressa, le cœur battant la chamade, pour découvrir un amas de gravats devant eux. L'étage supérieur d'un petit bâtiment s'était effondré sur la route !

Pétrifiée, elle jeta un coup d'œil sur ce qu'il restait du logement. Elle aperçut la moitié d'une salle de séjour… L'autre moitié avait disparu.

Pestant entre ses dents, Dave contourna les blocs de béton et se gara sur le trottoir d'en face.

— Le toit s'est détaché, commenta-t-il. Dans sa chute, il a entraîné une partie du mur.

— Personne n'a relayé l'information, maugréa Jack. Il y

a peut-être des gens à l'intérieur. Je vais aller voir. Je pense que la cage d'escalier est intacte.

Amber voulut protester, mais il était déjà descendu.

Quelle folie ! Que faisait-il des consignes ?

— Ce n'est pas une bonne idée, dit-elle d'une voix tremblante.

Dave pivota vers elle, un sourire résigné aux lèvres.

— Effectivement, si on suit la règle, un bâtiment doit être sécurisé avant toute intervention. Mais dans les faits, c'est impossible. Croyez-vous que le gymnase sera un lieu sûr avec son toit presque arraché ?

Elle secoua la tête, frappée par la véracité de ces propos.

Qu'elle le veuille ou non, le danger serait partout. Le risque zéro n'existait pas dans ce genre de situations !

Le nez collé à la vitre du fourgon, elle guetta le moindre signe en provenance du bâtiment. Trois minutes plus tard environ, Jack reparut, à son grand soulagement.

Mais il n'était pas seul : il portait une dame âgée, recroquevillée dans ses bras.

Ce fut plus fort qu'elle : elle se précipita dehors, imitée par Lana et Jamal.

— Tout va bien, dit Jack. J'ai trouvé Mary réfugiée dans la cage d'escalier. Hormis quelques coupures et contusions, elle n'a rien. En revanche, elle est en état de choc. Elle était assise dans son fauteuil quand la moitié du salon a disparu sous ses yeux.

Délicatement, il l'installa sur la banquette arrière et lui effleura le visage.

— Tout va bien, Mary. Vous êtes en sécurité.

Cette douceur et cette gentillesse émurent profondément Amber.

Qu'avait-il de si spécial, cet homme, pour la toucher à ce point ? Elle se méfiait de lui, mais paradoxalement, il la bouleversait…

Quand leurs regards se croisèrent, elle eut l'impression que le temps suspendait son cours. Ils n'avaient pas besoin de mots pour se comprendre. Le lien étrange qui s'était tissé entre eux était là, bien réel. Il existait depuis la première minute. La première seconde.

Puis Jack rompit le contact.

— Nous emmenons Mary au lycée, dit-il. On s'occupera d'elle sur place.

Tout le monde se réinstalla en voiture, et Dave repartit prudemment. Jamal avait déjà pris la vieille dame sous son aile. Après lui avoir posé un strip sur une coupure au front, il lui avait entouré les épaules, et depuis, il lui parlait sans cesse pour la rassurer.

Malgré le choc, la patiente réussit à raconter sa mésaventure. L'histoire était très simple : comme elle avait raté la dernière navette pour le centre d'évacuation, elle avait fermé ses volets et était restée dans son appartement.

Elle avait vraiment eu beaucoup de chance. Mais où irait-elle vivre, ensuite ? se demanda Amber, le cœur gros. Comme beaucoup d'autres, la pauvre avait tout perdu…

Le reste du trajet se déroula dans un silence tendu. Le parcours était semé d'embûches, et ils mirent finalement plus d'un quart d'heure à rejoindre le lycée de Deltarix.

Elle repéra tout de suite le gymnase et son toit béant. Une montagne de débris jonchait le terrain de sport voisin, mais le bâtiment principal semblait intact.

Dave s'arrêta le long du trottoir derrière un camion de pompiers. Une jeune femme vêtue d'une tunique orange les accueillit dans le hall.

— Ouf ! s'écria-t-elle. Venez-vous de Lahuna ?

Jack effectua rapidement les présentations. Leur interlocutrice porta une main à son cœur, les larmes aux yeux.

— Je m'appelle Chrissie. Je suis infirmière à la Croix-Rouge et je m'occupe du triage, expliqua-t-elle. Installez votre patiente dans la classe, là, juste à côté. Un groupe de bénévoles s'occupe des blessés légers.

— Nous allons tout de suite voir les blessés graves, dit Jack.

— Avez-vous fait une liste des personnes présentes ? intervint Amber.

— On a essayé, mais… La situation est très chaotique.

— Je comprends.

Elle fourra sa liste dans la main de Chrissie en lui adressant un sourire amical.

— Pourriez-vous essayer de voir si ces gens sont dans les locaux ? C'est très important. Ils ont besoin d'antibiotiques.

— Je vais faire le maximum, docteur. Comptez sur moi.

— Merci beaucoup.

Elle suivit Jack dans le couloir central, où un groupe de pompiers déblayait des gravats et sécurisait des portes.

— Il y a un problème d'électricité, expliqua l'un d'eux. On pose de la rubalise pour condamner certaines pièces.

— C'est bon, pour le gymnase ? demanda Jack.

— Oui. Allez-y, c'est tout droit. Ils vous attendent.

En débouchant dans le gymnase, Amber sentit une boule lui obstruer la gorge.

Jamais, de toute sa vie, elle n'oublierait ce moment.

Il pleuvait à seaux dans la partie du gymnase à ciel ouvert, et tous les occupants avaient été rassemblés du côté sec. Plusieurs blessés étaient allongés à même le sol. Deux pompiers visiblement débordés couraient de l'un à l'autre.

Après un briefing rapide, Jack lui confia le soin de traiter une jeune femme qui se tenait mi-assise, mi-couchée contre un mur. La malheureuse avait une plaie au front, et, plus inquiétant, son bras gauche formait un angle anormal avec le reste du corps. Amber s'agenouilla près d'elle.

— Bonjour, je suis le Dr Berkeley. Comment vous appelez-vous ?

— Kel, répondit la patiente d'une voix à peine audible.

Amber procéda à un premier examen : pouls, tension et vérifications neurologiques. Les pupilles de Kel étaient réactives à la lumière, mais quand elle voulut se redresser pour l'auscultation, elle poussa un cri aigu.

— Ne bougez plus, chuchota Amber. Je vais déjà vous mettre un pansement sur le front…

Le plus dur restait à venir. Depuis quand n'avait-elle pas soigné de fracture ? En serait-elle capable ? Il fallait minimiser l'inconfort et la douleur en attendant un transfert.

Repoussant sa peur et ses doutes, elle prit de la morphine dans son sac.

— Votre bras gauche est cassé, dit-elle doucement. Je vais vous faire une piqûre d'antidouleur. Avez-vous des allergies ?

— Je… Non.

Elle injecta la morphine dans le bras valide de Kel. En attendant que le produit agisse, elle continua de lui parler, puis, au bout de quelques minutes, elle fouilla dans sa mallette et y prit une attelle.

Avec délicatesse, elle immobilisa le membre cassé.

— Vous partirez en ambulance dès que possible, promit-elle. Je vais prévenir les médecins de l'hôpital.

Elle laissa Kel aux bons soins d'une bénévole pour aller voir le patient suivant, puis un autre, et un autre encore.

Plusieurs personnes avaient été blessées sur la route, d'autres quand le toit s'était effondré. Au total, il y avait plus de trente victimes, mais, heureusement, la plupart souffraient de plaies superficielles et de contusions.

Du coin de l'œil, elle voyait Jamal et Lana travailler au fond du gymnase. Mais où était Jack ?

Soudain, un pompier s'approcha au pas de course.

— Le Dr Jack m'envoie vous chercher. Il a besoin d'aide !

Elle coupa le fil des points de sutures qu'elle venait de poser, indiqua à Jamal qu'elle partait, puis suivit son guide dans le couloir.

— Où allons-nous ? demanda-t-elle.

— Au petit gymnase. C'est une annexe qui communique avec le grand par le côté inondé. Donc, on est obligés d'emprunter un autre accès… Voilà, on y est.

Trois hommes semblaient faire le guet devant la porte. Ils marchaient de long en large, l'air soucieux.

— Que se passe-t-il ? s'enquit-elle.

— C'est le concierge du lycée. Il s'est blessé en secourant un élève. On pense qu'il s'est électrocuté.

Un autre pompier s'avança vers elle, une paire de bottes en caoutchouc à la main.

— Tenez, mettez ça, dit-il. Il y a dix centimètres d'eau sur le sol, et des fils électriques y trempent. Attention, n'y touchez pas.

Elle s'exécuta, inspira à fond, ouvrit la porte… Et le souffle se bloqua dans sa gorge.

Elle avait imaginé beaucoup de choses, mais pas ça !

Jack se trouvait en équilibre précaire au sommet de gradins qui s'étaient disloqués sous l'impact du toit. Il prodiguait des soins à un homme prisonnier du métal tordu.

— Génial ! s'exclama-t-il en la voyant. J'ai besoin d'un support ventilatoire. Mais il va falloir grimper jusqu'ici. Surtout, mettez des gants.

Elle jeta un regard circulaire autour d'elle pour évaluer la situation.

Un énorme néon avait atterri dans l'eau. Il était sans doute à l'origine du problème électrique.

— Le concierge a évacué le dernier gamin juste avant que cette lampe tombe, expliqua le pompier qui l'accompagnait. Quand le néon a touché l'eau, le choc l'a projeté en arrière dans les gradins. Depuis, il n'arrête pas de gémir.

— Je vois, murmura-t-elle, consternée.

— Votre collègue est un sacré sportif, heureusement ! Il grimpe mieux à la corde que la plupart de mes gars.

Cette remarque n'étonna pas Amber. Elle avait eu un aperçu de la musculature de Jack la veille !

Elle-même était loin d'avoir les mêmes capacités physiques, et pourtant elle devait le rejoindre. La vie d'un homme en dépendait.

— Pourquoi Jack ne bouge-t-il pas ? demanda-t-elle.

— Parce qu'il appuie sur le ventre du blessé, qui saigne beaucoup.

De manière réflexe, elle sortit un pansement « spécial Jack » de son sac à dos et le fourra dans sa poche. Escortée par le pompier, elle contourna la nappe d'eau pour se positionner à gauche des gradins. Alors, équipée d'une paire de gants, elle monta sur une première chaise en plastique, passa sur une autre, puis sur une troisième, jusqu'à rejoindre les structures métalliques.

— Prête ? demanda son guide.

— Prête, répondit-elle d'une voix un peu tremblante.

— Où sont les dépanneurs ? demanda Jack. Savoir si le courant est coupé nous faciliterait la tâche.

— La compagnie a envoyé une équipe, ils sont en route. On a cherché le disjoncteur, mais apparemment, le tableau électrique a été emporté par la chute du toit, expliqua le pompier.

Les dents serrées, Amber se focalisait sur son ascension.

Franchir les premières rangées de gradins fut assez simple, mais plus elle montait, plus le métal était tordu. À la fin, elle dut carrément ôter sa veste et la pousser devant elle, puis se mettre à plat ventre pour atteindre Jack.

Elle était hors d'haleine quand, enfin, elle put s'accroupir près de lui.

Elle remarqua une civière portative en plastique dont les deux morceaux n'étaient pas encore assemblés.

— Comment avez-vous fait monter cette civière ? demanda-t-elle, médusée.

Il haussa les sourcils.

— C'est du plastique ! Quelqu'un l'a lancée devant moi. Je l'ai attrapée avec la perche que voici, expliqua-t-il, désignant un long morceau de bois.

Il avait retiré ses gants. Elle se rembrunit en découvrant une tache écarlate sur sa chemise.

— Vous allez bien ? s'écria-t-elle, alarmée.

— C'est le sang d'Hugo, notre patient, répondit-il.

Sa mâchoire virile tressautait nerveusement. Il se trouvait dans une position très inconfortable, avec une main sous la nuque du patient pour dégager les voies aériennes, et une autre qui appuyait sur le ventre du côté gauche.

— J'ai pris un de vos pansements, dit-elle en sortant l'objet de sa veste.

Le regard de Jack s'éclaira.

— Bravo pour votre présence d'esprit ! Je n'ai pas monté ma sacoche, pensant qu'Hugo souffrait juste d'un choc électrique. J'ignorais qu'il était blessé. Une pièce métallique lui a perforé l'abdomen.

Avec des gestes sûrs, il remplaça le bandage détrempé par le pansement neuf.

— Attendez, je vais essayer de le contourner, dit-elle.

Non sans mal, elle se rapprocha du visage du blessé.

Lui glisser le support ventilatoire dans la bouche ne fut pas chose aisée, mais elle y parvint. Ce petit accessoire en plastique permettrait au patient de mieux respirer.

Après avoir vérifié que le dispositif était bien en place, elle mit une main de chaque côté de la nuque d'Hugo. Ses doigts effleurèrent ceux de Jack dans la manœuvre.

— C'est bon pour toi ? demanda-t-il.

Elle sentit sa gorge se nouer.

Dans le feu de l'action, il la tutoyait !

Elle percevait à nouveau cette vibration étrange qui avait le pouvoir de la déstabiliser en cinq secondes chrono.

Jusqu'alors, elle n'aurait jamais cru que Jack puisse avoir besoin d'aide. Il lui était apparu comme un roc sur qui elle pourrait s'appuyer en toutes circonstances. Mais cette relation n'était pas à sens unique. Elle pouvait aussi lui apporter quelque chose, et cette prise de conscience lui fit chaud au cœur.

— C'est bon pour moi, chuchota-t-elle, le cœur battant.

La vulnérabilité qu'elle devinait chez lui la bouleversait. Il devait avoir vécu des moments difficiles, qui expliquaient sa volonté de tout maîtriser sans faire confiance à quiconque. Sauf qu'il lui faisait confiance. À elle, Amber !

Très doucement, il retira la main qui était sous la sienne pour appuyer plus fort sur le ventre du blessé.

— Un diagnostic ? demanda-t-elle.

— Je crains que la rate n'ait été transpercée par le morceau de métal.

— Est-ce que le pansement fonctionne ?

— Je crois que oui. Ça saigne beaucoup moins. Tout à l'heure, je n'arrivais pas à endiguer le flot.

— Vous… Tu es en train de sauver une nouvelle vie, Jack. Il va s'en sortir grâce à toi.

— C'est loin d'être gagné, répliqua-t-il, l'air sombre.

Elle se contorsionna pour changer de position. Coincée entre les gradins, elle avait déjà mal au dos.

— Comment allons-nous sortir d'ici ? demanda-t-elle. On réussira peut-être à glisser la civière sous le patient sans trop le bouger, mais ensuite ? On ne pourra pas la faire passer dans ces trous de souris…

Elle remarqua alors que Jack avait une corde nouée à la taille. Reliée à un crochet qui pendait du plafond, elle lui permettait de remuer assez facilement.

— Qui a eu cette idée de génie ? s'écria-t-elle.

— Le chef des pompiers pratique l'escalade à ses heures perdues, expliqua-t-il en souriant. Au départ, on ne savait pas si les gradins étaient sûrs. Au moins, si tout s'était écroulé, je serais reparti dans les airs.

— Et moi, alors ? Que se passera-t-il si je touche l'eau ?

— Tu as des bottes en caoutchouc, c'est ta meilleure garantie. Moi j'ai gardé mes boots. Dans la pagaille, personne n'a pensé à me faire changer de chaussures, et moi non plus, d'ailleurs.

Jack appuyait toujours sur la blessure abdominale du patient.

Même si ce dernier avait subi un choc électrique, il respirait spontanément. Elle aurait voulu contrôler son pouls, mais mieux valait qu'elle ne lui lâche pas la tête…

— On ne peut même pas l'ausculter, murmura-t-elle. C'est frustrant.

— Je sais. Les gars cherchent une solution pour nous tirer de là. Fais-leur confiance.

Pendant une seconde, son regard pétilla de malice.

— Si quelqu'un t'avait dit, hier, que tu ferais un sauvetage à haut risque avec ton voisin de bar grincheux et endormi…

— Je ne l'aurais jamais cru. On ne voit ça que dans les films !

— Tu m'en veux toujours d'être médecin ?

— Je t'en voudrai jusqu'à mon dernier souffle.

Elle avait répondu en riant, mais le visage de Jack se ferma comme une trappe.

Seigneur, qu'avait-elle dit ? Elle n'avait pas voulu le blesser, et surtout, elle ne comprenait pas pourquoi il faisait cette tête…

— Docteur Campbell ?

La voix s'était élevée dans son dos. Elle aurait voulu se retourner, mais c'était impossible.

— On est prêts, répondit Jack.

— Qu'est-ce qu'ils fabriquent, là derrière ?

— C'est la solution dont je t'ai parlé : ils posent d'énormes planches de bois sur le sol. Ils vont en monter jusqu'ici pour créer une rampe.

Après un moment qui parut à Amber une éternité, le chef d'intervention reprit la parole.

— C'est bon pour nous, annonça-t-il. Mes équipiers sont en place. Deux gars vont vous rejoindre pour maintenir la civière pendant la descente. Surtout, marchez bien sur les planches. Avez-vous des questions ?

— Non ! cria Jack.

— Moi non plus ! renchérit Amber.

Elle avait des crampes à force de maintenir la tête d'Hugo, mais elle ne pouvait pas le lâcher.

— Je suis juste derrière vous, docteur, dit une voix masculine. Je vais vous contourner. Mon équipier et moi allons mettre la civière en place. Vous et le Dr Campbell, continuez à faire ce qu'il faut pour Hugo.

Un pompier apparut dans le champ de vision d'Amber. Posté près de Jack, il attrapa les deux morceaux du brancard, les clipsa puis, avec l'aide de son collègue, les fit glisser sous le patient. Quand Hugo fut attaché, il se redressa.

— On va descendre, dit-il. Docteur Berkeley, c'est dur de marcher à reculons, mais on n'a pas le choix. Quelqu'un vous guidera pour que vous ne sortiez pas des planches.

Une tension soudaine envahit Amber. Si elle tombait dans l'eau, elle risquait l'électrocution. Jamais elle n'avait encouru un danger mortel dans l'exercice de son métier…

— Ça va aller ? demanda Jack.

— Je… Oui.

Elle inspira profondément pour oublier ses crampes et se focalisa sur la poitrine d'Hugo qui se soulevait à intervalles réguliers.

Elle pouvait le faire. Elle *devait* le faire.

— À trois, on lève, annonça le pompier le plus proche d'elle. Un, deux… trois.

La civière bougea. Elle se redressa pour continuer de maintenir le patient, vit Jack faire la même chose, et finalement, elle se retrouva en position semi-debout.

Alors, elle entendit une voix féminine dans son dos.

— Docteur Berkeley, je m'appelle Kate. N'ayez pas peur. Levez-vous complètement et faites un pas en arrière.

Elle sentit des mains sur sa taille : sa guide se tenait juste derrière elle. Le premier pompier était devant elle, de biais, en train de porter le haut du brancard. Elle n'avait aucune marge de manœuvre, mais c'était sûrement mieux ainsi !

Prudemment, elle se redressa et recula le pied gauche. Puis, son équilibre assuré, elle mit le pied droit sur la planche sous le regard préoccupé de Jack.

Lui pouvait bouger plus facilement, et d'ailleurs, il prit

appui sur le bord de la civière, un peu de biais également pour ne pas arrêter les compressions sur l'abdomen d'Hugo.

Heureusement que la rampe improvisée était assez large ! Malgré cela, il n'y avait rien de trop…

Elle avait failli perdre l'équilibre dix fois. Quand, enfin, Kate annonça qu'elles atteignaient le niveau du sol, Amber poussa un « ouf » de soulagement.

— On a encore toute la pièce à traverser, dit Kate. Et comme les gars ne savent pas mettre trois planches droites, ça va zigzaguer un peu, ajouta-t-elle d'une voix rieuse.

Rassurée par sa bonne humeur, Amber continua son cheminement tandis que Jack la fixait sans rien dire.

En d'autres circonstances, elle aurait été agacée qu'il la dévisage ainsi. Mais là, ce regard lui faisait du bien. Il était son deuxième point d'ancrage. La force tranquille qui lui permettait de rester calme et concentrée.

Finalement, ils atteignirent la sortie sans encombre.

Jamal et Lana les attendaient dans le couloir.

— Je vous relaie, Amber, dit Jamal, qui tenait un masque et un petit cylindre à oxygène.

Elle lui céda sa place, s'écarta et massa longuement ses mains crispées.

Les deux pompiers avaient posé la civière au sol et, tandis que Lana prenait la tension du blessé, Jack souleva le pansement.

Des gouttelettes de sueur perlaient à son front.

Combien de temps avait-il maintenu sa position avant qu'elle le rejoigne ? Son excellente condition physique et ses réflexes avaient sans nul doute permis d'éviter un drame !

— Ça marche, dit-elle d'un ton admiratif.

— Apparemment, oui. Le sang a coagulé.

Il se pencha sur le bloc de Lana et fronça les sourcils.

— La tension d'Hugo est basse, le pouls rapide et filant. Il faut vite l'emmener à l'hôpital.

— J'ai d'autres personnes à transférer. Toi aussi, je pense ?

— Oui, dit-il en soupirant. Avant Hugo, j'ai soigné un

vieux monsieur qui avait une vilaine blessure au mollet. Et une dame qui a fait bouclier pour protéger des gamins, et qui se retrouve avec des lésions à la colonne vertébrale.

— Oh non !

— Elle n'est pas paralysée, mais elle a perdu la sensibilité d'une jambe. Il faut qu'elle parte dans le premier voyage. J'ai aussi diagnostiqué trois crises d'asthme. Comme on a trouvé des inhalateurs, ces jeunes-là attendront un peu.

Jamal sortit un papier froissé de sa poche.

— Pendant que vous essayiez de vous faire électrocuter, j'ai travaillé pour vous ! dit-il d'un ton gai. J'ai eu le central radio, ils nous envoient deux ambulances supplémentaires. Il faut juste décider qui part en premier, docteur Campbell.

Le cœur d'Amber manqua un battement.

Dans le feu de l'action, elle avait oublié sa propre liste !

Jack l'interrogea du regard, mais elle ne dit rien.

— Je vais voir s'il y a d'autres urgences avant le premier départ, déclara-t-elle.

Elle fit quelques étirements en regagnant le grand gymnase.

Tous les cas sérieux avaient été traités, constata-t-elle, soulagée. Avec près de trois cents personnes sur le site, le bilan aurait pu être beaucoup plus lourd…

Elle vérifia les constantes de Kel, lui donna une nouvelle dose d'antalgique, puis se rapprocha du groupe de bénévoles qui essayaient tant bien que mal de gérer la situation.

Tournant la tête, elle vit Jack posté près d'elle.

— As-tu le nombre exact de gens à évacuer ? demanda-t-elle.

— Il y a quatorze personnes. Hugo part en premier, ainsi que la dame blessée au dos, le vieux monsieur, et une autre dame qui a une commotion cérébrale. Les autres attendront les ambulances suivantes.

Elle jeta un coup d'œil à Kel par-dessus son épaule. Hélas, la pauvre n'était pas prioritaire vu les circonstances.

Son expression dut la trahir, car Jack lui lança un regard perplexe.

— Tu n'es pas d'accord ? demanda-t-il. Si tu penses qu'il faut revoir la liste, dis-le-moi.

Elle le considéra, surprise. Elle ne s'était pas attendue à une pareille courtoisie professionnelle. C'était lui l'urgentiste expérimenté, et malgré cela, il lui demandait son avis.

— Si, je suis d'accord, répondit-elle gentiment. J'aimerais juste que Kel fasse partie du prochain voyage. Dans combien de temps, d'après toi ?

— La première ambulance sera là d'ici quinze minutes. Pour les autres, il faut compter une petite heure.

— Et nous, on va rester ici ?

Jack eut un petit rire.

— Toi, tu es du genre têtu, déclara-t-il.

— Comment ça ?

— Ne fais pas l'innocente ! Je sais que tu vas continuer à chercher tes surfeurs partout. Tiens, utilise ma radio, suggéra-t-il. Appelle l'hôpital pour prendre des nouvelles de Zane et Aaron. En même temps, tu sauras si les autres équipes ont retrouvé leurs contacts.

— Merci, répondit-elle en souriant.

Les urgences de l'hôpital de Lahuna ne lui apprirent rien de significatif. Il n'y avait aucun changement du côté des patients, pas plus que des recherches à l'extérieur.

Heureusement, elle eut plus de chance avec Chrissie. L'infirmière n'avait pas oublié sa requête, et lorsqu'elle retourna la voir à l'entrée du lycée, il s'avéra que la jeune femme avait retrouvé non pas six, mais sept stagiaires : le dernier garçon devait rentrer chez lui, mais vu les conditions météo, il avait rejoint le lycée avec ses camarades. Une chance, car ainsi, il n'en manquait plus que trois !

Amber courut chercher Lana. À elles deux, elles expliquèrent la situation aux jeunes gens puis leur administrèrent une première dose d'antibiotiques. Heureusement, elles disposaient d'un stock conséquent !

Pendant qu'elles s'occupaient des garçons, une ambulance

s'était garée près de l'entrée. Amber vit Jack arriver au pas de course. Après qu'elle lui eut résumé la situation, il la considéra, un étrange sourire aux lèvres.

— Veux-tu repartir à l'hôpital ? demanda-t-il. Tu as peut-être envie de voir tes patients ? Ou alors, tu peux rester ici et continuer de soigner les gens qui se présenteront. Ou alors…

Quand il s'étira, les bras au-dessus de la tête, une vague de tendresse la submergea.

Cet homme était un génie du terrain. Il avait passé huit ans en mission. Il avait sauvé plus de vies qu'elle ne le ferait jamais. Et aujourd'hui, elle avait le privilège de travailler avec lui…

— Ou alors ? demanda-t-elle, le cœur battant.

— Ou alors, tu peux m'accompagner là où j'irai. Dans la rue. Dans les autres centres d'évacuation. Et en même temps, on continuera de chercher tes ados perdus…

Il la comprenait. En bon chef d'équipe, il essayait de trouver une solution pour concilier leurs objectifs. Comment ne pas l'admirer ?

Elle lui sourit.

— Je prends la troisième option, décida-t-elle. Tu ne te débarrasseras pas de moi comme ça.

5.

En cette fin d'après-midi, la ville était plongée dans un étrange clair-obscur. Entre le ciel gris et les pannes d'électricité, on ne voyait presque rien à trente mètres à la ronde. Néanmoins, piloté par Dave, Jack put visiter, accompagné d'Amber, trois centres d'évacuation et quelques bâtiments publics avant de retourner au lycée.

Ils passèrent le secteur au peigne fin et retrouvèrent un des surfeurs manquants. Le jeune homme leur expliqua où se trouvaient les deux autres, qui furent ensuite localisés par l'équipe un.

Un scénario inespéré, compte tenu des circonstances ! Néanmoins, si la menace d'une épidémie de méningite s'éloignait, d'autres problèmes se profilaient. Depuis le passage de l'ouragan, les blessés affluaient de partout dans les refuges et les hôpitaux, et les secours étaient débordés.

De retour au lycée, ils constatèrent que la cuisine centrale bourdonnait telle une ruche. Les bénévoles s'activaient pour nourrir les personnes hébergées, et à peine eurent-ils franchi le seuil que Chrissie leur octroya à chacun un énorme sandwich, une bouteille d'eau et une pomme.

— Le réfectoire déborde, annonça-t-elle. Mais vous arriverez peut-être à vous asseoir dans une salle de classe.

Ils la remercièrent chaleureusement et sortirent dans le couloir.

Jack rit d'entendre le ventre d'Amber gargouiller. Malgré ses yeux cernés et sa coiffure ébouriffée, il la trouvait superbe.

Il eut un petit coup au cœur lorsqu'elle appuya la tête sur son épaule.

— Je meurs de faim, dit-elle en soupirant. On n'a rien avalé depuis ce matin. Ça a été une journée d'enfer.

Résistant à l'envie de la prendre dans ses bras, il repoussa une mèche rebelle sur son front.

— On devrait peut-être retourner à l'hôpital, répondit-il. Ron doit avoir besoin d'aide.

Elle se redressa et secoua la tête.

— Relax, Jack. On travaillera toute la nuit s'il le faut, mais là, on se pose cinq minutes.

Il inspira profondément pour essayer de dompter le sentiment d'urgence qui l'habitait.

C'était plus fort que lui : il avait appris à vivre sur le fil, à guetter le danger, à partir au quart de tour. Et, surtout, à ne jamais dire « stop » tant que des vies humaines étaient en jeu.

Toutefois, même s'il brûlait de se remettre en mouvement, Amber avait raison : il devait dire « stop ». Chaque muscle de son corps se rappelait à son bon souvenir après cette journée intense. En temps normal, il aurait ignoré ces signaux, mais l'idée de prendre une pause avec elle ne manquait pas de charme.

— D'accord, tu as gagné, dit-il. Cinq minutes, pas plus !

Hélas, les salles étaient bondées. Il y avait du monde partout. Les gens étaient installés sur des chaises, des tables, ou carrément sur le carrelage. Amber soupira.

— J'aurais bien voulu m'asseoir, marmonna-t-elle.

— Attends, j'ai une idée. On fait demi-tour !

— Mais…

Deux minutes plus tard, ils atteignaient ce qu'il cherchait : le placard à fournitures du concierge. Il avait vu des bénévoles y prendre du matériel, plus tôt dans la journée.

Il ouvrit la porte discrètement et poussa Amber à l'intérieur.

La pièce était minuscule, meublée d'armoires et d'étagères métalliques. Un vieux fauteuil de jardin, remisé dans un coin près des balais et des seaux, retint l'attention d'Amber.

— Bonne pioche, déclara-t-elle Allez, on s'assied.

La politesse aurait voulu qu'il lui abandonne cet unique siège, mais il n'en était plus là. Tant pis s'ils étaient serrés !

Collée contre lui, Amber se mit à rire.

— Maintenant que la porte s'est refermée, on n'y voit presque rien, chuchota-t-elle.

— Eh non ! Il faudra manger dans le noir.

— Peu importe, pourvu que je mange.

Ils se restaurèrent en silence, goûtant ce répit bienvenu après l'agitation de la journée. Lorsqu'elle eut fini, Amber posa sa bouteille d'eau sur le sol. Il l'imita puis étendit un bras sur le dossier du siège, lui frôlant l'épaule au passage.

— Désolé, dit-il. On est un peu à l'étroit.

— Aucun problème. C'est déjà bien qu'on ait pu s'asseoir tous les deux. Je me demande ce que sont devenus nos collègues, à l'hôtel.

— J'espère que le centre de secours les a contactés. Il y avait pas mal d'urgentistes et de chirurgiens dans le lot.

— Oui, ce serait un comble que nous soyons les seuls volontaires.

Amber étira les bras, et il devina qu'elle effectuait des rotations des poignets. En entendant ses doigts craquer, il fronça les sourcils.

— C'est douloureux ? Tu as des courbatures ? demanda-t-il.

Elle n'avait pas ménagé sa peine et s'était dépensée sans compter. Son travail quotidien devait être beaucoup moins physique !

— Un peu, mais avec des étirements, ça ira, répondit-elle d'un ton léger. J'ai cru que mes mains allaient lâcher quand j'ai tenu la tête d'Hugo.

Il lui sourit dans la pénombre.

— Tu t'es débrouillée comme un chef, répliqua-t-il, sincèrement admiratif. Certains urgentistes auraient fait moins bien, crois-en mon expérience.

— Merci. De ta part, ça fait plaisir. Au début, je craignais d'avoir oublié mes bases et d'être un fardeau, mais quand on s'est mis au travail, ça m'est revenu… Mon directeur a peut-être raison quand il dit que je suis prête à prendre des responsabilités sur le terrain.

— C'est déjà le cas, non ?

— Oui, mais toujours avec un référent pour m'aiguiller. J'aurais pu diriger certaines missions, mais je ne me sentais pas prête. J'avais… J'avais trop peur.

Intrigué, il pivota légèrement pour lui faire face.

— Peur de quoi ? Tu es un excellent médecin.

Dans la semi-pénombre, il la vit baisser la tête et croiser nerveusement les mains sur ses genoux. Puis elle poussa un profond soupir.

— Je sais de quoi je suis capable, murmura-t-elle. Seulement, je n'ai jamais eu confiance en moi.

— Mais pourquoi ?

— À cause de mon éducation, sans doute. Mon père ne vivait que pour son métier. Il était toujours absent. Le week-end, il passait des heures à lire des revues scientifiques ou retournait à l'hôpital. Ma mère l'a perdu définitivement le jour où je suis née. Il a dû penser qu'avoir un enfant suffirait à son bonheur. Il s'est détaché d'elle et de son foyer. Donc, je n'ai jamais vraiment eu de père.

Jack retint son souffle.

La douleur perceptible dans la voix d'Amber lui faisait mal. Elle avait visiblement beaucoup souffert de cette situation. D'ailleurs, au petit déjeuner, elle avait dit quelque chose d'étonnant…

— Tu penses qu'il n'était pas fier de toi ? demanda-t-il doucement. Ça doit être génial de voir son enfant réussir et exercer le métier de ses rêves, non ?

— Pour les gens normaux, oui, sans doute. Mais mon père était une sorte d'extraterrestre. Il ne s'intéressait pas à moi ni à ma mère. Elle a gâché quarante ans de sa vie auprès d'un homme qui ne l'a jamais appréciée à sa juste valeur. Et maintenant, elle se retrouve seule.

Il chercha la main d'Amber à tâtons et la prit entre les siennes.

— Non, elle n'est pas seule. Elle t'a, toi. Elle est restée avec ton père pour des raisons qui n'appartiennent qu'à elle, mais, à l'évidence, elle a toujours été fière de toi. Et qui sait ? Peut-être qu'elle fera autre chose de sa vie avec ton aide ?

Il resserra son étreinte sur sa main.

— Je suis désolé, pour ton père. Quand est-il décédé ?

— Il y a deux ans. Et tu sais le pire ? Il est mort d'une rupture de l'aorte, lui, un chirurgien ! Il travaillait tellement qu'il n'a jamais fait de check-up.

— C'est souvent le cas, hélas.

— Oui, les médecins sont les pires patients… Les pires pour beaucoup de choses, en réalité.

Le moment était venu de détendre un peu l'atmosphère.

Il poussa Amber du coude.

— Donc, mademoiselle la « fiancée fugueuse », aucun médecin n'aura jamais sa chance avec toi ?

— Oh non, tu recommences !

— Puisque j'ai cinq minutes à perdre…

— Tu as aussi cinq minutes pour comprendre mon point de vue : entre mon père et l'imbécile du siècle, je suis vaccinée, crois-moi !

Il ne put s'empêcher de rire.

— Pauvre garçon ! Tu l'as abandonné en costume au pied de l'autel devant une foule d'invités.

— « Pauvre garçon » ? Ce petit prétentieux arriviste ne mérite pas qu'on le plaigne.

Quand elle pivota vers lui, une mèche soyeuse lui effleura la joue.

— J'ai très mauvais goût en matière d'hommes, chuchota-t-elle contre son oreille.

Elle n'aurait pas dû sentir si bon après une telle journée, et pourtant, un parfum délicat et fleuri émanait de ses cheveux. Il n'aurait eu qu'un geste à faire pour les caresser. Il en mourait d'envie depuis la veille, au bar…

Au fond, c'était mieux qu'il ne se soit rien passé. Car depuis qu'il avait perçu la fragilité d'Amber sous le vernis brillant du Dr Berkeley, elle l'attirait encore plus.

— Je n'ai pas l'habitude de raconter ma vie, dit-elle, comme si elle avait lu dans ses pensées. À ton tour, maintenant. Tu dois bien avoir des petits secrets ? J'ai passé la nuit dans ta chambre. Peut-être as-tu une femme ou une fiancée qui serait très mécontente de le savoir ?

Il sentit le souffle se bloquer dans sa gorge.

Il discernait à peine le visage d'Amber dans la pénombre à quelques centimètres du sien. C'était incroyable qu'ils partagent un moment aussi intime alors que des centaines de personnes gravitaient autour d'eux.

— Je suis célibataire, sans enfant, répondit-il. Je n'ai jamais été marié et… Et il n'y a plus personne dans ma vie.

— Mais il y a eu quelqu'un ?

— Oui. Elle s'appelait Jill. Nous sommes sortis ensemble pendant près d'un an. Elle était géniale.

— « Était » ? répéta Amber d'une voix rauque.

Il ne parlait jamais de Jill. C'était trop dur. Il inspira profondément pour se donner le courage de poursuivre.

— On… était en mission sur la même base, expliqua-t-il. Un jour, j'ai dû être opéré d'urgence alors que je venais de finir une intervention.

Après qu'il lui eut expliqué les circonstances de son appendicectomie, Amber poussa un cri étouffé.

— Mais enfin, Jack ! Tu as dû souffrir le martyre ! Aucun chirurgien ne pouvait te remplacer ?

— Si, mais le patient était un ami, et je tenais à intervenir personnellement. Il avait perdu un pied, et je voulais faire le maximum pour qu'il puisse être bien appareillé par la suite.

— Je comprends, murmura-t-elle. Et alors, qu'est-il arrivé ?

Il avait soudain très envie de se confier, chose qui ne lui arrivait jamais.

Il ferma les paupières, les rouvrit. Sans s'appesantir ni sans rien cacher non plus, il raconta à Amber ce qui s'était passé ce jour-là.

Leurs doigts étaient toujours entremêlés, mais à la fin de son récit, elle le lâcha puis lui noua les bras autour du cou et l'étreignit de toutes ses forces.

— Jack… Je suis tellement, tellement désolée… Je n'imagine même pas ce que tu as dû ressentir.

Jamais, depuis le drame, il ne s'était laissé cajoler ainsi. Après l'enterrement, il avait pris les parents et la sœur de Jill dans ses bras quelques instants, mais pas plus. Il les connaissait très peu, et ce genre d'effusions n'aurait eu aucun sens. Les mois suivants, il s'était forgé une carapace. Il avait relégué ses émotions dans un coin de son cerveau. Et, bon gré mal gré, il avait réussi à se protéger…

Jusqu'à la veille. Jusqu'à sa rencontre avec Amber.

Sentir sa joue contre la sienne le bouleversait au point qu'il en éprouvait une douleur presque physique. D'abord, il resta comme tétanisé, médusé par cet élan qui balayait toute distance entre eux.

Au bout d'un moment, cependant, ses muscles se détendirent. Le contact des courbes féminines d'Amber, si douces et si chaudes, lui procurait un réconfort inimaginable. Et bien plus que ça ! Après un long sommeil, son corps se réveillait de la manière la plus primitive qui soit.

Jamais il n'aurait cru cela possible. Mais depuis la veille, il n'était plus sûr de rien.

Il avait déjà ressenti cette étrange connexion avec Amber au bar, puis à l'hôpital de Lahuna, et plus encore dans les gradins du gymnase. Alors qu'ils luttaient pour sauver leur patient, elle avait soutenu son regard sans ciller, comme si elle percevait la douleur et l'angoisse qui l'habitaient.

Son instinct lui soufflait que cette femme remarquable

était aussi fragile que lui. Était-ce pour cette raison qu'elle l'attirait à ce point ?

Il ne savait pas. Mais son corps, lui, semblait détenir la réponse.

Sans l'avoir vraiment voulu, il effleura le visage d'Amber des lèvres.

Peut-être aurait-il dû guetter un signal de sa part ? Et si…

Les objections de son cerveau furent alors balayées par un désir si violent qu'il en fut presque effrayé.

Il arrondit une main sur la nuque d'Amber puis posa doucement la bouche sur la sienne.

Moins timide, elle laissa courir les doigts dans ses cheveux et se pressa contre lui en entrouvrant les lèvres. C'était une femme décidée, sûre d'elle et fougueuse, qui s'abandonnait maintenant entre ses bras.

Rassuré, il lui défit sa queue-de-cheval et promena les lèvres de son oreille à son cou.

Mais déjà, elle l'embrassait de nouveau, et tandis qu'ils échangeaient un baiser fiévreux, elle se contorsionna pour s'asseoir à califourchon sur ses genoux.

Ivre de désir, il laissa courir les mains sur sa taille. Il sentit confusément qu'elle essayait de déboutonner sa chemise… Puis elle s'arrêta net.

Quelqu'un venait de crier dans le couloir, de l'autre côté de la porte.

Ils demeurèrent immobiles dans les bras l'un de l'autre. Cette fois, ce fut au tour d'Amber d'appuyer le front contre le sien.

— Pour info, je ne sors pas avec les médecins, chuchota-t-elle d'une voix haletante.

Il se mit à rire.

— Pour info, je n'embrasse jamais au premier rendez-vous.

Elle lui tapota la poitrine du bout des doigts.

— Ce n'est pas le premier, c'est au moins le troisième. Mais ça n'a aucune importance parce que…

— … Je ne sors pas avec les médecins, dit-il en même temps qu'elle. Me voilà soulagé ! conclut-il, taquin.

Dans le couloir, l'agitation redoublait. Amber descendit de ses genoux et gagna la porte.

— On devrait peut-être y aller, suggéra-t-elle.

Il se leva, ramassa les bouteilles d'eau et les emballages de sandwichs, puis la rejoignit.

— On n'aurait pas pu rester là indéfiniment, de toute manière. Les gens viennent toujours chercher quelque chose dans les armoires. On allait se faire déloger ! plaisanta-t-il.

Amber s'arrêta, la main sur la poignée de la porte, et il crut qu'elle allait ajouter quelque chose… Mais non. Elle secoua légèrement la tête puis sortit.

C'était le branle-bas de combat devant l'entrée principale, où on avait installé le QG de crise. Penchés sur une carte, plusieurs pompiers discutaient, l'air soucieux.

— Lana nous fait des signes ! dit Amber. Apparemment, elle veut qu'on examine quelqu'un.

— Peux-tu t'en occuper ? Moi, je vais voir les gars.

Il se hâta de rejoindre le groupe au milieu duquel se tenait Jamal.

Le jeune infirmier parut soulagé de le voir et brandit la radio devant lui.

— C'est Ron. Il veut vous parler, Jack !

— Merci… Ron ? Que se passe-t-il ?… Où, exactement ?

Il répéta tout haut l'adresse que le chef des urgences venait de lui communiquer. Les hommes se concentrèrent sur un point de la carte en discutant à voix basse.

Lorsqu'il eut fini de parler, un des sauveteurs lui fit signe d'approcher.

— C'est un désastre, il y a plusieurs zones inondées, annonça celui-ci. On était justement en train d'évaluer l'ampleur des dégâts. Si vous voulez ressortir comme Ron vous l'a demandé, il faudra prendre le volant. Nous n'avons plus de chauffeur disponible. Dans ces conditions, il vaudrait peut-être mieux attendre jusqu'à demain matin, non ?

— Attendre pour faire quoi ?

La voix d'Amber. Il ne l'avait pas entendue se rapprocher. La mort dans l'âme, il pivota vers elle. Il devinait déjà sa réaction lorsqu'il lui annoncerait la mauvaise nouvelle. Il était sûr de ce qu'elle allait dire…

— Pour chercher les parents d'Aaron, répondit-il d'un ton neutre. On sait qu'ils ont voulu se rendre à l'hôpital, mais ils ne sont jamais arrivés.

6.

Amber avait l'impression d'osciller au bord du gouffre. Horrifiée, elle porta une main à ses lèvres.

Comment pouvait-on passer du rêve au cauchemar en cinq minutes ? Comment pouvait-on flotter sur un petit nuage pour retomber sur terre avec une telle brusquerie ?

— Ils… ne sont pas arrivés ?

Jack secoua la tête.

— Une ambulance a repéré une voiture noire dans le fossé entre Hilo et Kailua Kona. L'équipe faisait un massage cardiaque en route, et ils fonçaient vers l'hôpital, donc ils n'ont pas pu s'arrêter. Ils ont donné l'alerte par radio.

— Il faut aller voir ! Que ce soit les parents d'Aaron ou d'autres personnes, il y a peut-être des blessés dans ce véhicule.

— Une minute, s'il te plaît.

Jack avait répondu d'un ton autoritaire qui ne fit rien pour apaiser son énervement. Certes, il était le responsable de l'équipe, mais cela n'excusait pas qu'il joue les machos dans un moment pareil !

— Désolée de ne pas pouvoir venir, dit Lana, qui s'était rapprochée. Il faut que j'accompagne le petit James à l'hôpital. Cette crise d'asthme est inquiétante. Dave attend déjà dehors.

— Mais bien sûr, c'est normal ! s'écria-t-elle. Jack et moi, on va gérer.

Du moins, elle l'espérait, car à cette minute précise, elle n'était plus sûre de rien.

Lana lui tendit sa mallette, un sourire encourageant aux lèvres.

— Tenez, n'oubliez pas ça. J'avais mis une lampe torche dedans au cas où.

Une lampe torche…

Amber déglutit péniblement. Elle regrettait presque d'avoir mangé ce sandwich, tant son estomac se contractait.

Jack se matérialisa près d'elle, vêtu d'un gros ciré noir au-dessus duquel il avait renfilé sa chasuble orange. Il lui tendit un vêtement identique.

— Tiens, les gars m'ont donné ça, dit-il. Il pleut toujours assez fort, et ils pensent qu'on aura besoin d'un imperméable.

Elle ôta sa veste kaki et se changea sans un mot.

Le visage de Jack s'était fermé, comme s'ils n'avaient jamais discuté dans le placard. Comme s'ils ne s'étaient jamais embrassés. Il avait remis son masque. Il se protégeait derrière son armure.

Quelque part, elle l'enviait. Elle aurait bien voulu pouvoir faire la même chose.

— On y va tous les deux, si j'ai bien compris ? demanda-t-elle.

— Absolument. La route était carrossable il y a une heure, j'espère qu'elle l'est toujours.

— Depuis quand sont-ils dans le fossé ?

— Honnêtement, je l'ignore. Ron vient juste de me demander d'intervenir. Si on a besoin de renforts, il faudra les demander par radio.

Saisie d'un mauvais pressentiment, elle réprima un frisson. Travailler en équipe complète l'aurait un peu rassurée, mais hélas, ce n'était pas d'actualité.

Elle redressa la tête et les épaules. Elle refusait catégoriquement de montrer sa peur à quiconque, et surtout pas à Jack. Quoi qu'il advienne, elle ne craquerait pas.

— Je suis prête, dit-elle d'un ton ferme. Quand tu veux.

Les rues étant relativement dégagées dans le quartier du lycée, le début du parcours se déroula sans problème, mais ce n'était qu'un répit provisoire. Plus ils s'éloignèrent du centre-ville, plus ils rencontrèrent d'obstacles.

Des branches d'arbres et des débris en tout genre encombraient la chaussée, le vent faisait tanguer leur 4x4. Jack conduisait très prudemment, en regardant partout pour s'assurer que rien n'était projeté dans leur direction.

La pluie diluvienne qui crépitait sur le pare-brise ne rassurait pas Amber. Heureusement qu'ils portaient des cirés épais ! Jamais elle n'était intervenue dehors par ce temps…

D'ailleurs, le sauvetage semblait compromis. À supposer qu'ils localisent la fameuse voiture, pourraient-ils atteindre le ou les passagers ? Le seul véhicule qu'ils avaient croisé était une ambulance. S'ils avaient besoin de renforts, en obtiendraient-ils ?

— Je vais ralentir, annonça Jack. On approche du point que les gars m'ont indiqué sur la carte. Tu vas regarder à droite et moi à gauche. J'espère qu'on verra quelque chose.

Ils roulaient en rase campagne, à présent. Il faisait nuit noire, et à la lumière des phares, il était difficile de distinguer autre chose que des ombres, d'autant que des arbres et des buissons épais bordaient la voie.

En scrutant attentivement le fossé, elle vit soudain un hayon et une roue qui dépassaient de la végétation.

— Là ! s'écria-t-elle. Stop !

Jack donna un violent coup de frein. Le 4x4 s'arrêta dans un soubresaut, et ils se précipitèrent à l'extérieur, tous feux allumés.

L'avant du véhicule accidenté, encastré dans un arbre, n'était plus qu'un amas de tôle. Le pouls d'Amber s'accéléra tandis qu'elle écartait les broussailles pour passer à gauche, tandis que Jack se dirigeait sur la droite.

Il y avait bien deux occupants à l'intérieur, un homme et une femme ! découvrit-elle. Malgré l'épaisse condensation présente dans l'habitacle, elle remarqua tout de suite que les airbags avaient fonctionné.

Cette protection avait-elle suffi à éviter le pire ?

Jack avait déjà ouvert la portière côté passager. Elle voulut faire la même chose de son côté, mais le métal tordu résista à sa première tentative.

Glissant sur le sol boueux, elle appuya le pied gauche sur la portière arrière pour se donner plus de force, tira de nouveau…

Emportée par son élan, elle perdit l'équilibre, trébucha et atterrit dans un tas de feuilles détrempées.

Mais quelle importance ? Elle avait réussi !

Elle se releva et se précipita vers le conducteur.

Il gémissait, ce qui était relativement bon signe : au moins, il était vivant.

Elle lui prit le pouls, vit Jack faire les mêmes gestes avec la passagère et se repassa mentalement le protocole des urgentistes : il fallait en théorie examiner le blessé de la tête aux pieds, mais la pratique risquait d'être compliquée par la météo et l'état de la voiture.

— Bonsoir, je m'appelle Amber, dit-elle d'un ton doux. Je suis médecin, et mon collègue Jack également.

L'homme ouvrit les paupières et marmonna quelque chose d'inintelligible. Elle eut un sourire apaisant.

— Comment vous appelez-vous ? Êtes-vous les parents d'Aaron ?

Une vive panique se peignit sur le visage du conducteur.

— Je m'appelle… Maleko. Comment va mon fils ? balbutia-t-il d'une voix rauque.

— Son état est stable, rassurez-vous. Je suis heureuse que nous vous ayons trouvés.

Tout en parlant, elle avait commencé à palper la tête, les bras, les épaules et la poitrine du patient. Le haut du corps ne présentait aucune lésion apparente, mais les jambes étaient coincées sous le tableau de bord, qui avait reculé et s'était déformé au moment de l'impact.

Levant la tête, elle croisa le regard soucieux de Jack.

— Consciente, mais livide, articula-t-il sans prononcer les mots à voix haute.

Il explora le sac à main de la dame et en sortit un portefeuille.

Il lut ses papiers d'identité, rangea le tout, puis se pencha sur la malheureuse.

— Bess ? Bess ? C'est le Dr Jack. Essayez d'ouvrir les yeux, s'il vous plaît.

Il avait sorti une petite torche, un stéthoscope et un tensiomètre de sa mallette.

Amber l'imita, et chacun se mit en devoir d'examiner son patient, veillant à ne pas le bouger au cas où il souffrirait de lésions internes.

Avec délicatesse, elle palpa les jambes du blessé. Lorsqu'elle se redressa, ses gants étaient couverts de sang.

— Fracture ouverte tibia-péroné, murmura-t-elle. Il va falloir le désincarcérer. Je vais lui injecter de la morphine. Qu'est-ce que tu as, toi ?

L'air soucieux de Jack ne lui disait rien qui vaille.

— Insuffisance respiratoire, annonça-t-il. Elle a subi un choc au thorax, sans doute à cause de la ceinture ou de l'airbag. Probable perforation du poumon. Peux-tu les surveiller une minute ? Je vais contacter le central.

— Bien sûr.

Elle se pencha un peu plus dans l'habitacle et soupira.

Son imperméable ne la protégeait plus beaucoup. Des trombes d'eau ruisselaient sur sa capuche, son pantalon était trempé. Laisser les portières ouvertes n'était pas l'idée du siècle, mais impossible de faire autrement…

Avec douceur, elle caressa la joue de Bess.

— Tenez bon, chuchota-t-elle. Aaron vous attend. Il va être tellement heureux de vous voir à l'hôpital !

Sa voix se brisa sur ces mots. Elle refusait de vivre un cauchemar identique à celui qu'elle avait connu quelques années auparavant. Elle ne le supporterait pas !

S'abritant du mieux possible, elle injecta un antidouleur à Maleko, puis elle apposa un pansement « spécial Jack » sur sa jambe ensanglantée. Elle ne pouvait rien faire de plus, hélas. Il fallait attendre les renforts.

Du coin de l'œil, elle vit Jack faire les cent pas devant les phares allumés du 4x4.

Même de loin, elle percevait son agacement. Il s'énervait sans doute parce qu'il n'avait pas le contrôle des opérations. Elle aurait pu le parier.

Dans ces moments-là, quand son côté autoritaire prenait le dessus, il lui rappelait désagréablement son propre père.

Et dire qu'elle l'avait embrassé ! Il était le premier homme qu'elle ait embrassé depuis des lustres, lui, un médecin !

La vérité était simple, pourtant : lorsqu'ils avaient parlé, elle s'était sentie très proche de lui. Cela lui avait fait mal de découvrir ce qu'il avait enduré. Elle avait partagé sa douleur jusqu'à éprouver une souffrance presque physique.

Jack avait culpabilisé après ce drame. Il culpabilisait encore. S'en remettrait-il un jour ?

Elle l'observa quelques instants puis se focalisa de nouveau sur les blessés.

Maleko avait l'air de moins souffrir, mais le visage de Bess, au contraire, se crispait de plus en plus. En dirigeant sa torche sur elle, Amber s'aperçut que ses lèvres avaient bleui.

Son état empirait !

Stéthoscope à la main, elle s'enfonça dans la boue pour contourner la voiture. Puis, agenouillée près de Bess, elle l'ausculta attentivement. Les bruits respiratoires lui parurent très diminués à droite, ce qui confirmait le diagnostic de Jack : une côte cassée avait dû perforer le poumon.

En général, dans ces cas-là, l'autre poumon prenait le relais pour apporter une quantité d'air suffisante à l'organisme. Or, ce n'était visiblement pas le cas. Bess avait-elle des antécédents de maladie pulmonaire, de l'asthme ?

Elle fourragea frénétiquement dans le sac à main de la patiente, et finit par vider le contenu sur le tapis de sol.

— Bon sang, qu'est-ce que tu fabriques ?

La voix coléreuse de Jack dans son dos la fit sursauter, mais elle ne se retourna pas et continua de projeter le faisceau de sa lampe sur le plancher. Enfin, elle trouva ce qu'elle cherchait : un inhalateur.

— Amber, pourrais-je reprendre ma place ? insista Jack.

Même s'il ne voyait pas ce qu'elle faisait, il aurait pu lui faire confiance !

Elle secoua l'inhalateur, retira le capuchon et l'approcha de la bouche de Bess.

— Je vais vous donner quelques bouffées de salbutamol, dit-elle doucement. Je sais que c'est dur, mais essayez d'inspirer profondément.

Jack lui agrippa l'épaule pour essayer de la tirer en arrière. Néanmoins, elle ne bougea pas et continua de parler à sa patiente.

— C'est très bien, Bess, vous êtes une championne. On a fini. Vous devriez respirer un peu mieux, maintenant.

Quand elle se releva, elle gratifia Jack d'une œillade assassine.

— Je suis médecin, et aussi compétente que toi, lança-t-elle sèchement. Tu ne peux pas tout diriger !

La douleur qu'elle lut sur son visage lui fit mal.

Elle comprenait pourquoi il agissait ainsi, et elle regrettait de l'avoir blessé. Néanmoins, elle ne pourrait jamais accepter son attitude. Ils étaient incompatibles à tous les niveaux. Elle serait bien inspirée de s'en souvenir.

Ron eut l'air particulièrement soulagé lorsque Amber et Jack rejoignirent les urgences une heure plus tard.

Désincarcérer Maleko avait pris du temps. Puis le conducteur du fourgon avait dû rouler lentement pour rejoindre l'hôpital, état des routes oblige. Mais ils étaient arrivés. Les parents d'Aaron allaient s'en sortir, c'était l'essentiel.

Amber transmit les observations cliniques d'une manière à la fois précise et succincte. Dans son dos, elle sentait Jack sur des charbons ardents, prêt à intervenir. Elle était sûre qu'il se taisait pour ne pas la contrarier !

Les patients devant être pris en charge le plus vite possible,

Ron ordonna qu'ils soient vus en priorité. Après leur transfert vers une salle de traumatologie, il se tourna vers Amber et Jack et s'ébouriffa les cheveux.

— Bravo, bon travail, dit-il d'un ton appréciateur. Écoutez, je viens d'apprendre qu'ils vont faire décoller quelques avions demain. J'ignore si vous avez des impératifs ou non, mais… si vous n'êtes pas trop pressés, j'aimerais que vous restiez un peu parmi nous. On va avoir du pain sur la planche, croyez-moi. Toutes les aides seront appréciées. Alors, qu'en pensez-vous ?

— Je reste.

— Je reste.

Jack et elle avaient répondu à l'unisson.

Elle se retourna pour lui faire face, croisa son regard étonné et retint un sourire.

Même s'ils étaient en froid, elle se réjouissait secrètement qu'il ait dit oui.

7.

L'aile des internes avait été désignée comme QG des médecins volontaires. On y avait attribué un logement à Jack et Amber, qui étaient sur le point de tomber d'épuisement lorsqu'ils en reçurent les clés, vers 1 heure du matin.

— Prenez des tenues de bloc pour vous changer demain, recommanda une infirmière.

Après avoir suivi ce conseil, ils gagnèrent leur appartement.

C'était en fait un studio exigu, meublé d'une table, de deux chaises, d'un placard et… d'un lit double !

— Je dormirai par terre, proposa Jack.

Certes, Amber et lui s'étaient embrassés. Mais ensuite, pendant le sauvetage de Bess et Maleko, elle avait paru furieuse contre lui. Il ne voulait pas la mettre mal à l'aise.

Amber leva les deux mains.

— Ne sois pas bête, Jack ! On est fatigués tous les deux, et on va sûrement rester ici plusieurs nuits. Et d'ailleurs… on a déjà dormi ensemble. Si chacun y met du sien, ça marchera.

Il comprenait ce qu'elle voulait dire. Ils ne s'étaient pas vraiment disputés, mais il y avait de l'électricité dans l'air.

— C'est plutôt petit, objecta-t-il.

— Exact. Donc, on n'a qu'à imaginer qu'on dort chacun dans notre lit, et ça ira.

Renonçant à argumenter, il ôta son imperméable et l'accrocha à la patère murale.

— D'accord, répondit-il d'un ton neutre. Ça me convient.

— À moi aussi.

Elle s'assit au bord du lit, bâilla à s'en décrocher la mâchoire.

Lorsqu'elle se pencha pour retirer ses bottes, il sentit une vague de tendresse l'envahir.

Ils avaient conclu une trêve, tant mieux. Mais il savait déjà qu'il ne fermerait pas l'œil de la nuit.

Amber partageait une chambre et un lit avec Jack ! Elle n'en revenait toujours pas !

Depuis quatre jours, ils travaillaient comme des forcenés, et le soir, ils s'écroulaient chacun de son côté du lit, morts de fatigue.

Le premier soir, quelqu'un avait dû penser qu'ils sortaient ensemble. On leur avait attribué ce studio, et comme leur hôtel débordait de réfugiés — des touristes, plus des gens qui avaient perdu leur maison —, protester aurait été mal venu.

Ils s'étaient adaptés aux circonstances.

Le principal problème restait le manque d'électricité et d'eau courante. Le courant n'était rétabli qu'à certaines heures de la journée, mais on faisait avec.

Pour Aaron et Zane, la guérison était en bonne voie. Zane avait frôlé la septicémie. Néanmoins, on avait évité le pire, et la circulation sanguine s'était améliorée au fur et à mesure que son organisme éliminait les toxines. Point positif, aucun nouveau cas de méningite ne s'était déclaré. Elle restait sur ses gardes, mais la menace d'une épidémie s'éloignait.

Heureusement car elle avait assez à faire comme cela !

Le dirccteur de l'agence lui avait apporté un soutien total lorsqu'elle lui avait annoncé vouloir rester à Hawaï. Il lui avait exprimé sa solidarité et lui avait témoigné sa confiance, disant qu'elle avait fait le bon choix. « J'aurais fait la même chose à votre place », avait-il ajouté. Venant de lui, c'était un vrai compliment, et elle l'avait pris comme tel.

— Amber ? Penses-tu qu'il reste quelque chose à manger dans les placards ?

La voix de Jack la ramena à l'instant présent.

Elle soupira. Ils venaient d'assurer une très longue journée de garde, et son estomac criait famine.

Depuis quatre jours, ils avaient mangé beaucoup de céréales et quelques boîtes de conserve, mais la cuisine commune partagée avec les autres résidents ne disposait pas de grandes réserves de nourriture.

— Il n'y a plus rien à part des soupes en sachet, répondit-elle. J'ai vérifié tout à l'heure. Il faut qu'on retourne à l'hôpital, ou alors dans un des centres d'évacuation. La cuisine du lycée de Deltarix est une valeur sûre, mais…

— Mais bruyante, compléta Jack. Si on pouvait manger dans le calme, ce serait merveilleux.

À peine avait-il fini sa phrase que son ventre gargouilla.

Elle se mit à rire.

— Décide-toi, Jack. C'est soit le silence, soit un bon plat chaud, mais tu n'auras pas les deux.

Il haussa les épaules d'un air résigné, enfila sa veste et prit les clés de leur véhicule de secours.

— J'imagine que non, maugréa-t-il. Allez, viens. Je t'emmène au lycée.

Lorsqu'ils franchirent les portes de l'établissement, dix minutes plus tard, elle s'aperçut vite que les craintes de Jack étaient fondées. Il y avait du bruit partout : à la cuisine, au réfectoire, dans toutes les pièces attribuées aux sinistrés. Il y avait des familles entières, avec des enfants parfois très jeunes que leurs parents avaient du mal à canaliser dans le brouhaha et l'agitation ambiants.

— Ces gens ont peut-être tout perdu, chuchota-t-elle.

— C'est possible, oui. Il y a eu de grosses inondations dans certains secteurs. J'en ai été témoin cet après-midi. Certaines maisons ont carrément été emportées.

Elle-même avait passé plusieurs heures à l'hôpital au chevet de Zane et Aaron, puis elle s'était rendue dans un dispensaire en ville. Elle n'avait pas vu Jack de la journée et ignorait où on l'avait envoyé.

— Tu es parti loin, aujourd'hui ? demanda-t-elle.

— Assez, oui. Ils voulaient que j'aille en zone inondée pour des raisons sanitaires. Beaucoup de gens essaient de sauver ce qu'ils peuvent de leur maison. Ils marchent dans la boue et ont parfois de l'eau jusqu'à la taille.

— Avec de gros risques d'infection en cas de blessure.

— Exactement. J'en ai vu un certain nombre, tu t'en doutes.

— Oh ! que oui !

Ils continuèrent à se raconter leur journée dans la file d'attente du réfectoire.

Même si les équipes travaillaient sans relâche, il restait beaucoup à faire sur le plan médical. L'appel aux renforts était plus que jamais d'actualité.

— Quand dois-tu repartir ? demanda Jack.

— Je ne sais pas trop. Mon directeur m'a accordé un congé d'une semaine. Il est ravi que je me rende utile, mais il va sûrement me rappeler d'ici quelques jours. Et toi ?

— Je solde mes congés, donc l'armée, c'est officiellement fini. Je resterai tant que l'on aura besoin de moi.

— Ron t'a demandé hier si tu pourrais aider au bloc. Vas-tu le faire ?

— Oui, à partir de demain. Ils ont besoin d'un chirurgien orthopédiste car celui de l'hôpital a fait une mauvaise chute hier. Son interne est débordé, c'est la panique à bord.

— Hou, là ! Ils doivent t'attendre avec impatience.

— Si j'ai un bon repas et une bonne nuit de sommeil, ils peuvent me demander la lune !

Le plat préparé par les bénévoles, du poulet au curry, sentait délicieusement bon. Une fois servis, ils sortirent dans la rue.

Le crépuscule tombait. Il ne pleuvait plus, et une nuée d'étoiles parsemait déjà le ciel.

Les stigmates de l'ouragan restaient encore bien visibles aux abords du lycée. On avait empilé les tôles de la toiture dans un coin du terrain de football. Plusieurs fenêtres étaient barricadées par des planches. Un bout de route s'était enfoncé après la chute d'un poteau téléphonique. Il faudrait des mois avant qu'Hawaï retrouve un visage normal. Mais dès que l'on aurait réglé les problèmes urgents, la phase de reconstruction pourrait commencer.

Ils traversèrent la rue pour aller s'asseoir sur le muret de pierre en face du lycée puis se mirent à manger en silence, savourant le calme après l'agitation de la journée. Lorsqu'ils eurent terminé, ils posèrent leur assiette devant eux sur le trottoir.

— Dire que je n'ai même pas pu apprécier le paysage le premier jour ! regretta Jack. J'étais tellement fatigué que j'ai dormi dans le taxi. Ensuite, je n'ai pas quitté l'hôtel… Et voilà. Quel dommage !

— À l'hôpital, j'ai entendu parler d'un hôtel qui s'est écroulé. Heureusement, ils avaient évacué les clients dès le début de l'alerte. On a du mal à croire qu'un ouragan ait pu tout ravager comme ça, alors que le ciel est si calme aujourd'hui.

— C'est vrai. Mais la vie quotidienne nous le rappelle à chaque heure de la journée.

Elle s'esclaffa.

— Pas de portable, pas d'internet, pas de télé, du courant à géométrie variable…

— Les restrictions d'eau sont pires que tout.

À la résidence, ce service n'était rétabli que deux heures par jour. Il fallait donc bien s'organiser pour utiliser la douche et les toilettes.

— Dès qu'on rentrera à l'hôtel, je prendrai un bain d'une heure au moins, répondit-elle en soupirant.

— Sans vouloir te plomber le moral, ce n'est pas demain la veille. Je doute qu'on puisse y retourner. Avais-tu laissé des choses de valeur dans ta chambre ?

— Tout dépend de ce qu'on appelle « de valeur » : quelques vêtements chic, un ordinateur portable… Rien qui ne puisse être remplacé. La seule chose que je voudrais vraiment récupérer, c'est mon médaillon. Un cadeau de ma mère pour mes dix-huit ans. Je l'avais laissé dans le coffre.

Elle pivota sur le mur pour mieux voir le visage de Jack.

— Et toi ?

— Pareil. Des fringues, mon ordinateur…

Il y avait autre chose. Elle le devinait à son expression tendue.

— Et ?

Il leva les yeux vers le ciel, demeura immobile un long moment. Puis, enfin, il se tourna vers elle.

— Rien d'irremplaçable non plus. C'est juste… une vieille photo de Jill que j'ai dans mes affaires. Un jour, on faisait une pause entre deux opérations, et je l'ai photographiée en train de rire aux éclats. J'ai des dizaines de photos de nous deux, mais à sa mort, c'est celle-là que j'ai voulu emporter partout avec moi. Celle qui montre le mieux sa personnalité, son côté solaire…

Amber se mordit la lèvre. Elle avait mal pour lui de le voir souffrir à ce point, deux ans après le drame.

— C'est bête, je sais, marmonna-t-il. Je garde toujours cette photo dans ma valise. Si Jill était là, elle me traiterait d'idiot. Mais à certains moments, quand j'ai envie de baisser les bras, je la regarde, et je me rappelle ce qui donne encore du sens à ma vie.

— Tu fais tes recherches pour elle ?

— Je les fais pour *eux*. En souvenir des gens qui sont morts en mission et pour ceux qui risquent leur vie tous les jours…

Il écarta les bras en un geste fataliste.

— Le travail m'a empêché de sombrer, de m'absorber dans mon chagrin. Qui sait ce que l'avenir nous aurait réservé, à Jill et moi ? On aurait peut-être continué ensemble… Ou peut-être pas. On n'a pas eu le temps de le savoir. Mais je suis sûr d'une chose : on serait toujours restés amis.

Amber sentit son estomac se contracter douloureusement. Jamais elle ne s'était sentie aussi proche d'un homme.

Mais l'homme en question lui parlait d'une autre femme, et, visiblement, il portait encore son deuil.

— L'amitié est une très belle chose, répondit-elle d'un ton neutre.

Jack la regarda droit dans les yeux.

— Sommes-nous amis, Amber ?

Mal à l'aise, elle se tortilla sur le mur.

Ils travaillaient ensemble. Ils dormaient dans le même lit. Ils s'étaient disputés, embrassés. Comment définir cette relation atypique ?

— Je n'en sais rien, murmura-t-elle. Qu'en penses-tu ?

Il se pencha en avant, les coudes sur les genoux.

— Si je te disais que, pour la première fois depuis longtemps, j'ai envie de plus que d'une simple amitié ? dit-il d'une voix rauque.

À ces mots, elle eut la chair de poule.

Avait-elle bien entendu, ou la fatigue lui jouait-elle des tours ?

Elle croisa les mains de manière réflexe, puis se frictionna nerveusement les bras.

— Je ne fréquente pas les médecins.

— Je sais. Mais tu les embrasses.

Stupéfaite, elle dévisagea Jack. Elle ne s'était pas attendue à ce qu'il soit aussi direct.

— *Tu* m'as embrassée !

Une petite étincelle flamba dans le beau regard brun de Jack.

— Et tu ne m'as pas repoussé, répliqua-t-il avec un sourire complice.

Ce fut comme si elle s'illuminait de l'intérieur.

Ils étaient aussi fragiles l'un que l'autre, mais la promesse d'un renouveau était là, bien réelle. Il suffisait de faire le pas.

Jack se tenait à quelques centimètres d'elle, à présent, et elle avait intensément conscience de ses épaules musclées. Sa barbe de deux jours lui donnait un charme fou.

Comment pourrait-elle se passer de lui quand tout serait

terminé ? D'un seul regard, il l'avait entraînée dans son univers. Elle ne pensait plus qu'à lui, elle respirait à travers lui…

— J'admets qu'on s'est rencontrés dans des circonstances très particulières, chuchota-t-il. Et je comprends que tu refuses de te lier à un fanatique du travail. Mais, tu sais, mon métier, c'est ma bouée de sauvetage depuis deux ans.

— Tu as une drôle de façon de te vendre !

Il se mit debout et lui glissa une main sous le coude pour la faire se lever.

— Et si je te disais que je suis perdu ? murmura-t-il contre son oreille. C'est peut-être le décalage horaire, le manque de sommeil, l'ouragan, le camping forcé… Ou alors le parfum de rose et d'orange que tu as eu la présence d'esprit de glisser dans tes affaires ?

L'évocation de son parfum lui déclencha un délicieux frisson.

Elle lui sourit.

— C'est très mignon, mais je ne suis toujours pas sûre de vouloir être amie avec toi. J'ai des exigences, tu sais.

— Ah bon ? Lesquelles ?

— Il faut qu'on ait des goûts communs. Qu'on aime les mêmes livres, les mêmes films, et surtout le même chocolat.

— Tu mets la barre trop haut ! protesta Jack. Tout ça parce que je suis médecin !

— Psstt, psstt. N'essaie pas de gagner du temps.

— Très bien, tu l'auras voulu : j'aime les romans policiers, les films de science-fiction, et un chocolat au lait artisanal fabriqué exclusivement en Écosse !

Elle secoua la tête.

— Moi, c'est la littérature anglaise, les films d'aventure et les grosses barres de chocolat noir que l'on vend dans les épiceries américaines. C'est bien ce que je pensais : nous sommes incompatibles.

Jack se pencha sur elle.

— Je connais un autre moyen de le vérifier.

Il souriait, mais son regard était sérieux.

Elle lui sourit en retour et aplatit les mains sur son torse alors qu'il inclinait la tête vers elle.

Cette fois, il n'hésita pas. Ses lèvres s'emparèrent des siennes avec une détermination qui lui fit battre le cœur plus vite. Et lorsqu'il glissa les doigts dans ses cheveux, elle oublia non seulement l'endroit où ils se trouvaient, mais les bonnes raisons qui, en théorie, auraient dû empêcher leur histoire d'aller plus loin.

Jack était médecin. Ils partageaient le même lit sans être un couple. Il gardait la photographie de sa défunte compagne dans ses bagages. Et pourtant, depuis leur étreinte dans le placard, elle espérait secrètement qu'il l'embrasse à nouveau.

Enivrée par la proximité de son torse musclé, elle se pendit à son cou.

Jamais, dans sa vie amoureuse — au demeurant très limitée —, elle n'avait rencontré quelqu'un qui la subjugue à ce point.

Subtilement, Jack approfondit le baiser et promena les mains de ses cheveux à ses épaules, puis le long de ses bras jusqu'à ses hanches.

Ivre de désir, elle faillit décoller du sol pour lui nouer les jambes autour de la taille, mais un reste de bon sens l'en empêcha.

Elle s'écarta et rit doucement.

— Qu'est-ce qu'il y a ? demanda-t-il, l'air perplexe.

— On est dans la rue, près d'un lieu public qui accueille des centaines de personnes ! D'ailleurs, je ne sais toujours pas si on est amis, ajouta-t-elle d'un ton taquin.

Tous les signaux d'alarme s'étaient déclenchés dans son cerveau, et en même temps, elle exultait. Elle avait l'impression que Jack était prêt à avancer et qu'il souhaitait donner un nouveau sens à sa vie. Rien ne disait qu'elle en ferait partie. Tout semblait les séparer, mais peut-être fallait-il laisser une chance au destin ?

— Je vois, tu as besoin de preuves supplémentaires, dit-il d'un ton tendre qui lui donna le frisson. On y va ?

Quand il lui tendit la main, elle y plaça la sienne sans hésiter.

Cet homme valait la peine qu'elle risque son cœur. Elle n'était sûre de rien, sauf de cela.

8.

Jack avait embrassé Amber jusqu'à perdre la raison. Puis, comme le premier soir, ils s'étaient endormis dans les bras l'un de l'autre. Sauf qu'il n'avait presque pas fermé l'œil de la nuit. Il avait contemplé le ciel, les étoiles, et surtout la femme qui dormait paisiblement, la tête posée sur sa poitrine.

En quelques jours, il était devenu un autre homme. Il n'aurait jamais cru pouvoir se lier de nouveau, mais cette aventure avait changé tous ses repères.

Une alchimie spéciale était née entre Amber et lui. Qu'elle le veuille ou non, la petite flamme était toujours là, encore plus forte après les épreuves qui les avaient réunis.

Comment aurait-il pu ne pas l'admirer ? C'était un médecin génial, compétent et très humain. L'Agence pour la prévention des maladies infectieuses avait fait un recrutement de choix le jour où elle avait été engagée !

D'ailleurs, elle allait repartir sous peu, et ils risquaient de ne plus jamais se voir…

Rien que d'y penser, il sentit son estomac se contracter.

Il n'avait pas eu accès à sa messagerie ni à ses mails depuis l'ouragan. Sans doute avait-il reçu plusieurs propositions émanant de contacts pris avant sa venue à Hawaï. Quoi qu'il en soit, il devrait se décider rapidement. Et même s'il avait quelques pistes aux États-Unis, il n'avait, à ce jour, aucune ouverture du côté de Chicago.

Avec un petit soupir, Amber se blottit plus étroitement contre lui.

S'il s'écoutait, il enfouirait la tête dans ses cheveux et lui couvrirait le visage de baisers jusqu'à ce qu'elle se réveille. Mais si son corps lui criait de le faire, sa raison l'en empêchait. Il se l'interdisait. Des circonstances exceptionnelles les avaient réunis. Leur attirance mutuelle était indéniable, mais il voulait être sûr de savoir où il allait. Et surtout, il voulait qu'Amber soit sûre d'elle et qu'elle fasse l'amour avec lui sans regret, en toute connaissance de cause.

Comment aborder ce genre de discussion avec une personne qu'on venait juste de rencontrer ? C'était mission impossible…

Amber remua de nouveau, et il faillit pousser un grognement de désir lorsque ses lèvres tièdes effleurèrent son épaule nue.

Pourvu que leur problème trouve rapidement une solution ! Si ce n'était pas le cas, il allait devenir fou !

Amber parcourait attentivement les dossiers de ses patients.

Aaron se rétablissait de manière spectaculaire. L'état de Zane restait préoccupant, mais il était sorti de la zone critique. Il allait s'en sortir, lui aussi.

— Tout va bien ?

La voix de Jack dans son dos lui procura un frisson de plaisir.

Ce matin, il lui avait semblé nerveux, comme s'il ne savait plus comment réagir en sa présence. Quant à elle… Elle s'était réveillée sur un nuage, avec pour la première fois depuis une éternité l'impression d'avoir trouvé sa place.

Trois minutes sous une douche froide l'avaient heureusement aidée à reprendre ses esprits : elle allait regagner Chicago sous peu. Jack, de son côté, serait appelé vers une nouvelle aventure professionnelle. Elle n'avait pas le droit de spéculer sur l'avenir.

— Hou hou ! Amber ?

La voix profonde de Jack lui fit l'effet d'une caresse, mais elle s'obligea à retomber sur terre.

— Ça va, répondit-elle. Avant de venir ici, je suis passée voir la mère d'Aaron. Son poumon s'est regonflé, elle va beaucoup mieux.

— Et moi, je sors de la chambre du père. Il n'y a eu aucun souci avec les broches. Le chirurgien lui a posé un plâtre de marche, et hier, le kiné l'a fait se lever. Dès qu'il saura monter et descendre les escaliers avec les béquilles, il pourra rentrer à la maison. Sa femme partira le même jour que lui.

— Aaron aussi, je pense. Zane va rester un peu plus longtemps, mais ça ira. Je viens de leur refaire une prise de sang à tous les deux. Si tu as terminé ici, on peut y aller.

— Oui, c'est bon. Et j'ai une excellente nouvelle : la supérette du coin de la rue a rouvert.

— Quoi ? C'est vrai ?

Elle allait se ruer là-bas pour acheter des produits de toilette et de la nourriture. Elle en avait assez de toujours manger la même chose !

Jack haussa les sourcils.

— Je suis très sérieux. Ils ont été livrés depuis le continent ce matin. Il se pourrait que j'aie fait quelques emplettes…

— Arrête de me faire marcher ! Qu'as-tu trouvé de bon ?

— Du poulet. Des pommes de terre. Des légumes. Du pain.

Cette énumération la fit saliver. Elle ouvrit grand les bras.

— Youpi ! Ce soir, on ne sera pas obligés d'aller au lycée. Cette foule me donne le tournis.

Jack s'esclaffa.

— Une bonne nouvelle n'arrivant jamais seule, ils vont remettre l'eau et l'électricité plus longtemps.

— Là, ce serait le nirvana ! Et *tu* vas cuisiner, bien sûr. Pour info, j'adore le poulet à la sauce barbecue.

Jack s'esclaffa puis l'enveloppa d'un regard si intense qu'elle en eut la chair de poule.

— Les désirs de madame sont des ordres.

Jack et Amber allaient partir, quand une infirmière leur annonça qu'on avait besoin d'un médecin dans un centre d'évacuation voisin.

Jack se proposa aussitôt pour y aller, mais Amber se récria. Il s'agissait d'un simple check-up, elle pouvait gérer toute seule ! Elle préférait qu'il rentre et qu'il se mette aux fourneaux tant qu'il y avait du courant.

Ils se séparèrent dehors, et il traversa la cour pour rejoindre la résidence. Arrivé sur place, quelle ne fut pas sa surprise de découvrir deux valises sur le paillasson ! La sienne, et une autre marquée au nom d'Amber.

Une note adhésive collée sur la porte confirma ce qu'il pensait : l'hôtel avait été réquisitionné pour abriter des sinistrés. Sachant qu'Amber et lui faisaient partie des médecins volontaires, la direction les avait cherchés pour leur rendre leurs bagages. C'était maintenant chose faite.

Après avoir rentré les valises, son premier réflexe fut de mettre la sienne sur le lit et de l'ouvrir.

On y avait rangé ses affaires pêle-mêle, mais rien ne manquait. Il glissa une main dans la poche supérieure et sentit un profond soulagement l'envahir : la photo de Jill était toujours là !

Fidèle à son habitude, il allait l'extirper de sa cachette, quand, bizarrement, ses doigts se figèrent sur le papier glacé.

Au début, il avait affiché cette photo dans sa chambre au QG militaire. Un an plus tard, l'image chérie avait rejoint ses bagages, d'où il la sortait presque chaque jour.

Et maintenant ?

Tout à coup, il lui sembla que sa main le brûlait.

Il lâcha prise et inspira à fond.

Jamais il n'oublierait Jill. Il l'avait aimée, et elle occuperait toujours une place particulière dans son cœur. Mais depuis sa rencontre avec Amber, il avait changé. Il n'avait plus l'impression d'évoluer en plein brouillard avec son métier pour seul point de repère. D'ailleurs, son travail de recherche était fini. L'aspect commercial ne l'intéressait pas. Il avait voulu que cette question soit réglée avant la finalisation du produit, et maintenant, le chapitre était clos.

Cet après-midi, à l'hôpital, il avait eu enfin accès à un ordinateur. Il avait reçu près de sept cents e-mails. Il avait ouvert ceux émanant d'employeurs potentiels.

Les offres se révélaient bien plus nombreuses qu'il ne l'aurait cru. Il avait reçu des propositions de Médecins sans frontières, mais aussi de trois organisations d'aide aux réfugiés. Sept cliniques privées et quinze hôpitaux publics, répartis sur tous les continents, le sollicitaient. Enfin, le National Health Service lui offrait un poste de coordinateur basé à Londres…

Le hic, c'est qu'il ne savait pas quoi faire.

Mieux valait remettre à plus tard cette réflexion. Chaque chose en son temps. Il allait prendre une douche, puis préparer son fameux poulet. Sinon, Amber risquait d'être déçue…

S'affairer en cuisine avec les yeux rivés sur l'horloge pour devancer les coupures de courant était un exercice périlleux. Il y parvint néanmoins, et il avait presque terminé lorsqu'elle le rejoignit.

Elle entra d'un bon pas, en faisant claquer la porte derrière elle. Comme prévu, à la vue de ses bagages, elle se précipita sur son élégante valise verte avec un cri de bonheur.

— Enfin ! s'exclama-t-elle. Vite, mon shampooing, mon gel douche, ma crème hydratante !

Comme il la regardait en riant, elle secoua la tête.

— Quoi ? demanda-t-elle. Ose prétendre que tes chemises, tes jeans et tes sous-vêtements ne t'ont pas manqué ! La lessive à la main, au savon et avec des restrictions d'eau, ça va cinq minutes !

Il rit de plus belle.

— Je n'ai pas dit le contraire…

— Ne dis plus rien du tout. Je vais aller prendre la meilleure douche de ma vie.

Traînant sa valise, elle gagna la salle de bains.

Il la laissa faire, et attendit que l'eau coule pour frapper à la porte.

— Quoi, encore ? s'écria-t-elle d'une voix impatiente.

— Juste une petite chose : le courant sera coupé dans neuf minutes. Tic, tac…

Restrictions d'eau ou pas, Amber n'avait jamais fait aussi vite pour se laver.

En ouvrant sa valise, elle avait trouvé un message la priant de récupérer ses objets de valeur à la réception de l'hôtel, munie de son passeport. Son médaillon et son ordinateur portable devaient s'y trouver, du moins l'espérait-elle. Mais il n'était pas question d'aller s'en assurer dans l'immédiat, alors qu'un bon dîner l'attendait !

Enroulée dans une serviette de bain, elle brancha le sèche-cheveux et l'actionna frénétiquement au-dessus de ses mèches trempées. Hélas, moins de deux minutes plus tard, l'appareil s'éteignit, et elle se retrouva dans le noir total.

Elle ouvrit la porte de la salle de bains, espérant qu'un peu de clarté lui parviendrait depuis la fenêtre de la chambre. Jack, qui avait déjà allumé des bougies, la considéra en souriant.

— Tu n'as pas été assez rapide !

— J'avais presque fini, protesta-t-elle. Le pire, c'est que je vais avoir l'air d'un épouvantail. Mes vêtements sont tout froissés.

— Peu importe. Tu seras très bien quand même.

Son regard pénétrant lui procura un délicieux frisson.

Avait-il deviné qu'elle voulait se faire belle pour lui ? Jamais encore elle ne s'était maquillée dans le noir…

— Tiens, prends une bougie pour t'habiller, suggéra-t-il. Pendant ce temps-là, j'irai à la cuisine mettre notre repas dans des boîtes hermétiques.

— On ne dîne pas ici ? répliqua-t-elle, surprise.

— On n'a pas assez de poulet pour nos colocataires. S'ils débarquaient, ce serait un peu gênant. On pourrait descendre sur la plage et faire comme si on était le premier jour ? Comme si rien n'était arrivé ? ajouta-t-il d'une voix profonde.

Troublée, elle prit la bougie qu'il lui tendait.

— Excellente idée, chuchota-t-elle. J'en ai pour cinq minutes. À tout de suite.

Elle courut explorer sa valise pour trouver sa robe bain de soleil rouge, ainsi qu'un petit gilet noir et une paire de sandales. Une fois habillée, elle se mit tant bien que mal du gloss sur les lèvres et renonça à se coiffer. Ses cheveux dénoués finiraient de sécher au vent. Elle n'avait guère le choix, de toute façon.

Jack l'attendait dans le couloir, un gros sachet en plastique dans une main, une bougie dans l'autre.

— Quoi ? Tu n'as pas de panier d'osier ni de couverture ? Pas de verres en cristal ? le taquina-t-elle.

Il haussa les épaules.

— J'ai fait au mieux. Notre dîner ressemblera plus à une escapade entre lycéens qu'à une grande scène de séduction.

Elle s'avança au point de le frôler.

— Dommage, chuchota-t-elle.

Des effluves d'un after-shave boisé et citronné lui chatouillèrent les narines. Mais si elle espérait un baiser, elle en fut pour ses frais. Jack se contenta de lui adresser un sourire incendiaire.

— Voyons, docteur Berkeley ! On dort dans le même lit tous les soirs. On s'est embrassés plusieurs fois. C'est un peu tard pour la scène de séduction, non ?

À la lueur de la bougie, son regard se parait de reflets incroyables. Avait-il toujours eu des cils aussi épais ? Pourquoi s'en apercevait-elle seulement maintenant ?

— Tu n'as aucune chance, de toute façon, répliqua-t-elle d'une voix rauque. Tu sais pourquoi. Je n'accepte aucune relation sérieuse…

— … Avec un médecin. Oui, je sais. Mais, heureusement, il y a autre chose dans la vie que les relations sérieuses !

Jack avait beau se raisonner, force était d'admettre que la nuit constellée d'étoiles invitait au romantisme.

Amber avait glissé un bras sous son coude pour descendre le boulevard. Il n'y avait presque personne dehors, comme si la plage avait été spécialement réservée pour eux. Et même s'il s'en défendait, il avait très envie de jouer les séducteurs.

Lorsqu'ils atteignirent le sable, il déplia le drap de bain qu'il avait apporté. Ils s'assirent côte à côte, puis il déballa leur festin.

— Du poulet sauce barbecue ! Tu l'as vraiment fait ! s'exclama Amber.

Il lui sourit.

— Bien sûr, puisque tu me l'as demandé. Une chance que j'aie trouvé de quoi faire la sauce dans les placards.

Il répartit dans deux assiettes en plastique le poulet et la salade de pommes de terre qui l'accompagnait. Après quoi, il sortit du sac la bouteille de vin qu'il avait achetée à l'épicerie.

— Zut, grommela-t-il en se frappant le front. Même si nos verres ne sont pas en cristal, je les ai oubliés.

Amber lui lança un regard faussement dédaigneux.

— Faudra-t-il boire au goulot ? Très classe !

Elle lui prit la bouteille des mains et l'ouvrit habilement à l'aide du tire-bouchon récupéré au fond du sac. Puis elle la porta à ses lèvres, la nuque rejetée en arrière, offrant une vue exquise de son profil parfait.

Il retint son souffle.

Depuis combien de temps n'avait-il pas exulté à ce point ? Cela lui était-il seulement arrivé ? Il avait aimé Jill sincèrement, mais jamais au point d'avoir l'impression de perdre le contrôle. Force était d'admettre qu'il avait Amber dans la peau, et ce depuis le premier jour. Elle lui manquait lorsqu'elle n'était pas là, il guettait le son de sa voix, il avait hâte qu'elle revienne, il se demandait si elle avait besoin de le voir, elle aussi…

Tout sourires, elle lui rendit la bouteille. Puis elle s'appuya sur les coudes et leva les yeux vers la voûte céleste.

— Waouh, chuchota-t-elle.

— Waouh ?

— Absolument. Regarde cette plage, cette mer d'huile ! Voilà le paysage hawaïen dont je rêvais : chaud et coloré le jour, sombre, paisible et romantique la nuit.

Il pivota pour lui faire face.

— Tu as dit quoi ? « Romantique » ? Là, tu me surprends.

— J'avoue que je m'étonne moi-même. Ces derniers jours ont été plutôt bizarres. Difficiles sur le plan professionnel, déstabilisants d'un point de vue personnel…

Elle avait parlé lentement, comme si elle réfléchissait à voix haute.

Il la comprenait très bien, car il était dans le même état d'esprit.

— Tu as raison, murmura-t-il. Pour moi aussi, c'est bizarre. Je ne m'attendais pas à ça. En vérité, je ne m'attendais à rien. Juste à faire un discours et à repartir avec quelques contacts supplémentaires dans mon téléphone.

— Que s'est-il passé, alors ?

Il savait où cette conversation allait mener, et loin d'en avoir peur, il espérait un dénouement « romantique ». S'il ne se passait rien, il serait le premier déçu…

— J'ai croisé un tsunami plus fort que l'ouragan lui-même. Et j'ai commencé à me retrouver, petit à petit.

Dans la pénombre, il vit le beau regard d'Amber briller de larmes contenues.

— Ah bon ? chuchota-t-elle.

— Ce tsunami porte ton prénom, Amber. Grâce à toi, j'ai l'impression de revivre.

Elle se rapprocha, releva légèrement sa jupe et passa une jambe sur la sienne. Un long frisson le parcourut lorsqu'elle lui entoura la nuque.

— Ça va devenir une habitude, dit-il d'une voix rauque.

— Je n'ai rien contre…

Fou de désir, il arrondit les paumes sur sa taille fine.

— On dit que les règles sont faites pour être transgressées, Amber. Qu'en penses-tu ?

Elle eut un sourire malicieux.

— La balle est dans ton camp, Jack. À toi de me convaincre.

— Je n'aurais jamais cru que tu dirais cela un jour ! Tout vient à point pour qui sait attendre !

Elle voulut protester, mais il lui ferma la bouche d'un baiser brûlant.

Le moment était venu de lui montrer son pouvoir de persuasion. Il avait toute la nuit pour cela.

9.

La porte du studio s'ouvrit à la volée.

Réveillée en sursaut, Amber s'assit dans le lit comme un ressort, puis elle tira le drap sur elle de manière réflexe. Ce matin, elle ne portait pas de T-shirt. En fait, elle ne portait rien du tout !

Kino, le secouriste du studio voisin, battit discrètement des paupières, mais en deux secondes, il se reprit.

— On a une urgence, annonça-t-il. Debout !

Dans un brouillard, elle vit Jack tendre la main pour tirer le rideau. Alors qu'elle bataillait pour ajuster sa vision à la lumière du jour, il s'habilla en un clin d'œil.

Évidemment. Un médecin militaire était capable de réagir au quart de tour. Pour elle, c'était une autre histoire. Elle n'avait jamais pu s'habituer aux réveils en fanfare lorsqu'elle était interne aux urgences.

— Qu'est-ce qu'on a ? demanda Jack.

— Un glissement de terrain près d'un village à la sortie de Kailua Kona. Il y aurait des dizaines de blessés, expliqua Kino. Je vous attends dehors. Faites vite !

Elle se leva dès que le jeune homme eut quitté la pièce.

En temps normal, se montrer nue devant Jack après leur nuit d'amour l'aurait peut-être embarrassée, mais l'heure était grave. Elle ne pouvait pas se permettre ce genre de réaction.

Elle s'habilla rapidement, se fit une queue-de-cheval, puis alla retrouver Jack dans le hall.

— Prête ? demanda-t-il d'un ton neutre.

Son air impassible lui serra le cœur.

Pendant cette nuit magique, ils avaient partagé des émotions incroyables, mais le masque était réapparu. Comme elle aurait voulu être capable du même détachement ! Hélas, c'était mission impossible…

Ils traversèrent la cour pour rejoindre leur véhicule banalisé. Kino les attendait près de la portière arrière.

— Je vous accompagne, annonça-t-il.

Jack s'installa au volant et brancha la radio.

— Appelle le central, Amber, s'il te plaît. Demande-leur s'ils ont besoin de nous à l'hôpital ou sur place.

Trois minutes plus tard, ils étaient fixés : on les attendait le plus tôt possible sur les lieux.

Guidés par Kino qui était originaire d'Hawaï, ils touchèrent rapidement au but. Ils n'auraient d'ailleurs eu aucun mal à se repérer seuls, car au fur et à mesure de leur progression, une file d'ambulances et de camions était visible sur la route principale.

Ou du moins, sur la portion qui restait. Car à l'endroit de la catastrophe, le bitume avait disparu ! Les décombres du village formaient un amas indescriptible de gravats et de boue au milieu d'arbres déracinés.

Elle descendit de voiture en frissonnant.

— Combien y a-t-il d'habitants ? bredouilla-t-elle.

— Environ cinq cents, expliqua un pompier venu les accueillir. On a besoin de vous pour faire le tri des cas. Vous avez trois couleurs : urgences vitales en rouge, blessés graves sans pronostic vital en orange, blessés légers en vert. Mes hommes sont en train de monter des tentes médicalisées.

Jack n'avait encore rien dit. Fidèle à son habitude, il devait passer toutes les options en revue, elle commençait à le connaître !

Voyant une équipe descendre d'une autre ambulance, elle mit les mains en porte-voix pour héler les secouristes, mais le chef des pompiers la fit taire d'un geste.

— On ne crie pas après un glissement de terrain, expliqua-t-il.

D'ailleurs, on parle le moins possible. Tout bruit est susceptible de déclencher un nouveau glissement. Utilisez les talkies-walkies qu'on va vous remettre.

Elle sentit un frisson glacé la parcourir.

Elle ne connaissait pas ce genre de situation. Serait-elle capable d'avoir les bons réflexes ?

Elle vit Jack préparer du matériel et l'imita, oubliant ses doutes. Plusieurs véhicules s'étaient garés derrière eux. La répartition des équipes s'effectua rapidement, et, munis d'une sacoche, ils prirent la direction qu'un pompier leur indiquait.

Progresser dans la boue, en pente, n'était pas chose facile. Elle suivit néanmoins Jack le plus vite qu'elle put jusqu'aux maisons situées à l'ouest du village.

La première personne qu'ils découvrirent fut une femme couverte de terre. Vêtue d'un T-shirt et d'un slip, elle semblait en état de choc.

Amber procéda à un examen rapide puis indiqua aux pompiers qu'ils pouvaient extraire la patiente des gravats. Celle-ci avait eu beaucoup de chance et ne souffrait que de contusions.

— J'étais en train de m'habiller, expliqua-t-elle.

— Y a-t-il d'autres personnes chez vous ? demanda Jack.

— Non… Rien que moi.

Soulagés, ils gagnèrent l'habitation voisine.

Pendant plus d'une heure, ils s'activèrent dans un silence presque total. La liste des victimes s'allongeait au fil des minutes. Il y avait hélas deux morts, ainsi qu'un grand nombre de blessés, certains très graves.

Fidèle à lui-même, Jack se montrait rapide et méthodique. Il était focalisé sur sa tâche, au point qu'elle avait l'impression d'être transparente.

Bien sûr, la situation était critique. Mais après la nuit qu'ils avaient partagée, il aurait au moins pu lui adresser un regard complice…

Cette attitude lui rappelait son père de manière très désagréable. Et elle détestait cela.

Ils venaient d'arriver devant une autre maison. Horrifiée, elle repéra un garçonnet couvert de boue de la tête aux pieds. Elle se précipita pour l'examiner, mais avant qu'elle ait pu l'atteindre, Jack l'écarta du coude.

Elle se crispa. La prenait-il pour une novice ? Elle était aussi capable que lui d'ausculter ce gamin !

Parce que l'heure était grave, elle renonça à le lui dire. Mais il ne perdait rien pour attendre…

Voyant qu'un pompier lui faisait signe, un peu plus bas, elle le rejoignit au pas de course.

— On a une maison ensevelie, là-dessous, expliqua-t-il.

Il se mit à plat ventre, puis ajouta :

— Je pense avoir trouvé la cheminée. Les gens nous appellent, j'entends des voix.

— Pouvez-vous les sortir ? demanda-t-elle, mal à l'aise.

Elle-même avait de la boue jusqu'aux genoux. L'idée que des personnes soient piégées sous terre lui donnait la nausée.

— Oui, dit son interlocuteur. Le conduit me paraît assez large. Je vais envoyer quelqu'un en bas.

L'opération de secours se révéla compliquée. Au bout de plusieurs minutes, le pompier descendu sous terre donna enfin des indications par radio.

— Ils sont quatre, deux adultes et deux enfants ! annonça-t-il. Faites descendre une cage, que je puisse vous les envoyer un par un.

Plusieurs hommes apportèrent la cage à pied, depuis un véhicule d'intervention garé à l'entrée du village.

Postée au bord du conduit, Amber songeait avec angoisse au temps perdu. Mais il était impossible de procéder autrement sans mettre en danger la vie des blessés…

La première victime apparut heureusement assez vite à la surface. Il s'agissait de la mère, qui souffrait d'un pneumothorax.

Amber placarda un adhésif rouge sur la civière.

— On l'évacue immédiatement ! ordonna-t-elle.

La deuxième patiente était une fillette qui avait un bras cassé et hurlait à pleins poumons. Paradoxalement, qu'elle se manifeste ainsi était plutôt bon signe. Amber évalua son poids, lui injecta un calmant, puis la confia aux bons soins d'une infirmière avec un code orange.

Il s'avéra que le petit frère, remonté en troisième, souffrait d'un léger choc à la tête. Il était inconscient mais respirait bien, et elle lui attribua également un code orange.

— J'ai un problème, annonça le pompier descendu sous terre. Le père est coincé et a l'air mal en point.

Elle n'hésita pas une seconde.

— J'arrive, répondit-elle. Je vais descendre.

Le chef d'équipe lui lança un regard dubitatif.

— Le terrain est très instable, objecta-t-il.

— Et alors ? Que comptez-vous faire ? Envoyer un deuxième homme en bas, pour qu'il vous dise la même chose et demande une aide médicale ? On perd du temps. Faites-moi descendre.

Elle n'en menait pas large. Elle avait même très peur. Mais elle était là pour sauver des vies, coûte que coûte.

— Amber ! rugit une voix furieuse dans son dos. Qu'est-ce que tu fais ?

À demi harnachée, elle pivota vers Jack.

Son beau regard brun avait viré au noir dans son visage maculé de boue.

— Mon travail, répliqua-t-elle d'un ton calme.

— Hors de question ! Elle ne descendra pas, vous m'entendez ? Jamais de la vie ! C'est trop dangereux.

Il criait presque, au mépris des consignes de sécurité.

Une vague d'irritation la submergea.

— Arrête, Jack. Je n'ai pas le temps de discuter avec toi.

Une main de fer s'abattit sur son bras.

— J'ai dit non.

Il s'était exprimé d'un ton plus calme, mais la lueur inflexible dans son regard la révolta. À cet instant précis, il n'était plus l'homme qu'elle aimait. Il était devenu un despote persuadé qu'il avait raison. Il ne la respectait ni en tant que collègue, ni en tant que femme !

Elle pivota vers le chef des pompiers.

— Dites-lui de me lâcher, intima-t-elle d'une voix tremblante de rage.

Plusieurs hommes se rapprochèrent.

— Du calme, mon gars, dit l'un d'eux.

— Laissez le docteur tranquille, renchérit un autre.

L'étau se desserra légèrement autour de son bras. Elle en profita pour se dégager, puis elle vérifia les attaches du harnais autour de sa taille.

— C'est bon. Je suis prête.

— On en reparlera ! lança Jack d'une voix enrouée.

— Non, rétorqua-t-elle. On n'a plus rien à se dire.

Jack enrageait tellement qu'il peinait à se contenir.

Autour de lui, les pompiers avaient l'air sidéré. Ils devaient le prendre pour un fou furieux.

— Le Dr Berkeley est un excellent médecin, mais elle n'est pas urgentiste, maugréa-t-il. Elle n'a jamais été confrontée à ce genre de situation.

Un des hommes haussa les épaules.

— Moi non plus, répondit-il. Et pourtant, je suis là, et je fais mon travail.

La logique de ces propos frappa Jack.

Ce type avait évidemment raison. Mais sans doute n'avait-il jamais perdu la femme qu'il aimait !

Amber n'aurait pas dû descendre dans ce conduit. Brillante et efficace, elle pouvait gérer toutes les situations, mais en tant que médecin volontaire, elle n'aurait pas dû être mise en danger. Ce n'était pas à elle de prendre des risques. S'il lui arrivait malheur, il ne s'en remettrait pas !

Il crispa les poings pour se retenir d'agripper le filin qui permettrait de remonter Amber à la surface.

Dès qu'il l'avait vue mettre ce harnais, il avait eu envie de hurler son désarroi. Et à présent, il tremblait de tous ses membres, comme si une main invisible lui avait lancé un seau d'eau glacée à la figure.

Il voulait qu'elle revienne. Sa place était auprès de lui, en sécurité dans ses bras. Il l'avait laissée partir sans avoir eu le temps de lui dire combien il l'aimait !

Même s'ils ne se connaissaient que depuis huit jours, il désirait passer sa vie avec elle. Il voulait…

Il voulait l'épouser. À quoi bon nier l'évidence ? Ils étaient faits l'un pour l'autre, et la vie était trop courte pour se poser mille questions. Si Amber acceptait sa demande en mariage, il s'arrangerait pour trouver un poste à Chicago ou dans les environs. Il ne supporterait pas d'être loin d'elle.

— Je l'aime, dit-il. J'ai peur qu'il ne lui arrive quelque chose.

Les pompiers échangèrent un regard de connivence, puis leur chef lui mit une main sur l'épaule en souriant.

— Quand elle remontera, je vous conseille de le lui dire, mon vieux. Elle avait l'air drôlement fâchée contre vous !

Amber avait du mal à respirer.

Elle était descendue dans la maison en ruine par un conduit étroit, les yeux fermés. Elle les avait rouverts quand ses pieds avaient touché le sol, et elle avait aussitôt pris la mesure du drame qui se jouait.

L'homme prisonnier des décombres, coincé sous un gros rocher, était tout juste vivant. Il avait besoin d'être intubé et mis sous respirateur. Elle devait se concentrer sur sa tâche en oubliant la scène pénible que Jack lui avait fait subir.

Sa réaction l'avait blessée au-delà des mots. Elle lui avait accordé sa confiance, mais il l'avait bafouée par son attitude despotique et méprisante.

Quelle idiote ! Elle aurait pourtant dû le savoir !

Comme un automate, elle prodigua les soins vitaux à son patient. Elle avait juste fini de l'intuber, lorsqu'un craquement sinistre résonna dans les entrailles de la terre. Un nuage de poussière apparut, et une rigole de boue commença à s'infiltrer dans le mur à sa gauche.

Un pompier était descendu derrière elle pour assurer sa sécurité. Son collègue et lui échangèrent un regard éloquent.

— Il faut évacuer ! dirent-ils d'une même voix.

Paniquée, elle mit une minerve au blessé, dont le pouls dépassait les cent trente battements par minute.

Il devait souffrir d'une hémorragie interne.

— Essayez de soulever ce bloc, dit-elle aux sauveteurs. Moi, je pousserai notre pauvre gars un peu plus loin.

L'un d'eux logea une cale en plastique sous le rocher.

— C'est un vérin gonflable, expliqua-t-il. Vu le poids, il ne tiendra pas longtemps. Je vais le déclencher à trois, mais il faudra faire vite. Prête ?

— Oui. Allez-y.

— Un, deux… trois !

Une grosse déflagration se produisit au moment où elle agrippait la chemise de son patient. Le deuxième pompier fit basculer le rocher. Elle tira de toutes ses forces, et soudain, elle se trouva projetée contre le mur avec la tête et les épaules du blessé entre les genoux.

Couverts de poussière, les sauveteurs peinaient à reprendre leur souffle, cc qui ne les empêcha pas d'empoigner la cage.

— On le remonte ! décida le premier. Maintenant !

Elle attacha son protégé le plus confortablement possible, puis les sauveteurs tirèrent sur la corde pour signaler à l'équipe d'en haut que tout était prêt.

Elle crut entendre des voix paniquées au-dessus d'eux, et lorsque la cage arriva à destination, trois filins descendirent simultanément. Avant qu'elle ait le temps de réagir, un des pompiers lui enfila son harnais, et en moins de dix secondes, fit partir son treuil.

La remontée fut rapide et brutale. Elle sentit son épaule heurter une paroi, distingua la lumière du jour, puis deux mains vigoureuses l'attirèrent à l'extérieur et la poussèrent sans ménagement sur le côté.

Maintenant qu'elle était dehors, elle trouvait le bruit infernal. C'était un grondement continu, comme on en entend parfois au cinéma dans les films catastrophe. Mais le monde réel était de loin le plus terrifiant…

— Tous aux abris ! hurla une voix masculine.

Elle eut le temps d'apercevoir ses deux compagnons de cordée au moment où ils touchaient la surface, puis elle ne vit plus personne, sauf Jack qui fonçait sur elle en brandissant son imperméable.

Il en couvrit leurs deux têtes juste avant que le sol se dérobe.

Alors, ce fut l'apocalypse.

Projetés au sol, ils roulèrent le long de la pente, heurtant des arbres et des rochers dans leur chute. Jack la serrait à l'étouffer, mais quand elle voulut reprendre son souffle, elle réalisa qu'elle avait la bouche pleine de terre.

Ce tangage infernal lui donnait la nausée. Elle avait mal aux bras, aux jambes, au dos. Quand allaient-ils s'arrêter ?

Au bout d'un moment qui lui parut une éternité, leur course folle ralentit. Elle souleva l'imperméable dans l'espoir de respirer un peu mieux, reçut un amas de feuilles sur le visage, se dégagea tant bien que mal.

Enfin, ils s'immobilisèrent complètement.

Elle toussa, cracha, vomit de l'eau boueuse. Puis, très doucement, elle prit appui sur les mains et les genoux. Une vive douleur lui cisailla la cheville droite, mais elle l'ignora.

Elle avait besoin d'air !

Avec l'impression qu'un poids énorme lui écrasait la colonne vertébrale, elle continua de faire le dos rond pour se redresser.

Finalement, la masse de terre qui l'empêchait de bouger glissa. Elle écarta un tas de pierres et vit enfin la lumière du jour.

Elle haletait, la tête lui tournait, mais elle était vivante !

Elle s'assit prudemment et regarda le paysage de désolation autour d'elle pour comprendre où elle se trouvait.

Ce deuxième glissement de terrain les avait entraînés à l'est, au pied de la colline. Les tentes médicalisées se trouvaient maintenant en haut de son champ de vision, sur la gauche. Ils avaient parcouru une distance impressionnante dans leur chute.

Ils...

La panique acheva de lui rendre sa lucidité. Elle tâta le sol à côté d'elle, sentit quelque chose de doux et de chaud, et se retourna en poussant un cri de douleur.

Jack ! Il était là, allongé sur le dos, le visage à moitié couvert de feuilles !

En entendant le bruit, il avait couru vers elle au lieu d'aller se mettre à l'abri comme tout le monde. Était-il devenu fou ? Et pourquoi ne bougeait-il plus, maintenant ?

— Jack ! Ça va ?

Aucune réponse. Non seulement il était inerte, mais sa poitrine ne se soulevait pas, et il avait les lèvres cyanosées.

Une vague de terreur incontrôlable la submergea.

Il avait voulu la sauver. Il avait bravé le danger, mais à quel prix ?

— Jack ! cria-t-elle. Jack, réponds-moi !

De manière réflexe, elle porta les doigts à son cou mais ne sentit aucun pouls carotidien. Alors, elle aplatit les mains sur son torse et entama un massage cardiaque avec l'énergie du désespoir.

— Tu ne vas pas mourir, maugréa-t-elle. Je te l'interdis, tu m'entends ? Jack, s'il te plaît, ne m'abandonne pas !

Ignorant sa douleur à la cheville, elle se leva et mit les mains en porte-voix.

— Au secours ! hurla-t-elle. À l'aide ! Code rouge !

Elle tomba à genoux et reprit ses massages. Seuls ses réflexes de médecin l'empêchaient de faire une crise de nerfs.

Elle aimait cet homme. Elle le détestait.

Des larmes s'étaient mises à rouler sur ses joues sans qu'elle puisse les retenir.

Et Jack qui bleuissait de plus en plus…

L'histoire ne pouvait pas se terminer ainsi. Elle ne le permettait pas ! Elle ne pourrait plus vivre sans lui.

10.

Jack s'était fâché contre Amber. Puis il avait vu cette masse d'arbres et de rochers glisser vers eux. Il s'était jeté sur elle pour la protéger. Ensuite…

Le trou noir.

Tout ce qu'il savait, c'est que sa poitrine lui faisait un mal de chien. Son épaule gauche et son crâne aussi, d'ailleurs.

Il cligna des yeux plusieurs fois, gêné par la lumière crue au-dessus de sa tête. Un visage familier apparut dans son champ de vision.

— Ah, vous êtes de retour parmi les vivants ! Ce n'est pas trop tôt !

Comment s'appelait cette infirmière, déjà ? Il avait son nom sur le bout de la langue…

— Ne m'obligez pas à faire toutes les vérifications neurologiques réglementaires, Jack, ajouta-t-elle d'un ton gai. Vous avez été plus que pénible, ces six dernières heures !

— Lana ?

Cette jeune femme avait fait partie de son équipe quand il était parti au lycée avec Amber…

Amber !

Une peur panique le submergea au moment précis où la mémoire lui revenait.

— Amber ? Où est-elle ?

Il voulut s'asseoir dans le lit, poussa un hurlement et se laissa retomber contre les oreillers.

Cette douleur à l'épaule était vraiment atroce…

Lana lui sourit.

— Génial, vous avez repris vos esprits ! Restez donc tranquille, vous vous êtes déboîté l'épaule, et l'orthopédiste a dû la remettre en place. Oh ! j'oubliais : vous avez trois côtes cassées. La personne qui vous a fait un massage cardiaque n'y est pas allée de main morte ! Et en ce qui concerne Amber…

Lana pointa l'autre côté de la chambre et s'esclaffa.

— Vous n'irez pas dire qu'on n'est pas accommodants, dans cet hôpital ! Elle remonte juste du bloc. On lui a mis une broche, elle a une fracture de la malléole. Elle ne va pas tarder à faire surface.

Il tourna péniblement la tête sur le côté.

Allongée dans le lit voisin du sien, ses longs cheveux noirs étalés sur l'oreiller, Amber semblait être une parfaite incarnation de Blanche Neige.

Un soulagement tel qu'il n'en avait jamais connu le fit trembler de la tête aux pieds.

Se méprenant sur sa réaction, Lana lui présenta un verre d'eau muni d'une paille.

— Buvez, ça vous fera du bien, suggéra-t-elle. Voulez-vous une autre dose de calmant ?

— Non, merci. Qu'est-il arrivé ? Il y a eu le glissement de terrain, mais le reste m'échappe.

Le regard de l'infirmière s'éclaira d'une lueur malicieuse.

— Amber vous racontera. Quand elle m'a donné sa version des événements, elle m'a paru bien énervée… Voyons un peu si elle émerge.

Lana redressa la tête de lit pour lui donner une meilleure vision de la chambre.

Il ne devrait pas être couché ! Les équipes médicales avaient besoin de lui ! Néanmoins, il devait se montrer raisonnable : il se sentait trop mal pour travailler.

Son cœur bondit dans sa poitrine lorsqu'il entendit Amber murmurer quelque chose.

C'était un petit filet de voix, mais un bon début.

— Tenez, Amber, buvez deux gorgées d'eau, dit Lana. Votre acolyte est réveillé.

— C'est vrai ?

L'intonation d'Amber lui parut joyeuse. Ils s'étaient pourtant quittés fâchés…

Lana recula au fond de la chambre puis les regarda tour à tour.

— Jeunes gens, je vous laisse, on m'attend en réa ! Sonnez si vous avez besoin de quelque chose, conclut-elle, du rire dans la voix.

Après son départ, le silence retomba, et il ferma les paupières quelques secondes.

Il était tellement heureux d'avoir Amber près de lui !

Il se rappelait tout, à présent. L'horreur. La course effrénée pour la rejoindre, sachant qu'elle ne pourrait pas s'éloigner assez vite. Les pompiers qui se ruaient vers une tente médicalisée en portant la civière. Pourvu qu'ils s'en soient sortis, et leur blessé avec !

— Tu es saine et sauve, dit-il d'une voix rauque d'émotion.

— Bien sûr que je suis saine et sauve ! s'écria Amber. Et tu n'as pas fini de m'entendre !

Il se rejeta contre son oreiller en souriant.

Elle avait l'air en pleine forme : elle rouspétait après lui. C'était ainsi qu'il l'aimait…

— Qu'est-ce qui te fait sourire ? marmonna-t-elle.

— La joie et le soulagement. Je remercie le ciel qu'on soit tous les deux en vie.

Il aurait voulu la toucher, mais elle était trop loin. Quand leurs regards se croisèrent, il songea qu'elle ne lui avait jamais paru si belle.

— Je suis toujours furieuse, Jack.

— Énerve-toi autant que tu veux, ça ne me gêne pas. On a toute la vie pour arranger ça.

La confusion se peignit sur le visage chiffonné d'Amber.

Il inspira à fond pour se donner le courage de poursuivre… Et le regretta quand ses côtes se rappelèrent à son bon souvenir.

— Jack… Ça va ?

— Oui, j'ai juste l'impression que quelqu'un a fait des claquettes sur ma poitrine. J'ai trois côtes cassées.

À sa grande surprise, le regard d'Amber s'emplit de larmes.

— Désolée, murmura-t-elle. Je manque de technique.

— Que… Quoi ? *Tu* m'as réanimé ?

Elle laissa échapper un rire exaspéré.

— Tu venais de me sauver la vie. J'aurais eu mauvaise grâce de te laisser tomber alors que tu ne respirais plus. Le bleu… ne te va pas au teint, ajouta-t-elle, sa voix se brisant sur les mots.

Il avait beau sonder sa mémoire, il ne se souvenait de rien. Il avait cru devoir la vie à un pompier ou à un autre médecin dépêché sur les lieux.

— Comment aurais-je pu partir ? enchaîna Amber. On n'abandonne pas un super héros. Tu t'es accroché à moi, tu ne m'as jamais lâchée…

Il ne rêvait pas : une larme avait roulé sur sa joue.

— Certaines personnes méritent qu'on s'accroche à elles, répondit-il doucement.

Elle secoua la tête.

— Pourtant, on est incompatibles ! Tu me surveilles, tu vérifies toujours mon travail. J'ai constamment l'impression de devoir faire mes preuves. Ça ne devrait pas arriver avec… avec quelqu'un qu'on aime.

La douleur dans sa voix était bien réelle. Il avait devant lui la vraie Amber, la femme qui cachait son manque de confiance en elle sous un masque brillant, impertinent et drôle.

— Est-ce à cause de moi, ou as-tu ce genre d'idées depuis longtemps ? répliqua-t-il. Parce que, dans ma tête, il n'y a pas photo : je te trouve géniale. À certains moments, tu aurais pu prendre tes jambes à ton cou, mais non, tu as géré. Tu as été parfaite ! Quant à moi… Je reconnais que j'ai tendance à vouloir tout contrôler. La seule fois où je n'ai pas dirigé une opération, j'ai perdu la femme que j'aimais. Alors, mets-toi à ma place : que crois-tu que j'ai ressenti quand je t'ai vue descendre sous terre ? J'ai peut-être eu une réaction excessive, et j'en aurai encore. Cela fait-il de moi un mauvais type ? Non ! Ça veut juste dire que je me sens capable d'aimer de nouveau. J'ai cru devenir fou au moment où le sol a bougé. Je n'aurais jamais pu t'abandonner, Amber. Je voulais survivre avec toi ou pas du tout.

Ses mains se mirent à trembler. Les émotions qu'il avait soigneusement verrouillées pendant deux ans refaisaient surface d'un seul coup.

— L'amour n'est pas parfait, reprit-il. J'ignore si je suis capable de construire quelque chose. Je sais juste que j'ai envie d'essayer avec toi. Même si on est au début de notre histoire, s'il te plaît, donne-nous une chance.

— Tu… Tu m'aimes ? demanda Amber, l'air incrédule.

— Bien sûr que je t'aime ! On se chamaille, on se défie. Tu me cherches en permanence, tu m'accuses même de ronfler ! Jamais je n'ai été aussi sûr qu'aujourd'hui d'avoir trouvé la femme idéale.

Amber pleurait à chaudes larmes, à présent.

— Mais…, bredouilla-t-elle.

— Mais quoi ?

Rien ne l'empêcherait de toucher Amber comme il en mourait d'envie !

N'y tenant plus, il chercha la télécommande du lit à tâtons pour abaisser le matelas. Cela fait, il bascula les jambes sur le côté puis, en attendant que ses vertiges se dissipent, il arracha le tensiomètre automatique de son bras.

Enfin, il se leva. Le premier pas fut hésitant. Le deuxième, beaucoup plus assuré.

Debout à côté d'elle, il effaça ses larmes du pouce.

— Dis-moi ce que tu ressens, chuchota-t-il. Dis-moi que je n'ai pas perdu la tête. J'ai vécu comme un ermite pendant deux ans. Je suis venu ici sans conviction, pour le travail. Et finalement, il m'est arrivé la plus belle chose au monde.

Il captura la main droite d'Amber et la porta à ses lèvres.

— Malgré l'ouragan et le chaos, je suis très heureux que le destin nous ait réunis. Et à l'avenir, quoi que tu décides… j'espère que tu me feras une place. Je ne pourrai plus vivre sans toi…

Il entremêla ses doigts aux siens.

— Je ne suis pas ton père. Je ne suis pas ton ex. Je suis Jack Campbell, d'Auchinleck, en Écosse. Je t'apprendrai à bien le prononcer. Je t'emmènerai là-bas. Tu vas aimer, j'en suis sûr… Et ma famille et les gens du village vont t'adorer, ajouta-t-il en riant. Ils aiment les femmes de caractère… Comme moi.

Amber sourit à travers ses larmes.

— J'avais envie de hurler, chuchota-t-elle. Je voulais que tu te réveilles, juste pour que je puisse te dire à quel point j'étais en colère.

— Pourquoi étais-tu si fâchée, au juste ?

— J'avais des tas de bonnes raisons. D'abord, tu as voulu me dicter ma conduite. Ensuite, tu as pris un risque insensé pour voler à mon secours. Tu m'as rendue malade d'angoisse… Et en plus, tu me rappelais mon père, à qui j'avais toujours quelque chose à prouver.

Elle se tut et inspira profondément. Alors, soudain, son beau visage se détendit. Elle lui pressa la main.

— Sauf que tu n'es pas mon père, Jack, ajouta-t-elle. Tu ne lui ressembles pas du tout. Je n'ai rien à te prouver.

— Bien sûr que non. On forme une équipe, toi et moi. On sera toujours là l'un pour l'autre. Regarde ce qu'on a fait ensemble, ces derniers jours. Rien ne t'arrête. Ni la peur ni le danger. Je ne connais aucun médecin, homme ou femme, qui aurait pris ce genre de risques. Tu as fait des choses complètement folles !

Elle éclata de rire.

— Je vais finir par croire que tu déteins sur moi, Jack Campbell.

N'y tenant plus, il actionna la télécommande du lit, fit

descendre le matelas et s'assit sur le drap à côté d'elle. La douleur persistante dans sa cage thoracique lui arracha une grimace.

— Il faudra qu'on revoie ta technique, mon cœur.

Elle lui enlaça la nuque, un sourire radieux aux lèvres.

— On s'en fiche, de la technique ! Tu es vivant, c'est le principal.

— Je vais avoir une énorme dette envers toi…

— Oui, une dette éternelle. Je n'ai pas sauvé la vie de l'homme que j'aime pour qu'une autre en profite. Tiens-le-toi pour dit !

Elle l'aimait ? Avait-il bien entendu ?

Il voulut lui demander de répéter, mais il n'en eut pas le temps : déjà, elle posait la bouche sur la sienne avec une infinie tendresse.

Ivre de bonheur, il s'allongea sur le dos tout contre elle et ferma les paupières.

Ses baisers étaient le seul remède dont il avait besoin. Il avait la ferme intention d'en profiter, maintenant et toujours.

Épilogue

Un an plus tard

La plage de Kailua Kona était baignée de soleil.

Son bouquet à la main, Amber pivota vers sa maman qui affichait un sourire lumineux. Avec sa robe orange vif et son chapeau assorti, celle-ci incarnait à la perfection la mère de la mariée !

Amber agita ses orteils peints en rose fuchsia, heureuse de sentir le sable tiède sous ses pieds nus.

Son fourreau trois quarts en soie crème, très fluide, s'évasait légèrement vers le bas. Avec son décolleté en dentelle et ses toutes petites manches, il était très élégant, mais assez décontracté pour qu'elle se dispense de chaussures et de bijoux. Elle ne portait que son médaillon… et sa somptueuse bague de fiançailles, bien sûr.

— Prête ? demanda sa mère.

— Oh ! oui. Si tu savais comme j'ai hâte !

Sa mère lui entoura affectueusement les épaules.

— J'ai toujours craint de devoir te mettre en garde, le jour où tu choisirais de te marier. Pour Charles, ton père me surveillait, et je n'ai rien osé dire. Mais là, je n'ai *rien* à dire, à part de bonnes choses. Tu n'as pas fait les mêmes erreurs que moi. Si tu savais à quel point je m'en réjouis ! Jack est parfait pour toi. Il te tient la dragée haute, mais tu en as besoin. Et surtout, il t'adore. Ça se voit comme le nez au milieu de la figure. Tu es tombée sur la perle rare, ma chérie, et votre mariage va être exceptionnel.

Elle sentit son regard s'embuer et étreignit sa mère de toutes ses forces.

— Merci beaucoup, chuchota-t-elle. Merci d'avoir toujours été là pour moi. Je t'aime…

— Alors, Amber ! Pourquoi faites-vous le planton là-bas ? On vous attend, ma fille !

Elle rit en entendant la voix bourrue de Sam Campbell.

Son futur beau-père avait un accent encore plus prononcé que celui de Jack, et elle l'adorait, tout comme ses futurs belle-mère, beau-frère et belle-sœur.

Tous avaient été ravis de faire ce long voyage jusqu'à Hawaï. Quelques oncles, tantes et cousins à elle avaient aussi fait le déplacement. Et bien sûr, ils avaient invité plusieurs collègues devenus leurs amis l'année précédente : Ron, mais aussi Lana, Jamal et quelques autres. Même Aaron et Zane étaient de la fête, entourés de leurs parents respectifs !

Elle se tourna vers le chapiteau dressé sur la plage, et son cœur manqua un battement lorsqu'elle découvrit Jack, beau à couper le souffle dans son costume écossais traditionnel : un kilt marine et vert et une chemise crème sans col, fermée par un lacet noir sur le haut.

— Waouh…, chuchota-t-elle.

— Waouh, en effet, répéta sa mère. Ne faisons pas attendre ton beau fiancé plus longtemps. Ces pauvres Écossais n'ont pas l'air de bien supporter la chaleur, conclut-elle en riant.

Quand elle s'avança vers Jack, Amber songea que jamais, de toute sa vie, elle n'avait été aussi sûre d'elle-même.

Il la regarda approcher, son éternel sourire taquin aux lèvres. Lorsqu'elle arriva devant lui, elle confia son bouquet à sa mère et prit les mains qu'il lui tendait, à la fois émue, exaltée et confiante en l'avenir.

— Il te reste dix secondes pour réfléchir, chuchota-t-il. Si tu veux prendre tes jambes à ton cou, c'est maintenant.

Elle sourit au pasteur qui les observait d'un air indulgent et glissa les bras autour du cou de Jack.

— Où voudrais-tu que j'aille ? répliqua-t-elle d'un ton tendre. Je suis là où je voulais être, avec l'homme de mes rêves.

— Dites donc, jeunes gens, intervint le prêtre, n'avez-vous pas l'impression de brûler un peu les étapes ?

Jack lui fit un clin d'œil.

— On est à vous dans une minute, répondit-il en riant.

Ivre de bonheur, elle le vit se pencher vers elle. Puis ils échangèrent un long baiser sous les applaudissements nourris des invités.

Décidément, leur union s'annonçait pleine de passion, de surprises, de joie et de rires.

Elle n'allait pas s'en plaindre !

ANNIE CLAYDON

Un patient très spécial

Traduction française de
GENEVIÈVE BLATTMANN

BLANCHE

HARLEQUIN

Titre original :
THE DOCTOR MEETS HER MATCH

Ce roman a déjà été publié en 2018.

1.

Abby Turner n'eut que cinq secondes pour se remettre du choc de revoir Nick. Un fugitif instant de répit, avant qu'il n'ouvre lentement les yeux pour les fixer sur elle.

Abby en oublia l'agitation ambiante du service des urgences. A cet instant, il n'y avait plus que lui, allongé sur le chariot, une jambe dépassant de la couverture qui le couvrait, et le visage crispé par la douleur.

Surmontant son émotion, elle s'avança dans le box, et referma le rideau derrière elle avant de se pencher sur le dossier, dans le vain espoir de découvrir qu'elle s'était trompée de box, et qu'il y avait ailleurs un autre pompier blessé au genou qu'elle était censée examiner. Mais le nom était bel et bien inscrit en haut du dossier. Nick Hunter. Comment avait-elle pu ne pas le voir plus tôt ?

— Abby ?

— Oui, Nick.

Elle le regarda de nouveau, incapable de détourner les yeux. Elle devait se ressaisir. Recouvrer son calme, et cesser de le dévisager comme si elle se trouvait brusquement devant un fantôme. Non sans peine, elle parvint enfin à s'arracher à son regard sombre et doux.

— On m'a prévenue au service d'orthopédie. Tu attends depuis un moment, je suppose, dit-elle, d'un ton apparemment détaché.

— Visiblement, ils ont du travail avec le gars que j'ai sorti de la voiture. Comment va-t-il ? Il était plutôt mal en point…

— J'irai me renseigner. Mais d'abord occupons-nous de toi.

— D'accord.

Elle leva encore les yeux vers lui. Il la regardait avec une intensité troublante. Et elle se sentit soudain désemparée. Nick n'était pas un simple patient, pour elle. Il était… quoi ? Pas un ami non plus. Ou plutôt, il ne l'était plus. Il avait rompu tout contact avec elle six mois plus tôt, en ignorant ses appels et en disparaissant brusquement de sa vie. Il n'avait jamais été un amant non plus, même si elle l'avait désiré à un moment, bien plus qu'elle n'avait voulu se l'avouer.

Elle l'avait connu à la piscine où il venait comme elle s'entraîner, et était ensuite sortie deux fois avec lui. Rien de plus. On ne pouvait pas parler de relation intime, loin de là, mais, étrangement, c'était le sentiment qu'elle gardait de leurs rencontres.

Quoi qu'il en soit, Nick était pour l'heure un patient. Et elle se devait de le traiter comme tel.

— Bien. Les urgences sont très chargées ce soir, et, en tant que spécialiste en orthopédie, on m'a appelée pour t'examiner. Est-ce que cela te pose un problème ?

Il secoua lentement la tête sur l'oreiller.

— Non, bien sûr.

— Parce que je pourrais appeler un autre médecin, reprit-elle. Nous nous connaissons, Nick, et si cela t'ennuie, il vaut mieux que tu le dises maintenant. Je comprendrai parfaitement.

— Non, je préfère que ce soit toi, Abby. Tu es la plus qualifiée pour soigner un genou, et de toute façon, vu l'agitation qui semble régner ici, j'ai l'impression que je devrais attendre longtemps avant de voir quelqu'un d'autre. Donc, pour moi, pas de problème. Mais pour toi…

Abby retint un soupir. Blessé ou pas, Nick était toujours aussi séduisant. Cependant elle s'était juré il y avait déjà longtemps qu'elle ne se laisserait plus prendre par son sourire. Elle avait donné, merci. Et leur brève histoire n'avait sans doute même pas compté pour lui.

Elle se concentra donc sur les faits et sur sa tâche — agir

dans l'intérêt du patient. Et il n'était certes pas dans celui de Nick de devoir attendre trois heures pour être soigné sous prétexte qu'elle s'était fait des illusions six mois plus tôt.

— Donc, c'est juste ton genou ou il y a d'autres blessures ? demanda-t-elle.

— Rien d'autre, non. Mais je l'ai salement tordu.

— Comment est-ce arrivé ? Tu étais sous la voiture à ce moment-là ?

— Oui. Elle s'est affaissée alors que je m'extirpais de dessous. Mon genou est resté coincé, dit-il en désignant le gros hématome violacé.

— Et est-ce que ta jambe a été touchée aussi ?

Abby se sentit soudain un peu mieux. Rien de tel que le terrain professionnel pour remettre une distance nécessaire, songea-t-elle, tout en examinant la blessure.

— Sûrement, dit-il. Je faisais tout ce que je pouvais pour me sortir de là.

— D'accord. Je vais regarder ça. Dis-moi si je te fais mal.

Après avoir enfilé une paire de gants chirurgicaux, elle palpa doucement les chairs enflées autour du genou, qu'elle souleva ensuite afin de vérifier le fonctionnement de l'articulation. Elle s'interrompit toutefois dès qu'elle se rendit compte qu'il retenait sa respiration. Se tournant vers lui, elle le vit qui agrippait les bords du chariot.

— Je t'ai dit de m'avertir si tu avais mal, Nick. Je n'ai pas le don de divination.

— D'accord. Alors oui, ça fait un mal de chien.

— Et là ?

— Aussi.

— Bien. Tu as une cicatrice ici. Apparemment, tu as déjà eu une opération.

— Oui. J'ai été opéré du genou il y a quatre ans ; on m'a réparé le cartilage.

— Que t'était-il arrivé ?

Il esquissa un sourire et elle en fut aussitôt troublée.

— Mon pied est passé à travers un plancher dans un bâtiment qui venait de brûler. Je me suis tordu le genou en tombant.

Elle détourna la tête. Rien à faire. Même en cet instant où il n'était vraiment pas au meilleur de sa forme, il restait pour elle l'homme le plus séduisant qu'elle ait jamais vu. Avec ses cheveux bruns, coupés court et là, tout de suite, plutôt en bataille. Avec ses yeux noisette et cette petite cicatrice en travers de son sourcil gauche qui ajoutait encore à son charme…

— Je vais voir si je peux trouver des informations là-dessus. Tu as été opéré ici ? demanda-t-elle doucement.

Il acquiesça d'un battement de cils ; ses lèvres s'étaient soudain pressées en une fine ligne.

— D'accord, reprit-elle en parcourant rapidement les notes de son dossier. Il est précisé que tu as refusé les antalgiques qu'on t'a proposés dans l'ambulance. En veux-tu maintenant ?

— Non. Ça ira, merci.

Abby esquissa un sourire. Il n'avait pas besoin de faire semblant de ne pas souffrir. Elle était médecin, et non une femme qu'il cherchait à séduire.

— Sur une échelle de un à dix…

— Environ un et demi, répondit-il sans même la laisser finir.

— Tu es sûr ? répliqua -t-elle en fronçant les sourcils.

Il demeura muet, ignorant sa question. Ce n'était pas la première fois qu'elle constatait ce genre de déni, mais de la part de Nick cela la surprenait. Elle y reviendrait plus tard.

— D'accord, mais n'hésite pas à m'avertir si tu changes d'avis.

Il acquiesça d'un signe de tête.

— Je vais t'envoyer faire des radios, maintenant, et je reviendrai quand je les aurai vues.

— Merci, dit-il. J'espère que…

Il hésita.

— … que je ne t'empêche pas de rentrer chez toi. Il doit être plus de 19 heures.

Brusquement ramenée à la réalité, Abby jeta un coup d'œil à

sa montre. Il était même 20 heures passées. L'infirmière l'avait appelée juste comme elle terminait de mettre ses dossiers de la semaine à jour avant de rentrer chez elle.

— Pas de problème. Je suis là pour ça, répliqua-t-elle d'un ton enjoué.

Selon toute vraisemblance, et malgré ce qu'elle s'était promis six mois auparavant, elle allait devoir passer une nouvelle soirée en compagnie de Nick…

Quand elle récupéra les radios, Abby avait déjà trouvé le dossier de Nick sur l'ordinateur. S'armant de courage, elle retourna auprès de lui pour lui annoncer la nouvelle.

— Salut, dit-il avec un sourire un peu crispé.

— Comment te sens-tu ?

— Je comptais sur toi pour me le dire, répondit-il en désignant d'un signe de tête la grande enveloppe qu'elle tenait à la main.

Elle s'assit sur le bord de la chaise près de lui. Quelle qu'ait été l'attitude de Nick à son égard par le passé, elle ne pouvait qu'être impressionnée par sa résistance. Elle avait mal pour lui de savoir ce qu'il devait endurer. La nécessité pour tout médecin de se protéger de la souffrance d'un patient semblait ici lui faire complètement défaut.

— Alors, quel est le verdict ?

— Fêlure du ménisque.

Elle sortit une des radios de la grande enveloppe.

— Tiens, tu vois, là ?

Il se hissa sur un coude, posant sa main sur le bras d'Abby pour se maintenir. Laquelle en éprouva une sensation de chaleur immédiate.

— Je ne vois rien, dit-il.

— Ici.

Elle désigna le tracé de la fêlure en s'efforçant d'ignorer qu'il était si proche d'elle, au point qu'elle sentait son souffle.

— La bonne nouvelle, c'est qu'il n'y a pas dislocation ; ce qui veut dire que la guérison devrait être plus rapide.

— Je vois. Ça n'est pas si terrible qu'on aurait pu le craindre, alors ?

Abby se retint de lui demander si ce constat incertain était basé sur des connaissances médicales ou sur de simples espoirs. Ce serait malvenu. Tout autant que le plaisir qu'elle prenait à être aussi près de lui. A la piscine, il lui avait été presque impossible de ne pas remarquer sa superbe plastique, mais ici ce serait franchement inopportun.

Elle se redressa d'un coup.

— En fait, une rotule fissurée n'est jamais une bonne nouvelle. Mais ça aurait pu être bien pire. A voir l'état de ton genou, il pourrait y avoir d'autres dégâts, et j'ai demandé une IRM pour connaître l'état du cartilage et avoir une meilleure image de la fêlure.

— Et s'il n'y a rien de grave ?

Il se redressa en position assise sur le chariot, comme s'ils en avaient terminé et qu'il pouvait rentrer chez lui. Abby fixa sur lui un regard qu'elle espérait sévère. Elle était ici sur son territoire et jugeait utile de le lui rappeler.

— Il y a toujours le problème de ta rotule. Tu vas devoir te reposer et porter une attelle pendant au moins quatre semaines, voire six.

Nick soupira en se passant la main dans les cheveux.

— Quatre semaines ?

— Peut-être six, reprit-elle avec insistance. Un os met beaucoup de temps à se réparer. Désolée, Nick, mais tu ne pourras pas reprendre ton travail avant un moment.

— Combien de temps, exactement ?

— Je ne peux rien te dire de précis à ce stade. Je vais t'adresser à un confrère spécialisé dans ce genre de lésion. D'ici à ce que tu le voies, nous devrions avoir réussi à faire dégonfler les chairs, et l'IRM sera possible. Nous saurons ainsi bien mieux où nous en sommes.

— Oui. Bien sûr, dit-il avant de prendre une forte inspiration. Merci pour tout, Abby. Je peux y aller, maintenant ?

Elle le regarda, incrédule. Il était de toute évidence pressé de la quitter. C'était visible à la façon dont il regardait au-delà d'elle, fixant son attention sur un point au-dessus de son épaule. Tout pour ne pas croiser son regard…

Ce qui ne la dérangeait pas finalement. Elle non plus n'avait pas demandé à être avec lui, mais les circonstances de leur rencontre allaient ici au-delà de leur volonté. Elle était là en tant que médecin et lui que patient. Et il lui suffirait de ne pas perdre cela de vue pour garder tout son calme. Ou presque.

— Pas encore, répondit-elle avec fermeté. Je dois d'abord te trouver une genouillère, ainsi que des antalgiques et des anti-inflammatoires. Ne bouge pas d'ici, je ne serai pas longue.

Sans attendre sa réponse, elle sortit du box dont elle referma le rideau avant de rejoindre l'infirmière en chef. S'il cherchait à lui fausser compagnie, il découvrirait que le personnel des urgences était plus musclé qu'il n'y paraissait…

Abandonné à lui-même, Nick laissa échapper un soupir. Abby était vraiment irrésistible, même quand elle se montrait autoritaire, et il devait s'efforcer de ne pas y penser en se concentrant plutôt sur toutes les bonnes raisons qu'il avait eu d'interrompre leur relation. S'obliger aussi à ne pas penser à la brillance particulière de ses yeux d'un bleu lumineux ou à ses petites fossettes quand elle souriait, par exemple, qui emportaient à tous les coups son cœur dans un galop effréné et bien trop dangereux. Même en cet instant, pourtant peu propice à ce genre de choses, il lui était difficile de ne pas être sous le charme.

Non qu'il ait eu droit à beaucoup de sourires, aujourd'hui. Et elle ne semblait pas non plus avoir trop de mal à garder ses distances. Elle s'était reculée si rapidement quand il l'avait touchée qu'il avait bien failli lui présenter ses excuses.

Précautionneusement, il s'assit sur le chariot et fit pendre sa jambe valide par-dessus le bord. Jusque-là, pas de problème.

Enfin… presque pas. S'emparant ensuite prudemment de sa jambe blessée, il tenta de la bouger, mais la douleur qui remonta de son mollet à sa cuisse fut prompte à l'en dissuader.

Mauvaise idée. Se penchant vers son blouson suspendu au dossier de la chaise où on avait posé ses vêtements, il parvint à sortir son téléphone de la poche intérieure.

Il y avait deux messages et un texto : « Termine mon service ds 10 mn. Serai là ds 1/2 h. » Nick regarda sa montre. Sam devrait donc arriver d'ici un quart d'heure et, avec un peu de chance, lui-même à ce moment-là aurait eu le temps de s'habiller et serait prêt à partir.

— Ce sera plus facile avec cela, et tu es censé éteindre ton portable à l'intérieur de l'hôpital.

Nick releva les yeux du petit écran pour rencontrer l'expression mi-sévère, mi-amusée d'Abby.

— Qu'est-ce qui sera plus facile ?

— Ton évasion.

Elle s'approcha de lui en posant au passage les béquilles qu'elle tenait à la main contre la chaise.

— Remonte ta jambe valide sur la table pendant que je te pose cette genouillère.

Elle la retourna un instant dans tous les sens en levant les yeux au ciel, puis sourit en trouvant enfin les lanières Velcro. Nick ajouta mentalement la gentillesse à la liste de ses vertus. Malgré le comportement déplorable qu'il avait eu envers elle, elle ne lui faisait pas le moindre reproche.

— Détends-toi. Je vais faire mon possible pour ne pas te faire trop mal.

Très doucement, elle prit sa jambe et Nick serra les dents, mais la douleur était bien plus supportable que lorsqu'il avait tenté de la bouger lui-même.

— Et voilà, dit-elle en fixant les attaches de la genouillère avant de se reculer. Comment te sens-tu ?

— Mieux. Merci. C'est vrai que c'est bien plus supportable quand c'est maintenu.

Nick la regarda en souriant. Pendant la durée de l'opération, il s'était concentré sur la douceur de ses doigts et sur sa natte couleur de miel, qui menaçait de glisser sur son épaule quand elle se penchait. Sur son odeur, aussi, qu'il avait reconnue avec bonheur.

— Tant mieux, répondit-elle. Je l'ai fixée à un angle qui maintient ton genou légèrement plié, et il vaudrait mieux que tu le gardes comme ça jusqu'à ce que tu voies mon confrère. Ne t'appuie pas sur cette jambe pour l'instant, et arrange-toi pour la soutenir avec des coussins quand tu t'assois ou tu t'allonges. Bien. Maintenant voyons si tu peux tenir sur tes pieds.

Nick se redressa et elle l'aida à glisser sa jambe sur le côté du chariot.

— N'hésite pas à t'appuyer sur mon épaule si tu en as besoin.

— D'accord, mais je pense que ça ira, dit-il.

Il se redressa en s'arc-boutant sur ses bras, puis posa le pied de sa jambe valide par terre avant de se mettre lentement debout.

— Bien. Oui, parfait…

Attrapant les béquilles, elle en étira une au maximum avant de la lui donner.

— Oui, apparemment, c'est la bonne longueur.

Elle régla l'autre de la même manière, et soudain Nick fut libre. Il pouvait de nouveau bouger.

— Fais quelque pas, lui lança-t-elle d'un ton encourageant.

Elle l'observa tandis qu'il s'exécutait prudemment en sortant du box, et hocha la tête avec approbation.

— Ça a l'air d'aller. Tu n'es pas gêné ?

— Non. Sauf que la genouillère est un peu serrée.

— C'est indispensable. Et à mesure que ton genou désenflera, tu devras la resserrer pour qu'elle reste bien ajustée. Sans couper la circulation de ta jambe, évidemment.

Un bref sourire, aussitôt réprimé, fit une seconde tourner la tête de Nick.

— Merci. Je peux me rhabiller ?

— Oui, mais…

Elle hésita.

— Si tu as besoin d'aide, je peux appeler quelqu'un.

— Non, ça ira, dit-il en retournant dans le box.

Appuyé sur une béquille, il attrapa ses vêtements. L'infirmière avait coupé son pantalon afin de pouvoir le lui retirer, aussi n'eut-il pas de mal à le renfiler. Après avoir troqué sa chemise d'hôpital contre la sienne, Nick réussit tant bien que mal à enfiler sa chaussette sur sa jambe blessée mais décida de garder sa botte à la main. Un rapide coup de fil lui apprit que Sam était à l'extérieur en train de chercher une place de parking.

Il terminait de se rhabiller quand Abby réapparut dans le box. Sans doute avait-elle attendu à proximité qu'il ait fini avant de revenir.

— J'ai une notice explicative qui t'aidera quant à la manière de traiter ta jambe, dit-elle en lui tendant la feuille qu'il plia et glissa dans la poche de son blouson.

— Merci, Abby, j'apprécie vraiment ce que tu as fait pour moi.

Il la fixa un bref instant. Il était temps pour lui de partir. Avant qu'elle ne le retienne. Avant qu'il ne cède à la lumière qui semblait irradier d'elle, et se laisse attirer comme un papillon dont les ailes avaient déjà été brûlées par cette même flamme...

— Ne sois pas si pressé, dit-elle en lui bloquant le passage. Assieds-toi un instant. Un de mes confrères est en train de te rédiger une ordonnance pour un analgésique.

Etrangement, le fait qu'elle ait demandé à quelqu'un d'autre de faire cette ordonnance le blessa. C'était comme si elle essayait de l'éliminer de sa vie. Et il se demanda si elle avait été aussi blessée que lui par ce qui leur était arrivé.

— Je n'en ai pas besoin, dit-il d'une voix qui lui parut soudain dure et chargée d'ingratitude. Merci, Abby, mais je m'en passerai. Sam sera ici d'une seconde à l'autre.

— Sam ? répéta-t-elle en sursautant comme un faon effarouché.

Devant sa légère rougeur, il sut qu'elle se rappelait les petits déjeuners après l'entraînement, avec Sam et les six ou sept autres camarades, au cours desquels Abby et lui finissaient par oublier qu'ils étaient en compagnie.

Ensuite il y avait eu les dîners et le cinéma. Et il était tombé éperdument amoureux d'elle, jusqu'à ce que dans un sursaut de lucidité il fasse brutalement marche arrière.

Abby se reprit aussitôt.

— Eh bien, il devra attendre, nous n'en avons pas encore tout à fait fini. Il faut vraiment que tu prennes quelque chose pour atténuer la douleur et diminuer l'inflammation. Ne compte pas sur moi pour autoriser ta sortie tant qu'il n'y aura pas d'amélioration.

— Dans ce cas je devrai me passer de ton autorisation…

Nick la fixa sans sourciller. Ils s'affrontaient du regard, jouant à celui qui parviendrait à faire céder l'autre le premier, quand Abby se retourna brusquement en sentant une main se poser sur son épaule.

— Abby ! Comment vas-tu ? Ça fait si longtemps…

Nick adressa un regard presque féroce à son collègue qui comprit aussitôt le message.

— Comment va-t-il ? demanda-t-il plus sobrement.

Elle s'apprêtait à répondre quand Nick la devança.

— Nous avons fini, ici.

— Ah bon ? dit Sam en s'adressant à Abby.

— Non, dit-elle. Pas vraiment. Nick…

Il se raidit. Entre lui et Sam, elle paraissait soudain si petite. Presque vulnérable. Avec ce regard de défi apeuré qu'elle posait alternativement sur l'un et sur l'autre. Le besoin de la protéger se fit presque impérieux, avant qu'il ne se rappelle à l'ordre : s'il y avait une chose dont Abby devait se méfier venant de lui, c'était bien de sa protection.

— Je regrette, dit-il en passant devant elle pour partir.

Oh que oui ! il regrettait ! En l'occurrence la manière dont il l'avait abandonnée six mois plus tôt sans un seul mot d'explication. Et la façon détestable dont il la traitait maintenant. Il se rassurait toutefois, en songeant que si elle connaissait ses raisons d'agir ainsi elle serait la première à l'approuver.

— Merci pour tout, dit-il.

La formule resta presque coincée dans sa gorge, et il se maudit intérieurement. Ces mots étaient si pauvres. Si insuffisants. Mais c'était tout ce qu'il pouvait lui donner maintenant. Aussi s'éloigna-t-il aussi vite que possible sur ses béquilles. Il l'entendit qui soupirait de frustration derrière lui, mais poursuivit son chemin vers les portes de sortie sans un regard en arrière.

2.

Abby soupira. Sam, avec un sourire désolé, avait suivi Nick, et elle ne s'était pas attardée à les regarder sortir. Elle s'était retranchée dans l'attitude qui était devenue comme une seconde nature pour elle depuis son adolescence : si quelqu'un te fait du mal, ne cherche pas à le retenir. Sois forte et change de direction.

— Comment ça s'est passé ?

Plongée dans ses pensées, elle sursauta.

— Michael. Je ne t'avais pas vu.

— Ça ne m'étonne pas ; tu avais l'air très… loin. On peut savoir ?

Michael Gibson, l'urgentiste qui se serait lui-même occupé de Nick s'il n'avait pas été pris par un cas plus grave, posait sur elle un regard intrigué.

— Rien d'intéressant, dit-elle en lui rendant l'ordonnance. Tiens : il n'en a pas voulu.

— Ah non ? Pourquoi ?

— Je ne sais pas. Selon lui, il n'en avait pas besoin. Il est resté jusqu'à ce que je lui annonce sa fêlure du ménisque, et dès que je lui ai apporté les béquilles il est parti. Je n'ai pas pu l'en empêcher.

— Je ne vois pas ce que tu aurais pu faire pour le retenir. A part le menotter à un lit…

— Oui. Le problème c'est que… Je ne peux pas m'empêcher de penser qu'il aurait emportée cette ordonnance si quelqu'un d'autre que moi la lui avait donnée.

Michael soupira.

— Ecoute, Abbe. Tu as pris la précaution de lui demander si le fait que tu t'occupes de lui le gênait, et tu m'as tenu au courant de ce que tu faisais. Tu ne crois pas que tu te tracasses un peu trop ? Nous sommes tous les jours confrontés à des patients qui choisissent de ne pas prendre leur traitement.

— Oui, tu as sûrement raison, répondit Abby d'un ton peu convaincu.

Elle esquissa un sourire contrit. Elle refusait de juger Nick sur un comportement dont elle se sentait responsable. Sa décision avait un rapport avec elle, elle en était presque certaine.

Michael jeta un coup d'œil à sa montre.

— Tu pourrais me rendre service et remplir son dossier, en désignant un médecin pour son suivi ? demanda-t-il.

— Pas de problème. Je vais l'inscrire pour une IRM et lui prendre un rendez-vous en orthopédie.

Elle s'efforça de prendre un ton léger :

— Qui sait, quelqu'un d'autre saura peut-être lui faire entendre raison…

— Ne te fais pas trop de mouron, Abby, lui conseilla encore Michael avant de s'éloigner. Nous faisons de notre mieux, et c'est déjà beaucoup…

Elle passa une moitié de la nuit à tenter de se convaincre qu'elle avait agi au mieux, et l'autre à penser exactement le contraire, pour se réveiller finalement d'un sommeil trop bref avec une sévère migraine et la conviction que, sans trop savoir comment, elle avait gâché ces retrouvailles inattendues, et qu'elle devait à présent trouver le moyen de se rattraper.

Quelque chose avait poussé Nick à agir comme il l'avait fait. Il avait tout à fait le droit d'interrompre une relation sans la moindre explication, et elle, celui de lui en garder rancune. Mais si le passé avait influé sur sa propre attitude envers lui, avec pour résultat qu'il refuse le traitement dont il avait besoin, là, c'était impardonnable. Et quoi qu'en pense Michael, c'était à elle de réparer cette erreur.

Aussi, au matin, sans se donner le temps de changer d'avis, prit-elle la direction de l'adresse qu'elle connaissait encore par cœur.

Après avoir trouvé une place dans la rue, elle descendit de voiture et remonta rapidement l'allée menant à la maison. Une fois devant l'entrée, elle appuya sur la sonnette. La porte s'ouvrit trente secondes après sur Nick qui se figea.

— Bonjour, dit-elle.

Bien que préparée cette fois à le voir, elle n'en fut pas moins saisie.

— Abby ? dit-il, visiblement stupéfait de la trouver sur le pas de sa porte.

— Je suis venue voir comment tu vas, dit-elle avec un sourire un peu tendu.

Elle le regarda, attentive mais distante. Juste ce qu'il fallait. Il était essentiel qu'elle reste strictement professionnelle.

— Ce n'était pas la peine, répondit-il. Mais je vais bien. Merci.

Abby continua de l'observer discrètement. Il était appuyé sur une des béquilles qu'elle lui avait données, et son pantalon de jogging laissait deviner l'attelle. Au moins avait-il eu le bon sens de ne pas s'en débarrasser.

— Je crois que nous avons quelque chose à régler, Nick.

Il soupira.

— Je sais. J'aurais dû t'appeler. C'était impardonnable…

— Je ne parle pas de cela, le coupa-t-elle. Il s'agit d'hier, rien de plus. Tu es parti avant que j'aie une chance de terminer…

Elle s'arrêta en prenant conscience que sa voix était geignarde, presque enfantine, comme si elle le suppliait de s'occuper d'elle.

Mais soudain une lueur de compréhension réchauffa le regard de Nick. Et cette chaleur l'enveloppa au point qu'elle craignit un instant que ses jambes ne se dérobent sous l'effet de l'émotion. Pourtant, elle refusait par-dessus tout de se montrer une fois de plus vulnérable.

— Je suis parti parce que je le devais. Ça n'avait rien à voir avec toi.

Elle se redressa.

— Alors avec qui ou quoi est-ce que ça avait à voir ?

— Désolé, mais ce n'est pas ton problème, Abby.

Il parut sur le point d'ajouter quelque chose, mais s'en abstint, avant de reprendre d'un ton plus sec :

— Ecoute, c'est vraiment très attentionné de ta part de venir jusqu'ici, et je te remercie sincèrement de tout ce que tu as fait pour moi. Maintenant, si tu veux bien m'excuser…

Elle se raidit. Cette fois, elle ne se laisserait pas faire. Comme il s'apprêtait à fermer la porte, elle se trouva devant deux possibilités : soit elle lui lançait sa main sur la figure, soit elle mettait son pied dans la porte pour l'empêcher de se fermer. La deuxième solution était nettement plus raisonnable.

— Abby…, dit-il d'un ton las, en rouvrant la porte.

Ses traits tirés trahissaient sa douleur, mais elle fit taire sa compassion. Nick n'était pas du genre à encourager les marques d'apitoiement sur lui-même.

Sans un mot, il s'écarta de l'entrée et, lui tournant le dos, remonta le couloir en laissant la porte ouverte derrière lui. Question invitation, il devait y avoir plus cordial, mais elle décida malgré tout de le suivre après avoir refermé la porte derrière elle.

— Tu veux un café ? demanda-t-il en la précédant dans la cuisine, grande et claire.

Après l'avoir, d'un signe de tête, invitée à prendre place à la table de bois verni, il sortit d'un placard unc tasse qu'il posa devant elle.

— Un toast ? proposa-t-il encore, alors que deux tranches de pain doré sautaient du toaster.

— Je veux bien, oui, acquiesça-t-elle. Je n'ai pas pris le temps de déjeuner, ce matin.

Sans un mot et le dos tourné, il prépara le café et mit d'autres tranches de pain dans le toaster. Elle attendit patiemment, jusqu'à ce qu'il n'ait plus d'excuse pour repousser le moment de s'asseoir face à elle, et de lui parler.

— Nous n'avons pas besoin de nous disputer pour ce genre de broutille, dit-il enfin. Pourquoi ne pas simplement prendre plaisir à ce petit déjeuner ?

Elle le regarda avec circonspection. Le charme de Nick n'opérait plus sur elle. Ou plutôt… Elle faisait en sorte qu'il opère moins.

— Ou bien nous pourrions parler de l'importance de prendre les médicaments que nous t'avons prescrits, répondit-elle sur le même ton. Je suis ici pour t'aider, Nick. En tant qu'amie.

— Parce que tu penses que je ne m'aide pas assez moi-même ? répliqua-t-il d'un ton mordant.

— Exactement. Nick… Il est essentiel de donner à ton corps une chance de guérir. Ce qui exige que tu puisses dormir et te déplacer avec un minimum de douleur. Et aussi que ton genou désenfle.

— J'ai mis de la glace dessus. Et ça a déjà dégonflé depuis hier.

— C'est mieux que rien. Et tu as pu dormir, cette nuit ?

Elle soutint son regard. Il ne répondit pas, mais Abby connaissait déjà la réponse. Les cernes sombres sous ses yeux et la raideur de ses mouvements étaient suffisamment éloquents. Il était clair qu'il avait très peu dormi, et que la douleur refusait de lui accorder un peu de répit, pour la bonne raison qu'il avait décidé de ne pas avoir recours aux remèdes adéquats.

— Avais-tu pris des analgésiques la première fois que tu t'étais blessé au genou ? demanda-t-elle.

Il acquiesça d'un hochement de tête. Elle pouvait donc en déduire qu'il s'était passé quelque chose durant ces quatre années.

— Et tu as eu une réaction allergique à l'un des médicaments ?

— Non. Je ne veux tout simplement rien prendre pour l'instant.

Elle soupira.

— Nick, je comprends que tu n'aies pas envie de me confier tes raisons. Mais que tu refuses de me laisser apaiser ta souffrance, ça, je ne peux pas l'accepter. Ce n'est pas ainsi que je travaille, et c'est la même chose pour le médecin auquel je t'ai adressé.

Elle sentit une chaleur monter à ses joues, et s'obligea à se calmer.

Quelque chose était apparu dans les yeux de Nick, qui ressemblait curieusement à du respect, mais Abby refusa de céder à l'espoir qui s'était aussitôt immiscé en elle.

Elle n'avait nul besoin de son respect. Tout ce qu'elle demandait était qu'il entende la logique qu'elle s'efforçait de lui transmettre.

— Bien, dit-il. Puisque tu tiens tellement à le savoir…

Il baissa la tête un instant. Quand il la releva, il plongea son regard droit dans le sien.

— Je suis pharmacodépendant.

Nick se sentit soudain plus léger. Son message était clair : « Reste en dehors de cela. » Et il la savait assez intelligente pour l'entendre.

— D'accord, dit-elle. A quel genre de médicament es-tu dépendant ?

Elle soutenait son regard sans faiblir.

— Aux analgésiques. Du genre de ceux qui m'étaient prescrits.

— Mais tu t'en es sorti, maintenant.

— Qu'est-ce qui te le fait penser ?

— Si tu continuais à prendre des médicaments opiacés, tu aurais mieux dormi cette nuit.

— Oui. C'est vrai.

Nick laissa échapper un soupir. Il ne lui suffirait pas de décrocher pour se sentir de nouveau lui-même, mais il n'avait pas la force de l'admettre. Pour l'instant, c'est tout ce qu'Abby avait besoin de savoir.

De sa poche, il sortit ses clés et les posa devant elle, lui montrant le petit disque argenté attaché à l'anneau.

Elle se pencha pour lire ce qui y était inscrit.

— 1 000 ? dit-elle. Qu'est-ce que ça signifie ?

— Mille jours. Ça veut dire que pendant tout ce temps je n'ai pas pris la moindre aspirine, ni même la moindre goutte de café.

Il vit son regard se poser automatiquement sur la tasse de tisane devant lui.

— J'ai gagné cette médaille il y a six mois, et j'y tiens énormément.

— Ton groupe d'entraide t'a demandé de renoncer à tout ? L'aspirine, le café…

— Non. C'est ce que moi, je me suis imposé.

Elle prit une profonde inspiration et parut se détendre sensiblement en la relâchant.

— J'aimerais t'aider, Nick. Si tu le veux bien, évidemment.

Il se sentit totalement désarmé. Peut-être était-ce dû au rayon de soleil qui illuminait ses cheveux. Peut-être était-ce le bleu de son regard franc.

— Que suggères-tu ?

Il la regarda cette fois droit dans les yeux, s'attendant au sempiternel conseil de tenir bon, de ne jamais céder au besoin de faire une entorse à la règle, avec peut-être, pour le final, un sermon sur l'efficacité des poches de glace, ou d'autre remède inutile. Elle pourrait ensuite repartir la conscience en paix…

Elle ne fit rien de cela. Elle prit simplement un carnet dans son sac où elle nota les réponses qu'il fit à ses questions. Puis elle sortit quelques pages internet imprimées, et lui en tendit une en la commentant. De toute évidence, elle s'était préparée à toute éventualité en venant le voir, y compris à ce qu'il lui avait révélé. Elle le surprenait. Il ne l'aurait pas crue capable d'une telle force, d'une telle détermination.

— Alors ? dit-elle enfin. Qu'en penses-tu ?

Il se racla la gorge. Il l'avait écoutée, mais son attention avait surtout été centrée sur la courbe de ses cils et sur l'effort qu'il avait dû faire pour résister à l'envie de passer ses doigts dans ses longs cheveux dorés.

— Que c'est logique, répondit-il enfin sobrement.

Elle leva les yeux au ciel.

— Bien sûr que c'est logique. Mais toi, qu'en penses-tu ? répéta-t-elle.

Il soupira, conscient que, avec Abby, il ne pouvait s'esquiver.

— Ce que j'en pense, c'est que je préférerais encore m'exiler trois mois sur la banquise avec les pingouins.

— O.K. Mais peux-tu le faire ? répliqua-t-elle avec insistance.

— Quoi ? Aller sur la banquise ? Je n'ai pas le matériel adéquat, mais…

— Nick ! le coupa-t-elle, agacée. Sérieusement, réponds-moi : serais-tu prêt à faire ce que je te propose ?

Il porta une main contre son front. Ce qu'elle lui proposait, pour être pénible, n'avait pas l'air non plus totalement insurmontable : prendre un rendez-vous au service de consultation pour le traitement de la douleur, spécialisé dans les sevrages à long terme. Suivre le conseil de son groupe d'entraide sur les médicaments et antalgiques non opiacés. Enfin, aller voir à l'hôpital le chirurgien orthopédique qu'elle lui avait conseillé.

— C'est faisable, dit-il enfin.

Il ne se faisait pas d'illusions : ce serait encore plus dur pour lui que de subir ces élancements constants dans son genou, mais il comprenait que c'était indispensable s'il voulait être de nouveau sur pied dans un avenir proche.

— Donc j'appelle le cabinet et j'essaie de t'obtenir un rendez-vous pour cet après-midi.

— Je ne suis pas un enfant, Abby. Je peux téléphoner moi-même.

Il fronça les sourcils. L'idée qu'elle puisse se méfier de lui le blessait. Mais quelle raison lui avait-il jamais donnée de lui faire confiance ?

— Je sais, répondit-elle. Seulement cette démarche va à l'encontre de tout ce que tu as fait jusqu'à maintenant. Tu devras suivre un plan que tu auras accepté, et tu devras tenir tout le monde informé de ce qui se passe.

Le sourire encourageant qu'elle lui adressa lui rappela brusquement à quel point ses sourires lui avaient manqué.

— Si je me trouvais devant un incendie, ajouta-t-elle, je m'effacerais pour te laisser prendre les commandes.

— Il y a une boîte d'allumettes dans le tiroir devant toi. Tu peux me la passer ?

Il tendit la main, mais devant son regard furieux, il éclata de rire. Abby avait réussi à le surprendre. Sa douceur naturelle camouflait en fait une armature en acier trempé.

— D'accord, je me rends. Marché conclu.

— Marché conclu, oui, acquiesça-t-elle, l'air soudain incertain.

Nick la regarda sans ciller. Baissant les yeux, elle serra ses doigts autour de sa tasse. Apparemment, elle aussi éprouvait une certaine nervosité lorsqu'ils étaient ensemble. La température qui semblait monter entre eux n'y était sûrement pas étrangère…

— Tu veux un autre café ? proposa-t-il.

— Non, merci. J'espère que… tu ne m'en veux pas d'avoir gâché ta matinée.

— Tu ne l'as pas gâchée ! Abby… Je sais que je n'ai pas été correct avec toi. Et que je ne méritais rien de ce que tu as fait pour moi ce matin.

Elle semblait décontenancée par ces excuses qui parurent cependant lui donner une nouvelle assurance.

— J'aimerais aussi que tu m'appelles d'ici deux ou trois jours, dit-elle, juste pour me dire comment ça se passe. Tu le feras ?

— Bien sûr.

Il lui sourit. C'était la moindre des choses.

— Je pourrais aussi t'inviter à déjeuner, lança-t-il d'un ton désinvolte.

Il n'avait même pas réfléchi avant de formuler cette proposition. Mais quelle importance ? Elle ne risquait pas d'accepter, de toute façon. Le médecin en elle pouvait pardonner, mais la femme ne voudrait certainement pas courir le risque d'être lâchée une seconde fois.

Elle évita son regard, hésitante.

— Appelle-moi mardi matin, dit-elle enfin. Je déjeune à 13 heures, et si je suis libre, nous pourrons nous retrouver quelque part.

Son geste était un peu nerveux quand elle reprit son téléphone.

— Alors… je le passe, ce coup de fil ?

3.

Abby, tout en hâtant le pas, consulta sa montre. Elle était à peu près dans lcs tcmps, mais... plutôt tendue, ce qui l'agaçait encore plus. Il l'avait blessée une fois, et elle n'avait pu que subir. S'il la blessait une nouvelle fois, elle ne pourrait s'en prendre qu'à elle-même. Sauf que, désormais, elle ne se faisait plus d'illusions. Et s'il décidait brusquement de disparaître de nouveau de sa vie, elle ne verserait aucune larme.

Il l'attendait comme convenu à la cafétéria, assis sur un tabouret de bar.

— Merci d'être venue, dit-il alors qu'elle prenait place à côté de lui.

Elle posa son sac sur le comptoir. La vérité était qu'elle s'était sentie nerveuse toute la matinée à l'idée de le revoir sur un plan simplement... amical.

— Je t'avais dit que je serais là, répondit-elle en observant son assiette. Qu'est-ce que tu bois ?

— Jus myrtille-pomme. Tu veux goûter ?

— Non, merci. Je prendrai un milk-shake à la banane. Et un sandwich, aussi.

Elle fit signe à la serveuse derrière le bar, et lui donna sa commande tout en cherchant son porte-monnaie dans son sac. Trop tard. Nick avait déjà tendu un billet à la jeune femme.

— Merci, dit Abby sans insister. Alors ? Comment te sens-tu ?

— Bien. J'ai pris mon rendez-vous.

— Tant mieux. Jay Patel est un homme très agréable, et c'est le meilleur orthopédiste du service. Tu seras en bonnes mains.

Nick ramassa la monnaie que la serveuse avait déposée devant lui, puis sortit deux plaquettes de comprimés de sa poche.

— Et j'ai respecté ma part du marché.

— Je te crois sur parole, dit-elle. En plus, tu aurais simplement pu jeter ces médicaments à la poubelle.

— Si j'avais eu l'intention de les jeter, ça aurait été dans les toilettes. C'est moins dangereux quand on veut se débarrasser de médicaments.

Devant la lueur rieuse dans ses yeux, elle sentit une chaleur envahir son ventre.

— Les poches de glace sont efficaces, aussi, ajouta-t-il, et les gens, là-bas, m'ont donné de bons conseils. Je ne peux toujours pas poser le pied, mais j'arrive plutôt bien à me déplacer. J'ai même envie d'aller nager un peu cet après-midi.

— Je ne pense pas que ce soit une très bonne idée, Nick, objecta-t-elle.

— Pourquoi ? La natation est un excellent sport. Et l'eau portera ma jambe.

— Le Dr Patel te donnera des exercices appropriés et il te dira exactement ce qu'il faut et ne faut pas faire dans ton cas. Pourquoi ne pas attendre de l'avoir vu ?

Elle le regarda, irritée. Pourquoi était-il soudain très important pour lui d'aller nager aujourd'hui ?

— Je ne peux pas.

Abby eut envie de quitter la table et de le planter là. Il venait de tout gâcher en quelques mots, et de briser le mince barrage qui contenait la colère née des émotions que sa seule présence faisait naître en elle.

— Bien sûr que si, tu le peux ! répliqua-t-elle sèchement. Tu ne le veux pas, tout simplement.

Soudain consciente des regards réprobateurs de la serveuse, elle reprit un ton plus bas :

— Allons continuer cette discussion ailleurs. Il y a un box libre, là-bas.

— Idéal pour me tyranniser en privé.

— Je n'ai jamais tyrannisé personne.

Elle détourna les yeux. S'il savait, il ne lui dirait pas cela. Glissant de son haut tabouret, et attrapant son sac, elle prit son milk-shake ainsi que son assiette, et se dirigea vers la table libre. S'il voulait la suivre, il n'avait qu'à se débrouiller.

Comme elle s'efforçait de s'asseoir sans rien renverser, elle vit Nick la rejoindre et lui tirer sa chaise avant de prendre place en face d'elle. La serveuse vint poser son verre devant lui, ce dont il la gratifia d'un sourire ravi.

— Merci. C'est très gentil à vous.

La jeune femme hocha la tête, et lança un coup d'œil toujours aussi réprobateur à Abby avant de tourner les talons. Cette dernière haussa les épaules. Evidemment. A ses yeux, Nick était un homme au charme irrésistible, et d'autant plus qu'il était à cet instant vulnérable. Le pauvre, songea-t-elle de plus en plus agacée, il lui fallait quelqu'un pour lui porter son jus de fruits pendant qu'il se débattait avec ses béquilles et, sûrement aussi, quelqu'un pour taper son oreiller et se perdre dans ses yeux couleur de chocolat chaud…

— Si j'ai l'air d'un ingrat, Abby, je suis désolé. Je te suis très reconnaissant de tout ce que tu fais pour moi.

— Mais tu as trop l'habitude de faire comme tu veux.

— Possible, acquiesça-t-il avec une moue mi-désolée, mi-amusée. Ça ne m'empêche pas d'apprécier tes conseils.

— Ah oui ? Je peux donc t'en donner un autre ?

— Je t'écoute.

Elle prit son air le plus sérieux, même si elle avait bien du mal à ignorer les fossettes qui apparaissaient dans ses joues quand il souriait…

— J'ai l'impression que tu agis toujours selon le même schéma : tu décides de ce que tu vas faire, et tu le fais. Et je pense que, pour cette fois, tu devrais attendre de parler à ce médecin, et bien écouter ses conseils.

— Que crois-tu qu'il me recommandera ?

— Je ne cherche pas à anticiper ce que mes confrères vont ou ne vont pas décider. Tu verras bien.

— J'ai une bonne raison de reprendre mon entraînement dans l'eau.

— Ah oui ? Et quelle est-elle, si ce n'est pas indiscret ? A part le désir de te prouver que tu es indestructible ?

Elle le fusilla du regard. Son fugace froncement de sourcils lui donna l'impression qu'elle n'était pas tombée loin de la vérité.

— Nous sommes plusieurs, dans la brigade, à participer à une compétition d'ici cinq semaines dans la région des lacs. En fait, il y aura six épreuves réparties sur six jours. Et je vais devoir me remettre en forme d'ici là.

Abby faillit s'en étrangler avec son milk-shake.

— Mais enfin… Tu as perdu la tête ? J'encourage toujours les patients à faire de l'exercice, mais ce que tu projettes est déjà très dur pour un sportif au meilleur de sa forme. Alors, avec ton genou, c'est de la démence !

Il haussa les épaules.

— Il faut que j'essaie. Je verrai ce que dira le Dr Patel, mais peut-être que je pourrai attacher ma jambe de sorte qu'elle soit soutenue dans l'eau.

— Non. Il te dira exactement ce que je te dis, moi : tu veux trop en faire, et tu vas au-devant de gros ennuis. Et puis en quoi est-elle si importante, cette compétition ? Tu ne peux pas faire reporter les épreuves ? Si au moins tu attendais le printemps, ce serait nettement mieux.

Il secoua la tête.

— C'est une grande fête caritative. Nous sommes une douzaine de nageurs sponsorisés.

— Eh bien, désolée, mais tu vas devoir te retirer de la compétition.

Il la fixa froidement.

— Me dicterais-tu ma conduite, par hasard ?

— Je te donne simplement mon opinion parce qu'il se trouve que je suis compétente sur ce sujet. Je sais que tu risques gros si tu forces trop, trop tôt. Non seulement tu perdras la compétition, mais tu as toutes les chances de te faire du mal au point de ne jamais plus recouvrer l'usage normal de ta jambe. C'est ce que tu cherches ?

Il secoua lentement la tête.

— Non. Mais je suis déterminé à essayer. Je ne forcerai pas.

Oui, bien sûr, songea-t-elle. Et depuis quand Nick commençait-il quelque chose sans être déterminé à le mener à son terme ? Elle ravala toutefois sa remarque. Leur relation avait de toute évidence été l'exception qui confirmait la règle…

— Et le sponsoring s'élève à combien ? s'enquit-elle.

— Cent mille livres au total. Je suis le seul à faire les six épreuves, et donc une grosse partie de ce que nous pouvons obtenir dépend de moi. Si je ne participe pas, nous en perdrons un bon tiers.

Il s'interrompit, apparemment plongé dans ses réflexions.

— Peut-être que les sponsors accepteront de me donner douze jours au lieu de six, reprit-il enfin. Avec une journée de repos entre chaque épreuve, ça devrait être moins pénible.

— Oh oui ! sans doute ! Tu passeras juste douze jours à démolir ton genou au lieu de six, répliqua-t-elle d'un ton mordant.

Aussitôt, elle secoua la tête, atterrée par sa propre agressivité. Ce n'était pas son genre, mais Nick avait vraiment le don de la mettre hors d'elle.

— C'est pour une bonne cause, Abby, dit-il. Et j'ai l'impression que ma jambe se remet très vite.

Elle soupira, consciente qu'elle ne pourrait pas le dissuader de son projet.

— Et quelle est-elle, cette cause ? demanda-t-elle.

— C'est organisé par Question de Sport.

— Oh ! J'ai entendu parler d'eux. J'ai même appris à nager grâce aux cours qu'ils proposaient à l'école quand j'étais plus jeune.

— Ah oui ? J'ignorais qu'ils faisaient aussi ce genre de chose.

Abby regretta d'avoir parlé trop vite. En fait, elle avait, à l'époque, bénéficié de leur programme spécial pour adolescents en difficulté. Mais Nick n'avait pas besoin de le savoir.

— Et comment les as-tu connus, toi ? s'enquit-elle, pressée de réorienter la conversation sur lui.

— Ils m'ont aidé pendant ma période de désintoxication. Et maintenant, je leur renvoie l'ascenseur, en participant à leur collecte de fonds.

— Je vois. Et tu ne peux vraiment pas te faire remplacer, pour une fois ?

— J'y ai pensé. Mais les épreuves exigent déjà beaucoup des participants. Et même si nous trouvions un volontaire, un mois ne lui serait pas suffisant pour acquérir l'endurance nécessaire pour ce genre de compétition.

Il passa une main dans ses cheveux courts en soupirant.

— Tu ne connaîtrais pas quelqu'un, par hasard ? demanda-t-il, de toute évidence sans espoir.

Elle soutint son regard une seconde puis, consciente qu'elle n'avait pas le choix, se lança.

— Si, je connais quelqu'un : moi.

Abby reprit son souffle avant de plonger de nouveau la tête dans l'eau. Nick avait immédiatement refusé, bien sûr. Mais elle avait fait état de ses références, des compétitions auxquelles elle avait participé quand elle était adolescente, et aussi en tant que membre de l'équipe qui avait traversé la Manche pendant ses études de médecine. De plus, Nick n'ignorait rien de ses dons de nageuse ; ils s'étaient à plusieurs reprises rencontrés à la piscine. Il avait donc fini par céder.

Le comité responsable de la compétition avait, non sans mal, fini par accepter ce remplacement qu'il leur avait soumis, et Abby, de son côté, après avoir obtenu de la direction de l'hôpital, les deux semaines de congé nécessaires pour concourir, avait immédiatement commencé son entraînement.

— Ça fait cinq mille mètres, annonça-t-il.

Sa voix résonnait dans la piscine où, pour l'heure, ils étaient seuls.

— Non, répondit-elle sans cesser de nager. J'ai encore deux longueurs à faire. Et j'ai intérêt à ne pas traîner ; les élèves du lycée vont arriver.

— Alors dépêche-toi. Et ensuite, je t'offre un copieux petit déjeuner.

Abby accéléra le rythme. Elle ne le souhaitait pas. Il avait passé presque une semaine pour joindre ses sponsors et les convaincre de l'accepter à sa place. A présent, libéré de ses obligations envers eux, il pouvait reporter toute son attention sur elle. Et depuis deux jours, il la rejoignait à 7 heures du matin pour l'encourager et lui prodiguer des conseils qu'elle s'appliquait à ignorer.

Elle effectua non pas deux, mais quatre longueurs de plus, histoire de bien lui montrer qui, d'elle ou de lui, menait la danse.

— Tiens, ne prends pas froid, dit-il en lui tendant sa grande sortie-de-bain lavande dans laquelle elle s'enroula aussitôt.

Etre en maillot de bain alors qu'il était tout habillé, la mettait mal à l'aise. Bien plus qu'à l'époque où elle l'avait rencontré. Elle se souvenait comme si c'était hier de ce jour où il l'avait battue de deux mètres sur une longueur, avant de lui adresser un sourire radieux, et d'échanger quelques mots avec elle.

— Merci, dit-elle alors qu'un groupe d'adultes et de jeunes lycéens arrivait. Alors ? Le verdict du jour ?

Il consulta son chronomètre.

— Une heure vingt-cinq. Pas mal.

— Comment ça, « pas mal » ? Quel est ton meilleur temps, à toi ?

— Une heure dix. Mais tu as fait quatre longueurs de plus.

Elle reprit lentement son souffle. Elle allait devoir s'entraîner davantage si elle voulait égaler son score. Et elle n'avait que trois semaines pour cela.

— Tu ne devrais pas forcer, dit-il, devinant manifestement

ce qu'elle pensait. Un claquage ou autre chose dans ce genre, à ce stade, serait catastrophique.

— Je sais. Je suis déjà passée par là, si tu t'en souviens.

Il sourit, et elle resserra plus étroitement la serviette autour de sa taille.

— Alors, où veux-tu aller déjeuner ? demanda-t-il. C'est samedi, et nous pouvons prendre tout notre temps.

Elle se mordit la lèvre. Un petit déjeuner illuminé par le sourire de Nick serait merveilleux, mais aussi dangereux que le fruit défendu. D'un autre côté, elle avait l'estomac dans les talons et plus beaucoup d'énergie pour refuser son invitation.

— Pourquoi pas au café juste en face ? Ils ont des croissants frais et toutes sortes de super thés.

— O.K. Je te retrouve à l'entrée dans dix minutes ?

Nick se rendit compte que l'attention d'Abby était soudain fixée sur un groupe de l'autre côté du bassin. Des gamines qui chahutaient, rien de plus.

— Abby ?

— Oui, oui..., répondit-elle distraitement. Dans dix minutes.

Les voix aiguës des enfants résonnaient dans la vaste salle, couvrant les autres bruits, et Abby essayait manifestement de savoir ce qui se passait.

— Abby, qu'y a-t-il ?

Comme il posait la main sur son bras, elle se dégagea vivement. Elle n'avait ni le temps ni l'envie d'en discuter avec lui. Contournant la piscine, elle s'approcha du groupe.

Il y avait une petite fille au centre, le visage rouge, qui fournissait visiblement de gros efforts pour contenir ses larmes, alors qu'une autre, plus âgée, se moquait d'elle avec des plaisanteries que toutes les autres trouvaient de toute évidence très drôles.

Elle avait été cette petite fille. Comme elle, elle avait été dans cette situation, entourée par des visages hilares, et s'efforçant désespérément de ne pas pleurer sous l'assaut des railleries. Elle aussi avait prié pour que quelqu'un vienne à son secours.

Et, aujourd'hui, elle avait l'occasion de faire quelque chose que jamais personne n'avait pris la peine de faire pour elle.

Sans hésiter, elle bouscula quelques épaules pour atteindre la fillette au centre.

— Bonjour, tu t'appelles comment ?

— Sandy.

— Eh bien, Sandy, je voulais juste savoir où tu as acheté ton maillot de bain. J'en cherche un pour ma nièce, et le tien est tellement joli… Je suis certaine qu'il lui plairait.

Le groupe, entre-temps, s'était dispersé pour se reformer à quelques mètres derrière elle. L'ignorant, elle s'agenouilla devant la fillette et se pencha pour entendre la réponse qu'elle lui murmura.

— Tu es sûre ? dit-elle. J'y étais l'autre jour et je n'en ai pas vu de rose comme le tien. Il faudra que j'y retourne.

Elle obtint un sourire timide, une première victoire qui apaisa quelque peu la sensation nauséeuse au creux de son estomac. Sandy tira sur la serviette d'Abby.

— Y' a des fleurs, sur le tien ?

Abby ôta sa serviette en soupirant.

— Même pas. Il est bleu, c'est tout. Et pas aussi joli que le tien, c'est sûr.

Elle regarda du coin de l'œil la petite fille. Un autre sourire. Plus franc, cette fois. Celui d'une enfant heureuse.

— Où est ta classe, Sandy ? demanda-t-elle.

— Là-bas.

Abby se tourna dans la direction qu'elle lui indiquait. Deux femmes encadraient un groupe d'enfants plus jeunes près du petit bain.

— Je crois qu'il est temps que tu ailles les rejoindre. Mais d'abord, je veux te dire quelque chose : si quelqu'un t'embête ou se moque de toi, il faut que tu en parles à une grande personne. Ton papa ou ta maman, ou bien ta maîtresse.

Elle s'interrompit. Même si ce conseil n'avait pas été

très efficace pour elle-même, cela ne signifiait pas qu'il soit mauvais pour autant.

— Tu t'en souviendras ? reprit-elle.

— D'accord, acquiesça Sandy en hochant la tête avant de filer vers son groupe.

Abby la suivit des yeux en prenant une forte inspiration pour se calmer. Même si ce n'était pas l'envie qui lui manquait, l'adulte en elle savait que s'en prendre directement aux petites brutes ne servirait à rien, et surtout pas à leur victime.

Une main se posa sur son épaule, la faisant tressaillir.

— Tu frissonnes, dit Nick en remontant la serviette sur ses épaules.

Elle ne frissonnait pas, elle tremblait. Il y avait une différence et Nick le savait aussi bien qu'elle.

— Non, ça va, dit-elle. Il faudrait avertir quelqu'un…

— Va t'habiller, je vais expliquer à Diane ce qui s'est passé, dit-il en désignant le professeur de natation d'un signe de tête.

Inspirant profondément, elle tenta de calmer ses tremblements. Il avait raison. Il était temps pour elle de s'en remettre à ceux qui étaient les mieux placés pour agir. Mais ce n'était pas facile. Abby avait surmonté sa peur et le dégoût d'elle-même hérité de son enfance, mais voir une autre fillette bousculée par de plus grandes qu'elle avait réveillé de fortes émotions. La colère et la frustration de l'impuissance s'étaient brutalement rappelées à elle, et elle avait beau faire, elle en tremblait de tout son être.

— Va te changer, dit doucement Nick, qui avait déjà fait signe à Diane.

Mais Abby resta encore un instant, regardant Nick et Diane discuter. Tout irait bien, se répéta-t-elle, alors qu'elle se dirigeait enfin vers les vestiaires.

— Comment va la petite ? demanda-t-elle un quart d'heure plus tard dès que Nick la rejoignit à l'entrée.

— Bien. Diane lui a parlé et elle a promis d'avertir sa mère. Elle m'a aussi demandé de te remercier d'être intervenue. Bon, à présent que le problème est résolu, tu es prête pour le petit déjeuner ?

Elle le regarda, inquiète. Il oserait peut-être l'interroger sur son attitude. Sur cette expression égarée dans ses yeux et la force avec laquelle elle avait réagi.

— Je suis un peu fatiguée, dit-elle. Un autre jour, peut-être ?

Autrement dit, quand il aurait oublié ce qui venait de se passer. Ce qui ne risquait pas d'arriver.

— Abby, je sais que ce genre de persécution ne devrait en aucun cas être pris à la légère, mais…

Il s'interrompit un bref instant :

— … tu as l'air bouleversée.

Il la dévisagea. Le regard d'Abby était à lui seul une confirmation de ce qu'il affirmait. Au-delà de ce qui venait de se passer, elle avait elle-même vécu une situation semblable par le passé, il en était certain. Mais ses lèvres pincées disaient clairement qu'elle refuserait de l'admettre.

— Je suis fatiguée, Nick, et ma réaction n'était pas adéquate. J'ai eu tort.

— Nous apprenons bien plus par nos erreurs qu'autre chose, dit-il en songeant avant tout à lui-même.

— Et celle-ci, en l'occurrence, m'apprend que je suis fatiguée et que je dois rentrer, répliqua-t-elle d'un ton brusque.

Devant la détresse qui passa fugacement dans son regard bleu, il dut contenir l'envie de la prendre dans ses bras et de la protéger de tous ces dangers, réels ou imaginaires, qu'elle redoutait.

— Je rentre chez moi, Nick, dit-elle encore une fois, en accrochant son sac à son épaule.

Il réprima un soupir de dépit. Il avait voulu l'aider, avait trop insisté, et n'avait fait que l'éloigner de lui. Mieux valait ne pas réfléchir à ce que cette erreur révélait de lui-même.

— Je passerai dans la semaine avec les détails de la compétition.

— D'accord.

— Bon courage pour ton entraînement.

— Oui. Merci.

Il ne put la retenir davantage. Elle tourna les talons et s'éloigna, s'arrêtant brièvement devant la sortie pour lui adresser un signe de la main, avant de disparaître dans la rue.

4.

En pleine heure de pointe, la gare de Euston était bondée. Chaque rame déversait un flot de voyageurs venant gonfler la foule déjà compacte qui se dirigeait vers les escalators du métro.

Abby leva la tête. Elle s'était réfugiée dans un coin à peu près isolé pour étudier le tableau des départs. Le train pour Windermere avait douze minutes de retard, ce qui signifiait qu'elle avait une bonne demi-heure d'attente.

Et Nick n'apparaissait toujours pas à l'entrée du quai, là où ils étaient convenus de se retrouver.

Le grouillement de la foule lui faisait tourner la tête. En se hissant sur la pointe des pieds, elle aperçut une petite cafétéria. Une dizaine de personnes faisaient la queue en attendant leur dose matinale de café, mais au moins n'y serait-elle pas constamment bousculée par les passants.

Elle détestait la foule. Au fil des ans, elle était parvenue à surmonter son agoraphobie, mais n'avait jamais pu tout à fait se départir de son malaise face à l'hostilité potentielle d'un grand nombre de personnes pressées les unes contre les autres.

Et puis elle était aussi nerveuse à l'idée de revoir Nick, même s'ils étaient restés en contact quotidien par e-mails.

Elle dut attendre dix bonnes minutes pour avoir son café, mais dès qu'elle l'eut entre les mains, elle se sentit mieux. A présent, elle n'avait plus qu'à trouver un petit coin tranquille pour le boire. Elle avait besoin de s'asseoir pour que son malaise se dissipe tout à fait.

Mais, comme elle s'éloignait du comptoir, quelqu'un la bouscula plutôt violemment, sans même prendre le temps de s'arrêter pour s'excuser. Et alors qu'elle resserrait machinalement la main sur son gobelet de plastique, le liquide brûlant coula sur ses doigts et sur sa veste en polaire.

Empêtrée avec son café dans une main et son sac de voyage dans l'autre, alors que la lanière de son sac à main glissait de son épaule et qu'une nouvelle vague de voyageurs déversée par le dernier train se dirigeait vers elle, Abby se précipita vers le seul abri possible : un panneau publicitaire non loin de l'entrée du quai où elle s'adossa un instant.

— Pas maintenant. Pas maintenant ! s'exhorta-t-elle intérieurement.

Elle commençait à manquer d'air et son cœur cognait bien trop fort dans sa poitrine. Elle tenta, comme elle l'avait appris, de respirer lentement, profondément, et à un rythme très régulier.

Mais rien n'y faisait. Elle suffoquait, et l'angoisse commençait à devenir incontrôlable.

Elle poursuivit cependant, les yeux fermés, si concentrée sur son exercice qu'elle faillit hurler quand elle sentit une main se resserrer sur son bras.

— Abby ?

Nick. Elle inhala une faible odeur de santal tandis qu'il s'approchait d'elle.

— Laissez-lui un peu d'espace ! ordonna-t-il.

Sa voix était assez forte et autoritaire pour que les gens, automatiquement, s'écartent. Un bras sur ses épaules, il la protégea de son corps et elle s'agrippa à lui, pendant qu'il lui ôtait le gobelet de café de la main.

— Lentement, Abby. Respire lentement. Un… deux… trois…

Elle s'efforça de se concentrer de nouveau sur sa respiration. Pendant quelques secondes, ses poumons suivirent ses instructions, mais très vite le bruit environnant et les battements trop rapides de son cœur reprirent le dessus. Elle fut vaguement consciente que quelqu'un s'arrêtait et que Nick lui parlait, mais son seul désir, à cet instant, était de fuir cet endroit le plus vite possible.

— O.K. Abby, tout va bien, dit Nick. Viens avec moi. Non, laisse ton sac, quelqu'un va le prendre. On va juste aller s'asseoir dehors.

Elle lui lança un regard reconnaissant. S'asseoir. Oui. C'était ce dont elle avait besoin. La crise passerait très vite si elle pouvait s'asseoir. Elle se laissa guider par Nick qui la tenait serrée contre lui pour franchir les portes automatiques, et bientôt elle respira une bouffée d'air frais.

Elle l'entendit qui demandait à quelqu'un de lui faire une place sur un banc, puis elle put enfin se poser et se laisser aller. Quelqu'un d'autre se leva, et Nick s'assit à côté d'elle, passant un bras autour de ses épaules.

— Quelqu'un aurait un sac en papier, s'il vous plaît ? demanda-t-il. Oui, un grand. Comme ça, oui, parfait. Merci.

Il déplia le sac qu'il mit entre ses mains tremblantes.

— Tu sais quoi faire, Abby ? Oui ? Alors vas-y.

Il l'aida à porter le sac à ses lèvres et elle inspira. Une fois. Deux fois. Trois fois. Elle sentit vaguement une odeur de pâte d'amandes. Sans doute ce sac avait-il contenu un croissant aux amandes.

— C'est mieux ? demanda-t-il.

Abby tourna la tête vers lui. Il la tenait toujours, très légèrement, juste pour qu'elle sache qu'il était là. Qu'elle n'était pas seule.

— Oui… Merci. Désolée.

— Ne vous inquiétez pas, intervint une femme penchée au-dessus d'elle. Moi aussi, j'ai des attaques de panique. Ça ira mieux dans une minute, vous verrez.

Une larme de honte coula sur la joue d'Abby qui s'empressa de l'essuyer avant que Nick ne la voie.

— Désolée pour tout ce remue-ménage, dit-elle.

— Tu n'as pas à t'excuser, répondit Nick en lui prenant son sac de voyage.

— Sa veste est toute mouillée, dit la femme.

Aussitôt, Nick la lui ôta et l'emmitoufla dans son propre blouson, où elle se pelotonna avec reconnaissance, regrettant toutefois de ne pas pouvoir disparaître.

Au moins se chargea-t-il pour elle de remercier les gens qui avaient été assez attentionnés pour les aider. Finalement, ils se retrouvèrent seuls.

— Nous ferions mieux d'y aller, dit-elle. Nous allons finir par manquer notre train.

— C'est déjà fait.

— Quoi ?

Elle le regarda, ahurie. Une demi-heure avait donc passé depuis qu'elle s'était réfugiée sous le tableau des départs ? Avait-elle perdu connaissance, ou quoi ?

— Tu ne prendras pas ce train, et moi non plus, dit Nick. Je veux savoir ce qui te tourmente.

— Rien. Il n'y a rien, Nick.

— Très bien. Dans ce cas, tu ne prends pas le train. Ni celui-ci ni aucun autre.

Il n'avait même pas l'air de plaisanter. Abby prit une profonde inspiration, et l'angoisse qu'elle éprouvait encore se dissipa lentement, remplacée toutefois par la conscience que Nick avait découvert sa faiblesse. Et qu'elle était désormais vulnérable…

— Et pourquoi est-ce que je ne prendrais pas le train ? demanda-t-elle.

— Quelqu'un sujet aux attaques de panique sans raison ne devrait pas nager hors d'une piscine. Tu es un danger pour toi-même et pour les autres, Abby.

— Non !

— Alors il y a un problème et tu vas m'en parler.

Elle s'apprêtait à protester, mais il l'arrêta de son index levé.

— Pas ici. Il y a un petit café à deux pas. Tu vas boire quelque chose de chaud et tu me raconteras ça. Je suppose que tu n'avais pas pris de petit déjeuner, ce matin.

Abby se tut. Pas question de lui donner la satisfaction d'avoir raison. Ouvrant son sac, elle en sortit un pull qu'elle enfila, pour permettre à Nick de récupérer son blouson.

Au moins avait-il fait le nécessaire pour l'aider à reprendre ses esprits. Notamment en la serrant contre lui, en lui transmettant sa chaleur... Mais elle savait qu'il ne la laisserait pas se défiler. Il attendrait l'instant propice et, à ce moment-là, il ne se contenterait certainement pas de son silence pour toute réponse...

— Tu te sens mieux ?

Abby esquissa son premier sourire de la journée. Il l'avait observée constamment pendant qu'elle avalait un grand café-crème et un beignet aux myrtilles, tout en sirotant lui-même sa verveine à l'orange.

— Oui. Bien mieux. Merci.

— D'accord. Donc, j'ai un problème : il est absolument hors de question que je te laisse prendre ce train si cette expédition te stresse au point de te donner une attaque de panique. Aurais-tu quelque chose à me dire qui me permettrait de changer d'avis ?

Son regard était si plein de compréhension et de tendresse qu'elle décida de jouer cartes sur table avec lui.

— Ça n'a rien à voir avec la natation, Nick, je t'assure. J'avais déjà des attaques quand j'étais adolescente. Elles ont fini par disparaître.

— Je vois ça, oui, dit-il d'un ton particulièrement affable. Il me semble pourtant t'avoir vue le nez plongé dans un sac en papier il y a moins d'une heure...

Elle haussa les épaules.

— Je guettais l'heure en essayant de trouver le bon quai, j'ai renversé mon café et... et puis tout à coup il y a eu beaucoup trop de monde autour de moi.

— C'est vrai que la foule peut être angoissante, parfois. Surtout pour quelqu'un qui a été plus ou moins brutalisé.

Elle fronça les sourcils. De toute évidence, il n'avait pas eu de mal à tirer les conclusions de ce qu'il avait vu à la piscine…

— Oui. C'est certain.

— Et c'est ce qui t'a poussée à nager ? Et à t'investir dans le caritatif ?

— On ne peut rien te cacher…, répliqua-t-elle du tac au tac.

Il haussa les épaules.

— En tout cas, pas en ce qui te concerne, Abby.

— Je… ne vois pas ce que tu veux dire.

Il reconnut le mensonge, mais le pardonna aussitôt.

— Et la natation t'a aidée ?

— Oui. Mais pas seulement. J'ai participé aussi à des séances de groupe, où j'ai rencontré d'autres adolescents dont certains bien plus atteints que moi, et je ne me suis plus sentie aussi seule.

— Et tes parents ?

Abby laissa échapper un soupir. Il avait le don de mettre le doigt sur ce qu'elle voulait taire. Elle haussa les épaules, feignant l'indifférence.

— Mes parents jouaient au bridge avec ceux d'un des meneurs, et bien sûr ils n'avaient pas envie de faire de vagues. Alors ils refusaient d'entendre et de voir le problème.

— Si bien que tu as dû te débrouiller seule.

— Oui.

Elle se redressa. Elle avait donné une bonne leçon aux fauteurs de troubles, été reçue à l'école de médecine et travaillé dur pour gagner son titre de docteur.

— Les gens de Question de Sport m'ont appris à être fière de moi et de ce que j'avais accompli.

Abby posa soudain fermement les mains à plat sur la table, lui signifiant clairement qu'elle en avait terminé avec les confidences dans l'immédiat.

— C'était il y a longtemps, Nick, et j'ai laissé ce passé derrière moi. On connaît tous de mauvaises passes, non ?

— C'est certain, acquiesça-t-il. Du moment que ce n'est

pas plus grave. Tu m'as convaincu de ne pas participer à la compétition parce que ça ne valait pas la peine que j'y sacrifie ma santé, et je suis prêt à te rendre la pareille si ça doit te causer des problèmes.

— Et à perdre trente mille livres ?

Il haussa les épaules.

— Je pourrai toujours trouver d'autres moyens de récolter de l'argent. Peut-être que je t'inscrirai à des courses de fond, à la place, dit-il, les yeux rieurs.

Elle grimaça.

— Je déteste courir. Et la natation est ma réponse à mes problèmes, pas la cause. J'ai très envie de participer à ces épreuves, et tu sais que j'en suis capable.

— Bien sûr que tu le peux. Et mieux que moi, même si je n'avais pas démoli mon genou.

— Oh ? Mieux que toi ? répéta-t-elle avec un sourire amusé. Drôle d'aveu !

— Un moment de faiblesse de ma part, sûrement ! Bon. Alors, que fait-on, maintenant ? Quoi que tu décides, cela me conviendra.

— Ces trente mille livres sont à nous, Nick. Tu as décroché les sponsors et c'est à moi de finir le travail. Et Question de Sport en récoltera trente mille aussi.

— Ça me va tout à fait. Et nous ferons une fête d'enfer quand tout sera terminé, promis.

Ils prirent le train suivant. Abby s'assit en face de Nick. Les trois heures à venir risquaient d'être longues. Elle s'efforça de se plonger dans sa lecture tandis qu'il allumait son portable.

Au bout d'un moment, elle reposa son livre.

— Que fais-tu ? Tu continues d'organiser la compétition ?

— Non, rien à voir. C'est juste quelque chose que j'ai en cours avec la brigade de pompiers du comté de Cumbrie.

— C'est vrai ? Ça tombe bien, c'est justement là que nous allons.

— Oui, c'est bien ce que j'ai pensé. Le gars avec qui je travaille, Ted Bishop, est mon ancien chef de brigade. Il a eu une promotion qui l'a envoyé dans ce comté il y a deux ans. Et l'idée de cette compétition nous est venue quand nous sommes allés lui rendre visite l'année dernière. Il s'est vraiment mis en quatre pour nous aider, surtout pour trouver l'endroit pour le faire, et nous permettre de décrocher tous les permis nécessaires.

— Et donc tu étais prêt, pour ne pas le décevoir, à achever de démolir ton genou en participant coûte que coûte à la compétition.

— Si on veut… Mais là, c'est juste en tant que consultant qu'il a besoin de moi. Ted sait que j'ai travaillé sur le problème des incendies criminels, et c'est à ce titre qu'il m'a contacté. Il y a eu plusieurs attaques dans la région dont il est responsable, et nous allons devoir découvrir le coupable avant qu'il y ait des pertes humaines. Apparemment, j'ai un atout qui pourrait l'aider.

— Ah bon ?

— Oui. Après que je me suis engagé dans les pompiers, j'ai suivi des cours pendant mon temps libre, et j'ai décroché une maîtrise en psychologie. Ce qui m'a conduit à faire un travail conjointement avec l'université sur les motivations et le comportement des pyromanes. J'ai pu ainsi aider Ted à dresser quelques profils psychologiques.

— Ça a l'air intéressant.

Elle le regarda, admirative. D'autant plus que Nick n'avait jamais jusqu'à présent évoqué son passé.

— Et tu as toujours eu envie d'être pompier ?

— Non. En fait, au départ, j'ai décroché une formation d'ingénieur en génie civil. Mais à l'université, je me suis porté volontaire pour les services d'urgence, ce qui, une fois que j'ai eu mon diplôme, m'a décidé à changer d'orientation.

— Et tu ne l'as jamais regretté ?

A cet instant, elle se rendit compte que cette discussion était bien plus qu'une simple façon de tuer le temps pendant ce long trajet. Elle découvrait enfin Nick. Ils n'avaient jamais vraiment parlé d'eux, lors de leurs premières rencontres, et Abby commençait à le regretter. Si elle avait su ce qu'elle apprenait à cet instant, elle aurait mieux cerné Nick, et se serait peut-être épargné beaucoup de tourments.

— Jamais. Pas en ce qui concerne ma décision de m'engager dans les pompiers, en tout cas. En dehors de cela, il n'est pas toujours sain de… regarder en arrière.

Il retint un instant son regard captif, et elle se perdit fugacement dans le sien, entraînée malgré elle au-delà de la frontière qu'elle avait tracée entre eux. Autrement dit, toute incursion dans un sujet ne concernant pas la natation et la compétition était impérativement à proscrire.

Abby changea de position sur son siège ; sa jambe droite commençait à s'engourdir et elle se pencha pour la masser.

— Ça va ? dit Nick. Je prends toute la place, non ?

Sans attendre sa réponse, il tendit le bras sous la table, lui attrapa la cheville et posa son pied sur sa cuisse.

— Là. C'est mieux, non ?

Elle rougit légèrement. Elle pouvait sentir sa chaleur à travers les fines couches de tissu qui séparaient sa peau de la sienne. Ils avaient encore un long trajet devant eux, et elle eut soudain le sentiment qu'il serait très simple d'oublier le passé, et de prendre un nouveau départ avec lui.

— Oui. Merci, dit-elle.

— N'hésite pas à te mettre à l'aise.

Abby étira sa jambe et changea de sujet.

— Donc tu travailleras avec le service de pompiers de Cumbrie pendant que nous serons là-bas ?

— Non. Je viens de terminer. Une fois que nous serons à Windermere, je serai officiellement en vacances.

— A moins qu'on ait besoin de toi.

— Oui. D'ailleurs, Ted a déjà promis de m'appeler s'il y avait un problème. Tu veux boire ou manger quelque chose ?

— Non, merci. Par contre, je vais peut-être me reposer un moment.

Elle était fatiguée, comme bien souvent après une attaque de panique.

— D'accord. Essaie de te détendre. La matinée a déjà été bien chargée.

Elle acquiesça, fermant les yeux, et ne fut pas longue à sombrer dans le sommeil.

Sam et le reste du groupe étaient déjà là quand ils arrivèrent à l'hôtel, et Abby se retrouva comme happée par la chaleur de leur accueil. Ils dînèrent avec eux et, après un repas léger, elle s'excusa de leur fausser compagnie pour gagner sa chambre où elle se coucha sans tarder.

Elle se réveilla de bonne heure, mais bien reposée. Le soleil déjà brillant à l'horizon promettait une belle journée dont elle comptait profiter au maximum, l'entraînement ne commençant que le lendemain.

Incapable de résister, elle sortit et emprunta un sentier menant au bord de l'eau. Le lac Windermere, le plus grand des lacs du comté, était silencieux. Des oiseaux plongeaient la tête sous sa surface frémissante, pour y attraper des petits poissons. Un voilier, au loin, se découpait sur une toile de fond d'une beauté saisissante.

— Belle journée, hein ?

La voix douce de Nick la fit légèrement sursauter alors que, assise en tailleur sur la rive, elle laissait libre cours à ses rêveries.

— Tu as bien dormi ? demanda-t-il

— Comme une marmotte. Ce doit être l'air.

Se retournant, elle s'aperçut qu'il avait pris appui sur une canne.

— Hé ! Qu'as-tu fait de ta béquille ?

Il sourit.

— Je ne m'en suis pas encore débarrassé, elle est dans ma chambre. Mais je suis monté en grade, dit-il dans un grand sourire, en s'asseyant sur l'herbe à côté d'elle. Alors ? Comment te sens-tu ? En forme pour demain ?

— Trois mille mètres. Pas de problème. L'eau est si calme…

— Oui. Espérons qu'elle le restera. La météo est optimiste.

— Cesse de t'inquiéter. On nage le matin, et l'après-midi on participe aux festivités.

— Oui. Il y aura un orchestre, des attractions, des compétitions sportives… Et même une mise en scène d'extinction d'incendie pour les enfants.

— Avec la grande échelle ?

— Avec la grande échelle, oui.

— Tu ne comptes pas y monter, tout de même ? Pas avec ton genou ?

— Je verrai.

— Ça te manque, n'est-ce pas ? demanda-t-elle.

Elle pensa à la passion qui avait animé ses yeux quand il avait parlé de son métier, la veille.

— Oui. Je regrette que ça se termine ainsi.

— Que ça se termine ? Mais je croyais que le Dr Patel t'avait déjà autorisé à effectuer des tâches mineures. Il n'y a aucune raison que tu ne puisses pas reprendre le collier d'ici quelques mois.

Abby se mordit la lèvre. Pourvu que Nick ne découvre pas qu'elle s'était renseignée sur son compte auprès de Jay Patel…

— C'est vrai. Apparemment, je suis un meilleur patient que ce qu'il craignait. Peut-être parce qu'une de ses consœurs l'a convaincu d'être indulgent avec moi… Quoi qu'il en soit, je ne reprendrai pas du service.

Elle inclina la tête, sourcils froncés, pour l'observer.

Pourquoi Nick renoncerait-il délibérément à un travail qu'il aimait alors que rien ne l'y obligeait ?

— C'est vraiment ta décision ?

— Oui. J'ai un nouveau poste, une promotion : gestion des sinistres et prévention des incendies. Je dirigerai ma propre équipe. J'ai posé ma candidature avant d'être blessé, et j'ai appris il y a quelques semaines qu'elle avait été retenue.

— Oh ! Donc… c'est une bonne nouvelle ?

— Oui. Tout à fait. C'est une chance unique pour moi. Je serai régulièrement en lien avec le public, et je dirigerai mon équipe dans mon secteur. C'était vraiment ce que je souhaitais.

— Et pourtant, depuis que tu n'as plus le choix, avec ta blessure, tu es moins enthousiaste, non ?

— C'est vrai.

— Alors qu'espérais-tu en briguant ce poste ? Tu avais encore le choix à ce moment-là. Qu'est-ce que tu cherchais, réellement ?

Nick eut un sourire amusé.

— D'accord. Un point pour toi ! Accorde-moi quand même le droit d'avoir un petit regret irrationnel, O.K. ?

— Du moment que tu sais que ce n'est pas logique…

Un vol d'oies sauvages passa au-dessus d'eux en criaillant, et Abby les suivit des yeux jusqu'à ce qu'elles aient disparu de l'autre côté du lac.

— C'est superbe…, dit-elle. Au fait, ce n'est pas l'heure du petit déjeuner ? J'ai une faim de loup.

— Pas encore. Ils ne servent pas avant une demi-heure. Et si on marchait un peu en attendant ?

— D'accord.

Ils gagnèrent un sentier qui longeait la rive, et, quand Nick lui offrit son bras, elle le prit sans hésiter, simplement heureuse de sentir sa chaleur contre la sienne.

— C'est vraiment une région superbe, dit-elle au bout d'un moment. Et si calme…

— Oui. Nous avons choisi un endroit à l'écart des sites touristiques pour pouvoir nous reposer et recharger nos batteries.

— C'était une très bonne idée. J'ai l'impression d'être passée dans une autre dimension. C'est tellement paisible…

— Plus d'attaques de panique, alors ?

A son ton, elle devina que le sujet le préoccupait.

— Non. Je me sens au contraire capable d'affronter le monde entier, aujourd'hui.

— Et de gagner ?

— Evidemment.

— Donc nous devrions passer une bonne journée de détente.

— Oui. Demain sera là bien assez tôt.

Elle le regarda en souriant. Mais il ne répondit pas. Ses yeux étaient fixés sur le ciel limpide, comme s'il réfléchissait à quelque mystère de l'univers dont la clé résiderait là-haut…

Il s'arrêta soudain, laissant tomber sa canne. Abby s'en rendit à peine compte car Nick l'avait attirée contre lui. Elle ferma les yeux pour mieux sentir sa chaleur, son odeur, la fermeté de son corps à la fois protecteur et synonyme de danger.

— Nick… ? Que fais-tu ?

— Je me demandais si tu aimerais un peu de compagnie. Nous pourrions passer une bonne journée ensemble.

L'emprisonnant de son regard sombre, il se pencha pour effleurer ses lèvres des siennes. Et elle se sentit presque paralysée sous la caresse de ses doigts sur son cou.

— Puisque nous sommes en vacances…

Nous pouvons faire ce que bon nous semble, songea-t-elle, comme pour terminer sa phrase. Et que pourrait-elle lui refuser ? Elle avait tellement envie qu'il l'embrasse. Tellement envie de sentir son corps contre le sien…

Non sans une certaine hésitation, elle caressa à son tour sa bouche du bout des doigts, et sentit ses lèvres les happer doucement.

Elle ne s'était attendue à rien de timide ou de retenu de la part de Nick. C'était un homme qui savait prendre ce qu'il voulait, et quand il l'embrassa il le fit sans mesure, poursuivant ensuite ses caresses avec passion.

Lorsqu'il s'écarta d'elle, elle sut que ce n'était que pour lui demander davantage. Mais c'est elle qui, enfouissant ses doigts dans ses cheveux, attira de nouveau son visage tout près du sien pour l'embrasser encore. Et encore.

— Abby…

A la façon dont il avait prononcé son nom, elle comprit soudain que s'il avait interrompu toute relation entre eux, ce n'était pas parce qu'il ne voulait pas d'elle. Non. Il s'agissait d'autre chose.

— Pourquoi, Nick ? Pourquoi maintenant ? murmura-t-elle. Qu'est-ce qui a changé depuis six mois ?

— Je ne suis pas celui qui pourra t'offrir ce que tu mérites, Abby. Pas sur le long terme. Mais tu as dit toi-même que ce serait comme une parenthèse dans notre vie. Ce qui se passe ici peut rester ici.

Elle le regarda, étonnée par ses propres réactions. Elle n'éprouvait aucune amertume à entendre ce qu'il venait de lui dire. Elle pouvait même, presque, envisager les choses de la même façon. Nick l'avait déjà blessée une fois, et, même si elle lui avait pardonné, elle s'était promis de ne jamais lui en donner une nouvelle occasion. Sauf qu'elle était désormais bien plus avertie. Elle le comprenait mieux aujourd'hui que la première fois, et savait que, quoi qu'il puisse se passer entre eux, il n'y aurait pas de suite. Elle pourrait prendre ce dont elle rêvait depuis de si longs mois, et rentrer chez elle avant qu'il ait une chance de lui briser le cœur.

Il s'écarta d'elle, et la brise fraîche la fit soudain frissonner. Tous ses sens étaient comme en alerte, vulnérables, comme s'ils s'éveillaient d'un trop long sommeil. Elle avait envie de plus. De bien plus.

— Penses-y, dit-il.

Abby se mordit la lèvre. Elle ne pouvait penser à rien d'autre, ce qui ne l'empêchait pas d'avoir encore peur. Peur de tendre la main vers lui et de découvrir qu'il n'était pas là. Ou bien qu'il l'était. Elle n'aurait su dire ce qui la terrifiait le plus.

— Je… je ne sais pas, Nick.

Il l'embrassa encore — un simple effleurement de ses lèvres sur les siennes, mais qui enflamma tous ses sens. Elle ne savait que trop qu'il était capable de la rendre folle de désir, folle de plaisir. Même le plus innocent de ses baisers pouvait lui faire perdre la tête. Ses yeux de velours sombre contenaient des secrets indicibles qui l'appelaient vers lui. Malgré elle.

— Très bien, répondit-il doucement. Ça veut dire que tu y penses, alors…

5.

Abby, s'écartant de Nick, remit en place une mèche de ses cheveux. Il ne semblait pas réellement attendre de réponse de sa part, du moins pas immédiatement. Très bien. Il lui avait dit ce qu'il espérait d'elle, et à présent la balle était dans son camp. Au moins, faute de pouvoir lui résister, elle pourrait le faire patienter, au lieu de lui tomber dans les bras comme l'idiote qu'elle avait le sentiment d'être dès qu'elle était avec lui.

Ouvrant la porte de la réception, il s'effaça pour la laisser passer.

— Ah ! les voilà ! dit Mme Pearce, la propriétaire, assise au bureau de la réception. Il y a quelqu'un qui veut vous voir, monsieur Hunter, ajouta-t-elle en désignant un homme d'environ vingt-cinq ans d'un signe de tête.

Nick la remercia et s'avança vers lui la main tendue.

— Bonjour. Nick Hunter.

— Graham Edson. Je travaille pour le journal local. Heureux de vous connaître.

Soudain, découvrant sa canne, ce dernier haussa les sourcils.

— Vous allez nager avec ça ?

— Non, malheureusement, j'ai dû jeter l'éponge. Quelqu'un le fera à ma place.

Il s'écarta pour laisser Abby s'approcher.

— Abby Turner, déclara-t-il. Ma remplaçante.

— Oh. Ravi de vous connaître, dit Graham dont l'attention était à présent tout entière centrée sur elle. Vous êtes pompier aussi ? ou… pompière ?

— On dit pompier, même pour les femmes. Et non, je suis médecin, répliqua Abby en souriant.

— Oh ? Et vous allez essayer de remplacer Nick Hunter au pied levé ?

— Je ne vais pas essayer, je vais le faire, oui, dit-elle posément. J'effectuerai les six parcours à sa place.

— Je vois. Ce serait possible d'avoir quelques détails sur vous pour mon article ?

— Bien sûr, acquiesça-t-elle.

Elle songea que toute publicité était bonne à prendre pour la cause qu'ils défendaient.

— Notre organisateur a un dossier complet sur la compétition à disposition, avec des informations sur tous les participants, intervint Nick. Si vous me donnez votre adresse e-mail, je vous le ferai parvenir.

Le journaliste s'exécuta avant de se tourner de nouveau vers Abby.

— Je voudrais juste vous poser quelques questions. En votre qualité de médecin, je suppose que vous êtes consciente des dangers que présente une telle compétition en eau libre ?

Il sortit un petit magnétophone de sa poche et le tendit vers Abby.

— En ce qui concerne nos mesures quant à la santé et à la sécurité, le responsable officiel de notre équipe pourra vous fournir toutes les informations que vous souhaitez, interrompit de nouveau Nick.

Elle le regarda, surprise. Il semblait déterminé à ne pas la laisser placer un mot.

— Oui, mais vous-même, personnellement, avez dû réfléchir aux problèmes que cela pose ? reprit Graham, qui se rapprocha davantage d'Abby, ignorant Nick. Par exemple à la maladie de Weil ? Vous ne craignez pas de prendre ces risques ?

Nick se pencha pour éteindre le magnétophone dans la main de Graham. Et, en voyant son expression, Abby comprit qu'il se retenait de ne pas jeter l'appareil par terre pour le piétiner.

— Vous nous excuserez, mais nous avons à faire. Comme je vous l'ai dit, Peter Welsh, notre organisateur, vous adressera le dossier de presse ce matin, et répondra à toute question supplémentaire que vous souhaiteriez lui poser. Et bien mieux que nous ne saurions le faire.

La pression de ses doigts sur son épaule dissuada Abby d'intervenir. Mieux valait attendre d'être seule avec Nick pour lui demander des explications.

— D'accord. Très bien, dit Graham en sortant de sa poche une carte qu'il tendit à Abby. J'ai déjà ce dossier, mais je ne veux pas vous retenir puisque vous êtes occupée. Si vous pouviez me contacter à un autre moment, j'aimerais quand même évoquer quelques questions avec vous.

— Très bien, répondit-elle aimablement en empochant la carte.

Elle redressa la tête. Nick pensait peut-être que leur baiser lui donnait le droit de décider à qui elle pouvait ou non parler, mais il comprendrait très vite qu'il n'en était rien.

Elle attendit que Graham se soit éloigné dans sa voiture pour se tourner vers lui.

— Tu as un problème ? demanda-t-elle sans détour.

— Avec lui, oui. Ses questions ne me plaisaient pas.

— Ça, j'ai cru le remarquer. Mais je suis tout à fait capable de répondre à celles concernant les risques sanitaires, tu sais. Je le fais tous les jours.

— Oui, mais c'est différent.

— Différent en quoi ? Je suis peut-être spécialisée en orthopédie, mais je n'ai pas oublié ma formation générale.

Il soutint son regard, puis secoua la tête.

— Il ne s'agit pas de cela, Abby. C'est juste que ta position, en tant que médecin, donne bien plus de poids à tes réponses.

— Oui, je sais de quoi je parle, c'est sûr. Et mon opinion n'en est que plus fiable, non ?

— Oui, et c'est précisément le problème. Tu sais parfaitement que si le risque de contracter la maladie de Weil est minime, il n'en est pas moins présent.

Abby laissa échapper un soupir d'agacement.

— C'est un niveau de risque acceptable. D'autant plus que nous portons des combinaisons, et qu'il n'y a pratiquement aucune chance que nos hypothétiques égratignures soient en contact avec de l'eau potentiellement infectée.

— D'accord, mais un niveau de risque acceptable n'est pas synonyme d'impossibilité, répliqua Nick d'un ton agacé. Que se passera-t-il si on te cite hors contexte, ou que ta réponse est répétée de façon à donner l'impression que tu juges inutile de prendre des précautions en eau libre ? Si quelqu'un s'appuyait là-dessus, tu pourrais être tenue directement pour responsable des éventuelles conséquences.

— Je suppose que tout dépendrait des circonstances. Enfin, je ne sais pas bien…, dit-elle, commençant à comprendre où il voulait en venir.

— Exactement. Le dossier de presse couvre précisément tous ces problèmes avec un texte dont chaque mot est pesé. Ce type en a déjà une copie, et pourtant il veut t'interviewer au pied levé sur un sujet complexe et dans une réception d'hôtel. Ça ne te dit rien ?

Abby le regarda. A présent qu'elle y réfléchissait, si. Nick l'avait en fait empêchée de commettre une erreur, c'était certain. Cependant, refusant de l'admettre, elle se contenta de soutenir son regard en silence.

— Hé ! qu'est-ce que vous avez à vous chamailler de si bon matin, tous les deux ? s'exclama Pete d'un ton enjoué, du haut de l'escalier.

Nick et Abby se tournèrent ensemble vers le pompier à la retraite.

— Nous ne…, commença Nick.

— … nous chamaillons pas, termina Abby.

Pete, arrivé en bas des marches, se mit à rire.

— Au moins, vous êtes d'accord là-dessus. C'est déjà

ça ! Allez plutôt déjeuner. Nous avons du pain sur la planche aujourd'hui, si nous voulons être prêts pour demain.

Premier jour. Lac Windermere.
Trois mille mètres

— Comment faites-vous cela ? demanda Louise en souriant.
— Quoi ? dit Abby.
— Vous avez mis moins de cinq minutes pour enfiler votre combinaison. Il me faut au moins une demi-heure, moi.
— Personne ne vous a montré le truc du sac ?
Abby lui sourit à son tour. Elle aimait bien Louise. Elle était le plus jeune pompier du groupe, mais ne faisait de cadeau à personne, et n'en attendait pas moins des autres envers elle. Elle ne jouait surtout pas sur le fait qu'elle était une femme, et ses compagnons, de toute évidence, ne l'en respectaient que plus.
— Non. Allez-y. Montrez-moi la formule magique.
— D'abord, vous mettez votre pied dans ce sac en plastique... Bien. Maintenant, glissez-le dans la combinaison.
Abby aida Louise à faire glisser le Néoprène sur sa jambe puis ôta le sac de son pied.
— Et voilà. La combinaison ne colle pas à la peau quand vous l'enfilez. Faites la même chose avec l'autre pied et avec les mains, et vous n'aurez plus de problèmes !
Louise s'exécuta, ravie de découvrir cette méthode.
— Nick dit que vous avez traversé la Manche à la nage, dit-elle, alors qu'Abby lui remontait sa fermeture Eclair dans le dos. C'est vrai ?
— Oui, mais en équipe. Je n'ai pas franchi toute la distance seule. Nous étions plusieurs à nous relayer.
Abby la regarda, attentive. Louise semblait nerveuse et avait de toute évidence besoin d'être rassurée.
— Vous devez vous sentir prête, non ? Vous avez eu beaucoup d'entraînement, je suppose.

— Oui. Nick nous a tous mis à l'épreuve. Je pensais qu'il nous laisserait un peu tranquilles à son retour, mais il est pire que jamais. Etre sur la touche le rend fou.

— Je peux le comprendre, dit Abby d'un ton bienveillant. C'est la première fois que vous nagez en eau libre ?

— Non. Ça faisait partie de notre training, pendant le week-end. Mais j'avoue que j'ai un peu peur… Je ne voudrais pas décevoir l'équipe.

— Aucune raison à ça…

Abby hésita un instant. Elle aurait été heureuse de pouvoir terminer cette épreuve devant tous les autres, ne serait-ce que pour montrer à Nick qu'elle en était capable, mais elle renonça, non sans regret, à cette idée.

— Et si nous nagions ensemble ? reprit-elle.

Louise haussa les épaules.

— Je ne pourrai pas suivre. Les gars sont bien plus rapides que moi et, d'après ce que dit Nick, vous aussi.

— Alors je ralentirai un peu. Qu'en pensez-vous ?

— Que si les deux femmes arrivent bonnes dernières, nous allons nous faire sérieusement mettre en boîte.

— Ce n'est pas le problème, Louise. Il ne s'agit pas seulement de gagner, mais de s'entraider pour aller au bout de cette course, et gagner ainsi l'argent dont vous avez besoin. C'est bien pour cette raison que vous avez décidé de participer, non ?

Louise sembla soudain retrouver son optimisme.

— Oui. Un des gars de la brigade a une fille qui est dans un fauteuil roulant, et sa femme et lui doivent se rendre très loin pour lui permettre de bénéficier d'une thérapie en piscine. J'ai vraiment envie de pouvoir les aider, eux, et tous ceux qui sont dans leur cas, mais j'ai l'impression d'avoir été un peu présomptueuse en acceptant de participer.

— Comme je l'ai dit, vous avez franchi l'épreuve de l'entraînement. Et connaissant Nick, il ne vous aurait pas prise dans l'équipe s'il avait pensé que vous n'étiez pas capable de tenir le rythme.

— Exactement, dit Nick d'un ton approbateur, en surgissant derrière elle. Tu as les qualités pour y arriver, Lou. Garde bien l'esprit d'équipe et suis tous les conseils que je te donne.

— Des conseils ?

Louise écarquilla les yeux, et Abby se retint de rire. C'est vrai, depuis quand Nick donnerait-il des conseils ?

— Des conseils ici, mais des ordres dans l'action, poursuivit Nick, imperturbable. Et je t'observerai d'un bout à l'autre du parcours pour être sûr que tu les suis.

Sa décontraction et sa fiablité inspiraient confiance, et Abby n'eut aucun mal à comprendre pourquoi son équipe le tenait en si haute estime.

— Pourquoi ne vas-tu pas t'échauffer, maintenant ? suggéra-t-il. Il est temps.

— Oui, répondit Louise avec un sourire timide à l'adresse d'Abby. J'aimerais bien nager avec vous, alors, si ça ne vous ennuie pas.

— Pas du tout. J'en serai ravie, au contraire.

Abby s'apprêtait à suivre Louise jusqu'au bord de l'eau, quand Nick la retint par le bras.

— Tu n'es pas en compétition avec tout le monde, alors ?

Elle considéra une seconde la question.

— Non. Juste avec toi.

Nick se détourna en riant silencieusement pour descendre vers les bateaux prêts à partir, tandis qu'Abby et Louise entraient ensemble dans l'eau fraîche.

Les nageurs s'alignèrent au point de départ, et au signal Abby s'élança avec Louise, ralentissant aussitôt, afin que cette dernière puisse la suivre. Le soleil se reflétait en éclats éblouissants sur l'eau, et elle éprouva une joie indicible alors qu'elle progressait vers le centre du lac, et que les écarts commençaient à se creuser entre les participants.

Louise faisait de son mieux pour maintenir l'allure, mais Abby dut ralentir encore pour se laisser rattraper, et se mit en pilote automatique, adoptant en silence le rythme d'une chanson qu'elle aimait.

Comme elles atteignaient la bouée de mi-parcours et repartaient vers la rive, Abby jeta un coup d'œil à sa montre. Une demi-heure. Louise se débrouillait bien ; elles devraient mettre une heure pour le parcours complet. Plus lentement qu'elle ne l'aurait fait seule, bien sûr, mais elles n'avaient pas de record à battre. Tout ce qu'on leur demandait, c'était de finir la course. Le bateau de support les suivait à distance, prêt à intervenir en cas de problème.

Soudain Louise se retourna en levant brusquement la main. De toute évidence, elle était en difficulté. Abby s'arrêta pour faire signe au bateau avant de la rejoindre.

— Une crampe ? demanda-t-elle.

Sa première réaction avait été de la soutenir hors de l'eau, mais elle s'arrêta dans son élan, jugeant plus sage de lui donner une chance de s'en sortir seule, et de n'intervenir que si elle n'y parvenait pas.

— Oui. Toute la jambe… gelée, balbutia Louise.

Elle avait les yeux écarquillés par la peur, et ne contenait que difficilement son affolement. Or, paniquer en eau libre était la dernière chose à faire.

— D'accord. Calme-toi. Essaie de plier le pied, lui conseilla-t-elle alors que le bateau se rapprochait.

Elle aperçut Nick, accroupi sur le pont, qui l'interrogeait du regard.

— Une crampe, l'informa-t-elle.

— O.K., dit-il. Détends-toi, Louise. Tu veux arrêter ?

Sa voix grave eut de toute évidence un effet rassurant sur la jeune femme.

— Non. Ça se calme un peu.

— Super. Ne précipite rien ; tu as tout ton temps.

Nick fixa un gobelet à l'extrémité de la perche servant à alimenter les nageurs en biscuits vitaminés et en boissons, et le tendit à Louise.

— Tiens. Essaie d'avaler quelques gorgées.

Les effets de la boisson chaude ne se manifesteraient pas sur-le-champ, mais Louise en serait réconfortée.

Après avoir bu, la jeune femme se laissa flotter un moment sur le dos en effectuant des flexions de sa jambe pendant quelques minutes.

— Je crois que c'est bon, maintenant, dit-elle enfin. On peut y aller.

— Reste près de moi, alors, dit Abby. Et suis mon rythme.

Elle observa encore la jeune femme. Il n'était pas question que Louise cherche à regagner la rive le plus vite possible en se laissant gagner par la panique.

— On va repartir tout en douceur.

— Très bien, dit Nick. Nous allons nous écarter, mais en restant dans les parages.

Nick à son tour regarda attentivement Louise pour savoir si elle aurait le courage et la force d'aller au bout de l'épreuve.

— Si tu commences à ressentir une nouvelle crampe, dit-il, n'attends surtout pas qu'elle passe, mais lève tout de suite la main.

Abby approuva intérieurement. De toute évidence, il ne s'agissait pas cette fois d'un conseil, mais bien d'un ordre, et Louise parut en prendre bonne note. Elle acquiesça d'un signe de tête et répondit d'un nouveau signe, à la main levée de Nick avant que le bateau s'éloigne.

6.

Abby progressa doucement, veillant toujours d'un œil sur Louise. Quarante minutes plus tard, elles sortirent ensemble de l'eau et allèrent s'asseoir sur la jetée. Les autres participants avaient attentivement suivi leur progression, et les coéquipiers de Louise l'entourèrent, alors que des applaudissements discrets retentissaient parmi les quelques spectateurs.

Nick débarqua du bateau et, après avoir échangé quelques mots avec Louise et l'avoir félicitée d'une pression réconfortante de la main sur son épaule, s'avança vers Abby.

— Tu es restée trop longtemps dans l'eau, dit-il d'un ton de reproche.

Elle leva les yeux vers lui, sidérée. Elle ne s'était certainement pas attendue à cela. Tournant les talons, elle se dirigea, sans répondre, vers le minibus, pour aller récupérer son sac de vêtements, refusant de le regarder, de crainte qu'il ne remarque sa déception.

— Nous avons terminé l'épreuve, non ? lança-t-elle d'un ton sec.

— Oui. Et tu dois recommencer demain, et les jours suivants. Ce que je crains, c'est que tu t'épuises bien trop vite si tu les accomplis toutes à cette allure.

Elle se retourna enfin.

— Rien ne m'y oblige. Demain je nagerai seule.

— Ravi de l'apprendre.

— Tant mieux. Maintenant, dis-moi ce que toi tu aurais fait à ma place ?

— Je ne suis jamais mes propres conseils, répondit-il, une

lueur ironique dans les yeux. C'est pour cette raison que je suis si convaincant quand je les donne.

Son expression s'adoucit soudain.

— Monte, reprit-il en lui désignant le minibus. Tu as besoin d'avaler quelque chose de chaud et de te changer.

Il passa devant Abby, et elle remarqua que, même s'il s'appuyait encore sur sa canne, il ne boitait déjà presque plus. L'ignorant, elle ôta sa combinaison et la brise fraîche la fit frissonner.

— Tiens, dit-il en revenant près d'elle avec un gobelet dans une main et une serviette dans l'autre. Prends-la.

Elle ne se fit pas prier. Même si son ton était un peu trop autoritaire à son goût, elle était fatiguée et elle avait froid. Elle s'enveloppa avec bonheur dans le drap de bain. Nick lui mit d'office le gobelet dans les mains, et elle but le liquide chaud qu'elle sentit avec plaisir couler le long de sa gorge.

— Tu trembles. Monte dans ce minibus.

— Pas si c'est pour subir un sermon sur ma lenteur.

Il secoua la tête.

— Tu as ralenti pour aider une coéquipière. C'est normal. Allez, viens. Tu claques des dents.

Dès qu'elle fut assise, il attrapa une serviette sèche et se mit à lui frictionner les pieds. Fermant les yeux, elle sentit la chaleur y revenir peu à peu. Elle prit ensuite dans son sac une paire de grosses chaussettes de laine, qu'elle enfila aussitôt. Sa température semblait remonter à son niveau normal. Plus apaisée, elle but tranquillement les dernières gorgées de son chocolat chaud.

— Bien, maintenant, la suite.

Après avoir fermé les portes du minibus, il prit un autre drap de bain sec, dont il l'enveloppa avant de la frictionner de nouveau.

— O.K. Maintenant, je tiens la serviette et tu ôtes ton maillot.

Elle perçut le léger amusement dans sa voix, mais lui faisait suffisamment confiance pour accepter de se déshabiller dans ces conditions.

— Tu peux te fier à moi, ajouta-t-il. Même si, je dois l'avouer, je n'ai pas pu résister à regarder tes chevilles quand tu as enfilé tes chaussettes, tout à l'heure.

— D'accord. Tu es pardonné. Mais n'en abuse pas.

— Non. Promis, dit-il avec un large sourire.

— Mes vêtements, Nick.

— Il faut d'abord te sécher.

Il lui frotta le dos à l'aide de la serviette, et elle commença à sentir une agréable chaleur monter en elle.

— C'est mieux ? s'enquit-il tout en lui frictionnant les hanches et le haut des cuisses, en prenant soin d'éviter les endroits où seul un amant aurait le droit de s'aventurer.

— Oui, bien mieux, dit-elle.

Elle détourna le regard. Il aurait pu se passer de serviette. Le simple contact de ses mains, même à travers l'éponge épaisse, avait le don de la réchauffer bien au-delà de ses espérances du moment…

— Tiens, ton sac, dit-il en le posant sur les sièges rembourrés.

Abby esquissa un sourire. Visiblement, il n'avait aucune envie de fouiller dedans pour en sortir ses sous-vêtements. Peut-être le sentait-il aussi, ce désir qui semblait vibrer entre eux. Ce besoin qu'elle avait de sentir ses mains sur sa peau nue…

Maladroitement, elle enfila son string et son soutien-gorge tandis que, tenant toujours la serviette, il tournait pudiquement la tête. Comme elle mettait son T-shirt, son bras nu effleura le sien, et son geste vif pour s'écarter d'elle lui fut une nouvelle preuve qu'il était aussi troublé qu'elle.

— Tu pourrais me passer mon pull de mohair bleu et mon pantalon de jogging ? demanda-t-elle. Ils doivent être au fond du sac.

Elle tint la serviette tandis qu'il se penchait pour sortir les vêtements désirés.

— Tiens. C'est bien ceux que tu veux ?

— Oui, merci, dit-elle.

Une fois habillée, Abby, se sentit nettement plus à l'aise, et s'assit sur la banquette. Nick s'était conduit en parfait gentleman, heureusement inconscient des pensées tout à fait indignes qui l'avaient assaillie durant cette délicate opération…

— Désolé pour le sermon, tout à l'heure, dit-il en soupirant. Ma seule défense est que j'ai du mal à supporter de devoir rester sur la touche à m'inquiéter. Je préfère de loin être dans l'action.

— Considère cela comme une expérience enrichissante. Et tu ne t'en sors pas trop mal, en fin de compte. Je t'accorde un bon neuf sur dix, dit-elle dans un demi-sourire.

Elle songea aussitôt que neuf sur dix ne serait jamais une note suffisamment bonne pour lui.

Sans répondre, il lui prit son gobelet de la main pour le poser par terre. Et quand son regard rencontra le sien, la lueur dans ses yeux était assez brûlante pour réduire ses bonnes résolutions en cendres.

Abby sentit monter en elle un gémissement irrépressible quand il effleura sa bouche de la sienne. C'était comme une simple question, comme s'il quêtait sa permission pour continuer. Etant donné qu'elle ne protestait pas — et comment l'aurait-elle pu alors qu'elle attendait cet instant depuis si longtemps ? —, il s'enhardit en glissant le bout de sa langue entre ses lèvres.

Et il l'embrassa. Un baiser qui devint vite fougueux et exigeant, enflammant un désir demeuré depuis trop longtemps enfoui au plus profond d'elle-même.

Elle sentit sa main se glisser sous son pull, remonter le long de son dos, et venir effleurer sa poitrine. Elle ferma les yeux alors que son souffle se faisait soudain plus court.

— Tu es si belle, murmura-t-il. J'ai envie de toi. De tout ce que tu peux me donner, et je veux exaucer tes désirs les plus fous…

Ces promesses la firent gémir d'impatience en attisant ses propres fantasmes.

— Je peux te faire confiance, Nick ? demanda-t-elle dans un murmure.

— Oui. Tout ce qui se passera ici restera ici. Promets-moi d'y réfléchir, Abby.

Elle posa doucement ses lèvres sur les siennes. C'était tout réfléchi, mais ils ne pouvaient décemment rien faire ici, dans ce minibus garé sur la jetée. Il lui serait toutefois difficile de penser à autre chose avant qu'ils ne se retrouvent seuls dans un endroit plus adéquat.

— Je te promets d'y accorder la plus grande considération, dit-elle avec un sérieux feint.

— Parfait.

Ses doigts glissèrent de nouveau sur son dos et elle tressaillit.

— Et toi ? murmura-t-elle. Tu y penseras aussi ?

— C'est ce que je fais déjà depuis un certain temps... nuit et jour, et du matin au soir. Je suis d'une nature plutôt... obsessionnelle.

— Mmm... C'est très prometteur.

— Et je tiens toujours mes promesses, ajouta-t-il.

Il pressa de nouveau sa bouche contre la sienne. A cet instant, quelqu'un cogna sur la portière du minibus. Sans doute son ange gardien venait-il le réveiller avant qu'il n'oublie où il se trouvait, songea Nick. A moins que ce ne soit celui d'Abby. Difficile de dire lequel des deux avait le plus besoin d'être rappelé à l'ordre...

Rapidement, il attrapa le gobelet qu'il remit dans les mains tremblantes d'Abby, puis ouvrit.

— Vous avez fini ? demanda Louise, rhabillée elle aussi, ses cheveux noirs et courts déjà presque secs.

Il se mordit la lèvre. Fini ? Ils n'avaient même pas commencé...

— Oui, répondit-il, avec un petit sourire.

— Je voulais remercier Abby de m'avoir aidée à terminer l'épreuve.

Louise tendit le cou, cherchant à apercevoir Abby derrière lui.

— J'ai réussi à récolter cinq cents livres, aujourd'hui, annonça-t-elle fièrement. Mes parents m'en ont donné cent.

— Tu as de la chance qu'ils te soutiennent comme ça, répondit-elle.

Il n'y avait pas la moindre jalousie, pas le moindre ressentiment dans sa voix, songea Nick. Rien qu'une vraie générosité ; elle était simplement heureuse pour Louise alors qu'il était clair qu'elle-même n'avait pas franchement bénéficié d'un soutien parental.

— Allez viens, on va faire un tour à la fête, dit-elle. Tu nous accompagnes, Nick ?

De trois, ils se retrouvèrent bientôt presque dix, et plus à mesure qu'ils avançaient dans les allées. Abby se fondit joyeusement dans la troupe. Elle se sentait en pleine forme ; cette première épreuve l'avait rassurée, en lui confirmant que toutes ces semaines d'entraînement n'avaient pas été vaines.

Louise manifesta soudain l'envie de se faire lire la bonne aventure, et entraîna avec elle deux de leurs équipiers vers la petite baraque brillamment colorée d'une voyante. Abby refusa quant à elle de la suivre, et resta à l'attendre dans l'allée avec Nick.

— Tu ne veux pas savoir ce que l'avenir te réserve ? demanda-t-elle.

— Non. Je le sais déjà.

— Oh ? Tu as tout prévu, alors ?

Il la regarda, pris de court. L'émotion qu'il éprouvait devant ses yeux bleus, presque translucides dans le soleil, était comme un démenti à ce qu'il avait naïvement cru. Comment aurait-il jamais pu prévoir ce qu'il ressentait à cet instant ?

— Plus ou moins, répondit-il cependant. Dans la mesure où c'est possible.

— Sauf que les choses ne se passent pas toujours comme on l'avait imaginé.

Nick se rembrunit. C'était certain. Il y avait eu son accident, qui avait endommagé son genou et entravé une carrière que rien, jusque-là, n'avait paru pouvoir empêcher. Ensuite la dépendance. Puis le départ d'Helen. Oui, une malheureuse chute avait fait s'effondrer le château de cartes qu'il avait appelé sa vie, et l'avait précipité dans une autre existence, où il avait dit et fait certaines choses qu'il ne pourrait jamais se pardonner.

— Non, c'est vrai, répondit-il enfin. Mais si tu n'as pas de plan, tu n'as rien à quoi t'accrocher quand tout va de travers.

Elle le considéra un instant avec perplexité.

— Est-ce ce que tu as fait, Nick ? Tu es revenu à ton plan d'origine ?

Nick secoua la tête. Elle venait ni plus ni moins d'exprimer ce qu'il lui avait fallu des mois pour comprendre.

— Non. Avec la dépendance, le premier impératif est d'en sortir. Notamment en surmontant le problème qui, au départ, t'a plongé dedans.

— Et je suppose que c'est le plus dur.

— C'est une des choses les plus dures.

Il avait compris ses difficultés et les avait surmontées, mais cela n'avait pas pour autant effacé sa honte.

— Nous voyons beaucoup de choses dans le cadre de notre travail, Abby — le tien et le mien. Je ne supportais pas l'échec, et je ne supportais pas de ne pas avoir les moyens de le vaincre. Et quand j'ai été blessé, je me suis terriblement reproché de ne pas avoir la volonté de vouloir m'en sortir.

Elle haussa les épaules.

— Qui le peut, réellement ?

— C'est vrai. Mais c'était devenu une obsession, chez moi. J'exigeais bien trop de moi-même, je prenais la responsabilité de choses que j'étais incapable de résoudre seul, ce qui, au bout du compte, me détruisait.

Nick sentit son cœur s'emballer. Il en disait trop. Comment Abby pourrait-elle comprendre ?

— Sauver le monde est tellement tentant, répondit-elle en souriant. Tout va bien du moment que tu sais que c'est impossible, et que ça ne t'empêche pas de faire… ce que tu peux réellement faire.

— Oui.

Il haussa les épaules.

— Mais c'est différent, maintenant. C'est moi qui suis le maître à bord.

Elle le considéra pensivement, sur le point peut-être de le contredire. Et Nick sentit son cœur s'accélérer sensiblement. Batailler avec Abby était un peu comme faire l'amour…

Soudain, une voix retentit dans un haut-parleur :

— Le Dr Turner est attendu d'urgence dans la tente médicale. Dr Turner, s'il vous plaît.

— Où est cette tente ? demanda-t-elle aussitôt en cherchant autour d'elle.

— Par ici, dit Nick.

Il lui prit la main pour l'entraîner en courant vers un barnum un peu à l'écart de l'allée principale.

Peter les accueillit à l'entrée.

— Content de vous voir. On a un garçon de sept ans, Ethan, qui semble faire une sorte de crise. Les parents sont avec lui. Il est éveillé, mais comme assommé, et désorienté. L'ambulance devrait arriver, seulement on risque de devoir attendre un peu.

Dans la tente, un groupe de personnes discutait à voix basse.

— Merci, Pete. Je vais prendre les choses en main. Il va me falloir un kit de premiers soins. S'il est possible aussi de faire évacuer les gens qui n'ont pas de raison spécifique d'être ici…

— On s'en occupe, dit Nick. Concentre-toi sur le garçon.

Lui prenant le bras, il l'entraîna vers le coin où l'enfant était allongé sur un lit de camp.

— S'il vous plaît, dit-il en se tournant vers les personnes qui l'entouraient. Le médecin vient d'arriver et aimerait pouvoir examiner tranquillement ce garçon. Soyez aimables d'aller attendre à l'extérieur.

Les gens se dispersèrent docilement et, du coin de l'œil,

Nick put voir Abby penchée sur son jeune patient. Attrapant le kit médical que quelqu'un lui tendait, il le lui apporta.

— Merci, dit-elle. Donc vous l'avez trouvé étendu par terre ? demanda-t-elle à la mère angoissée. Où était-il ?

— Il venait de jouer dans le château gonflable ; il était juste derrière.

— D'accord.

Abby prit le pouls d'Ethan et se tourna vers Nick.

— Où se trouve le groupe électrogène, Nick ? Peut-on y avoir accès facilement ?

Il comprit immédiatement où elle voulait en venir. Et le visage soudain blême de Pete lui confirma que lui aussi avait compris. Ethan aurait-il pu subir un choc électrique ?

— C'est peu probable, mais je vais vérifier.

Il n'eut pas de mal à trouver Sam, resté à proximité.

— Sam, prends quelqu'un avec toi, et vérifie que ce générateur répond à toutes les règles de sécurité, O.K. ?

— Si mon fils a été blessé à cause d'une négligence de ce type, je vais faire un véritable scandale, déclara le père, le visage empourpré. Où est-il, ce fichu générateur ?

Abby ignora la remarque, mais Nick put voir à son visage crispé, qu'elle avait du mal à se concentrer sur son petit patient. Rapidement il attira le père à l'écart.

— Ecoutez, je sais que c'est difficile pour vous, mais votre fils est conscient, et il peut entendre ce qui se passe autour de lui. Votre colère risque de l'angoisser. Dites-lui que vous êtes avec lui, et rassurez-le en lui disant que tout se passera bien.

— D'accord, mais pendant ce temps, vous autres allez faire votre possible pour dissimuler les preuves de votre négligence. Pas question.

— Pas du tout. Nous devons découvrir ce qui s'est passé afin que le docteur puisse faire ce qu'il faut pour votre fils. Et vous devez rester avec votre famille.

Nick le toisa froidement. Il avait haussé le ton. Il comprenait la colère de ce père, et son sentiment d'impuissance, mais il n'était d'aucune aide à personne en réagissant ainsi.

— D'accord, dit l'homme. Mais ne comptez pas sur moi pour me taire s'il se révèle qu'il y a vraiment eu négligence. Je n'en resterai pas là.

— Moi non plus.

Nick acquiesça avec plus de douceur. Il priait sincèrement pour qu'il n'y ait pas eu d'erreur imputable à l'équipe. Peter avait lui-même deux filles et des petits-enfants. Il avait toujours été très pointilleux sur la sécurité, et ne se pardonnerait jamais si Ethan avait été blessé par une négligence de sa part.

Après un bref hochement de tête, le père retourna auprès de sa femme, qu'il prit par les épaules tout en posant la main sur celle de son fils. Abby lui lança un regard reconnaissant.

— Ethan aurait-il été un peu plus fatigué que d'habitude, récemment ? s'enquit-elle, reprenant son interrogatoire avec les parents. Manque-t-il d'énergie ? Avez-vous remarqué s'il était plus pâle ? Ou s'il se plaignait de maux de tête, de troubles de la vue ?

Elle se tourna de nouveau vers la mère.

— C'est vrai qu'il est un peu… comme somnolent, en ce moment, confirma celle-ci. En fait, il ne voulait même pas venir ici, cet après-midi ; il aurait préféré rester dans sa chambre à regarder la télé.

Des larmes commencèrent à rouler sur ses joues.

— Ne vous inquiétez pas, lui dit Abby d'un ton calme. Sa respiration et son pouls sont revenus à la normale. Sa température aussi.

Abby baissa les yeux sur lui.

— Je vais le faire asseoir, maintenant.

Doucement, elle glissa un bras sous les épaules d'Ethan, et le redressa en position assise. Le garçon fut pris de spasmes, et elle n'eut que le temps d'attraper la cuvette que quelqu'un avait eu la bonne idée d'apporter. Elle l'approcha de lui, et il vomit aussitôt.

— Voilà. Bien. Tu te sens mieux, hein ? dit-elle en souriant au garçon dont les yeux restaient fermés.

Nick lui prit la cuvette des mains, et lui tendit une serviette en papier, avec laquelle elle essuya la bouche d'Ethan.

— Tu m'entends, Ethan ? demanda-t-elle.

Le garçon se débattit mollement dans ses bras en gémissant.

— Oui, je sais. Tu ne te sens pas bien. Mais je suis un docteur, et je vais t'aider. Tu peux ouvrir les yeux ?

Il cligna des paupières quelques secondes avant de fixer son regard dans le vague.

— Bien. C'est super, Ethan. Tu vois, ton père et ta mère sont ici, avec toi.

— Ça va, mon chéri ? demanda la mère avec un sourire inquiet. Tu nous as un peu fait peur, mais tu as bien meilleure mine, maintenant.

Elle tourna un regard plein de gratitude vers Abby.

— Je peux lui donner un peu d'eau ?

— Juste ce qu'il faut pour qu'il se rince la bouche, pas plus pour l'instant, répondit-elle avec un sourire encourageant.

Nick contint le sourire qui lui montait aux lèvres. Il était fier d'elle. Le seul problème d'Abby était peut-être de douter de ses propres capacités.

Comme une main se posait sur son épaule, il se retourna. Sam était derrière lui.

— Alors ? demanda-t-il.

— L'enceinte du générateur est totalement sécurisée. Jim et moi l'avons scrupuleusement examinée ; même une mouche ne pourrait pas y entrer.

Nick eut un soupir de soulagement, et échangea un regard avec le père d'Ethan qui, à cette nouvelle, s'était lui aussi décrispé.

— Vous avez découvert autre chose ?

— Oui. Un des gosses qui jouait dans le coin a vu le petit tomber. D'après lui, Ethan avait l'air normal et, tout à coup, il s'est retrouvé par terre. Personne ne l'avait ni bousculé ni frappé. Il s'est simplement effondré.

— Jim est resté là-bas ?

— Oui. Juste pour le cas où.

— Très bien. Merci, Sam.

Nick revint auprès d'Abby à laquelle il transmit discrètement l'information.

— D'accord, dit-elle, songeuse.

Deux ambulanciers arrivèrent à cet instant dans le barnum.

— Tu peux t'assurer que sa mère le maintient en position assise, pour le cas où il vomirait de nouveau ? demanda-t-elle à Nick. Il faut que j'aille parler aux ambulanciers. Appelle-moi s'il a l'air soudain de nouveau désorienté, ou s'il y a quoi que soit d'inquiétant.

Après s'être entretenue avec les deux ambulanciers, et leur avoir annoncé qu'elle accompagnerait l'enfant à l'hôpital, elle attira le père à l'écart pour lui parler à voix basse.

Elle revint ensuite auprès de Nick.

— Je viens d'annoncer au père qu'Ethan vient peut-être de faire une crise d'épilepsie. Il m'a autorisée à t'en parler parce que, si j'ai raison, personne, pas plus Pete que qui que ce soit, n'aurait pu l'éviter.

Elle posa la main sur son torse, et il s'autorisa à la serrer fugacement dans la sienne.

— Merci.

— Il faut que j'y aille, maintenant.

— Oui. A tout à l'heure, Abby.

7.

Abby laissa aller sa tête dans l'eau. Elle flottait calmement dans la piscine de l'hôtel. Le bassin était trop petit pour lui permettre d'apprécier plus qu'un simple sentiment d'apesanteur — ce qui était déjà très agréable en soi ! —, mais il avait l'avantage d'être couvert d'une verrière lui permettant de voir le ciel. Peu à peu, elle sentait un agréable calme l'envahir.

Quand il était apparu qu'elle ne pouvait plus rien pour Ethan, que l'hôpital avait pris en charge, Pete l'avait raccompagnée à l'hôtel, où elle avait déjeuné avant d'attendre le retour de Nick ici, dans la piscine.

— Ah ! tu es là !

Sa voix chaude interrompit ses réflexions dont, de toute façon, il tenait la vedette.

— Où étais-tu ? demanda-t-elle. Tu travaillais encore ?

Il portait un vieux bermuda et un T-shirt défraîchi ; sa peau mate semblait encore gorgée du soleil de l'après-midi.

— Oui. Le matériel est emballé ; il n'y aura plus qu'à démonter les tentes demain.

Il ôta ses tennis et s'assit au bord de la piscine en balançant ses pieds dans l'eau. Abby se laissa doucement porter vers lui.

— Comment supportes-tu la nouvelle genouillère ?

Il lui sourit. Il avait enfin pu abandonner celle qu'elle lui avait donnée à l'hôpital pour une plus légère.

— Elle est un peu moins encombrante, c'est déjà bien. Comment ça s'est passé, à l'hôpital ?

— Ils ont été d'accord avec moi : c'était sans doute une crise d'épilepsie, en effet. Ils vont procéder à des tests. J'espérais m'être trompée…

— Pourquoi ?

— L'épilepsie aura inévitablement un impact sur la vie d'Ethan. J'aurais préféré que ce soit quelque chose de moins grave.

— Au moins n'est-ce pas quelque chose de plus grave.

— Tu veux dire que le verre est à moitié plein ?

— Ethan va bien, et il aura droit à un traitement approprié. A mon avis, son verre est bien plus qu'à moitié plein. Surtout que tu étais là quand il a eu besoin d'aide.

— En fait j'étais…

Abby ne put terminer sa phrase. Elle s'était sentie un peu dépassée. Confrontée à une situation qui n'était pas sa spécialité et dont elle n'avait aucune expérience.

— Tu étais quoi ?

— Effrayée, avoua-t-elle brusquement. A vrai dire, je ne sais pas comment j'aurais géré la situation si tu n'avais pas été là.

— Ce n'était pas à toi de le faire. Ton rôle était d'apporter à Ethan l'aide médicale dont il avait besoin, et, d'après ce que j'ai pu voir, tu t'en es très bien sortie.

— Peut-être, mais…

Elle baissa les yeux. Nick avait dû intervenir pour s'occuper des gens dans la tente, et du père d'Ethan. Elle n'avait pas été à la hauteur, et il avait dû s'en rendre compte.

— N'est-ce pas toi qui m'as donné un conseil ce matin même ? demanda-t-il. Ne m'as-tu pas dit que ne pas être capable de sauver le monde ne devrait pas nous empêcher de faire ce qui était à notre portée ?

— Donc, tu m'écoutais ?

— J'écoute toujours. Tu devrais essayer, un jour…

Il rit quand elle l'éclaboussa.

— Non, sérieusement, reprit-il, tu as mis en application ce que tes études t'ont enseigné, c'est-à-dire diagnostiquer et traiter. Ethan a eu de la chance que tu sois là.

Elle se sentit rougir sous le compliment.

— C'est la première fois que tu as affaire à un cas relativement grave en dehors de l'hôpital ?

— Oui.

— Alors accorde-toi un peu d'indulgence. On ne peut pas toujours tout régler par soi-même. C'est la première chose que j'ai apprise quand je me suis engagé chez les pompiers.

— Mais tu n'as jamais peur ?

— De quoi ? D'envoyer des hommes dans une bâtisse en feu ? Ou d'y aller moi-même ?

Il haussa les épaules.

— Bien sûr que si, reprit-il. C'est le contraire qui ne serait pas normal. Mais la peur peut être aussi positive que négative ; elle aide à évaluer les risques.

— Ce n'est pas ce que je voulais dire.

— Non ? Alors de quoi d'autre devrais-je avoir peur ? De toi, par exemple ? C'est vrai que, d'une certaine manière, tu m'effraies.

— Moi ?

— Oui, toi. Et je vais devoir faire quelque chose contre ça.

Devant la lueur rieuse qui éclaira ses yeux, Abby sentit une onde de désir envahir son ventre. Il ôta son T-shirt, se glissa dans la piscine et parcourut quelques mètres en un crawl vigoureux, avant de plonger et de revenir à la surface juste devant elle.

— Il faut impérativement que j'agisse…

Glissant un bras sur sa taille, il l'attira contre lui et Abby en oublia presque de respirer.

— La seule chose à faire quand on a peur de quelque chose…

— … c'est de le prendre de front, poursuivit-elle à voix basse.

Elle tremblait, et il dut le sentir alors qu'elle posait une main hésitante sur son épaule.

— Absolument, dit-il d'un ton très approbateur, en se penchant pour l'embrasser.

Ils s'enfoncèrent ensemble sous l'eau, où il prolongea leur

baiser pendant de longues secondes jusqu'à ce qu'ils soient contraints de remonter, pressés l'un contre l'autre, pour reprendre leur souffle.

— Nous sommes tous les deux adultes, Abby, dit Nick au bout d'un instant. Rien ne nous oblige à nous faire des promesses ou à attendre quoi que ce soit. Nous pouvons nous contenter de faire ce qui nous plaît, dans le moment présent.

Abby le dévisagea, songeuse. Etait-ce vraiment aussi simple ? A cet instant, elle avait le sentiment que oui. Peut-être devrait-elle essayer l'inattendu, au moins une fois dans sa vie…

— Embrasse-moi encore, dit-elle dans un souffle.

— J'ai eu peur que tu ne me le demandes jamais.

Et, pour une fois, Nick fit ce qu'on lui demandait…

— Tu sens le chlore, dit-elle.

— Toi aussi. Tu as envie de prendre une douche ?

— Oui. On la prend ensemble ?

Abby remontait à l'échelle quand il l'arrêta.

— Au cas où tu ne saurais pas comment me le demander : oui, j'ai des préservatifs.

— Bien, répondit-elle sobrement.

Elle fut soulagée de ne pas avoir à avouer qu'elle-même était allée en acheter dans l'après-midi.

D'un accord tacite, ils se rendirent dans sa chambre à lui, située dans la partie la plus ancienne de l'hôtel qui, bien qu'équipée de tout le modernisme souhaité, avait gardé une décoration d'un charme délicieusement désuet.

— Oh ! un lit à baldaquin ! s'exclama-t-elle.

— Oui. Et d'après Mme Pearce, Henry VIII lui-même y aurait dormi.

— C'est vrai ? Je ne suis pas certaine de vouloir dormir dans le même lit que lui. Je tiens à ma tête, moi…

Elle se mordit la lèvre… Toutefois les yeux sombres de Nick contenaient des promesses propres à vaincre toutes ses réticences.

— En fait, il est victorien, dit-il. Mais avant que tu testes le moelleux du matelas, je peux te faire visiter la douche ?

Sans attendre sa réponse, il lui prit la main pour l'entraîner vers la salle de bains.

Il referma la porte derrière eux et ouvrit les robinets. La serviette, autour de ses reins, tomba sur le carrelage, suivie de son maillot. Abby le regarda, troublée ; il était si beau. Et tout à elle, du moins à cet instant.

— Laisse-moi faire, dit-il.

Il écarta doucement ses mains tremblantes agrippées à la serviette, qu'il repoussa, avant de détacher les bretelles de son maillot, faisant ensuite glisser ce dernier de ses épaules, jusqu'à sa taille.

Elle retint un soupir. Elle avait envie de sentir sa peau contre la sienne, et, quand elle se pressa contre lui, le soupir qu'il laissa lui-même échapper accentua encore son désir. Il l'embrassa de nouveau, collant un peu plus son corps au sien.

— Nick…

Abby gémit doucement. Il savait ce qu'elle lui demandait, bien sûr, et cependant il prolongea à plaisir son impatience, en continuant de faire lentement glisser son maillot jusqu'à ses pieds.

— Relève tes cheveux, dit-il.

Elle les remonta sur le sommet de son crâne, et les fixa à l'aide du chouchou qu'elle avait mis à son poignet.

— Je ne m'étais jamais rendu compte qu'une femme pouvait être aussi séduisante simplement en se coiffant, murmura-t-il.

Ces mots lui donnèrent envie de se montrer plus audacieuse. Il avait paru se rendre compte que cette situation n'était pas habituelle pour elle, et s'efforçait, de toute évidence, de ne rien brusquer pour ne pas l'effaroucher. L'attirant dans la cabine de douche, elle prit la savonnette et commença de la passer sur le torse de Nick.

— On peut être deux à jouer à ce petit jeu, dit-il au bout d'un instant, en la lui prenant de la main.

Il commença par faire glisser la savonnette sur ses bras, remonta jusqu'à ses épaules avec une lenteur délibérée, s'attarda sur ses seins, avant de descendre vers son ventre. Abby se mordit la lèvre pour ne pas le supplier de combler le désir qui montait toujours plus en elle, impérieux et exigeant.

Jamais encore elle n'avait fait l'amour dans une cabine de douche, et cette expérience exacerbait le désir qu'elle avait de lui.

— Nick…, implora-t-elle.

— Oui, je sais, murmura-t-il. Mais rien ne presse, Abby. Nous avons tout notre temps.

Quelque chose se brisa soudain en elle — la peur qu'elle avait toujours eue de s'abandonner. Parce que, quoi qu'il fasse, aussi haut qu'il l'emmène, elle savait que Nick serait là pour la rattraper.

Il reposa la savonnette, et laissa ses mains glisser à leur tour sur son corps qui frémit sous ses caresses. Bientôt, alors qu'elle tentait en vain de contenir ses gémissements de plaisir, il lui prit la main.

— Viens, dit-il.

Il l'entraîna jusqu'au lit où il l'embrassa. La tendresse de leur baiser fut très vite balayée par la passion. Et quand elle gémit contre ses lèvres pour le supplier d'assouvir enfin ce désir devenu tyrannique, il se glissa en elle, et Abby l'accueillit avec ravissement.

Alors tous deux entamèrent cette danse lascive et ondulante qui les porta au sommet du plaisir, et une indicible jouissance déferla bientôt sur eux.

8.

Abby s'éveilla dans les bras de Nick, lové contre elle. Elle n'avait donc pas rêvé. Lentement, elle remua un bras, toussota. Nick ne bougea pas. Il était manifestement profondément endormi.

— Où vas-tu ? demanda-t-il cependant, quand elle tenta de s'écarter de lui.

— Je croyais que tu dormais.

— Non. Presque, mais pas encore. Quelle heure est-il ?

— Presque 9 heures et demie — du soir. Je suppose que nous avons manqué le dîner.

— Oui, mais Mme Pearce m'a montré où elle rangeait la clé de la cuisine, et donné la permission de faire des sandwichs.

Abby ne douta pas que Mme Pearce avait été aussi sensible qu'elle, au sourire auquel elle avait droit à cette seconde…

— Tu ne bouges pas d'ici, je reviens avec tout ce qu'il faut, dit-il.

Avec un soupir d'aise, elle se rallongea dans le grand lit à baldaquin, songeant à tous ces instants merveilleux qu'elle venait de vivre… et à toutes les délicieuses audaces dans lesquelles il l'avait entraînée.

Quarante-cinq minutes plus tard, il réapparut avec un plateau où les verres de jus de fruits disparaissaient presque sous une montagne de toasts odorants tartinés de pâté, d'œufs de lump et de fromage.

Abby, qui s'était entre-temps levée pour aller prendre une douche rapide, l'attendait, assise contre son oreiller, vêtue de son seul T-shirt.

— Mmm… Ça sent très bon.

Après qu'il eut posé le plateau sur le lit, il se dirigea vers la cheminée, attrapa une boîte d'allumettes, et alluma les bougies qui se trouvaient là. Puis, après avoir éteint les lampes de chevet, il vint la rejoindre dans le lit dont il tira les rideaux, laissant seulement ouvert celui du fond donnant sur la cheminée.

— Pour une fois que nous sommes dans un lit à baldaquin, autant en profiter…

— Hmm. C'est une super-cachette, dit-elle.

Ils mangèrent avec un appétit féroce, et lorsque, une demi-heure plus tard, après qu'Abby se fut levée pour aller déposer le plateau sur la table, il l'attira de nouveau contre lui, elle ne lui opposa pas la moindre résistance. Jusqu'à présent, après avoir fait l'amour, Abby avait toujours invoqué une excuse pour fuir toute nouvelle invitation de son amant à recommencer. Elle devait se lever tôt le lendemain matin, ou bien elle était trop fatiguée…

Rien de cela n'arriva avec Nick, et s'il ne l'avait pas devancée, elle serait même allée jusqu'à prendre l'initiative de cette nouvelle étreinte, qui s'avéra plus passionnée encore que la précédente. Emue et comblée, elle caressa doucement son torse.

— En fait, je ne sais pas grand-chose de toi, dit-elle après un instant de silence.

— Il suffit de demander. Que veux-tu savoir ?

— Oh ! Des choses toutes bêtes. Par exemple… Tu as des frères et sœurs ?

— Un frère et une sœur. Des tantes, des oncles, des neveux et des nièces — quatre.

— Mais tu n'as jamais eu d'enfants toi-même ?

— Non. Ce n'est jamais arrivé. J'ai failli, mais…

Il secoua la tête en soupirant et elle sentit son corps se raidir légèrement.

— Et toi ? reprit-il, apparemment pressé de changer de sujet.

— Moi ?

— Oui. Raconte-moi ta vie…

— Tu serais déçu. Elle n'a vraiment rien d'intéressant.

— Je suis certain du contraire. Pour l'instant, je sais juste que tu as été malmenée quand tu étais petite. C'est peu, même si c'est déjà beaucoup. Tu peux m'en dire plus ?

Elle sourit.

— Il n'y a pas eu que cela, heureusement. Et il y a longtemps que j'ai surmonté cette histoire-là.

Abby soupira doucement. Grâce à la thérapie. Et à l'assurance qu'elle avait acquise en grandissant, aussi. Sans oublier la natation qui l'avait beaucoup aidée. Elle gardait seulement de cette époque le regret que les choses n'aient pas pu se passer autrement.

— Il m'a fallu du temps. Pendant longtemps, j'ai mûri un désir de vengeance contre les garçons qui m'avaient rudoyée.

— Qui étaient-ils ? Donne-moi leurs noms et adresses. Je m'en occupe.

Elle le regarda, étonnée. Il ne plaisantait qu'à demi. Elle comprenait qu'il ne ferait rien, bien sûr, même si ce n'était pas l'envie qui lui en manquait. Mais elle était heureuse de savoir qu'il l'aurait protégée, s'il avait été là à l'époque.

— Pas question. Il m'a fallu des années pour arriver à surmonter mon ressentiment et, pour rien au monde, je ne voudrais remuer de nouveau cette période de ma vie. Quelquefois il vaut mieux laisser le passé là où il est.

— Quelquefois, oui, dit-il pensivement.

— Maintenant que tu connais mes plus sombres secrets, à toi de me révéler les tiens…

Nick réfléchit un instant. Il savait qu'elle ne lui en voudrait pas de se taire, mais tenait à être le plus honnête possible avec elle.

— Les toxicos peuvent être terriblement égocentriques, aveugles et cruels. Et je n'ai pas fait exception. Je vivais avec une femme, à l'époque, qui m'a quitté. Et elle a eu raison de le faire.

— Comment as-tu commencé ? A moins que ça t'ennuie de m'en parler ?

Elle caressa son bras. Il la pressa plus étroitement contre lui, comme s'il avait besoin de son réconfort.

— Non. C'était après l'opération de ma première blessure au genou. J'avais le cartilage gravement déchiré, et j'ai fait un kyste de Baker, que personne n'avait détecté avant qu'il ne se perce.

Elle grimaça et il sourit.

— Oui, c'est vrai, c'est très douloureux. Et comme je voulais à toute force retourner travailler, j'avalais de plus en plus d'analgésiques en pensant que ça me permettrait d'être sur pied plus vite. J'ai consulté d'autres médecins pour obtenir plus d'ordonnances, puis je me suis mis à chercher des médicaments sur internet. A partir de là, ce n'était plus pour apaiser la douleur, mais pour satisfaire mon addiction. J'avais plongé, sans m'en rendre compte, dans le cercle infernal.

Abby hocha la tête avec compréhension.

— Et la femme avec qui tu vivais ?

— Helen ? Je lui cachais tout, bien sûr. J'ai commencé à sortir seul sans lui dire où j'allais, et même quand j'étais à la maison, je n'étais pas vraiment avec elle. Bien sûr, elle a compris qu'il se passait quelque chose, mais sans comprendre quoi. Elle a cru qu'il y avait quelqu'un d'autre dans ma vie. Et, d'une certaine manière, elle n'avait pas tort. La drogue est une partenaire très exigeante.

— Et tu ne l'as pas détrompée ?

— Non. Je préférais qu'elle pense ça plutôt que de savoir ce qui m'arrivait réellement. Et je l'ai laissée partir parce que la drogue passait avant tout.

Une veine battait sur sa tempe. Abby le regarda, émue. Elle savait qu'il avait parfaitement conscience de ce qu'il venait de lui confier, et qu'il en souffrait encore.

— Et tu ne lui as jamais dit ? demanda-t-elle doucement.

— Si. Après, quand je suis redevenu clean, je suis allé la

voir pour tout lui expliquer. Elle ne m'a pas pardonné, mais elle a compris. Entre-temps, elle avait rencontré quelqu'un d'autre, et j'ai pu me rendre compte qu'il la rendait bien plus heureuse que je n'avais jamais su le faire.

— Et… et toi ?

— Avec Helen ? C'est fini, Abby. Helen et moi n'étions pas faits pour être ensemble, de toute façon. Crois-moi, dit-il en lui prenant la main et sans la quitter des yeux.

— Mais tu as toujours l'impression de l'avoir laissée tomber, dit-elle avec insistance.

— Je n'ai pas été correct avec elle, c'est certain, et le fait que cette histoire se soit bien terminée pour elle ne change rien. J'ai essayé toute ma vie de ne pas être le genre d'homme à tomber dans une addiction, avec toutes ces conséquences horribles pour l'entourage, et j'y ai… parfaitement échoué.

Abby hésita un instant à poser la question qui lui brûlait les lèvres, puis se lança.

— Qui était cet homme, Nick ? Celui que tu essayais de ne pas être ?

Il soutint son regard quelques secondes, puis baissa les yeux.

— Mon père. Il était alcoolique. J'avais huit ans quand il nous a quittés, et c'est ce qu'il a sûrement fait de mieux pour nous. Ça a été très dur pour ma mère, bien sûr. Elle s'est retrouvée seule à élever trois enfants, mais ça ne pouvait pas être pire que ce qu'elle vivait quand il était à la maison.

— Mais… tu n'es pas du tout comme lui, Nick.

— Si. Je le suis. Il était toujours désolé après qu'il s'en était pris à ma mère. Il le regrettait toujours. Mais ça ne l'empêchait pas de continuer.

— Seulement toi, tu t'es sorti de ta dépendance.

Il secoua la tête.

— Non. Même le départ de Helen n'a pas suffi à m'y faire renoncer. Et puis j'ai repris le travail, ce que je n'aurais jamais dû faire. Un jour, j'avais prévu un exercice d'entraînement pour l'équipe, mais sans prendre le temps de vérifier le matériel au préalable, parce que j'étais sous l'emprise de cette fichue drogue, et que je voulais rentrer au plus vite pour en prendre. Heureusement, quelqu'un l'a fait pour moi, et a découvert un élément défectueux qui aurait pu avoir des conséquences catastrophiques sur mes camarades.

— Et tu as cherché à obtenir de l'aide ?

— Ted Bishop était mon chef, à l'époque. Je suis allé le trouver pour tout lui raconter et lui donner ma démission. Il me l'a refusée, et m'a défié de faire un choix bien plus difficile — le vrai choix. J'ai relevé le défi, ai pris un congé, et me suis sevré. Je lui en serai éternellement reconnaissant.

— Et les autres ? Ils connaissent ton histoire ?

— Seulement ceux qui le devaient. Ted a dû en parler autour de lui pour me permettre d'avoir l'aide dont j'avais besoin, et donc c'est dans mon dossier, mais la version pour les autres a été que j'avais de nouveaux problèmes avec mon genou. Je n'aurais pas eu le courage de leur avouer la vérité.

— Tu as eu celui de vouloir t'en sortir.

Abby le regarda droit dans les yeux. Elle ne supportait pas de l'entendre se déprécier. Il était tout sauf un lâche.

— Je suis désolé, Abby. Je n'aurais jamais dû te parler de tout cela. En tout cas pas ce soir.

Elle détourna la tête, comprenant que, s'il s'était ainsi confié à elle, c'était parce qu'elle l'avait encouragé à le faire. L'intimité qu'ils avaient partagée avait dissous sa carapace, et ouvert les vannes de ses confidences. A présent elle avait conscience que tous ces aveux avaient creusé un fossé entre eux : son histoire ainsi mise au jour, ne pouvait que l'inciter à reprendre ses distances, puisque, selon lui, il était certainement toujours « dangereux » et inapte à vivre une vraie relation.

Posant les pieds par terre, il s'assit sur le bord du lit.

— Tu devrais aller dormir, maintenant, dit-il en se frottant le visage. Il faut que tu sois en forme, demain.

— Oui, dit-elle en se redressant pour nouer ses bras autour de sa taille, et poser une joue contre son dos.

— Tu ne veux pas aller dans ta chambre ?

— Non. Pourquoi ? Tu veux te débarrasser de moi ?

Elle laissa échapper un soupir. Sûrement n'était-il pas encore prêt à laisser son passé derrière lui. Une autre fois, peut-être. En attendant, elle n'avait pas l'intention de partir en le laissant croire qu'il avait raison de l'éloigner de lui.

Elle pressa son buste contre lui. Se retournant, il roula avec elle sur le lit.

— Viens ici, murmura-t-il d'une voix pleine de promesses.

Deuxième jour. Coniston Water. Cinq mille mètres

Assis sur le pont du bateau, Nick se pencha légèrement, observant Abby fendre l'eau de son crawl puissant et régulier. Eu égard à la course, il avait dû résister à la tentation de la réveiller en pleine nuit pour lui refaire l'amour, l'avait laissée ce matin s'habiller rapidement et quitter sa chambre avant que le reste de l'équipe ne s'agite. Rien qu'un sourire et un rapide baiser. Rien de plus, malgré le désir qui le tenaillait.

Elle semblait pourtant plus forte que d'habitude, à cet instant. Son crawl était assuré et elle savait économiser ses efforts. Elle avait pris la tête presque immédiatement, et Nick l'avait suivie sur le bateau de support, après avoir signalé aux autres embarcations de rester en arrière pour veiller sur les autres nageurs.

— Elle est forte, dit Pete dans son dos. Si elle continue à ce rythme, elle fera la course en moins d'une heure et demie.

— J'espère seulement qu'elle ne va pas s'épuiser.

Il se sentit un peu honteux. La natation n'avait pas été le seul exercice qu'Abby avait pratiqué au cours des dernières vingt-quatre heures, et si elle flanchait, il ne pourrait s'en prendre qu'à lui-même.

— Elle tiendra le coup, dit Pete.

Nick fut aussitôt rassuré. Pete avait un instinct assez sûr pour qu'il le croie. Il l'avait suffisamment prouvé depuis qu'il le connaissait.

— Je l'espère, dit-il.

Le rire bref de Pete le prit au dépourvu.

— Arrête donc de t'inquiéter. J'espère au moins que tu n'es pas comme ça quand tu es avec elle.

Nick fronça les sourcils.

— Comme ça quoi ?

— Fébrile et tourmenté. Elle ne va pas se noyer dès que tu la quittes des yeux, tu sais.

— Oui, je sais, répondit-il, un peu agacé. Je surveille simplement la régularité de son crawl.

— Tu sais, Nick, je ne suis pas né de la dernière pluie. Il est clair qu'il y a quelque chose entre vous. Le problème, c'est que tu n'as pas franchement la réputation de rester longtemps avec la même fille.

Les yeux bleu sombre de Pete étaient rivés sur lui.

— Tu crois que je lui ferais du mal ?

— Je n'en sais rien, mais, si c'était le cas, jc trouverais ça dommage. Et ça me ferait de la peine pour toi, ajouta-t-il en le regardant pensivement.

Nick baissa les yeux. Inutile de demander à Pete ce qu'il savait ou pensait savoir. Il s'en sortirait en évoquant son simple « flair » et changerait de sujet.

— C'est juste une aventure, Pete. Et nous le savons tous les deux. Je ne lui ferai jamais de promesses que je ne pourrais pas tenir.

— Et pourquoi ne pourrais-tu pas les tenir, si ce n'est pas indiscret ?

Il soupira, de plus en plus agacé. Pete était peut-être très intuitif, mais il ne possédait pas toutes les réponses. Abby avait entendu le pire sur lui-même de sa propre bouche. Et même si elle avait assez de cœur pour ne pas le rejeter séance tenante, elle avait dû comprendre qu'il valait mieux, pour l'un comme l'autre, ne rien envisager de sérieux entre eux.

— C'est un simple concours de circonstances, Pete, et…

— Oh oh ! Il y a quelqu'un ?

Nick se retourna brusquement et se précipita sur le bord. Abby faisait du surplace devant le bateau. Elle agita la main en souriant dès qu'il se pencha.

— Que se passe-t-il ? demanda-t-il, aussitôt alarmé.

— Rien. Je me demandais juste ce que vous fabriquiez, tous les deux. Je me sentais un peu abandonnée.

Il la regarda, surpris. Il y avait une gaieté dans sa voix qu'il ne lui avait encore jamais entendue. Et elle semblait totalement ignorer que, en s'arrêtant, elle permettait aux autres concurrents de combler l'écart entre elle et eux.

— Continue à nager, d'accord ? Regarde, tu es en train de te faire rattraper.

Elle se mit à rire.

— Je croyais que ce n'était pas une course ?

Elle repartit avant qu'il ait pu répondre, et reprit son crawl vigoureux en direction de la rive.

Nick l'accueillit quand elle sortit de l'eau, et, après s'être débarrassée de son maillot dans le minibus, elle le laissa l'enrouler dans son moelleux drap de bain et lui donner une boisson chaude.

Les yeux d'Abby brillaient d'une sorte de joie, presque une ivresse.

— C'était super, dit-elle. Je pourrais recommencer immédiatement.

— Pas d'impatience, tu en auras l'occasion demain.

— A Bettermere, dit-elle en regardant le ciel. Tu crois que le beau temps va durer ?

— La météo est optimiste.

— Alors croisons les doigts. Je vais me changer et j'irai voir les autres arriver.

Il sortit afin de ne pas la gêner. Elle avait l'air si heureuse, si forte. Plus sûre d'elle qu'il ne l'avait jamais vue. Cette course lui était de toute évidence salutaire, et peut-être devrait-il s'écarter un peu, lui laisser plus d'espace pour qu'elle en profite au maximum. A trop rester près d'elle, il ne pourrait que la gêner, l'empêcher d'exprimer le meilleur d'elle-même.

Lorsqu'elle ressortit, vêtue de vêtements chauds et confortables, elle courut vers la rive, mais il ne la suivit pas. Quelques heures hors de l'aura de plaisir qu'elle semblait distiller autour d'elle lui ferait, à lui, le plus grand bien. Et sans doute aurait-elle besoin de se retrouver un peu seule, elle aussi.

9.

En le voyant arriver, Abby tenta de masquer son énervement.

— Où étais-tu passé ? demanda-t-elle d'un ton plus sec qu'elle ne l'aurait voulu.

Nick s'assit à la table d'Abby comme si de rien n'était. Elle avait déjà décidé de ne plus l'attendre et avait commencé son dîner sans lui.

— Je…

Sa légère hésitation lui révéla clairement qu'il l'avait délibérément laissée tomber.

— Je suis allé voir Ted.

Elle esquissa un petit sourire crispé. Elle avait cru que ce qu'ils avaient vécu la veille avait changé les choses. Mais de toute évidence elle avait accordé trop d'importance au fait qu'il s'était confié à elle. Il avait simplement eu besoin de s'ouvrir à quelqu'un, et elle avait été là pour lui au bon moment…

— Je l'ai invité à déjeuner et nous avons discuté du nouveau poste qu'on m'a offert.

— Et qu'a-t-il dit ?

Elle continua à manger tandis qu'il commandait son repas. Elle n'avait aucune envie d'apprendre comment il avait passé le reste de l'après-midi. Sans doute n'avait-il rien fait d'important, et de le savoir l'énerverait.

— En fait, c'est surtout moi qui ai parlé. Je lui ai répété ce que tu avais dit et il a approuvé.

Abby sentit ses épaules se détendre. C'était toujours la même chose, avec lui. Elle avait du mal à lui garder longtemps rancune de quoi que ce soit.

— Donc il t'a convaincu que c'était ce qu'il te fallait, en fait.

— Non. C'est toi qui m'as convaincu. Et j'ai été heureux de m'entendre le dire et de découvrir que j'y croyais vraiment.

Le plaisir qu'elle en conçut l'agaça. C'était tout Nick. Terriblement fascinant, dangereusement charmeur, et cruellement honnête sur le fait qu'il n'était pas fait pour elle. Ce n'était pas ce qu'il voulait, et Abby dut se rappeler que ce n'était pas davantage son désir. Elle ne se voyait pas du tout dans le rôle de la petite amie « crampon », désespérée chaque fois qu'il déciderait de sortir sans lui dire où il allait, ni avec qui. Ils n'avaient signé aucun pacte de ce genre.

— Nous avons passé aussi un peu de temps à étudier l'affaire. Ted n'est pas contre un coup de main, alors nous avons enfreint les règles, au moins pour cet après-midi.

Elle se sentit soudain rassurée. Son excuse n'était donc pas aussi futile qu'elle l'avait pensé.

— Et vous avez avancé ? demanda-t-elle.

— Ils ont déjà progressé un peu. Le profil les a aidés, et je lui ai suggéré que le choix des cibles pourrait relever d'une vengeance. Tous les feux semblent avoir visé des lieux d'autorité — un lycée, une auto-école, ce genre de choses…

— Donc ce n'est pas simplement pour le plaisir de mettre le feu et de voir les dégâts que ça produit ?

— L'un n'empêche pas l'autre. Mais ce sont ses cibles qui peuvent le trahir. Ted est en contact avec la police ; ils travaillent ensemble pour restreindre les possibilités, et trouver le coupable avant qu'il ne fasse plus de dommages. Ce n'est pas facile, mais pour l'instant c'est la seule solution.

— Tu crois que c'est un homme ?

— Statistiquement, c'est le plus probable. D'une manière générale, les femmes n'emploient pas ce genre de procédé. Mais on ne peut pas complètement en éliminer l'éventualité, bien sûr.

— Mange, dit-elle, désignant l'assiette qu'une serveuse avait déposée devant lui, ça va être froid.

Abby quêta son regard. Il semblait ailleurs, aussi loin d'elle qu'il l'avait été cet après-midi.

La pénombre commençait de les envelopper, et les questions l'assaillaient malgré elle. Que déciderait-il ? L'inviterait-il dans sa chambre ? Chaque fois qu'elle y songeait, son cœur se mettait à battre plus vite.

La serveuse venait d'apporter les deux verveines qu'ils avaient commandées, quand Pete, l'air préoccupé, s'arrêta devant leur table.

— Il y a un problème ? demanda aussitôt Nick.

Pete se tourna vers Abby.

— Tu pourrais aller voir Louise ? Elle ne se sent pas bien.

Abby avala rapidement une gorgée de sa tisane.

— Bien sûr. Que se passe-t-il ?

Pete et Nick échangèrent un bref regard, et Nick se leva.

— Allons-y, Abby. Ne perdons pas de temps.

— J'ai remarqué qu'elle n'était pas là pour le dîner, et je suis parti à sa recherche, lui expliqua Pete alors qu'ils montaient l'escalier. Elle n'avait pas eu l'air en forme, dans l'après-midi. Un des gars m'a dit qu'elle s'était coupée au pied, mais n'était pas certain que ce soit arrivé pendant l'épreuve.

— D'accord, je vais voir ça. Ou bien elle couve une sorte de virus. Deux aspirines et une bonne nuit de sommeil régleront peut-être le problème.

Abby le souhaitait sincèrement. Louise n'avait pas évoqué de coupure, mais si c'était le cas il fallait agir rapidement. Ce genre de plaie, en eau vive, pouvait s'infecter à une vitesse surprenante.

Pete ouvrit la chambre de Louise sans même frapper, et laissa Abby entrer. Louise était recroquevillée dans son lit, emmitouflée dans la couverture malgré l'agréable température qui régnait dans la pièce.

— Louise ? Il paraît que tu ne te sens pas bien ? dit-elle en s'asseyant près d'elle sur le bord du lit.

— Si, ça va, répondit Louise sans même ouvrir les yeux. Laisse-moi, Abby, j'ai juste besoin de me reposer pour demain.

Abby l'observa en silence. Il y avait un problème, c'était évident, mais elle ne souhaitait pas la prendre à rebrousse-poil en tirant d'office la couverture.

— Tu t'es coupée au pied ? Je peux voir ?

— Je t'ai dit que ça allait, Abby. Fiche-moi la paix.

— Laisse-toi faire, Louise, intervint Nick d'une voix douce, mais d'un ton ferme.

Abby s'écarta pour lui céder sa place auprès de Louise, qu'il redressa doucement en glissant le bras sous ses épaules. Il écarta la couverture, et Louise parut se décontracter à son contact.

— Là, là..., dit-il en la tenant un instant contre lui. Maintenant, dis-moi où tu t'es coupée.

— Dans l'eau, répondit-elle docilement.

— Quand ?

— Avant-hier. Pendant qu'on s'entraînait.

— Bien. Abby va t'examiner. Laisse-la faire, d'accord ?

Louise tendit sa jambe gauche vers Abby, et grimaça quand celle-ci lui ôta la chaussette lâche qui lui couvrait lc pied.

Abby fronça les sourcils. Louise avait fixé une gaze sur la plaie, mais sa jambe était tout enflée, et d'un rouge très alarmant.

— Je dois retirer le pansement, Louise, lui dit-elle d'un ton sans appel.

Nick tint fermement le bras de Louise, qui poussa un cri quand Abby arracha le sparadrap. L'entaille, de deux centimètres de long à peine, et cachée à l'intérieur de la cheville, était profonde et exsudait un mélange de sang et de pus. Nick serra les mâchoires en la découvrant.

Et il y avait de quoi être inquiet. La plaie était de toute évidence infectée, et l'état hébété de Louise disait clairement que l'infection, circulant déjà dans son sang, était en passe d'atteindre son cœur, ses poumons et ses reins.

— Pete, vous pourriez amener une voiture devant la porte ?

dit-elle. Nick, enveloppe-la dans la couverture en laissant sa jambe à l'air.

— Vous ne pouvez rien faire ici ? demanda Pete.

— Elle a impérativement besoin d'une forte dose d'antibiotiques, et le seul endroit où elle pourra l'obtenir, c'est à l'hôpital. Et plus vite nous y serons, mieux ce sera.

— D'accord. J'envoie quelqu'un pour vous aider à la porter.

Abby alla rapidement se laver les mains dans la salle de bains, puis revint auprès de Louise, pour poser une paume sur son front.

— Elle n'a pas trop de température, apparemment. Et son pouls est régulier. Si seulement j'avais ma mallette, dit-elle, agacée.

— C'est surtout de toi dont elle a besoin, dit Nick. Est-il préférable de nettoyer la plaie tout de suite ?

— Mieux vaut ne pas perdre de temps. Ce n'est pas la blessure en elle-même qui m'inquiète, mais le poison en train de se propager dans son sang. Et la seule façon de l'en débarrasser, c'est de l'emmener tout de suite à l'hôpital.

Sam surgit à cet instant dans la chambre, et Nick souleva Louise pour l'emmener. Tous trois redescendirent, et installèrent la jeune femme à l'arrière de la voiture.

— Abby, monte avec elle, dit Nick avant de se tourner vers Pete. Ça ne t'ennuie pas que je l'emmène ? Louise fait partie de mon équipe.

— Pas de problème, mais tu peux conduire, avec ton genou ?

— C'est une automatique, non ?

Pete lui lança les clés, et Nick s'assit au volant après s'être fait expliquer le chemin pour l'hôpital. Dès qu'Abby fut installée à côté de Louise, il enclencha le levier de vitesses et appuya sur l'accélérateur.

Moins d'un quart d'heure plus tard, il s'arrêtait devant les urgences. Abby courut chercher un fauteuil roulant où ils installèrent Louise, qu'elle conduisit à la réception pendant qu'il se garait. Lorsqu'il la rejoignit, Abby était en train de discuter avec la jeune femme assise derrière le comptoir, qui appela rapidement une infirmière. Laquelle, sitôt qu'elle eut vu la jambe de Louise, prévint à son tour un médecin. Louise fut immédiatement conduite en salle de soins. Abby la suivit et Nick se retrouva à attendre seul à la réception.

Il détestait cela. Chaque fois qu'un membre de son équipe était blessé, il l'accompagnait aussi vite que possible à l'hôpital où il était aussitôt pris en charge, et il se retrouvait seul, lui, dans une salle d'attente sans savoir ce qu'il se passait derrière les portes closes. C'était horriblement frustrant.

Enfin Abby réapparut, et il bondit sur ses pieds alors qu'elle le rejoignait.

— Alors ? Que se passe-t-il ?

— Ça va. Mais je pensais que tu avais peut-être envie de la voir.

— Oui. Bien sûr.

Elle le précéda dans un couloir longeant des box fermés pour la plupart, et s'arrêta à l'extrémité.

— J'ai parlé au médecin qui s'occupe d'elle. Tout va bien. Il n'y a plus lieu de s'inquiéter.

— Qu'est-ce qu'elle a, Abby ? demanda-t-il à voix basse.

— L'analyse de sang a révélé un faible cas de septicémie.

Elle posa aussitôt la main sur son bras pour apaiser son inquiétude.

— Heureusement, nous l'avons pris assez tôt. On lui fait d'autres d'examens de sang pour s'assurer que l'infection n'a pas encore atteint les organes vitaux, mais elle semble avoir échappé au pire. Tu constateras tout de suite une amélioration de son état, quand les antibiotiques auront commencé à agir.

— Ils vont la garder ici ?

— Pour la nuit, certainement. Elle pourra sans doute ressortir demain ou après-demain, après qu'elle aura vu un spécialiste, et que tous les résultats des examens auront été étudiés. Pour l'heure, ils l'ont mise sous perfusion d'antibiotiques et de solution saline en prévention de la déshydratation.

Nick exhala un long soupir.

— Merci, Abby. Quand je pense que si Pete n'avait rien vu… Pourquoi n'a-t-elle rien dit ?

— Le manque de jugement peut faire partie des symptômes de la septicémie. Les gens ont juste envie de s'isoler pour se rouler en boule dans un coin, comme elle l'a fait.

— J'aurais dû remarquer qu'elle s'était coupée quand elle est entrée dans l'eau hier. J'aurais dû vérifier.

Il retint un juron. Il avait envie de se taper la tête contre un mur. A cause de sa négligence, Louise aurait pu…

— On pouvait très facilement ne pas le voir. Ne te fais pas de reproches. Moi-même je n'ai rien remarqué en l'aidant à ôter sa combinaison. Et c'est à chacun d'être attentif et de signaler la moindre égratignure. Tu l'as suffisamment répété.

— Pas assez, de toute évidence.

— Laisse tomber, Nick. Tu n'as rien à te reprocher, répéta-t-elle avant de le précéder dans le box de Louise.

La jeune fille avait meilleure mine, et apparemment meilleur moral aussi. Ce qui ne l'empêcha pas d'avoir l'air gênée en voyant Nick.

— Désolée, Nick, dit-elle.

Il lui adressa un sourire rassurant.

— Tu le peux. Je deviens trop vieux pour ça. La prochaine fois que tu veux me faire peur, attends au moins que j'aie digéré mon dîner, d'accord ?

Une larme roula sur la joue de Louise, et Nick prit le mouchoir en papier qu'Abby lui tendait pour le lui donner.

— J'aurais dû le dire tout de suite, admit Louise. Mais c'était si petit, à peine plus gros qu'une écorchure…

— Nous commettons tous des erreurs. J'en ai moi-même quelques-unes à mon actif que je n'oserais même pas te confier, dit-il, rassurant.

Il se racla la gorge. Il s'en était pourtant ouvert à Abby. Il lui avait tout dit, et elle n'avait pas bronché. Elle avait même dormi dans ses bras ensuite, comme s'il avait le droit de la tenir contre elle malgré ses impardonnables faux pas.

— C'est vrai ? demanda Louise, l'œil soudain plus vif.

— Eh oui. Un jour, rappelle-moi de te les raconter. Mais d'ici là, tu dois te concentrer sur ta santé, d'accord ? Y a-t-il quelque chose que je peux faire pour toi, Louise ?

— Oui. Vous pourriez prévenir mes parents ?

— Bien sûr. Je pourrai même leur annoncer que tu es déjà en très bonne voie de guérison.

— Oui… ce serait bien.

— Nous les appellerons ce soir, et tu pourras toi-même leur parler demain matin, intervint Abby avec un sourire encourageant.

— Merci. Leur numéro est sur la feuille que j'ai remplie, ajouta-t-elle à l'attention de Nick.

— Oui. Je l'ai à l'hôtel. D'ici là, applique-toi à guérir, O.K. ?

— D'accord. Mais je ne pourrai pas nager demain.

— Ça, oui, c'est hors de question, confirma Abby.

— Ne t'inquiète pas. Nous trouverons quelqu'un pour te remplacer, dit Nick sans regarder Abby.

Demain serait le second circuit court, et tout le monde y participait. Sauf lui, bien sûr.

— Il n'y a personne d'autre, Nick, répondit Louise en soupirant. Vous le savez bien. A moins que vous n'arriviez à faire entrer le ventre de Pete dans un maillot !

— Pour effrayer tout le monde ? Ce serait dommage, dit Nick dans un sourire. Par contre, je pourrai peut-être le faire moi-même.

Il sentit la réprobation d'Abby, dans son dos, mais elle se garda d'intervenir. Sans doute attendrait-elle d'être sortie de l'hôpital pour lui dire ce qu'elle pensait de son idée…

— Mais… vous ne pouvez pas, non ? demanda Louise avec insistance.

— Nous verrons bien demain, d'accord ?

— D'accord, patron, répondit-elle, presque enjouée, avant d'observer le goutte-à-goutte. Ça ne coule pas très vite, c'est normal ? demanda-t-elle.

Abby donna une chiquenaude sur la valve de la poche d'antibiotiques au-dessus de sa tête.

— Le débit est un petit peu lent, c'est vrai. Tu devrais serrer le poing et le relâcher plusieurs fois. Oui, comme ça. Tu vois, c'est déjà mieux.

— Oui.

— Nick, donne-lui ta main. Presse-lui les doigts, Louise. Aussi fort que tu le peux, ce sera plus efficace. Oui, c'est bien. N'aie pas peur de lui faire mal.

Nick rit doucement en son for intérieur.

Apparemment, Abby avait envie de lui donner une leçon. Il pouvait s'attendre à se faire chapitrer, à peine seraient-ils sortis de cette chambre, c'était clair…

10.

Abby remit une mèche de cheveux en place, puis, prenant une profonde inspiration, lança :

— Donc qui as-tu prévu pour l'épreuve de demain ?

Ils se dirigeaient vers le parking après avoir quitté Louise, et elle avait décidé d'aborder le sujet en douceur. Peut-être avait-elle mal compris après tout ; Nick avait sûrement un remplaçant en réserve pour Louise.

— Moi, dit-il avec un grand sourire.

Elle réprima un soupir de rage, toute inquiétude soudain envolée. Ce sourire… Elle l'aurait giflé si elle avait pu…

— Et tu trouves que c'est une bonne idée ?

— Je pense que je suis le seul à pouvoir le faire.

— Nick ! Ta rotule n'est pas encore complètement ressoudée. Et même si tu te sens mieux, il faut encore que tu sois très prudent.

— J'ai fait quelques essais dans l'eau, et ma jambe réagit très bien. Le Dr Patel m'a dit que c'était un très bon exercice en plus, du moment que je ne force pas.

— Et trois mille mètres en eau vive, tu n'appelles pas ça forcer, je suppose ?

— J'ai une gaine de soutien en Néoprène que je porte dans l'eau. Et, de toute façon, je m'arrêterai au premier tiraillement.

— C'est ça. Comme si c'était dans ta nature de t'arrêter en cours de route…

— Abby… Tu n'as pas un peu pitié de moi ?

— Ah non ! Ne joue pas la carte sentimentale avec moi, Nick. Mon inquiétude est strictement professionnelle.

— Je te promets de ne pas forcer. A la première alerte, j'arrête.

— Je ne te crois pas. Une fois lancé, tu iras jusqu'au bout, quoi qu'il t'en coûte.

— Bon. Nous sommes au moins d'accord sur une chose : c'est que nous ne sommes pas d'accord sur ce point-là.

Abby se tut. Le trajet jusqu'à l'hôtel se déroula dans une atmosphère pesante. Ce n'était pas la première fois qu'ils se disputaient, mais le silence corrosif durant le trajet aggrava leur conflit, dressant entre eux une barrière infranchissable. A leur arrivée sur le parking de l'hôtel, Nick voulut la retenir par le bras. Elle se dégagea aussitôt avec force pour descendre de la voiture, et courir vers l'entrée.

Troisième jour. Bettermere.
Trois mille mètres

Nick contempla le paysage qui l'entourait : le temps était idyllique ; le soleil caressait les montagnes autour du lac, et scintillait sur l'eau limpide. Cette journée était un vrai cadeau pour les participants : une distance très raisonnable dans un cadre superbe.

Nick se glissa dans l'eau, et commença à nager en douceur le long de la rive, pour s'échauffer. Ce matin, au réveil, il avait compris qu'il ne pouvait s'en prendre qu'à lui-même, si la place à côté de lui dans le lit était restée vide…

Sans forcer, il nagea jusqu'à l'un des bateaux de support à quelques mètres de là.

— Pete ? Je croyais que tu serais encore à l'hôpital.

— Ils m'ont renvoyé au bout d'une demi-heure.

— Comment va Louise ?

— Bien mieux qu'hier. Elle a parlé à ses parents, et a repris des couleurs. Tes fleurs trônent sur sa table de chevet.

— Quand comptent-ils la laisser sortir ?

— Aujourd'hui ou demain. Le médecin ne l'avait pas encore vue quand je suis parti. Et toi ? Quelle tactique vas-tu employer pour ne pas forcer sur ta jambe ?

— Celle que j'ai pratiquée avec le physio avant de venir ici. J'utilise ma jambe, mais le moins possible, et je force surtout sur les bras. J'ai pu faire deux mille mètres sans difficulté il y a une semaine, donc mille de plus ne devraient pas poser de problèmes…

Nick s'interrompit. Il aurait pu l'expliquer à Abby la veille, mais, au lieu de la rassurer, il avait tout fait pour la braquer. Idiot qu'il était !

Il fit un petit signe de tête à Pete avant de gagner la ligne de départ, où il s'accrocha à la corde tendue entre deux bouées. Abby se trouvait à quelques mètres de lui, le regard fixé sur la lointaine rive du lac. Pas une fois elle ne se tourna vers lui.

Le signal retentit, et Nick s'élança en restant à quelque distance des autres nageurs. Sa jambe était raide, mais simplement à cause de la gaine de Néoprène sur sa combinaison. Son crawl, même s'il n'avait pas sa puissance habituelle, était tout de même correct. Le test avait commencé. Pourrait-il aller au bout de l'épreuve ? Saurait-il renoncer s'il ne s'en sentait pas capable ? S'il le fallait, il le ferait, plus pour Abby que pour lui-même.

Son assurance grandit alors que, peu à peu, il dépassait les autres participants, après avoir adopté un rythme qui ne lui causait aucune douleur.

Tout à son euphorie de se retrouver dans l'eau, il ne remarqua la présence d'un autre nageur derrière lui, qu'en atteignant le milieu du lac. Et ce n'est qu'à son bonnet jaune qu'il reconnut Abby. Aussitôt, il ralentit pour lui laisser le temps de le rattraper.

— Intéressant, ton style, lança-t-elle en arrivant à sa hauteur. Comment te sens-tu ?

— Bien. On fait le reste ensemble ?

Elle continua d'avancer sans répondre, en un crawl souple, bien cadencé, qui maintenait la distance entre eux et le reste du groupe, sans pour autant les éloigner l'un de l'autre. Nick adopta son rythme. Elle avait un style bien à elle, précis, gracieux, avec une pointe d'audace. D'une certaine manière, il y retrouvait sa façon de faire l'amour. Il réfléchissait toujours à cela quand la bouée finale arriva en vue.

Et soudain le démon de la compétition s'empara de lui : contre toute raison, il força l'allure. Ils n'étaient plus qu'à quelque deux cents mètres du but, à présent. Abby, répondant aussitôt à son défi silencieux, accéléra à son tour.

Ils étaient quasiment de force égale. Nick avait bien sûr des bras et des épaules plus puissantes, mais il était handicapé par la gaine sur son genou qui le ralentissait. Il joua un instant avec l'idée de reprendre son style habituel en utilisant davantage ses jambes, mais y renonça, concentrant tous ses efforts dans son dos et ses bras.

Abby fendait l'eau de son crawl régulier, utilisant au mieux son avantage. Tous deux nageaient maintenant comme si leur vie en dépendait. Nick se sentait galvanisé par l'excitation de la lutte, qui nettoyait toute l'énergie destructrice de leur dispute. Et, à voir la détermination qu'elle mettait elle-même à remporter ce challenge, il était clair qu'Abby était dans le même état d'esprit.

Sa main atteignit la bouée qu'il bouscula dans son élan. Il ignorait totalement s'il avait battu Abby ou non, jusqu'à ce qu'il sente sa main sur son bras. Elle respirait fort, et ses yeux brillants reflétaient une excitation semblable à la sienne. Soudain, elle posa les mains sur ses épaules, se hissant doucement pour lui enfoncer la tête sous l'eau.

Il remonta en riant et en secouant l'eau de ses cheveux.

— Hé ! Qu'est-ce que j'ai fait pour mériter ça ?

— C'est pour t'apprendre à inventer un nouveau style sans m'en avoir parlé.

— Ah ! Donc je te dois réparation…

Il l'embrassa sur la bouche, et la surprise qu'elle manifesta tout d'abord se transforma très vite en une réponse passionnée.

Bientôt elle enroula ses jambes autour de sa taille, et ce ne fut qu'en sentant les remous provoqués par le bateau que Nick consentit à la relâcher.

— Alors, qui c'est, le gagnant ? demanda Pete quand il fut assez près.

— J'ai touché la bouée le premier, répondit Nick, mais question style, Abby a gagné haut la main.

Elle leva les yeux au ciel, avant de remonter sur le bateau. Dans l'agitation qui suivit leur retour à l'hôtel, Abby eut l'impression de perdre de nouveau Nick. Il était là, près d'elle, mais trop de gens s'agitaient autour d'eux. Or, ce qu'elle avait à lui dire nécessitait un minimum d'intimité.

Profitant que tout le monde s'était enfin dispersé, soit dans sa chambre, soit dans le patio pour lézarder au soleil, Abby alla discrètement frapper à la porte de Nick.

— Salut, dit-il en s'écartant aussitôt pour la laisser entrer.

— Je venais récupérer mon autre maillot de bain, dit-elle.

— Je m'apprêtais justement à aller te le porter. Il est dans la salle de bains.

Elle alla le chercher, et revint dans la chambre. Elle fit face à Nick, un peu nerveuse :

— En fait, je… je voulais m'excuser. Je ne t'ai même pas donné une chance de t'expliquer, hier et… j'aurais dû te faire davantage confiance.

— Et moi j'aurais dû te dire ce qu'il en était. Donc nous sommes quittes.

— Oui, mais tout de même. Je t'ai accusé sans réfléchir. Je savais bien pourtant que tu ne serais pas inconscient au point de risquer de perdre pour de bon l'usage de ta jambe, et que tu prendrais toutes les précautions nécessaires, c'était évident.

— Je n'aurais pas pu aller au-delà de ces trois mille mètres, et j'irais certainement au-devant de gros problèmes si je décidais d'en faire plus maintenant.

— Tu ne veux pas me remplacer, alors ?

— Pas du tout ! Ça n'a jamais été mon intention, et je ne

le ferais pas, même si j'étais assez en forme pour cela. Je suis heureux d'avoir pu participer aujourd'hui, mais c'est tout.

Il s'avança, la prit dans ses bras, et elle se perdit aussitôt dans la tendresse de son baiser qui se fit bientôt passionné.

— Tu restes ici avec moi cet après-midi ? lui murmura-t-il

— Tu aurais du mal à me mettre dehors, répondit-elle en l'entraînant elle-même vers le lit à baldaquin, qui semblait encore porter la marque de leurs premières étreintes…

11.

Quatrième jour. Derwent Water. Six mille mètres

Abby sourit, fière de sa performance. Six mille mètres, et Nick, songea-t-elle avec plaisir, avait été avec elle tout du long. Même la brise soutenue, qui avait soulevé des vagues, n'avait pas empêché Abby de couvrir la distance dans le temps prévu, et elle était déjà dans sa chambre quand le reste des participants avait enfin regagné l'hôtel. Après s'être changée et donné un rapide coup de peigne, elle descendit rejoindre Nick dans la salle à manger.

— Je croyais que tu devais déjeuner avec Louise ? lui dit-il d'un air étonné.

— Oui, mais elle a eu une meilleure proposition. Sam est là-haut avec elle.

— Oh ? C'est vrai ?

— Oui. Garde ça pour toi, bien sûr.

— Pourquoi ?

Elle leva les yeux au ciel.

— Je te croyais plus perspicace. Louise trouve Sam très… mignon.

— Mignon ? Sam ? répéta Nick.

Elle esquissa un sourire. De toute évidence, l'association de ces deux mots ne lui paraissait pas évidente…

— Ça ne me serait jamais venu à l'esprit. Que lui ont-ils injecté, à l'hôpital ?

— Nick ! Ne sois pas méchant. Sam est un garçon adorable. Et il est clair qu'il a un gros faible pour Louise.

Il soupira.

— A priori, tu es mieux informée que moi, et je te crois sur parole. Mais dis-moi…

Il se pencha vers elle par-dessus la table pour chuchoter :

— Moi ? Tu me trouves « mignon » ?

— Toi ? Tu es trop mignon !

Elle lui fit un petit clin d'œil. Il la gratifia d'une grimace horrifiée, mais la lueur amusée demeura dans son regard durant tout le repas, et il souriait toujours quand il alla demander les clés de sa voiture à Pete. D'un pas tranquille, ils se dirigèrent vers la petite Ford, garée à l'ombre des arbres.

— Mmm… J'aime ton parfum, lui murmura-t-il.

Avant de monter dans la voiture, il l'attira contre lui pour se pencher vers elle et l'embrasser.

Sentant quelque chose lui entrer dans les côtes, Abby se recula légèrement.

— Eh ! Qu'est-ce que c'est ? dit-elle.

Elle glissa la main sous le blouson de Nick, pour en sortir de sa poche intérieure un journal.

— La gazette du coin, dit-il en riant. Mme Pearce me l'a donnée parce qu'on parle de nous en page 4.

— C'est vrai ?

Sans attendre, Abby ouvrit le journal sur le capot de la voiture et alla directement à la page concernée.

— Il est signé Graham Edson, celui qui nous a interviewés, le premier jour ! s'exclama-t-elle.

Comme elle parcourait l'article, elle sentit soudain Nick se figer derrière elle. Se retournant, elle vit son visage crispé et son regard fixé sur quelque point lointain.

— Nick ? Qu'y a-t-il ?

Comme il ne répondait pas, elle reprit sa lecture. Il était évident que la raison de son brusque changement d'attitude se trouvait là, quelque part dans ces lignes.

Et soudain elle comprit.

— Mais enfin… Qui a écrit ça ? C'est du pur mensonge !

— Non, Abby. Il y a bien eu plusieurs incendies criminels dans cette région, et je suis en rapport avec les pompiers locaux à ce sujet. Et je suis bien l'ex-junkie dont il est question.

Elle le regarda, désolée. Ses yeux étaient comme éteints ; toute lueur de vie semblait les avoir désertés.

Elle eut soudain envie de le secouer, de le frapper, pour le faire réagir.

— C'est faux, Nick ! A lire cet article, on a l'impression que tu ne savais rien faire d'autre que de te shooter ! Et il dit précisément : « un toxicomane actuellement démis de ses fonctions ».

— C'est ce que je suis.

— Non ! Tu as surmonté tes problèmes d'addiction, et si tu ne peux pas assurer ton travail en ce moment, c'est à cause d'une blessure que tu t'es faite dans le cadre de ton boulot ! Ce qui n'a rien à voir avec ce que dit ce… ce torchon ! Nick, arrête de te faire du mal… Et d'abord comment est-ce ce Graham Edson a pu savoir tout ça ? Nous lui avons à peine parlé.

Nick eut un haussement d'épaules.

— Peut-être que Ted souhaitait me faire plaisir en mentionnant mon nom. Ou peut-être qu'Edson a reconnu les initiales de mon groupe d'entraide sur mon porte-clés, et qu'il les a appelés ; il discute avec quelqu'un, lui dit qu'il m'a rencontré, que je suis clean depuis un moment, et son interlocuteur, sans même s'en rendre compte, acquiesce. Et voilà : Edson a la confirmation qu'il voulait. C'est aussi simple que ça…

Abby fulmina intérieurement. Elle en était malade. Il était si facile de ruiner la carrière ou la réputation de quelqu'un. Et encore n'était-ce que dans la presse locale. Furieuse, elle froissa le journal et alla le jeter dans une corbeille à proximité.

— On va s'occuper de ça, dit-elle, déterminée, en revenant vers lui.

— Oui, mais… Ecoute, si on se retrouvait ce soir, finalement ?

— Pourquoi ? Tu as prévu autre chose pour cet après-midi ?

— Je vais aller voir Ted. Et je me disais que ce serait mieux si tu restais ici.

Elle le regarda droit dans les yeux. Elle savait exactement pourquoi il préférait y aller seul…

— Non, pas d'accord, répliqua-t-elle d'un ton ferme.

Elle ne le laisserait pas faire. S'il la croyait assez stupide pour avoir honte d'être vue avec lui à cause de cet article, il la connaissait mal…

— Je vais peut-être être regardé de travers à cause de cette histoire, Abby. Pas par Ted, ni par les gars ici, mais les autres ne se gêneront pas… Et je ne voudrais pas que tu sois mêlée à ça.

— Tu ne me crois pas capable de faire la différence entre ce que dit quelqu'un qui fouille dans les poubelles et toi ?

Les épaules de Nick se détendirent sensiblement.

— Si. Mais pourras-tu encore me supporter si je ne suis pas à la hauteur pour régler le problème ?

— Je vais te montrer de quoi je suis capable, Nick Hunter, dit-elle sur un ton faussement arrogant. Monte dans la voiture.

Il s'exécuta, sourire aux lèvres.

— C'est ma faute, dit Ted en soupirant. Je n'aurais jamais rien dû dire à ce sujet.

Nick secoua la tête, navré de voir que son ami se reprochait de n'avoir pas su tenir sa langue.

— Tu n'avais aucune raison de te méfier et de taire mon nom, Ted. Et même si ça ne m'arrange pas, ce n'est pas la fin du monde. J'ai toujours dit que si ça devait se savoir, eh bien, je m'en arrangerais.

— Tu n'as jamais rien dit de tel, marmonna Ted.

— Peut-être. Mais je l'ai pensé, en tout cas.

— Penser ne suffit pas, objecta encore Ted en regardant ostensiblement Abby qui visitait la caserne en écoutant les explications d'un jeune pompier ravi de son rôle de guide.

— Laisse-la en dehors de cela, Ted.

— C'est ce que tu fais, toi ?

— J'essaie. Sans trop de succès, je l'avoue, répliqua-t-il d'un ton découragé.

Les épaules de Ted tressautèrent quand il se mit à rire doucement.

— Tu m'étonnes… Les femmes ont une très grosse tendance à vouloir nous protéger.

Il approuva d'un signe de tête. Sauf qu'Abby n'était pas n'importe quelle femme. Et Nick était secrètement heureux de cette façon qu'elle avait de le défendre, comme une mère ourse avec son ourson. Prête à le corriger s'il sortait des limites imposées, mais capable de fondre sur quiconque osait lui mettre des bâtons dans les roues. Il n'avait pas besoin de sa protection, pourtant, l'idée qu'elle soit à ses côtés lui donnait le sentiment d'être assez fort pour affronter le monde.

— Je n'ai besoin de personne, Ted, dit-il cependant. Ni d'elle ni de toi. Je n'ai pas de problème.

— D'accord. Mais si tu en avais, tu sais où me trouver.

— Oui. Merci, vieux.

Il se tourna vers Abby à cet instant assise dans la cabine d'un gros camion. Même à cette distance, elle semblait entourée d'une aura de lumière, et Nick essaya d'imaginer sa vie avec elle, les choses qu'il pourrait accomplir en sa merveilleuse compagnie. Mais très vite il se reprit. Pourquoi rêver ? Un tel avenir n'était pas pour lui.

Il se retourna et, d'un signe de tête, désigna la pile de papiers gisant sur le bureau de Ted.

— Bon. Si tu me montrais tout ça ?

12.

Cinquième jour. Ullswater. Trois mille mètres

Trois mille mètres faciles pour préparer la grande épreuve du lendemain. Onze nageurs prirent le départ et Abby arriva la première, comme toujours. Et Nick, comme toujours, la ramena au point de départ dans le bateau de support.

Elle avait sans mal deviné qu'il avait passé une mauvaise nuit ; ses traits tirés en attestaient. A leur retour de la caserne, son optimisme semblait l'avoir déserté, et il s'était retiré dans sa chambre en prétextant du travail à faire pour Ted. Même quand elle était venue le rejoindre, il avait passé une bonne partie de la nuit assis à la petite table devant son ordinateur.

Il avait de nouveau disparu après le déjeuner, la laissant au chevet de Louise, qui avait dormi presque tout l'après-midi. Le soir, Abby ne supportait plus son livre, et pas davantage l'attitude de Nick.

Elle attendit de l'entendre rentrer, en début de soirée, pour sortir de sa chambre et le rejoindre dans la sienne.

— Louise va bien ? demanda-t-il.

— Très bien, oui. Et ce n'est pas elle qui m'inquiète, c'est toi.

— Moi ?

A la façon presque coupable dont il réagit, et à son refus de la regarder en face, Abby eut la confirmation qu'il lui cachait quelque chose.

— Nick, je sais qu'il y a un problème ; tu ne me fuirais pas comme tu le fais, autrement. Pourquoi ne veux-tu rien me dire ?

— Parce que je n'ai rien à te dire, Abby ! Mais toi, ne te gêne pas pour me parler franchement si je te pose un problème.

Elle se mordit la lèvre. L'atmosphère, dans la chambre, commençait à devenir électrique. Mais au moins elle le savait là, avec elle, et non dans quelque recoin de son esprit, où elle ne pourrait l'atteindre.

— D'accord. Un idiot écrit quelque chose sur toi dans un journal et soudain tu disparais sous le prétexte de travailler. Tu t'enfermes dans ta chambre. Tu ne dors plus. Crois-tu vraiment que ceux qui te connaissent vont te juger sur les prétendues « révélations » de ce soi-disant journaliste ?

— Oui, je le crois.

— Très bien. Si tu tiens absolument à te rabaisser à cause de ce que ton père a fait, et si tu crois suivre le même chemin, après tout c'est ton droit. Mais ne t'attends pas que Sam, Pete ou moi pensions le pire de toi, parce que ce n'est pas ainsi que fonctionnent les amis. Alors aie un peu de respect pour nous, d'accord ?

— Tu es injuste, Abby. Je vous respecte — autant toi que Sam et Pete.

Elle le suivit du regard. Se passant les doigts dans les cheveux, il commença à arpenter la chambre. Mauvais signe. Ce genre d'attitude n'augurait généralement rien de bon.

— Ah oui ? dit-elle. Tu as une drôle de façon de le montrer.

— Bon sang, Abby ! s'exclama-t-il avec colère, tu n'as aucune idée de…

— Alors dis-moi, le coupa-t-elle. Montre-moi. Ne te contente pas de te cacher derrière tes erreurs. Aie le courage de poser ton masque !

S'approchant d'elle, il la prit par les épaules. Elle frémit en sentant ses doigts s'enfoncer dans sa chair.

— Que suggères-tu ?

— Que tu descendes leur parler, Nick. Ce ne serait pas la première fois que tu te trouves dans une situation difficile, et tu sais qu'ils seront là pour t'aider.

— C'est différent.

— Non. Crois-moi, Nick, ce n'est pas différent du reste.

Il l'attira contre lui, et Abby sentit son cœur battre contre son épaule, sentit ses lèvres pressées sur son front.

— Je te crois, Abby, murmura-t-il.

Et cet aveu lui réchauffa le cœur, car elle savait ce qu'il lui en coûtait de l'admettre.

— Alors viens, descendons.

Abby eut un petit sourire, apaisée. Nick n'avait pas fléchi. Ça n'avait pas été simple pour lui, mais il avait étalé le journal sur la table, dans le salon, et avait parlé ouvertement à Pete et à Sam avant de répondre à leurs questions. Cette confession lui avait été difficile, c'était évident, et pourtant salutaire. Et à la façon dont il avait discrètement serré sa main dans la sienne, ensuite, Abby avait su qu'il en était soulagé.

Tous deux étaient à cet instant allongés dans le lit à baldaquin, tout habillés. Nick avait insisté pour qu'elle ait une bonne et longue nuit de sommeil en prévision de l'épreuve du lendemain.

— Quelle heure est-il ?

— 10 heures et demie. Tu as sommeil ? demanda-t-il en se redressant sur un coude.

— Oui. Un peu.

— Tu crois pouvoir dormir si on se couche ?

— Je ne le pense pas, non. D'ici un petit moment, peut-être.

— D'accord. Viens ici.

Il roula sur le côté et l'attira contre lui. C'était si bon. Elle était toujours si bien, dans ses bras. En sécurité. Lentement, elle sentit ses résistances céder, tandis qu'il lui massait la nuque et les épaules…

Elle commençait à s'assoupir, quand un violent bruit de verre brisé la réveilla en sursaut. Nick bondit du lit en l'entraînant avec lui vers le fond de la pièce, alors que des flammes s'attaquaient aux rideaux.

Sans prendre le temps de réfléchir, elle le suivit en courant. L'attrapant par la main, il la poussa ensuite dans le couloir, avant de refermer la porte derrière eux.

— Qu'est-ce que c'était ? demanda-t-elle.

Mais Nick courait déjà vers le signal d'alarme qu'il écrasa de son poing, déclenchant une violente sonnerie qui résonna dans toute la bâtisse. Puis il décrocha un des deux extincteurs fixés au mur, près des portes coupe-feu, et Abby comprit qu'il allait retourner vers l'incendie.

Elle eut envie de protester, de le retenir, mais s'en abstint à temps. C'était son travail, et il savait ce qu'il faisait, se morigéna-t-elle.

Sam, tout habillé, jaillit à son tour de sa chambre, rejoignant aussitôt Nick.

— Que se passe-t-il ?

— Quelqu'un a jeté un cocktail Molotov par ma fenêtre. Vérifie toutes les chambres pour t'assurer qu'il n'y en a pas eu d'autres, et rassemble tout le monde à la réception. Envoie deux hommes dehors pour tenter de trouver le coupable, et assure-toi que Louise soit évacuée.

— O.K., patron !

Abby, plaquée contre le mur, tenta de se calmer. Elle avait du mal à respirer ; la fumée âcre pénétrait ses poumons ; elle ne pouvait pas rester ici. Toutefois, elle ne pouvait pas non plus se résoudre à quitter Nick.

— Descends, Abby. Va avec les autres.

C'était un ordre, et elle savait qu'il n'était pas question de l'ignorer. Elle remonta le couloir, restant cependant assez proche de Nick pour pouvoir le rejoindre s'il avait besoin d'elle. Il semblait tout contrôler, mais rien n'était jamais sûr dans ce genre de situation instable.

— Abby ? Que fais-tu encore ici ? lança-t-il avec impatience en ressortant d'une des chambres.

— Je surveille tes arrières.

— Je t'ai dit de…

— Je sais ce que tu m'as dit.

— Le feu est mon travail.

— Et le mien est de me charger des éventuelles victimes.

— D'accord.

Il releva la tête alors que Sam revenait vers eux.

— Où en est-on ?

— On a balancé un autre Molotov au rez-de-chaussée. La police et les pompiers locaux sont en route. Tout le monde est à la réception, comme tu l'as demandé. Louise aussi.

— O.K. Bon travail, Sam. Tu peux rester avec eux jusqu'à ce qu'on soit sûrs qu'il n'y ait plus de danger. Tu as ton téléphone ?

— Oui.

— Il faut que j'aille chercher le mien. Il a peut-être échappé aux flammes.

Abby et Sam le suivirent jusqu'à sa chambre. Des traînées noires apparaissaient sur le plafond, et les rideaux, en lambeaux, volaient sous la brise qui s'engouffrait par la vitre brisée. La pièce empestait l'essence.

Nick alla directement ouvrir le tiroir de la table de chevet dont il sortit son portable.

— Il est intact, déclara-t-il après l'avoir mis en marche.

Prenant la main d'Abby, il l'entraîna vers l'escalier.

— Allons voir s'il y a des blessés.

— Elle peut commencer par moi, dit Sam. Louise m'a mordu quand j'ai voulu la porter dans l'escalier. Elle m'a peut-être bien transmis sa septicémie.

— Tu l'as bien cherché ! lança Nick par-dessus son épaule sans s'arrêter.

13.

Nick examina les dommages causés dans la chambre du rez-de-chaussée, s'attardant un instant sur la vitre brisée :

— Cette bombe-ci était plus petite que l'autre, dit-il. Et comme les rideaux étaient tirés, les dégâts sont moins importants.

— Tu crois que ça a un rapport avec le pyromane que vous recherchez ?

— C'est très probable. Et sa cible est toute trouvée…

Elle inclina la tête, inquiète.

— Tu penses que c'est toi qu'il vise ?

— Pas moi spécifiquement, mais la brigade. Ses ennemis numéro 1 réunis dans un hôtel non protégé. Le rêve pour un pyromane. Et, avec toute la publicité faite autour de la compétition, il n'a dû avoir aucun mal à nous trouver. Désolé de t'avoir entraînée là-dedans, Abby.

— Arrête, Nick, tu n'as rien à te reprocher. Qu'allons-nous faire, maintenant ? Tu crois qu'il est encore ici ?

— S'il continue dans la même direction pour contourner l'hôtel, il devrait être face à l'entrée, là où il y a plein d'arbustes. Idéal pour se cacher et observer ce qui se passe. Viens.

Il la guida jusqu'à la chambre opposée à celle de Louise et, très discrètement, écarta les rideaux pour fouiller l'obscurité des yeux.

— Là ! Regarde, dit-elle en lui désignant un endroit parmi des massifs de rhododendrons. Il y a quelqu'un.

— Oui, je le vois. Attention, il allume son briquet !

Moins de deux secondes après, un nouvel objet enflammé vola dans la nuit. Nick lança presque Abby à travers la pièce et se jeta sur elle pour la protéger, mais rien ne se passa. Et pour cause… Comme ils se relevaient prudemment, ils purent voir que la bombe artisanale s'était accrochée dans l'arbre proche de la fenêtre. Des branches s'étaient enflammées.

Un hurlement de sirène retentit, et soudain les phares d'un gros camion de pompiers, suivi par deux voitures de police, éclairèrent la cour.

— Oh non…, murmura Nick, se ruant sur l'échelle de secours.

Les faisceaux lumineux avaient au passage éclairé le pyromane, qui avait visiblement décidé de tenter un dernier assaut. Il s'apprêtait à lancer un nouvel engin explosif qu'il tenait à la main, lorsque de l'essence coula sur son bras, et s'enflamma aussitôt. L'impact des balles que les policiers tiraient dans l'herbe autour de lui acheva de le convaincre de lâcher sa bombe et de prendre la fuite.

— Jette-toi par terre ! lui cria Nick. Roule-toi dans l'herbe pour éteindre le feu !

Nick voulut s'élancer vers lui, mais son genou céda et il tomba en jurant. Ignorant ses conseils, l'homme continua à courir et, probablement trop paniqué pour voir le danger, se jeta sur la route alors qu'une voiture déboulait au même instant, à pleine vitesse.

— Non ! hurla Nick.

Le corps de l'homme fut projeté en l'air avant de retomber sur la route, telle une marionnette désarticulée.

Nick l'atteignit en même temps qu'un policier, qui ôta son blouson pour éteindre les flammes. Abby était sur leurs talons.

— Elle est médecin, dit Nick comme le policier s'apprêtait à l'écarter.

Abby s'agenouilla au milieu de la route tandis que les autres policiers se chargeaient d'arrêter les rares véhicules en circulation. Son cœur battait si fort qu'elle entendait à peine les cris angoissés de la conductrice de la voiture.

— On est là, mon vieux, dit Nick. Ne bouge pas, le médecin va t'examiner. Accroche-toi.

Un policier lui apporta une trousse de premiers secours. Ouvrant le bombardier de l'homme, elle observa rapidement les dégâts. L'épais rembourrage du blouson l'avait protégé du feu et son bras était pratiquement intact. En revanche, il avait eu moins de chance avec la voiture.

— Il me faut des gants, dit-elle d'une voix mécanique.

Dès qu'elle les eut enfilés, elle s'assura que rien ne bloquait la trachée de la victime.

— Il respire à peine. Demande à quelqu'un de faire pression sur sa jambe pour arrêter l'hémorragie.

Elle avait vaguement conscience que Nick tenait fermement la main de l'homme à qui il continuait de parler, tentant d'atteindre sa conscience.

Cherchant un pouls, elle en trouva un, très ténu, sous ses doigts, mais qui faiblit peu à peu jusqu'à s'arrêter.

— Réa cardio-pulmonaire, annonça-t-elle.

Elle se positionna au-dessus de la victime, les mains posées l'une sur l'autre sur son thorax, et commença à compter.

Bon sang, que ne donnerait elle pour avoir un défibrillateur à cet instant. Ou de l'adrénaline. N'importe quoi pour sauver son patient. Le son de sa propre voix qui comptait lui parut étrangement aigu au milieu de l'activité ambiante.

— L'ambulance vient d'arriver, lui dit Nick.

— D'accord. Tu peux reprendre les compressions en attendant que le défibrillateur et la ventilation soient prêts ?

Elle laissa Nick prendre le relais, soulagée. Elle connaissait les gestes, mais savait aussi qu'elle n'avait pas l'expérience nécessaire pour ce genre de situation. Or, la vie d'un homme dépendait de ses décisions, et elle n'avait pas droit à l'erreur.

Abby étudia attentivement les indications du défibrillateur. C'était à elle d'agir, mais elle souhaitait avoir aussi l'avis de l'infirmier qui venait de les rejoindre.

— Je ne vois aucun signe de fibrillation ventriculaire.

— Aucun, non, répondit celui-ci.

— Donc nous pouvons lui injecter de l'adrénaline, et continuer la réa.

Ils poursuivirent ainsi pendant une vingtaine de minutes, même si les chances de sauver la victime faiblissaient toujours plus à chaque seconde qui s'écoulait. Mais Abby refusait de renoncer tant qu'il y avait un souffle de vie.

Finalement, elle se redressa et, assise sur ses talons, rejeta la tête en arrière, les yeux fixés sur le ciel.

Il relevait de sa responsabilité de confirmer la mort de la victime, et elle procéda à tous les tests, attendant l'approbation de l'infirmier à chaque étape. C'était la première fois qu'elle se trouvait dans cette situation.

— Il est mort, dit-elle finalement d'une voix blanche.

Elle nota l'heure du décès, puis ôta ses gants chirurgicaux avant de les jeter dans la cuvette que quelqu'un avait apportée. Il lui aurait semblé inhumain de se lever et de tourner le dos à cet homme étendu sur la route, mais ils devaient de toute façon rester pour l'examen du coroner.

Nick reposa la main de l'homme sur son torse, et Abby se rendit compte alors qu'il l'avait tenue tout du long sans les gêner à aucun moment, elle et l'infirmier. Au moins éprouva-t-elle la faible consolation de savoir que cet homme n'avait pas été complètement seul quand la fragile étincelle de vie l'avait quitté.

Dans son état de semi-hébétude, elle sentit Nick l'inciter doucement à se relever et l'entraîner à l'écart du corps.

— Ton rôle est terminé, Abby.

Elle refusa de s'accrocher à lui. De pleurer. Elle était entourée d'hommes qui avaient déjà assisté à ce genre de drame et connu la mort de près, mais elle-même n'avait jamais encore dû prononcer ces terribles mots irrévocables.

Nick comprit sans doute qu'il valait mieux ne rien dire. Sa présence était tout ce dont elle avait besoin à cet instant. Cependant elle ignorait ce qu'il se passerait ensuite. Aurait-on encore besoin d'elle ? Devait-elle rester ? Elle n'osait poser la question directement, devant tout le monde. Nick, devinant probablement son hésitation, s'en chargea pour elle.

— La police va prendre le relais, je suppose ? demanda-t-il à Steven, l'infirmier.

— Oui. J'attends qu'ils me signent mes papiers et je rentre. Mon service est terminé.

— Vous voulez prendre un thé ou autre chose en attendant ?

— Oui, je veux bien.

Abby leva les yeux vers Nick. Elle savait qu'il n'agissait que pour elle, et lui en était reconnaissante. La prenant par les épaules, il l'entraîna vers l'hôtel, tout en discutant avec Steven.

Il était 2 heures du matin quand Nick parvint enfin à s'éclipser dans sa chambre avec Abby. Il avait insisté pour qu'elle fasse sa déclaration ici, et non au commissariat, et avait tout fait pour accélérer les formalités, mais il y avait eu mort d'homme, et les tâches administratives prenaient du temps.

Abby avait résisté à la fatigue et à la pression, en aidant Mme Pearce à préparer du thé et des sandwichs pour tout le monde, et en répondant calmement aux questions sur les événements lorsqu'on l'interrogeait. Mais il espérait qu'elle parviendrait à présent à se détendre.

Elle s'assit sur le lit, l'air soudain épuisée. Peut-être, à présent qu'ils étaient seuls, pourrait-elle enfin parler de ce qu'elle avait vécu. Mais peut-être que non.

— Tu veux prendre une douche ?

Elle soupira.

— Vas-y. J'irai ensuite.

Il la regarda en coin. Il n'avait pas envie de la laisser seule, mais respecta pourtant son souhait.

— D'accord. Appelle-moi si tu as besoin de moi.

— Oui.

Quand il ressortit de la salle de bains, un quart d'heure

plus tard, il la découvrit à l'endroit et dans la position où il l'avait laissée — assise sur le lit, les yeux fixés sur ses mains croisées sur ses cuisses.

Doucement, il s'assit à côté d'elle, attentif néanmoins à ne pas la toucher.

— On ne peut pas sauver tout le monde, Abby, dit-il doucement. Tu le sais aussi bien que moi.

— Oui. C'est juste que…

— Oui, je comprends.

Il se retint de la prendre dans ses bras. Il connaissait ce désespérant sentiment de perte et d'impuissance, lorsqu'on assiste, malgré tout ses efforts, à la mort de quelqu'un que l'on tentait de sauver.

— Tu n'aurais rien pu faire de plus, ajouta-t-il. Tu n'as rien à te reprocher.

S'il devait y avoir un coupable, c'était lui, songea-t-il. S'il n'avait pas pourchassé l'homme, sans doute n'aurait-il pas traversé la route. Mais il rejeta ces pensées pour se consacrer à Abby, et à elle seule.

— Pourquoi a-t-il fait cela, Nick ? Je ne comprends pas.

— La pyromanie n'est pas une chose très logique.

Il soupira. Il aurait aimé lui donner une réponse plus satisfaisante, mais l'heure ne s'y prêtait guère.

— Viens prendre une douche bien chaude. Ça t'aidera à trouver le sommeil.

Elle releva les yeux vers lui.

— Merci de t'occuper de moi, Nick.

Tendrement, il lui prit les mains.

— Abby, je veux que tu saches que tu n'es pas seule. Qu'il y a des gens autour de toi pour partager ce qui est trop lourd à porter seul.

Elle hocha distraitement la tête puis la releva soudain.

— Et la femme ? Celle qui conduisait ?

— On l'a emmenée au commissariat : l'Alcootest était positif.

— Oh ! C'est si… si triste.

— Oui. Mais tu l'as dit toi-même : on ne peut pas tout faire, mais on fait de notre mieux. Et nous devons accepter de nous en contenter.

Une larme roula sur sa joue. Et Nick se rendit compte que c'était la première fois qu'il la voyait pleurer. Et, malgré tout ce qu'elle avait traversé, c'était pour quelqu'un d'autre qu'elle versait des larmes. Quelqu'un qui aurait pu la blesser, peut-être même la tuer.

— Tu crois qu'il y aurait encore du chocolat chaud, dans la cuisine ? demanda-t-elle d'une petite voix.

Il l'observa, suspicieux. Avait-elle vraiment besoin d'une boisson chaude, ou était-ce un simple moyen de se débarrasser provisoirement de lui ? Peu importait, finalement.

— Je vais aller voir, dit-il.

A son retour, elle était sous la douche. Comme il posait la Thermos sur la table de chevet, l'eau cessa de couler et il entendit alors les pleurs discrets d'Abby.

Abby sortit de la cabine, et s'enveloppa dans le grand drap de bain blanc de l'hôtel. Elle ne savait pas trop pourquoi elle avait éloigné Nick. Elle le regrettait presque, à présent.

« Tu n'es pas seule. Il y a des gens autour de toi pour partager ce qui est trop lourd à porter seul. » Elle se remémora les mots de Nick. Il avait été là, auprès d'elle, toute la soirée, tout en sachant se faire discret quand elle le souhaitait. Et même alors, elle avait ressenti sa force.

De nouvelles larmes montèrent à ses yeux. Quand elle pleurait, elle le faisait toujours seule. Mais ce soir, elle avait envie qu'il la serre dans ses bras.

Elle n'entendit pas la porte de la salle de bains s'ouvrir, et quand il entra, elle n'eut pas le temps de se ressaisir, ni celui de protester. Il l'attira contre lui.

— Tout ira bien, mon ange.

— Non, Nick. Un homme est mort.

Et soudain ce fut comme un barrage qui se rompait. Elle s'accrocha à lui, aussi fort qu'elle le put, et sanglota contre son torse jusqu'à ce qu'elle ait épuisé toutes les larmes de son corps.

Et Nick parut comprendre qu'elle ne pleurait pas seulement pour ce qui venait de se passer, mais aussi pour toutes ces nuits où elle n'avait eu personne vers qui se tourner, personne pour la prendre dans ses bras…

Finalement ses sanglots s'apaisèrent et la honte s'empara d'elle.

— Désolée, dit-elle en reniflant.

— Tu n'as pas à t'excuser, Abby. Tout le monde pleure. Et c'est bien mieux avec un ami.

Elle esquissa un sourire.

— Tu es tout mouillé.

— Oui. Toi aussi.

Il attrapa le peignoir suspendu à l'extérieur de la cabine, et l'en enveloppa.

— Nous allons nous sécher et nous mettre au lit, et je te tiendrai tout contre moi pour chasser tes démons.

— Les tiens aussi ?

— Oui, les miens aussi. Demain est un grand jour.

— Aujourd'hui plutôt, répondit-elle.

Et elle se lova contre lui. Peut-être pourrait-elle dormir un peu, finalement.

— Nous sommes déjà aujourd'hui…

14.

Sixième jour. Lac Windermere. Neuf mille mètres

Abby, levant les yeux, mit sa main en visière pour se protéger de la lumière. Le ciel était de plomb et l'eau agitée sous une forte brise. Pourquoi fallait-il que le temps ait décidé de tourner précisément aujourd'hui ?

Elle avait mal au dos, et ses épaules se ressentaient des efforts qu'elle avait dû fournir la veille sur la route, pour tenter sans succès de sauver un homme. Elle s'efforçait de ne pas y penser. Elle ne pouvait plus rien pour lui. En revanche, elle pourrait aider d'autres gens si elle venait à bout de cette dernière épreuve.

Ainsi que le prévoyait le planning, elle était seule aujourd'hui. Le petit groupe de participants l'avait encouragée depuis la jetée lorsqu'elle s'était élancée, et il n'y avait que le bateau de support pour l'accompagner.

Il était prévu qu'elle prendrait une boisson chaude et une barre énergétique tous les deux mille mètres, afin de maintenir son énergie et son moral, et Nick apparut à cet instant à bord du bateau.

— Tiens, dit-il en se penchant pour lui tendre le gobelet. Tu te sens mieux ? Tes épaules ?

Elle opina de la tête. Elle ne lui avait rien dit de ses douleurs et de ses difficultés, de crainte qu'il ne la laisse pas accomplir cet ultime parcours. Mais il avait dû remarquer son crawl irrégulier. Elle but le thé chaud à petites gorgées avant de lui rendre le gobelet.

— Oui. Juste un peu raides, mais ça va, dit-elle enfin. J'y retourne.

Six mille mètres. Elle se sentit fléchir de nouveau, et cette fois plus durement. Cette étape n'en finissait pas, et la fatigue attaquait son corps tout entier, exigeant qu'elle s'arrête, là, tout de suite. De plus, il avait commencé à pleuvoir, et elle ne voyait presque plus rien à travers son masque.

— Où en es-tu, Abby ? demanda Nick en lui tendant le gobelet.

— J'en suis que… je n'en peux plus, avoua-t-elle.

Brusquement elle eut envie de tout abandonner. De monter dans le bateau. Ce n'était pas le lac qui avait raison de sa détermination, mais tout ce qui était arrivé au cours des derniers jours. Les événements semblaient s'être ligués pour saper son énergie.

Mais soudain elle ne fut plus seule. Nick venait de se glisser dans l'eau, tout près d'elle. D'un signe, il renvoya le bateau, et Abby sut qu'elle devrait aller chercher l'ultime étincelle d'énergie enfouie au plus profond d'elle-même, afin de terminer cette épreuve.

Il commença à nager et elle le suivit. D'un accord tacite, ils harmonisèrent la rotation de leurs bras, et respirèrent : lui sur la droite, elle sur la gauche afin de pouvoir se voir. Et elle se raccrocha à ce rythme, un-deux, un-deux, ignorant les élancements dans ses épaules et dans son dos, pour se concentrer sur le visage déterminé de Nick.

Pas de mots. Pas de signes ni de clins d'œil. Rien que sa présence. Et cela était plus important que tout. Ignorant son épuisement et ses douleurs musculaires, elle continua d'avancer, oubliant tout, hormis le fait qu'il était là avec elle, pour elle.

— Plus que trois cents mètres. Tiens bon, lui dit-il dans un souffle.

La bouée qu'elle aperçut alors lui parut la chose la plus merveilleuse qu'elle ait jamais vue.

Et bientôt ses doigts s'y posèrent, alors même que le bras de Nick entourait ses épaules. Elle leva la main pour signaler qu'elle avait terminé l'étape, et aussitôt applaudissements et acclamations éclatèrent pour saluer son exploit.

Nick ne l'aida pas quand elle se hissa hors de l'eau pour monter sur la jetée. Elle savait pourquoi. C'était sa prouesse à elle, et à aucun prix il ne voulait amoindrir son mérite. Car même si ce n'était pas la première fois qu'elle parcourait une aussi longue distance, cette fois-ci avait été différente. Ce combat avait été le plus difficile qu'elle avait jamais livré.

Comme engourdie, elle se laissa faire quand il l'emmena dans le minibus pour l'aider à ôter sa combinaison et son maillot, avant de la frictionner avec le drap de bain. Puis il lui enfila ses sous-vêtements, d'épaisses chaussettes, un T-shirt, un gros pull moelleux et un épais pantalon de jogging.

— Qu'y a-t-il de drôle ? demanda-t-il cinq minutes plus tard en la voyant rire.

Elle avala tant bien que mal une gorgée de chocolat chaud que Sam lui avait tendu juste avant qu'elle ne monte dans le véhicule :

— Tu es plus doué pour me déshabiller que pour m'habiller, Tu m'as mis mon pull à l'envers.

— Désolé. Je dois être plus enthousiaste dans ce sens que l'autre, répliqua-t-il en souriant.

Il se changea à son tour avant d'ouvrir la porte du minibus. Elle se rendit compte qu'il boitait légèrement.

— Tu n'as pas de protection pour ton genou ?

— Non. Ma genouillère est sur le bateau. J'irai la chercher plus tard.

— Et ça ne te fait pas mal ?

— Non. Je suis juste fatigué.

Lorsqu'ils ressortirent, tout le monde était là pour les accueillir et la féliciter. Les autres participants et les membres de l'équipe les entourèrent en plaisantant ; ils s'attardèrent quelques minutes avec eux, puis montèrent dans la voiture pour regagner l'hôtel.

— Je voulais savoir…, dit-il d'une voix hésitante.

— Oui ?

— Je sais que tu avais prévu de rentrer demain, mais… l'équipe envisage de passer quatre jours de plus ici.

— Ah bon ?

Abby le regarda en coin. Louise lui avait déjà proposé de rester, et elle avait accepté. Mais elle voulait que Nick le lui demande, lui aussi — lui surtout. Elle retint son souffle en priant pour qu'il le fasse.

— Oui, et je pensais que ce serait bien pour Louise que tu restes aussi. Tu pourrais veiller sur elle, reprit-il d'un ton dégagé.

— Louise n'a pas besoin de moi, répondit-elle, cruellement déçue.

— Non. Mais moi, si.

Elle ferma les yeux une seconde alors que son cœur s'emballait. Cela ne signifiait peut-être rien ; dans quatre jours, elle retrouverait Londres et perdrait de nouveau Nick. Mais c'étaient quatre jours de détente et, elle l'espérait, de folles étreintes…

— Alors d'accord, acquiesça-t-elle avec un sourire. Tu vois ? Il suffisait de demander.

A l'heure du déjeuner, tous les participants à la compétition s'offrirent un repas prolongé, qui se poursuivit par des cocktails l'après-midi, auxquels succéda un dîner léger. Abby fit l'effort de demeurer éveillée, mais quand elle fut sur le point de s'effondrer dans son assiette, elle s'excusa auprès de tous pour se retirer dans sa chambre. D'un simple coup d'œil, Nick lui confirma qu'il la rejoindrait plus tard. Et elle sentit, à cette perspective, une brusque excitation au creux de son ventre…

Elle se réveilla tard. La place à côté d'elle dans le lit était vide, mais elle savait, pour l'avoir senti se presser doucement contre elle, que Nick l'avait, comme promis, rejointe dans la soirée.

Puis la porte s'ouvrit, et il entra avec un plateau odorant.

— Mmm… Exactement ce dont j'ai besoin, dit-elle en s'étirant.

— C'est ce que j'ai pensé, oui.

Elle s'attendait qu'il vienne la rejoindre dans le lit, mais, après avoir posé le plateau sur la table de chevet, il alla s'asseoir dans le fauteuil en face.

— Que se passe-t-il, Nick ?

— Je dois partir dans un quart d'heure.

Alors seulement, elle se rendit compte qu'il était habillé en tenue de ville.

— Partir ? Mais … où ? Et pourquoi ?

— J'ai reçu un mail hier. Je suis convoqué par ma direction, à Londres. Ils veulent me voir aussi vite que possible.

Elle le regarda, surprise. D'après son expression, ce n'était pas une bonne nouvelle.

— Pourquoi ?

— A propos de mon nouveau poste. Apparemment, quelqu'un leur a demandé des comptes à mon sujet, après avoir vu l'article de la gazette locale.

— Quoi ? Mais… ils étaient déjà au courant, non ?

— Oui, j'avais été très franc avec eux. Mais ce nouveau poste tout nouvellement créé exige beaucoup de rapports avec le public. Y assigner quelqu'un qui vient de faire l'objet d'un article très critique serait, politiquement parlant bien sûr, une très mauvaise idée.

— Et ils veulent te retirer cette promotion à cause des mensonges qui ont été publiés ? C'est complètement injuste !

Il secoua la tête.

— Non, ils veulent juste me parler. Mais il est clair que si j'accepte ce poste, je risque de jeter le discrédit sur le service tout entier. Et donc je vais le refuser. En plus, un homme a trouvé la mort ici, hier.

— Là aussi tu n'y étais pour rien.

— Peut-être, mais il faut tout de même que je le leur dise.

— Bon. Puisque tu y tiens… Donne-moi une demi-heure et je viens avec toi.

— Pas question. C'est une affaire que je dois régler seul.

— Nick !

— Non, Abby. Et nous avons été clairs depuis le début : notre aventure n'aura pas de suite à Londres.

Abby laissa échapper un soupir. Elle ne devinait que trop son système de défense. Il connaissait cette situation pour l'avoir déjà vécue : son emploi menacé, son avenir incertain. A cet instant, il essayait désespérément de limiter les dégâts. Et s'il se convainquait qu'il n'y avait rien de sérieux entre eux, alors il n'avait rien à perdre.

Il s'avança vers la porte.

— Nick ! s'exclama-t-elle. Je…

— Oui, moi aussi, Abby. Mais il est temps de refermer la parenthèse sur notre histoire et de nous réveiller. De reprendre notre vie.

Lui tournant le dos, il alla d'un pas raide franchir la porte qu'il tira derrière lui sans se retourner.

15.

Nick traversa l'entrée presque déserte de la compagnie. La réceptionniste discutait avec une jeune femme blonde, dont la longue tresse dans le dos lui rappela douloureusement Abby.

Il avait beau savoir qu'il avait pris la bonne décision, son cœur n'en avait pas moins été déchiré de l'abandonner ainsi. Mais c'était sa bataille à lui, pas celle d'Abby.

La femme se retourna soudain, et il se figea. Vêtue d'une courte veste rouge, d'une jupe noire et de talons hauts, elle tenait un porte-documents sous le bras. Et elle était incroyablement séduisante.

Abby ! Il aurait dû l'enfermer dans la chambre… Mais comment avait-elle fait pour arriver ici avant lui ?

Il oublia ces détails alors qu'elle se tournait vers la réceptionniste.

— Le voilà.

La jeune femme derrière le bureau hocha la tête.

— Je vais annoncer votre arrivée, monsieur Hunter. Si vous voulez bien vous asseoir…

— Merci.

Avec un sourire forcé, Nick glissa sa main dans le dos d'Abby, et l'entraîna à l'écart.

— Que fais-tu ici ? demanda-t-il.

— Je suis venue te donner ceci, dit-elle en évitant son regard.

Elle ouvrit son porte-documents et en sortit une chemise cartonnée.

— C'est mon rapport sur ce qui s'est passé l'autre nuit. Je l'ai rédigé pendant le voyage. Et il y a des témoignages de toute ton équipe, aussi, ainsi que des attestations de la confiance que tous t'accordent. Ils me les ont envoyés par mail, et je les ai imprimés chez moi, pendant que j'enfilais ma tenue de combat, expliqua-t-elle en baissant brièvement la tête sur sa jupe et ses talons.

Son sourire de femme d'affaires aguerrie, quand elle lui mit le dossier entre les mains, le fit délicieusement frémir.

— Abby… Je ne peux pas…

— Mais bien sûr que si, le coupa-t-elle. Tu vas le faire pour toi et ton équipe. C'est le plus grand service que tu puisses rendre à tout le monde.

— Monsieur Hunter, appela la réceptionniste. Vous pouvez y aller. C'est au troisième.

— Prends ce dossier, Nick, dit Abby en le lui mettant de force dans les mains. Et vas-y. Tu as toute ton équipe derrière toi. Et moi. Ne nous déçois pas.

Elle tourna les talons, le laissant seul prendre sa décision. Il la suivit un instant du regard. Pouvait-il croire qu'il était vraiment l'homme qu'il souhaitait être ? Le cœur battant, il se dirigea vers l'ascenseur.

Abby attendit dans un des fauteuils prévus pour les visiteurs et d'où elle pouvait voir la réception. Bientôt Nick en sortit, mais il n'était pas seul : un homme l'accompagnait. Elle les vit discuter quelques instants, puis l'homme, probablement le chef de son service, lui serra chaleureusement la main en le prenant par l'épaule. Nick semblait réellement heureux, et Abby eut la confirmation que cette entrevue s'était bien déroulée.

Nick n'avait donc plus besoin d'elle.

Discrètement, elle se dirigea vers les portes vitrées et ressortit sur l'avenue animée.

Rejetant sa tresse en arrière, Abby s'assura une dernière fois que son discret maquillage camouflait les cernes apparus dernièrement, inévitable rançon des nuits sans sommeil. Puis elle lissa sa jupe.

Sa première réaction avait été de déchirer la carte d'invitation pour la réception donnée en l'honneur du succès des épreuves de natation. Elle n'avait aucune envie de revoir Nick. Même si, elle en était certaine à présent, il était l'homme de sa vie. Celui à qui elle pouvait totalement se fier. Mais elle avait fait le bon choix, elle le savait, en rompant avant qu'il ne lui brise le cœur par une inévitable rupture. Parce que, aussi paradoxal que ce soit, Nick ne pourrait jamais lui donner ce qu'elle espérait de l'homme qui partagerait sa vie.

Mais Louise l'avait appelée pour la supplier de venir, puis Pete, et finalement Sam qui, en guise d'argument final, lui avait assuré que Nick ne serait pas là, pour cause de mission dans le cadre de son nouveau poste. Alors Abby avait fini par accepter. Il serait si bon de les revoir tous.

La réception avait lieu dans le petit parc privé jouxtant la caserne. Des guirlandes électriques avaient été suspendues dans les arbres alentour, et un morceau de jazz était diffusé des haut-parleurs de la grande tente qui avait été dressée au centre du jardin, avec un tréteau supportant le buffet et les boissons.

Abby y était à peine entrée que Louise se précipita vers elle pour lui sauter au cou.

— Hé ! Tu es superbe, remarqua Abby.

Elle réprima un soupir. Contrairement à elle, sans doute, malgré la légère touche de blush qu'elle avait dû mettre sur ses pommettes pour cacher sa mine défaite.

— Toi aussi. Je suis si heureuse de te revoir. Mais tu m'excuses une minute, je dois aller aider Sam à finir de préparer les toasts… Ne bouge pas d'ici, surtout. Je reviens.

Et Abby se retrouva soudain seule dans la tente encore déserte. Pourquoi Louise lui avait-elle dit de venir aussi tôt, s'il n'y avait encore personne ?

Elle ne s'était pas plus tôt posé la question qu'elle vit Nick arriver vers elle.

Il était superbe. Chemise blanche ouverte au cou, jean et gilet de cuir noirs. Et son sourire, quand il s'arrêta devant elle, lui donna la très nette impression qu'elle avait été le jouet d'une mise en scène.

— J'ai le sentiment d'avoir été piégée, dit-elle.

Elle tenta d'ignorer la voix en elle qui lui criait de partir en courant.

Que risquait-elle ? Elle avait déjà tout perdu.

— Et tu as tout à fait raison, confirma-t-il.

— Il n'y a pas de réception ?

— Si. Mais elle ne commence que dans deux heures. Moi, en revanche, je suis là. Normal, c'est ma réception. Je veux remercier tout le monde.

— Tu n'as pas besoin de moi pour ça, dit-elle en esquissant un pas vers la sortie.

Il la retint par le bras.

— Ne t'en va pas, Abby, je t'en prie. J'ai quelque chose à te dire, et comme tu refuses de répondre au téléphone, comme à tous les messages que je t'ai laissés aujourd'hui, il a bien fallu que je ruse.

— A quoi bon, Nick ? Nous avions décidé que notre aventure n'aurait pas de suite.

— Tout ce que je te demande, c'est de m'écouter un instant, Abby. Ensuite, je n'interviendrai pas dans ta décision. Et si c'est ce que tu souhaites toujours, tu n'entendras plus parler de moi.

Elle hésita une seconde puis, finalement, décida de lui accorder cette ultime faveur. Ensuite elle s'en irait, et tournerait définitivement la page de cet épisode. Si tant est que ce soit encore possible…

— D'accord, dit-elle. Je t'écoute.

— Je n'ai plus peur, Abby. Je peux prendre mon café le matin, et boire une bière après le travail sans craindre de dévier sur la pente de l'addiction. Je ne suis pas mon père et ne le serai jamais.

— Je le sais, Nick. Tu l'as prouvé en te battant pour garder ton poste.

Sa réponse parut le rassurer ; une ombre de sourire étira les coins de sa bouche.

— Tu as cru en moi, Abby. Tu m'as donné la chance d'être l'homme que je veux être. Avec toi à mes côtés, je sais que je suis capable de tout affronter — un genou éclaté, une carrière brisée — sans renoncer à rien. Je suis conscient d'avoir commis des erreurs par le passé, mais je t'aime et mon seul désir est de te rendre heureuse.

— Quoi ?

— Tu ne m'as pas entendu ? Tu devais être distraite, dit-il, un brin d'ironie dans la voix. Je peux répéter, si tu veux. Je t'aime et…

— Je t'ai très bien entendu. Nick, tu as perdu la tête ?

— Je ne pense pas. Mais c'est toi le médecin. Tu es mieux placée que moi pour établir ce genre de diagnostic.

— Mais tu avais dit… Tu ne voulais pas que…

Il l'entraîna vers un coin de la salle où quelques sièges avaient été apportés et s'assit avant de l'attirer sur ses genoux.

— Je sais ce que j'ai dit. Et j'étais un idiot. Tu es la meilleure chose qui me soit jamais arrivée, Abby. Et nous allons si bien ensemble, tu ne trouves pas ?

Evidemment… Levant la main, elle effleura sa joue du bout des doigts. Elle avait tellement envie de sentir de nouveau sa peau frémir sous ses paumes. Mais…

— J'ai peur, Nick.

— Je comprends, mais je te supplie de me faire confiance. Tu as été là quand j'ai eu besoin de toi, et à présent c'est à mon tour de t'aider. Je t'aime, Abby, et je veux t'épouser. Je veux que nous ayons des enfants. Et, surtout, je veux que jamais tu n'hésites à me dire quand j'ai tort, parce que ton jugement est plus sûr que le mien. Enfin… presque, ajouta-t-il avec une lueur d'humour dans les yeux.

— Presque ?

— Personne n'a jamais raison cent pour cent du temps. Tu avais vu juste pour moi. Tu m'as aidé à changer, et celui que je suis devenu grâce à toi est tombé désespérément amoureux de toi. Et puis tu es partie.

— J'ai pensé que…

— Je sais ce que tu as pensé, Abby. Que j'étais assez fort pour être fidèle à ma décision de rompre avec toi, quand nous en aurions terminé en Cumbrie. Et là, tu avais tort.

— J'ai dû te sous-estimer. Et peut-être me sous-estimer aussi. Je nous croyais incapables de changer.

Il la regarda, quêtant un signe. Le sourire qui éclaira alors son visage fut la réponse que Nick avait espérée de toute son âme.

— Mais nous avons réussi. Te faire confiance, Abby, a été ce que j'ai jamais fait de mieux.

— Et pourtant tu as rué dans les brancards, au début, dit-elle d'un ton taquin.

— Toi aussi. Et je ne t'en ai aimée que plus. Nous sommes tous deux des battants, mais nous nous battons par amour. Et ensuite, nous nous réconcilions.

Il l'embrassa tendrement au coin des lèvres.

— Et c'est la partie que j'aime le plus… La réconciliation.

— Moi aussi, avoua-t-elle avant d'incliner la tête. Où allons-nous vivre ? Chez toi ? Ou chez moi ? A moins que nous achetions une maison ?

— Nous trouverons un endroit digne de notre amour et de nos rêves. Et assez grand pour la famille que nous construirons ensemble.

— Une famille, oui…, répéta-t-elle pensivement. Tu feras un père fantastique.

— Je suis prêt à la mettre en route quand tu veux, répondit-il avec une lueur malicieuse dans les yeux. Mais avant… il faudrait peut-être que nous nous mariions, non ? Veux-tu devenir ma femme, Abby ?

Son expression s'était soudain faite sérieuse, et elle répondit sur le même ton.

— Oui, je le veux, Nick. Pour le meilleur et pour le pire.

— Ferme les yeux.

Elle obéit, et le sentit qui lui prenait la main pour glisser quelque chose sur son annulaire.

— Tu peux les ouvrir, maintenant.

Et Abby découvrit l'anneau d'or, où était serti un superbe diamant.

— Oh ! Nick… Je n'ai jamais rien reçu d'aussi précieux.

— Moi non plus, je n'ai jamais connu quelqu'un d'aussi précieux que toi, Abby. Il est peut-être temps d'ouvrir le champagne, non ?

— On n'attend pas les autres ?

— Nous avons une bonne heure devant nous. Et ces instants sont à nous seuls. Même si nous avons la vie devant nous, je veux profiter au maximum de ces exquises minutes.

Quand il se pencha pour l'embrasser, Abby ferma les yeux avec un soupir qui exprimait tout à la fois son plaisir, son désir, et son sentiment d'immense joie à la perspective de passer le reste de sa vie auprès de cet homme qui comptait plus que tout au monde pour elle.

N'était-ce pas cela qu'on appelait le bonheur ?

BLANCHE

HARLEQUIN

Retrouvez prochainement,
dans votre collection

BLANCHE

L'enfant d'une infirmière, de Tina Beckett - N°1676

SÉRIE : INFIRMIERS DE CALIFORNIE - 1/2

Pour fêter son diplôme d'infirmière, la très sage Serena s'offre un voyage au Mexique, d'où elle est originaire – et une nuit époustouflante dans les bras d'un inconnu. Quelle n'est pas sa surprise de revoir son amant à San Diego, dès son premier jour à l'hôpital ! Le Dr Tobias Renfro, tout aussi choqué de ces retrouvailles, lui assure que leurs relations resteront professionnelles, avant que Serena lui révèle qu'elle attend leur enfant…

L'héritier du Paz Memorial, de Scarlet Wilson

SÉRIE : INFIRMIERS DE CALIFORNIE - 2/2

Avery a beau appartenir à la famille la plus fortunée de San Diego, il a travaillé dur pour devenir infirmier. Pas question pour lui de révéler à ses collègues du Paz Memorial qu'il est l'héritier de l'hôpital ! Mais sa rencontre avec le Dr Robyn Callaghan fait vaciller ses résolutions. Alors qu'il s'attache à elle, il peine à lui cacher la vérité de ses origines. Hélas, comment réagira la jeune femme issue d'un milieu modeste quand elle découvrira qu'il fait partie des privilégiés qu'elle déteste ?

Leur si belle famille, de Caroline Anderson - N°1677

Urgentiste et maman de deux enfants, Emily vit à cent à l'heure, sans romance à l'horizon. Jusqu'au jour où un nouveau traumatologue débarque à l'hôpital de Yoxburgh Park. Loin d'être un inconnu pour elle, Oliver Cavendish était il y a vingt ans son meilleur ami, son amant, l'homme auquel elle se croyait destinée. Devenu parent lui aussi, Oliver est plus attirant que jamais et Emily se prend à rêver de former, avec lui et leurs enfants, une famille…

Le vétérinaire de Spring River, de Juliette Hyland

Sage a un objectif : convaincre le vétérinaire remplaçant de s'installer à Spring River pour de bon. Sans cela, le cabinet fermera, elle perdra son travail et, pire encore, les animaux de la région seront privés de soins. Mais, lorsqu'elle rencontre le nouveau médecin, sa belle assurance s'envole : Holt Cove n'est autre que son amour de jeunesse, l'homme qui lui a brisé le cœur. Pourquoi, alors qu'une brillante carrière s'offre à lui, est-il de retour ?

Leur mission : sauver des vies.
Leur destin : trouver l'amour.

HARLEQUIN
www.harlequin.fr

BLANCHE

L'espoir de Willow, de Sue MacKay - N°1678

Depuis l'accident qui lui a coûté une jambe, Willow garde son cœur à l'abri de la souffrance et des hommes pour se concentrer sur son métier d'assistante vétérinaire. Jusqu'à son arrivée à la clinique Ville et Campagne, sur la Gold Coast australienne. En effet, le Dr Carter Adams, son nouveau patron, la fait soudain se sentir non pas différente mais *spéciale*. Désirée. Au point que Willow, tentée de lui faire confiance, accepte de prendre avec lui le risque d'aimer…

Un pédiatre au grand cœur, d'Annie Claydon

Dès son premier jour au London and Surrey Hospital, où elle a été embauchée comme musicothérapeute, Rebekah tombe sous le charme du Dr John Thornton, chef du service de pédiatrie. Entre eux, l'entente est immédiate, le désir troublant. Et pourtant Rebekah garde ses distances avec son confrère. Car elle ne le sait que trop bien : il pourrait lui briser le cœur, si elle se laissait séduire…

Le plus séduisant des médecins, de Louisa George - N°1679

Le but de Daniella ? Regagner la confiance de son père. Maintenant qu'il l'a embauchée comme kinésithérapeute dans l'équipe de rugby qu'il dirige, elle compte lui prouver qu'elle est une excellente praticienne. Sauf que lorsqu'elle fait la connaissance de Zac Price, le médecin de l'équipe, elle se sent troublée : il est si brillant et séduisant… Comment va-t-elle réussir à rester professionnelle si Zac la fascine à ce point ?

Une passion orageuse, de Charlotte Hawkes

Pourquoi le colonel Fitzwilliam est-il si cruel envers elle ? se demande Gabriella. Depuis que le destin les a réunis en Afghanistan le temps d'une mission médicale, Fitz n'est plus le même. L'amant attentionné qu'elle a connu se montre désormais terriblement agressif. Pis, il l'accuse de l'avoir suivi jusqu'ici pour lui passer la corde au cou ! Bouleversée, Gabriella s'efforce d'ignorer les élans de son cœur pour cet homme inaccessible…

HARLEQUIN

Leur mission : sauver des vies.
Leur destin : trouver l'amour.

HARLEQUIN
www.harlequin.fr

BLANCHE

HARLEQUIN

Réunis par leur fille, de Jennifer Taylor - N°1680

Callum est de retour à Beesdale… Lorsque Beatrix voit débarquer son ex-mari dans le petit village où ils ont été si heureux autrefois, son sang ne fait qu'un tour. Comment Callum ose-t-il lui faire face, après l'avoir abandonnée un an plus tôt, pour partir en mission humanitaire à l'autre bout du monde ? La croit-il capable de lui pardonner sa désertion, alors que jamais il ne lui a donné signe de vie ? Pas même lorsqu'elle lui a annoncé qu'elle attendait une petite fille…

Son droit au bonheur, de Janice Lynn

« Mon premier choix serait d'être votre amant, mais je me contenterai de votre amitié. » Ce soir, Stone Parker – son nouveau collègue au Memphis Memorial Hospital – a le mérite d'être franc. Si franc que Carly, troublée, regrette d'avoir accepté son invitation à dîner. Car, à moins de s'enfuir, comment résister au charme de cette soirée parfaite ? Il le faudra pourtant, car Carly n'a pas de place pour un homme dans sa vie…

Leur mission : sauver des vies.
Leur destin : trouver l'amour.

HARLEQUIN
www.harlequin.fr